破戰者

上

WARBREAKER

Brandon Sanderson

布蘭登・山德森 ——— 著

章澤儀 ——— 譯

獻給說了「我願意」的艾蜜莉

◆致謝◆

《破戰者》的執筆過程，在某些方面而言不太尋常；關於這個，各位可以在我的網站上讀到細節。說起來，我擁有各種不同類型的第一手讀者，主要都是在我的論壇上接觸並認識到的。我想把他們的名字全列出來，只是難免有所缺漏。假使您是這漏失的其中一人，請不要客氣，儘管寫電子郵件給我，我們會在此後版本將您增列進來。

首先要感謝的是我的愛妻艾蜜莉．山德森，她在我寫作此書的中途嫁給了我。這也是第一本囊括了許多她的意見和建議所寫成的書，在我的作品之中亦是首例，萬分感謝她的幫助。再來，Moshe Feder爲此版本的初稿付出甚多，把它從第二級彩息增化一口氣提升到了至少第八級。

Tor出版的幾位同仁盡心盡力，他們的貢獻遠遠大於其職責本分。首先是Dot Lin，我的出版商，是最令我推崇的合作伙伴。謝了，Dot！然後是Larry Yoder，一如以往地孜孜不倦，如同Tor的藝術總監暨傑出的天才，Irine Gallo。Dan dos Santos爲此書製作封面，而我要向各位大力推薦他的個人網站及作品，因爲我認爲他是這一行的當今佼佼者。同樣的，Paul Stevens爲此書接洽並聯繫各項事宜，也應該記上一筆。

特別感謝以下各位：Joevans3、Dreamking47、Louise Simard、Jeff Creer、Megan Kuffman、thelsdj、Megan Hutchins、Izzy Whiting、Janci Olds、Drew Olds、Karla Bennion、Eric James Stone、

Dan Wells、Isaac Stewart、Ben Olsen、Greyhound、Demented Yam、D.Demille、Loryn、Kuntry Bumpken、Vadia、U-boat、Tjaeden、Dragon Fly、pterath、BarbaraJ、Shir Hasirim、Digitalbias、Spink Longfellow、amyface、Richard "Captain Goradel" Gordon、Swiggly、Dawn Cawley、Drerio、David B、Mi'chelle Trammel、Matthew R Carlin、Ollie Tabooger、John Palmer、Henrik Nyh、insoluble Peter Ahlstrom。

關於台灣《破戰者十週年典藏版》的插畫，我要特別感謝Ben McSweeney、Shawn Boyles、Jian Guo，以及 Dan dos Santos這幾位。Jian Guo精美的字母圖爲每一章節打開序幕，爲這本書帶來我喜愛的明亮感。Dan dos Santos的封面插畫是貨眞價實的藝術品。Dan，感謝你不斷與我們合作。

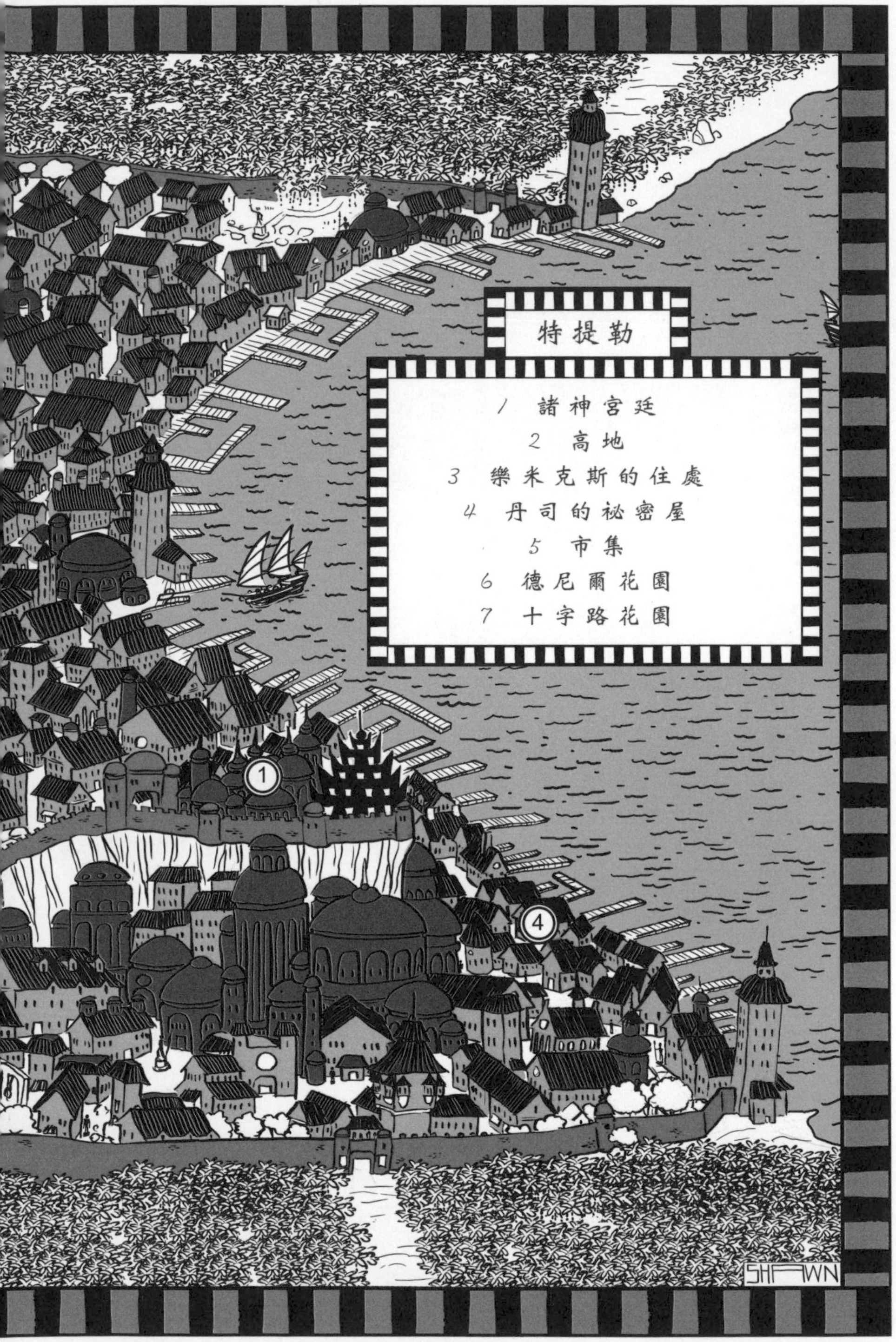
特提勒
1 諸神宮廷
2 高地
3 樂米克斯的住處
4 丹司的祕密屋
5 市集
6 德尼爾花園
7 十字路花園
1
4
SHAWN

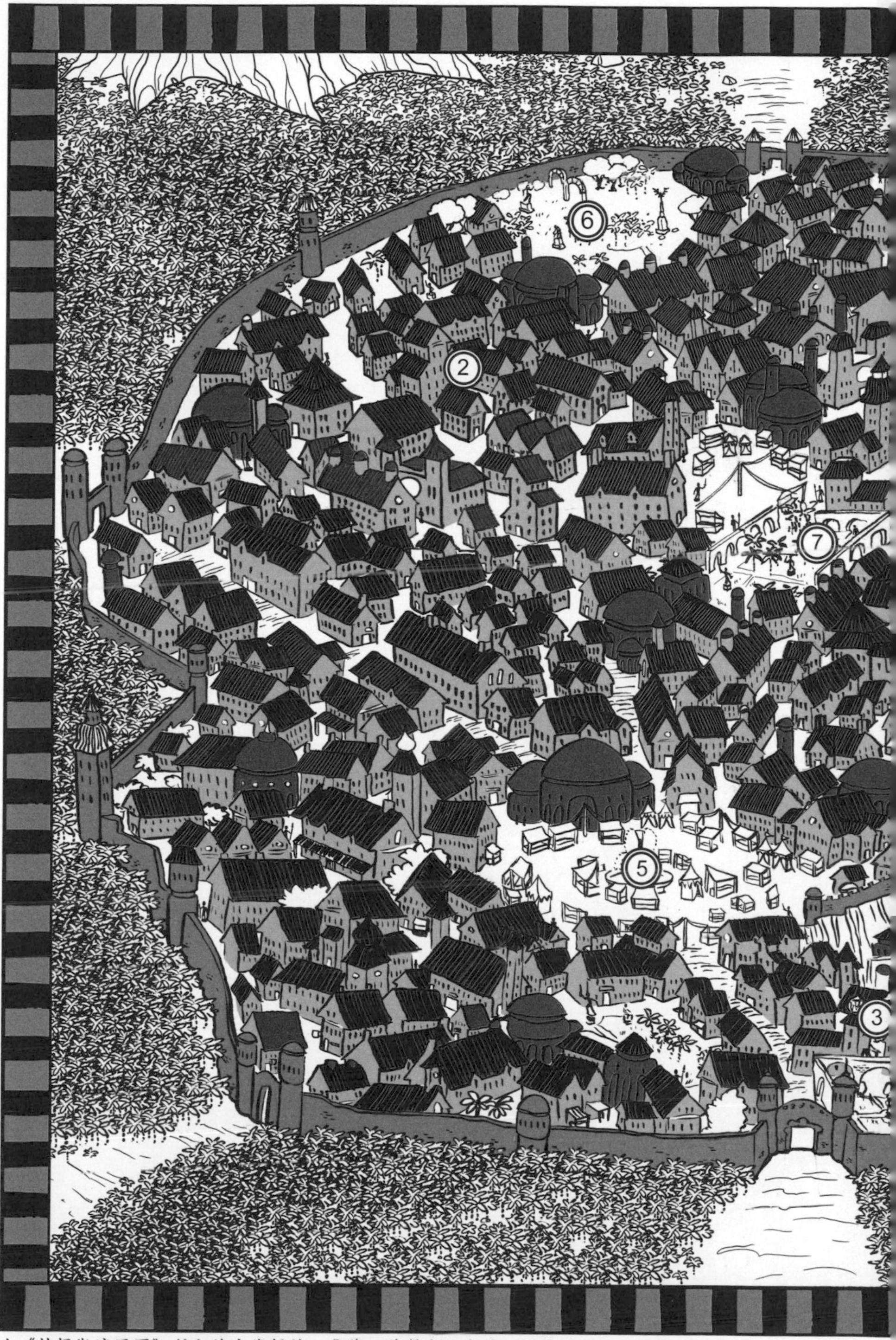

此《特提勒城區圖》係翻繪自復歸神．魯莽王萊聲宮殿中的一幅繡帷，年代約當327年，僅爲示意圖。

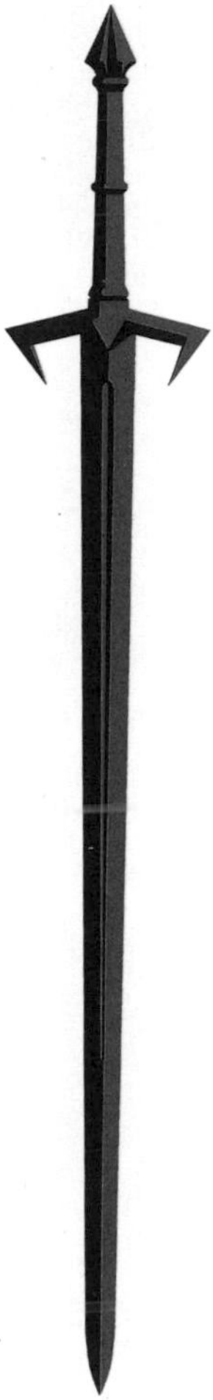

破戰者 上

目次

序章

t's funny, Vasher thought, how many things begin with me getting thrown into prison.

眞好笑，法榭心想，我被丟進牢裡來，竟然也可以搞出這麼多事。

三個獄卒相視而笑，重重地關上牢房的門，架上鐵門。法榭站著拍去身上的灰塵，皺著眉頭轉轉肩頸骨，讓全身舒鬆一下。

牢房門的下半部是厚實木板，上半部是柵欄，所以他能看著那三個獄卒拿了他的粗呢大布袋，正開始翻看裡面的東西。

有個獄卒發現法榭正在看。那人是個光頭大隻佬，制服髒得不像樣，只能勉強看到一點亮黃藍相間的顏色，也就是特提勒城衛警的標誌配色。

鮮艷色系，法榭想，我得重新適應這裡的調調。換作別的國家，讓士兵穿這種配色的衣服會給人笑死。不過，這兒是哈蘭隼，是復歸神、死魂僕和生體色度研究的重鎮——當然，也是「色彩」的國度。

大塊頭獄卒懶懶地走向法榭的牢房，在他身後，他的同僚們正在拿呢布袋裡的東西笑鬧把玩。

「聽說你很凶悍嘛。」那人說道，一面打量著法榭。

法榭沒應聲。

「酒保說你在亂鬥中撂倒了二十幾個人。」那獄卒撫著下巴。「我倒不覺得你有那麼厲害。不管怎麼說，你都不該去打那個祭司。別人犯這條罪，大概關一個晚上，但你這沒色彩的蠢貨嘛……會被吊死。」

法榭轉過身去。這間牢房有全套標準配備，包括滲水、長青苔的石牆，牆高處一道用來透光的小小細縫，角落有一堆腐爛的髒稻草。

「不理我？」獄卒說道，又向房門走近兩步。這時，他身上的制服顏色隱約變亮了一些，就像從暗處走進亮處那樣，只是那光源十分微弱。法榭所剩的駐氣不多，所以他自己的光氛沒有為周遭的物體增色，獄卒也就沒注意到自己身上起了變化——一如在酒吧裡他和弟兄們把法榭從地上拎起來往囚車裡扔的時候。但這變化極細微，除非有法術輔助，尋常人是絕對無法察覺的。

「喂，看這裡。」翻看呢布袋的其中一名獄卒喊道。「這是啥？」

法榭發現一個有趣的定律，那就是守牢房的人好像都不是什麼好東西，甚至往往比關在牢房內的囚徒還要差勁。也許上頭是故意這麼安排的。如此安置這種人，其實也跟安置囚徒差不多，還可以讓他們離眞正老實善良的百姓們遠一點。

可笑的是，原來這種事眞的存在。

獄卒從法榭的布袋裡掏出一支裹著白色亞麻布的長形物體。那人把布解開時吹了一聲口哨，因爲裡頭是一把收在銀劍鞘裡的薄刃劍，劍柄漆黑。「你想他是從哪兒偷來的？」

來挑釁的那名獄卒朝法榭瞄了幾眼，可能在懷疑他是哪來的貴族。哈蘭隼沒有這種階級，鄰近的王國倒有，可是哪國的貴族會披這種又髒又破洞的土色斗篷跑來跑去？貴族豈會掛著一臉鬍碴、踩一雙舊得肯定飽經風霜的靴子，然後在酒吧裡和人打得鼻青臉腫？獄卒轉身走開，顯然認定法榭不是貴族。

他是對的，但他也搞錯了。

「給我看看。」那人走回去道。他從同僚手中接過長劍，哼了兩聲，很訝異它一點兒也不重，又把劍翻過來看，發現爲了不讓劍被拔出，劍鞘和劍身是用鉤子扣在一起的，於是他脫開了鉤子。

室內的色彩變濃了，不是更加鮮明——不像獄卒接近法榭時那樣，而是變得強烈而飽滿。紅色系的物體轉成了酒紅色，黃色的散發出沉金光，而藍色的則趨近於藏青。

「老兄，小心點，」法榭慢條斯理地說，「那把劍很危險的。」

獄卒瞄了他一眼。這時，全場都靜了下來。但見那獄卒只是冷哼一聲，帶著劍自顧走出牢房，兩個同僚也跟著走了出去，同時把法榭的布袋一併帶走，進了長廊盡頭的守衛室。

守衛室的門重重關上。法榭立刻在那堆稻草旁蹲下，挑選較硬的草莖揀出一把，然後從綻了線的斗篷邊緣抽出一條線，將草莖紮成一只約三吋高、手腳粗壯的小人偶。接著，他拔了一根眉毛，插進稻草人的頭，再從靴子裡抽出一條紅色領巾。

然後他運氣調息。

一泓明亮透明、像是油浮在水面受陽光映顯出色彩的氣息，立即從他身上溢散開來，迅速逸進空氣。法樹感覺到它的脫離：生體彩息，學者們是這麼稱呼的。大多數人只簡單稱之爲駐氣。通常人人都有一道，或至少一道；一個人，一道氣。

法樹擁有的駐氣約有五十道，勉強達到第一級的彩息增化。想起自己曾經擁有的駐氣數量，現在的法樹覺得自己好落魄，但對大多數人而言，五十道已經很不得了了。更不幸的是，此刻就爲了識喚一只以有機物質製成的小人偶——藉由取自他身上的一點點物質來作爲辨識——都要消耗掉他將近一半的駐氣。

小小的稻草人扭了一下，將彩息吸了進去，而法樹手中的鮮紅色領巾，其半邊也在同時褪成了灰色。法樹傾身向前，一面在腦中揣摩著他要這人偶去做的事，一面說出命令語，完成這項法術的最後一個步驟。

「拿鑰匙來。」他說。

小草人站得定定的，對著他揚起一邊的眉毛。

法樹伸手指向守衛室。這時，他聽見守衛室爆出一陣驚恐的吼叫聲。

時間不多了。他想。

小草人向外跑，蹦地跳出柵欄。法樹脫掉身上的斗篷，放在地上；這斗篷恰恰是個完美的人型——上頭的幾道裂口，正與法樹身上的傷疤吻合，而用來蓋住頭部的帽兜上，也有兩個與眼睛相齊的洞。施術目標物的外形越像人，識喚時所需的駐氣就越少。

法樹彎下身子，盡量不去想自己當年擁有的駐氣數量曾經多到毋須在意受術物的形狀和辨識性。那都是從前了。咬咬牙，他從頭上扯下一撮頭髮，撒在斗篷的帽兜上。

然後重新運息。

他把剩下的駐氣用完。當彩息脫離——地上的斗篷微顫，他手中的紅領巾也完全失去色彩時——法樹感覺……有點兒虛。失去駐氣不會致死，甚至法樹之前擁有的大量駐氣原本也是屬於別人的，只是他從來不知道那些人是誰，因爲那些駐氣不是他自己去收集而來，而是被賦予到他身上的。駐氣不能用強奪來獲取，這是世間向來運作的道理。

如今他身上一道駐氣也沒有，這一點的確造成影響。從他眼中看出去，周遭的色彩不再那麼鮮明，他也感覺不到人們在這城中熙來攘往的動靜了；在平常，這感應是一種人與人之間的連繫，存在得天經地義——也正是它會悄悄發出警告，讓人即使在房間裡小睡時也能察覺外人的潛入。特別是在法樹身上，當類似狀況發生時，他感應到的強度會是一般人的五十倍大。

如今所有的駐氣都逸脫，注入斗篷和稻草人之中，賦予它們力量。

法樹低著頭向斗篷發令：「保護我。」便見斗篷靜止下來，於是他站直身子，重新將它披上。

小草人回來了，帶著一大串鑰匙。人偶雙腳泛著紅色。看在法樹眼裡，那紅色暗澹得灰撲撲。

他拿起鑰匙，向草偶道了聲謝。他總是向它們道謝，自己也不明白為何這麼做，特別是想到他接下來要做的事。「你的駐氣為我所有。」他發令道，同時觸碰小草人的胸，小草人立刻仰倒在地，生命被汲走了；法樹也取回他的駐氣。熟悉的感應度這才回來，以及對於連繫及存在的那種覺察力。他能取回駐氣，是因為這術偶是他親自識喚的。其實，識喚這一類的術偶，效力幾乎都不持久，所以他總是如此收收放放，就像有借有還。

和以前的數量相比，二十五道駐氣簡直少得可笑，但與一無所有相比，又彷彿多得無所不能了。察覺心底的這一絲滿足，法樹打了個哆嗦。

守衛室傳來的嚎叫聲漸弱。牢房靜了下來。他得繼續行動。

法樹把手伸出柵欄外，用鑰匙開了門鎖。他留下那只草偶，推開厚重的門，飛快地奔進走廊，卻沒往連接出口的守衛室，而是朝南面的通道轉去，深入這座監獄的中心。

這是整個計畫中最不確定的部分。找一間虹譜祭司常去的酒館還容易些；打架滋事，再從那些看起來都一樣的祭司裡挑個倒楣的來痛毆，也同樣簡單。哈蘭隼的神職人員地位崇高，因此法樹此舉掙來的可不只是普通的牢獄之災，而是一趟神君大牢之旅。

深知看守這種監獄的人會是什麼角色，法樹早料到他們會對他的劍——宵血有興趣。這倒讓他有機會拿到這串鑰匙。

不過，接下來就得要見機行事了。

法樹停下腳步，身上的斗篷沙沙作響。他要找的牢房很容易辨認，因為那附近必定有大片失色的痕跡，就連牆壁、石地或門板都不例外——用來關識喚術士的地方就是這個樣子，好讓囚犯沒有顏色可以使用。法樹走到門邊，從柵欄之間探看，見到一個赤裸的男人被吊在天花板下，鎖鍊銬著他的雙臂。在法樹眼中，那人的顏色極其鮮亮，皮膚是純正深棕色，斑斑瘀傷都散發著紫青光輝。

男子的嘴是堵住的，這是另一重防範措施。識喚術的施展有三個要素：駐氣、顏色，以及命令語，也有人統稱爲色相諧度。虹譜是一種顏色與聲音之間的關係。識喚術的命令語必須以術士本身的母語說出，發音要清楚且確實，不能有任何的結巴、含糊或口誤，否則就會導致法術失敗。一旦施術失敗，駐氣照樣逸脫，但術偶不會依令行動。

法樹用那串鑰匙打開牢房的門，走了進去。當他接近那男子時，男子的光氛令法樹身上的色彩驟然鮮艷起來。任何人都能看出這個犯人的光氛有多麼強，已達彩息增化第一級的人更能輕易判別。

法樹見過比這更強的生體光氛——來自於復歸者。在哈蘭隼，復歸者被視爲神，而眼前這個囚犯的生體色度雖然不及他們，但仍可說是高得驚人，遠比法樹自身的還要強烈許多。不僅如此，此人也擁有大量駐氣，甚至可以千百計。

囚犯晃了一下，朝法樹打量，受箝堵的嘴唇因乾裂而淌血。法樹只遲疑了一會兒，便伸手替那人取下口銜。

「你，」囚犯輕聲說時，咳了幾聲。「你是來放我走的？」

「不，瓦爾，」法樹平靜地說，「我是來殺你的。」

瓦爾哼笑。他的囚禁生涯顯然不輕鬆。法樹最後一次見到瓦爾時，他還是個體型微胖的漢子，如今卻是瘦骨嶙峋，應該有好一陣子沒吃東西了；而那些刀傷、瘀青和燙傷的痕跡，看起來都是新近落下的。

瓦爾的雙眼都被打得發黑腫脹，更顯得憔悴。如此慘痛的刑求痕跡更加突顯一個事實，那就是駐氣只能在持有者的自由意志及發令之下才可轉移；但意志是可以被煽動的。

「所以，」瓦爾的聲音低沉沙啞，「你也定我的罪，就像別人一樣。」

「你那失敗的叛變不關我的事，我只要你的駐氣。」

「哼，你跟那整個哈蘭隼宮廷都不是好東西。」

「對。不過，你不能把駐氣轉移給復歸者，而是要給我。這是殺你的交換條件。」

「什麼爛交易。」瓦爾說時，語氣裡只有嚴峻，不帶任何感情。幾年前，當他們分道揚鑣時，瓦爾不會這樣說話。

眞奇怪，法樹心想，經過這麼多年，我竟然終於在這人身上找到了認同感。

法樹謹愼地與瓦爾保持著距離。如今瓦爾已能發出聲音，也就能夠發令，只是他現在碰不到任何東西，僅有鐵鍊鎖著他的手臂——金屬是很難識喚的，它們不曾有過生命，而且鎖鍊的外形與人型相差甚遠。縱使在駐氣最多的極盛時期，法樹自己也只在極難得的少數情況下成功識喚過金屬。當然，某些非常強大的術士可以隔空用聲音識喚物體，但那可得到達第九級的彩息增化才能辦到，而法樹從未擁有過那麼多的駐氣。事實上，當今世上他只知道唯有一人能辦得到，就是神君。

基於以上條件，此刻的法樹還算安全，因為瓦爾徒有大量駐氣卻沒有可供識喚的物體。法樹繞著他走了兩圈，倒不覺得自己應該同情這人。瓦爾罪有應得，祭司們留他活口只是為了他所擁有的駐氣；他若是死了，駐氣只會白白逸脫，不可能追得回來。

哈蘭隼官方也不會允許這事發生。哈蘭隼訂有極嚴格的法律規範駐氣的交易和轉移，因此官方迫切想要瓦爾的駐氣，甚至不惜擱置這位頭號要犯的處刑。要是他們知道大牢裡發生的這一切，大概會氣得半死，懊惱為何沒布下更嚴密的警衛。

對法樹而言，這可是他等了兩年的大好機會。

「怎樣？」瓦爾問。

「把駐氣給我，瓦爾。」法樹說道，向前走了一步。

瓦爾冷哼：「我倒懷疑你的刑求本領有沒有像神君那樣高竿呢，法樹。我都熬過兩個禮拜了。」

「保證教你大開眼界。不過那不重要，你的駐氣一定要移交給我。你很清楚，你只有兩個選擇：交給我，或是交給他們。」

瓦爾沒搭腔，吊在那兒慢慢轉了一小圈。

「沒時間讓你多想。」法樹又道，「隨時有人會發現守衛死在外頭。等到警報響起，我逃我的，你就留在這兒繼續受罪，而且遲早會屈服。到那時候，你收集到的力量都會被你誓言摧毀的人據為己有。」

瓦爾看著地板。法榭沒再催他，知道情勢瞭然，瓦爾別無選擇。

終於，瓦爾抬起頭，看著法榭：「那玩意兒……由你保管的。在嗎？在這城裡？」

法榭點頭。

「我剛才聽到的那陣叫聲就是它造成的？」

法榭又點頭。

「你會在特提勒待多久？」

「一陣子，搞不好一年。」

「你會用它來對付他們嗎？」

「我的目標從沒變過，瓦爾。你到底要不要接受我開的條件？用你的駐氣換一個俐落好死，這一點我能保證。你的敵人絕對得不到它們。」

瓦爾沉默良久。最後，他開口了。「那就給你。」

法榭伸長手臂，把一隻手放在瓦爾的肩膀上，同時小心地不讓衣物觸碰到瓦爾的身體，免得他用上頭的色彩來施展識喚術。

瓦爾動也不動，好像在發呆。就在法榭猜想他是不是改變了心意時，瓦爾運起氣來。他的身體散放出色彩，周遭光氛也顯現出美麗的彩虹色調，驀地令這名傷痕累累的囚犯散發出恢宏尊貴的氣勢。接著，色暈從他的嘴巴逸出，飄進空中，像一片閃爍著光芒的霧。法榭深吸一口，閉上眼睛。

「我的生命爲你所有，」瓦爾發令，語調中似有一絲絕望。「我的駐氣歸你所有。」

大量駐氣湧進法榭體內，周遭景物立刻鮮明起來：斗篷的褐色看起來既濃郁又飽和，地上的血跡紅得發亮，彷彿烈焰一般；就連瓦爾的皮膚都像是調色大師的傑作，妝點著毛髮的深黑、瘀傷的紫青、刀傷的銳紅。法榭已經有好多年沒感覺到如此活力，充滿生機。

在力量震懾之下，法榭喘著氣，不由自主地跪在地上，甚至得用一隻手支著地板才能免於仆倒，同時在心中想道：**這幾年來，少了它們，我到底是怎麼活的？**

他知道自己的感官還沒有隨之提升，卻開始覺得感應度更加靈敏，感受力也大大增強。當他觸碰石板地，地板的硬度令他感到驚奇；聽見風從窗縫吹進，那聲音竟有如旋律。風聲一向都是這麼悅耳的嗎？差異眞有這麼大？

「你可要說話算話。」瓦爾說道。法榭聽著瓦爾的聲音，只覺得每個音節都變得格外動聽，近似諧韻。現在的他已能掌握精確音準，這是達到第二級彩息增化之後的附加能力。能夠重新擁有這項能力，眞是太棒了。

當然，如果法榭想要，原本也可以隨時使自己提升到彩息增化的第五級，只是那得做出某些犧牲，而他不願意，所以他只能用老方法，藉由像瓦爾這樣的人來獲取駐氣。

法榭站直，取下剛才用過的那條褪色領巾，拋過瓦爾的肩膀，然後運息。

毋須將領巾束成人型，也不必再擷取自己的身體髮膚以爲辨識。不過，他仍得從自己的衣衫來汲取顏色。

對上瓦爾認命的眼神，法榭用手指觸碰領巾，說出了命令語。

「勒緊。」

微顫的領巾立刻扭結起來，同時汲走大量駐氣——所謂大量，如今也算不上什麼就是了。只見它迅速繞過瓦爾的頸子，束緊，令他窒息。瓦爾沒有掙扎，也沒有喘氣，只是用滿懷恨意的眼神看著法樹，直到他的雙眼暴突，氣絕身亡。

恨意。法樹當年見得多了。他靜靜地從領巾取回駐氣，留下瓦爾的屍首吊在原地，默默走出牢房，一路適應著木門和石板地的色調，不一會兒便在走道上看見一個新的顏色：血紅。

繞過那灘血，法樹走進守衛室。監獄的地面不平，血還在往低處漫流。那三名守衛早已斷氣，其中一個坐在椅子上，胸前橫過一道血痕。宵血的劍身大半入鞘，僅有約一吋的黑色劍刃露在銀色劍鞘外。

法樹小心地將它全完全收進劍鞘，扣上鉤子。

我今天表現得很好。有個聲音在他的腦中說道。

法樹沒有回應它。

我把他們全殺了，宵血繼續說，**你怎麼不為我感到驕傲？**

法樹執起長劍，重新掂了掂那不尋常的輕巧，然後一手握著它，另一手抓起他的粗呢布袋，掛在肩上。

我就知道你會覺得我很厲害。宵血又說，語氣很是滿足。

1

here were significant advantages to being unimportant.

做人無足輕重，有很大的好處。

誠然，以許多人的標準，希麗並非「無足輕重」，因爲她畢竟是某個國王的女兒。幸運的是，她的父親有四個孩子，全都健在，而現年十七歲的她排行最小。她的二姊伐芬爲家族盡義務，現在做了修道士；排行老二的是里哲，也是長男，將來會繼承王位。

再來就是老大，維溫娜。走在回城的下坡道上，希麗邊想邊暗嘆。維溫娜，他們的老大姊，就是……哎，就是維溫娜。人長得美，端莊沉穩，幾乎各方面都無可挑剔；這也是件好事，特別是她已經許配給神了。反觀希麗，身爲第四子，就顯得很多餘。維溫娜和里哲都得專心研究學問，伐芬在修道院的牧場和家裡也有好多工作得做，她這個小妹卻是無事一身輕，甚至可以溜到野外去，在城裡消失個把鐘頭都行。

當然，要是被別人發現，她就會惹上麻煩，但她的父王不僅不會察覺她的消失，甚至也不會覺得有什麼不便。這城市少了希麗，依舊運作得好好兒的；事實上，說不定會更好。

無足輕重。對別人來說，這形容詞或許不禮貌，但對希麗，那可眞是老天爺的恩賜。

帶著微笑，她走進城界，少不得引來一番注目禮。畢瓦利斯城好歹是義卓司的首府，城市本身又不大，人們當然認得出她來。聽過流浪旅人的諸多故事，希麗知道自己的家鄉並非什麼顯赫大城，若和外國的大都城相比，恐怕連小鎮也稱不上。

但她就喜歡這樣，甚至喜歡這些泥濘的街道、茅草房，還有單調卻厚實的石牆。女人們追著鵝群跑來跑去，男人們拉著載滿糧種的驢子，還有小孩子領著羊群往牧場走。若是在札卡、赫德瑞斯或甚至是可怕的哈蘭隼，那些國家的大城市或許充滿異國風情，但也一定擠滿了吼叫推擠的普通百姓和不可一世的貴族們。那不是希麗喜歡的調調，老實說，她甚至還嫌畢瓦利斯太熱鬧了點。

不過，她低頭看著自己質樸的灰衣裳，心想。*我敢說那裡一定有更多顏色，那倒是我愛看的東西。*

若是在外國，她的頭髮就不會這樣引人注目了。一如往常，每當她到郊外玩得開心，長長的髮絲就會變成亮金色，害她非得用力集中精神才能改變髮色。可是，她再怎麼努力，也只能讓它變成暗褐色，而且一旦分心，髮色就會變回老樣子。她一向不擅長控制這個，不像維溫娜那樣在行。

走著走著，開始有一群小鬼跟在她後頭。她裝作視若無睹，直到其中一個孩子大膽地跑上前來扯她的裙角，她才轉身對著他們笑，此時孩子們恭敬地望著她，並端起嚴肅的神情。義卓司的孩童從小就被教養得含蓄內斂，避免流露情感，因為奧斯群教義主張人可以有感情，但不可以用感情來引人注意。

希麗從來就不虔誠。她認真思索過，覺得不是自己的錯，是奧斯太神讓她生來如此叛逆。孩子們耐心地站在希麗面前，等她從圍裙口袋裡掏出幾朵色彩鮮艷的花，這才睜大了眼睛，目不轉睛地盯著花朵看。其中三朵是藍色的，一朵是黃色的。

襯著市街景的單色調，這些花朵格外顯眼。站在這座小城中，除了人們的皮膚和眼睛以外，視野內是看不見一丁點兒色彩的；石頭早都被刷白了，衣服布料也都是灰色或暗土色的。一切的一切，都只為了辟除色彩。

沒有色彩，就不會有識喚術士。

拉扯希麗裙角的那個小女孩伸出一隻手拿走花朵，隨即掉頭就跑，其他的孩子們也跟著跑了。希麗瞥見少數路人投來不贊同的目光，但也沒有人出言責備。作一個公主——縱使是個無足輕重的公主，還是有些地位的。

她繼續往王宮走。說是王宮，其實只是一棟較大的平房建築，屋前有一片平整的空地，或說是類似廣場的大院子。希麗避開在廣場上討價還價的嘈雜人群，繞到後面走廚房小門。廚娘瑪布見到門開時便不再哼唱，朝希麗瞪來。

「妳父王一直在找妳呢，小鬼。」瑪布說完就轉身走開，邊切洋蔥邊又哼起小曲兒。

「我知道他會找我。」希麗走近去，在一只鍋邊嗅了嗅，聞著熟透了的馬鈴薯飄出香氣。

「妳又跑去山丘啦？我敢說妳一定又蹺課了。」

希麗笑了笑，掏出一朵黃色小花，拿在指間轉呀轉。

瑪布翻了個白眼。「還有，又去帶壞城裡的小朋友，是不是？寶貝，我說眞的，妳這年紀實在不該接近這些東西。妳這樣逃避義務，妳父王會嘮叨的。」

「我愛聽嘛。」希麗道，「而且他每次發怒，我都可以學到好幾個新詞彙。我何必放棄學習的好機會，對不對？」

瑪布嗤之以鼻，手裡忙著將切碎的醃瓜拌進洋蔥裡。

「說眞的，瑪布，」希麗繼續把玩小花，一面感覺到自己的頭髮開始染上一點紅色。「我不覺得這樣有什麼問題。這些花也是奧斯太神創造的，不是嗎？既然是祂把顏色放上去的，它們怎麼會是壞東西呢？哎，拜託，我們都說祂是色彩之神了。」

「花兒是不壞，」瑪布說時，加了些像是青草的菜葉繼續切。「但應該留在奧斯太神替它們安插的地方，我們不可以拿奧斯太神的美麗來使自己高人一等。」

「一朵花才不會讓我看起來高人一等呢。」

「哦？」瑪布將菜葉、醃瓜和洋蔥加進熱鍋，然後拿刀板用力在鍋邊敲幾下，聽著聲響，自顧點了點頭，接著蹲到流理台下去翻找別的蔬菜。「那妳告訴我，」她繼續說道，咬字不太清楚。

「像妳那樣拿著一朵花走在城裡，妳眞以爲人家會不注意到妳？」

「還不是因為我們城裡的顏色太土氣。要是多點顏色，才沒人會注意這一朵小花呢。」

瑪布從流理台下拖出一個箱子，裡面裝有各種根莖薯類。「妳想要我們把這兒弄得跟哈蘭隼一樣啊？還是我們該請幾個識喚術士來城裡進駐，然後呢？來幾個壞傢伙吸走小孩的靈魂，用老百姓身上穿的衣服勒死他們？把死人從墳裡叫起來做廉價勞工？等他們開祭壇就抓女人去獻祭？」

希麗感覺到自己的髮色因焦慮而變淺了。她在腦中暗叫**住手**，可是頭髮好像有它自己的想法，只聽直覺的。

「少女獻祭的事只是傳說，」希麗道，「他們才不會真的那樣做。」

「無風不起浪啊。」

「還不就是些老太婆在天冷時坐在爐火邊打發時間才編出來的故事，我覺得我們不用那麼害怕。哈蘭隼愛怎麼做就怎麼做，只要別來打擾我們，那就影響不到我。」

瑪布沒抬頭，忙著將薯類切塊。

「我們都簽訂協議了，瑪布。」希麗說，「父王跟維溫娜會確保我們的安全，讓哈蘭隼不來騷擾我們。」

「萬一他們偏要來呢？」

「不會的啦，妳不必擔心。」

「他們有好軍隊，」瑪布邊說邊切著華納佛花塊根，「好鋼鐵，很多的糧食，還有那些……那些**東西**。老百姓就是怕這個。妳不怕是妳的事，可是百姓們怕。」

這位廚娘的話頗有分量，讓人很難不去多想。瑪布說話向來有憑有據，在她的一身好廚藝之下，另有一層天賦的智慧，可惜她也是個愛操心的人。「妳這擔心是不必要的啦，瑪布。妳以後就知道了。」

「我只是說，一個王家的公主在這種時候溜出去玩花招搖是不對的。小心惹奧斯太神不高興。」

希麗嘆氣。「那好吧，」她說著，把這最後一朵花扔進鍋裡。「我們一起招搖。」

瑪布愣了一下，翻了個白眼，然後繼續切：「那是華納佛花吧？」

「當然啊，」希麗說，湊到鍋邊聞了聞。「我起碼對燉品還有點兒概念。妳看妳又緊張過頭了。」

瑪布也探頭去聞。「好啦，」她邊說邊抽起另一把刀，遞給希麗。「讓妳自己有點兒用處吧。幫我切菜根。」

「我不用去找我父王嗎？」希麗說，隨手拿了一個粗糙的華納佛根，切了起來。

「反正他最後也會把妳送回這兒來，叫妳幹活兒以示懲罰。」瑪布說時，又用刀板重敲鍋邊。她很確定自己能從鍋子的響聲判斷出一道菜是否煮好了。

「唉，眞希望父王知道我喜歡忙廚房活兒。」

「妳就是愛弄這些吃吃喝喝的。」瑪布將希麗扔進去的花撈出來，丟在一旁。「不過，妳現在也不能去見他。他正在和雅爾達開會。」

希麗沒應聲，只是繼續切菜，但她的頭髮卻悄悄地因興奮而變成了金色——父王和雅爾達開會總要拖上幾個小時，去了也只能坐在一旁等他忙完，沒什麼意思……

瑪布轉過身將一些東西搬下桌，再回身時，卻見希麗已然奪門而出，跑在通往王宮馬廄的路上。沒幾分鐘，她騎著馬兒出了宮，披著她最喜歡的褐色斗篷，頭髮也因策馬奔馳的驚險和歡欣而變成了深金色。用一趟稱心快意的兜風來結束一天，眞是再棒不過了。

反正，就算父王要懲罰她，也差不多是這麼回事。

□

義卓司的國王戴德林將手中的信放到辦公桌上。他盯著這封信已經好一會兒，這會兒非得做決定不可了。

儘管時値春季，屋子裡卻是涼颼颼。義卓司高原的暖天不多見，只在每年夏季才短暫出現，是百姓們最引頸企盼的好日子。戴德林沒把這間議事廳弄得特別溫暖，也完全不裝修屋內，倒讓這兒流露著樸實與簡潔之美。他自知雖然身爲國王，可也無權誇飾或賣弄。

戴德林站起身，從窗子看出去，望向前院。以這世界的標準而言，這座王宮很小，屋舍只有一層樓，上覆尖木鋪成的屋頂，牆壁由粗石砌成；但以義卓司的標準來看，這已經是大房子了，外牆還有華麗的雕刻。這座王宮也同時是整個王國的議事堂兼買辦中心，如此裝飾並不爲過。

眼角餘光外，雅爾達將軍正候著。這位魁梧的壯漢將雙手背在背後，濃密的鬍鬚紮成三束。議事廳裡現在只有他兩人。

戴德林的目光回到那封信上，信紙是鮮艷的粉紅色，襯在桌面就像雪中的一滴血。這顏色在義卓司國境內絕不會出現，但在世界首屈一指的染色工業中心哈蘭隼，如此沒品味的色調隨處可見。

「如何，老友？」戴德林問道，「你有什麼建議？」

雅爾達將軍搖了搖頭：「戰爭在即，陛下。我嗅得出風聲，我們派出去的探子也是這麼回報的。哈蘭隼依舊視我們為叛徒，又想奪取我國通往北方的要道。他們一定會發動攻擊的。」

「那我就更不能送她去了。」戴德林說著，又望向窗外。此刻的前院擠滿了披戴著毛皮衣和斗篷的人們，他們都是來做買賣的。

「我們阻止不了戰火，陛下。」雅爾達道，「但是……可以拖延。」

戴德林轉過身。

雅爾達走上前，輕聲說：「這個時機對我們很不利。國軍還沒有從去年秋天的奇襲戰中恢復，冬季時糧倉又失火……」說到這裡，雅爾達又搖頭。「萬一戰事在夏季就開打，我們絕對承受不起。要對抗哈蘭隼，大雪是我們最好的盟友。眼下不能讓他們有藉口主動開戰，否則我們只有死路一條。」

這番話很有道理。

「陛下，」雅爾達又道，「他們就是等著我們毀約。一旦我方先採取行動，他們就會進攻。」

「就算我們遵守協議，他們照樣會進攻。」戴德林說。

「至少會遲一些，或許遲上幾個月。您也知道哈蘭隼的政治情勢，要是我們遵守了協議，他們就得花時間討論、爭議，若因此拖到雪季之後，等於為我們爭取最寶貴的時機。」

一字一句，都是殘酷卻鐵錚錚的現實。這些年來，戴德林忍氣吞聲，看著哈蘭隼宮廷的野心越來越囂張、越來越不安分，「討伐叛徒義卓司」的呼聲一年比一年更加威脅著這片高原，害得戴德林總要不斷設法安撫，不使那些軍隊越雷池一步。他曾經希望，叛軍領袖瓦爾和他的龐卡人能夠引開哈蘭隼的注意力，卻沒想到瓦爾被捕，所謂的叛軍也為之潰散，整場叛亂行動只是讓哈蘭隼對敵國更加提防。

和平不會持續太久，不會為了義卓司的好時機而停留，也無關於貿易路線的價值，更不是因為在位的哈蘭隼諸神——這一任的神君似乎比以往的還要野心勃勃。這些戴德林早都知道，而他也知道撕毀協議是件愚蠢的事。當你被扔進一個住著猛獸的洞窟裡，你可不敢故意激怒牠。

雅爾達也走了過來，一手支在窗框邊，隨國王一起眺望外頭。這位將軍出生於嚴寒的冬季，有著同樣嚴厲粗獷的性格，卻也是戴德林此生所知最好、最善良的人。他甚至有點想把維溫娜嫁給他兒子。

但是不行。戴德林早知道這一天會到來。那份協議是他親手簽訂的，內容寫得清清楚楚，他的女兒必須嫁給神君。哈蘭隼需要一位擁有尊貴血統的后妃，好讓他們的王室重新匯入傳統的古老血脈；那些低地人心性低劣又愛虛榮，長久以來就渴望著這一點。若不是為了這個緣故，義卓司不可能保全這二十年的和平。

簽訂那份協議，是戴德林即位之初的第一項使命。先王遇刺，他在悲憤中不情願地接下王位，也被迫做出這項妥協。戴德林氣自己當年向敵國屈服得太快，但他並不後悔。義卓司王室是爲人民奉獻而存在的，這一點令他們與哈蘭隼大大不同。

「雅爾達，要是我們把她送去，」戴德林道，「我們等於是送她去死。」

「他們未必會傷害她。」雅爾達沉吟了一會兒才應聲。

「你明知道會的。一等戰爭開打，他們會做的第一件事就是拿她來要脅我，這就是哈蘭隼啊。老天爺！他們甚至把識喚術士找進宮裡！」

雅爾達沒作聲。半晌，他搖頭道：「最新的密報說，他們的軍隊增編了四萬多死魂兵。」

我的天啊——戴德林暗嘆，又朝那封信瞥了一眼。信裡的內容很簡單：維溫娜即將過二十二歲生日，戴德林必須實踐協議，不得拖延。

「聯姻固然是個卑賤之策，卻是我們唯一的籌碼。」雅爾達說，「只要能多爭取點時間，我一定能拉攏到泰得瑞多，因爲他們在眾國大戰之後就對哈蘭隼懷恨在心，或許我甚至能想辦法策動哈蘭隼境內的瓦爾叛軍殘黨。就算都不行，至少可以集結資源，多撐個一年。」雅爾達轉過頭來，接著說道：「如果我們不願聯姻，戰事會立刻爆發，而且一切的錯將歸在我們身上。誰會支持我們？別人只會想知道，爲什麼我國不肯遵守國王親簽的協議！」

「那麼，假使我們送上維溫娜，他們的王室就有了王族血脈，豈不是更能主張他們在高地的權利了嗎？」

「也許是，」雅爾達答道，「不過，既然我們都知道他們會不計手段地進犯，到時也不必在乎他們主張什麼了。若照您的想法，他們說不定還會拖到新妃產下子嗣才向我國出手。」

爭取時間。這將軍總是說要爭取時間。為了爭取足夠的時間，戴德林要付出的成本卻是自己的親骨肉，這教人情何以堪？

要是讓一個士兵去送死就能在軍事上爭取到更有利的戰勢，雅爾達想必毫不遲疑，戴德林不禁這麼想。話說回來，每一個官兵弟兄和我的女兒都一樣是義卓司的子民，我不能徇私。

只不過，光是想到維溫娜躺在神君的懷中，將來要被迫生下那妖魔的骨肉，他這做父親的就忍不住擔憂；不單如此，他未來的外孫體內會流著一半妖魔的血，還會成為哈蘭隼的下一個復歸神。

你可以有別的選擇，戴德林的腦中有個聲音在細說，你不必送上維溫娜……

敲門聲響起，他和雅爾達同時轉過身去。戴德林朗聲喚那訪客進來。他早料到來者是誰。

維溫娜穿著一襲素淨的灰色長裙，站在門口。在父親眼中，這女孩兒依然年輕稚嫩，卻又同時展現出義卓司完美的婦女形象：頭髮盤得仔細紮實，一絲不亂，臉上沒有半點妝，不招搖也不引人注意，又如某些北方王國的貴族，她的舉止磊落大方，並且十足地謹言慎行，進退得宜，剛毅而幹練，這就是義卓司的國風。

「父王，您在這兒待了好幾個小時。」維溫娜說時，也向雅爾達頷首致意。「僕人們說，將軍進宮時帶著一封彩色的信。我想我知道那信裡的內容。」

戴德林和她相望，揮揮手要她坐下。她輕輕關上門，走到牆邊的一張木椅子坐好。雅爾達仍然站著，但姿勢不再像方才那樣隨意。

維溫娜朝辦公桌上的信看了一眼，神情依然鎮定，頭髮保持在可敬的純黑色。這個大姑娘的心性與信仰都比她父王更為堅定，所以她從來不表露情感以引起他人的注意，不像她的么妹。

「因此，我想我該準備動身才是。」維溫娜說道，雙手交疊在膝上。

戴德林張嘴，卻想不出說什麼話來制止她。他看向雅爾達，卻見雅爾達搖搖頭，退後一步。

「父王，我早已為這一刻做好了準備，」維溫娜又說，「我可以勝任，但希麗不能。她一個小時前騎馬出宮了，我應該趁她回來前離城，免得她鬧出不得體的場面。」

「來不及了。」雅爾達說時苦著臉，向著窗外示意。就在外頭，人群被一個騎馬奔過大門的人影驅趕得四散。那女孩兒穿著深褐色的鑲邊斗篷，而且——果不其然，她的頭髮是披散的。

那一頭黃澄澄的長髮。

憤怒和沮喪在戴德林的心中交駁。天底下就只有這個小女兒會讓他情緒失控。更諷刺的是，他最氣惱她的髮色，而這股怒氣偏偏會害他無法控制自己的髮色，就拿此刻來說，光是窗外的這一幕，他的頭上大概就有好幾綹頭髮會由黑轉紅。這是王族血統的特徵之一——在眾國大戰方興未艾之際，王族逃到這個嚴寒不毛的義卓司高原來，卻因為這先天的標記而無法隱跡匿蹤。擁有王室血緣的人，其頭頂的三千煩惱絲會透露他們的每一分情緒，令旁人一見即知。

看見維溫娜不動聲色地望來，那模樣給了他力量，讓他能夠將頭髮變回黑色。這身不由己的魔髮，需要超乎常人想像的意志力才能控制，戴德林自己都不知道他的大女兒爲何能控制得那麼好。

可憐的女孩，從來沒有過童年。他想。打從一出生，維溫娜的人生就只有這一條路。她是他的長女，一直就像他的分身，而且總是令他驕傲。這位長公主年紀雖輕，卻已贏得舉國人民的愛戴與尊敬。在戴德林的心底，他甚至想像她即位爲女王時的風采：維溫娜會是個堅強的女王，甚至勝過他自己，能夠領導國家度過未來的黑暗歲月。

然而，那得要她活得夠長命。

「我這就去收拾行李。」說著，維溫娜起身。

「不。」戴德林道。

聽得此話，雅爾達和維溫娜同時轉過頭來。

「父王，」維溫娜道，「倘若我們毀約，那就意味著戰爭到來。我已準備好爲人民犧牲，這是您教我的。」

「妳不用去。」戴德林沉聲說完，轉過身看著窗外。院子裡，希麗正和一名馬伕笑得開心。距離這麼遠，戴德林都能聽見她的大笑聲，看見她的髮色紅如火焰。

奧斯太神，原諒我，他想。**我身爲父親，竟做出如此不堪的抉擇。依照協議，我得在維溫娜的二十二歲生日時把女兒送到哈蘭隼去，但協議中沒有言明我得送出哪一個女兒。**

假使他不把任一個女兒送去聯姻，哈蘭隼勢必立刻進攻，但他可以不必送維溫娜去，這樣對方或許會不高興，但是肯定不能毀諾發兵，而是得同樣等到新王妃誕下子嗣。這麼一來，義卓司仍可爭取到至少九個月的時間。

而且……如果他們嘗試以維溫娜來要脅我，我自己很清楚，我一定會妥協。戴德林想道。

說來難堪，但講白了，正是這一點讓他下定了決心。

戴德林轉回身去，看著屋內的另外兩人：「維溫娜，妳不會嫁給敵國的那個暴君。我要讓希麗代替妳去。」

2

iri sat, stunned, in a rattling carriage, her homeland growing more and more distant with each bump and shake.

木然地坐在搖晃顛簸的馬車中，希麗知道家園正離她越來越遠。

兩天過去了，她還是不懂，這原本應該是維溫娜的使命，人人都知道的。維溫娜出生後，她的生日被訂爲國定假日；從她會走路起，國王就讓她上課，培養她學習宮廷禮儀和政治學，而伐芬身爲次女，也接受過同樣的教育，以防維溫娜早逝而無法完成這項使命。但從來就不是希麗。希麗一直都是次要，無足輕重的。

如今不是了。

她往車窗外看。父王派出全國最好的馬車，加上一班二十人的榮譽衛隊，爲她的這一趟南行護衛。隊伍中還包括一個管家、幾名侍童，而馬車裝飾得相當豪華，是希麗從未見過的氣派陣仗。如果此刻她不是被這馬車載著遠離家鄉，她會興奮得不得了。

事情不該是這樣的，她想。完全不該是這樣的！

卻偏偏是。

沒一件事說得通。馬車又顛簸了一陣，但她只是呆坐著。她想，**他們爲什麼不讓我騎馬，總比坐在馬車裡來得強。**不過她也知道，要進哈蘭隼的城門，那可不是得體的方式。

哈蘭隼。

希麗感覺到自己的髮色因恐懼而變淺。她即將被送往哈蘭隼，一個令她同胞時時詛咒的國家。此後將有好一陣子，她不會再見到她的父王，搞不好永遠都見不到了。不能跟維溫娜聊天，聽不到師傅講課和瑪布的責罵，也沒法再騎王宮的馬兒去玩；不能再到野外去賞花，也不能進廚房幹活兒。她將要……

嫁給神君。哈蘭隼的恐懼象徵，散發著死人氣息的怪物。在哈蘭隼，他的力量是絕對的，只消揮一揮手，就能令人頭落地。

不過，我會很安全，不是嗎？她想。因爲我將是他的妻子。

妻子，我要嫁人了。

唉，奧斯太，色彩之神啊……她在心中暗想，覺得渾身不舒服；長髮變得很白，幾乎白得發亮。她將身子縮起來，膝蓋抵著胸口，然後往橫一躺，倒在車廂的椅鋪上，不確定身上震動是因爲自己在打顫，還是馬車的晃動使然。

□

「父王，我認爲您應該三思。」維溫娜坐得端莊，雙手交疊在膝上，語調冷靜，一如她所受的教養。

「我已經反覆思考過很多次了，維溫娜。」戴德林王說時揮著手。「我心意已決。」

「希麗不適合這份使命。」

「她能勝任的。」國王說著，一面瀏覽桌上的文件。「她要做的就只是生一個孩子。我確定她很適合這項任務。」

那我接受的訓練又算什麼？維溫娜想。所以我準備了二十二年，原來就只是爲了提供一個方便好用的子宮？

她讓髮色保持漆黑，聲音沉穩，表情鎮定。「希麗一定心煩意亂，」她道，「我不認爲她在情緒上能夠面對。」

聽到這裡，她的父王抬起頭來，髮色略略泛紅——其實是黑色褪去，如同畫布上的油彩被洗掉那般。這表示他有些惱怒。

原來他只是嘴上不肯承認：把希麗送走，令他煩躁不已。

「這麼做對我們的人民最好，維溫娜。」他說道，一面努力——看得出是非常努力——讓頭髮變回黑色。「萬一發生戰爭，義卓司會需要妳。」

「那麼，萬一發生戰爭，希麗怎麼辦？」

國王沒答腔。沉默了一會兒，他才說：「不一定會發生戰爭。」

神啊——維溫娜滿心震驚地想：**父王在說瞎話，他根本就認爲希麗是去送死的。**

「我知道妳在想什麼，」聽見父王又開口，她的注意力拉回到他的眼神。那眼神無比嚴正。「我怎能這樣取捨？怎能讓希麗去送死，把妳留在這兒保命？不管人民怎麼想，我這麼做並不是爲了一己的私心，而是爲了在戰爭來臨時保全國家和人民啊。」

當戰爭來臨時？維溫娜抬起頭，直視父親的雙眼：「父王，我要阻止戰爭。神君的新娘應該是我！本該是我去和他對話、說服他的，我一直在接受政治學的訓練，了解他們的習俗——」

「阻止戰爭？」戴德林王打斷她，問道。直到這時，維溫娜才意識到自己剛才的語氣聽起來多麼急促。她不由得別開視線。

「維溫娜，我的孩子，」她的父王道，「這場戰爭是不可能阻止得了的。若不是有聯姻的承諾，我們兩國之間不會相安如此長久。把希麗送去，目的是爲我們爭取一點時間，而且……也許反而能保得她的安全。看在血統的份上，他們說不定會留她活口，以圖將來讓她多生幾個子女，王室血脈多點兒保障。」說著說著，他的語氣越發冷漠。「對，」他繼續說，「也許我們要擔心的不是希麗，而是……」

而是我們自己。維溫娜在腦中接著想。對於父王的計畫，她並非全盤知悉，但已了解得夠多。

跟哈蘭隼打仗，義卓司的勝算不大，對人民和他們的生活而言，這場抗爭都將造成莫大的損傷。

「父王，我——」

「好了，維溫娜，」戴德林王平靜地說，「我不能談太多。妳退下吧，我們晚點再聊。」

晚點。等到希麗離家更遠，等到再也來不及把她帶回來嗎？儘管心裡這麼想，維溫娜還是起身離座，因爲她懂得服從。服從，這是她從小到大接受的教養原則，這項特質卻也始終分隔著她和么妹。

走出父王的書房，維溫娜關上門，穿過宮中的長廊，一路走回她那小而簡樸的臥房，假裝沒注意到人們的注目和那些低語。進了房間，她坐在床鋪上，雙手交疊在膝頭。

父親的這番盤算，她不盡然同意，因爲知道自己原可以有些作爲的。她本來該去做神君的新娘，然後在哈蘭隼宮廷中產生影響力。人人都知道那位神君對國家的內政不大關心，但他的妻子顯然有能力爲丈夫分憂解勞，同時又替她祖國的人民爭取一點福利。

而她的父王竟然拋棄這個大好機會？

父王一定堅信哈蘭隼的侵略無可避免，所以送走希麗只是一項拖延時間的政治手段；這就是義卓司這數十年來一直在做的事。不論如何，既然一個王族之女對哈蘭隼的意義如此重大，那就更應該由維溫娜去執行才對。爲了嫁給敵國君王而做準備一直是她這位長公主的使命，不是希麗，也不是伐芬，是她維溫娜才對。

保住一命，她一點兒也不覺得感激，也不覺得自己留在畢瓦利斯城裡會更有利於國家福祉。萬一她的父王過世，又遇大戰，雅爾達的指揮力會比維溫娜強得多，況且王室還有她的弟弟里哲在。他即王儲位已經好多年了。

留她下來，實在沒什麼道理。她甚至覺得這是種懲罰。長久以來，她在宮中耳聽八方，全心全意做好準備，努力學習、練習，誰不誇讚她做得完美？如今卻是怎麼著？難道她不夠格肩負這項任務？

她自己實在找不出滿意的答案來，如今只能坐在這兒發愁，束手面對這難堪的現況。她的人生目的已經被剝奪、交付給另一個人了，現在她是個累贅，沒有用處。

她不再重要了。

□

「他在想什麼嘛！」希麗將半個身子探出車窗外，在泥濘道的顛簸中破口大罵。一個年輕的士兵騎馬走在她的車廂旁。下午的陽光映著他不自在的表情。

「我是說眞的。」希麗說，「把我送去嫁給哈蘭隼的國王，這不是很蠢嗎？我想你們一定都聽說過我這人的行徑，沒人看著我就會到處亂跑，動不動就蹺課閒晃，還會亂發脾氣啊！天殺的！」

衛兵用眼角瞄了她一眼，沒做任何反應。但希麗才不在乎，她也不是吼給他聽的，只是自己想發洩情緒罷了。她晃晃盪盪地倚在車窗邊，感覺微風吹動一頭長而直的紅髮，讓她的怒意不住地增長。憤怒才能使她免於悲嘆。

隨著這一天過去，義卓司高原的蔥綠春原正逐漸消失在視野外。事實上，他們大概已經來到了哈蘭隼境內。這兩國的邊界劃分得並不明顯，也沒什麼好意外，因爲在眾國大戰之前，它們原本是同一個國家。

希麗望向那無辜的衛兵，那人只能對發飆的公主採取不理不睬的態度。她重重地坐回椅鋪，自覺不該那樣對他，不過，哎，她才剛被人像賣羊肉似地給賣掉，憑的還是一紙她出生前就簽好的契約呢。要說這世上最有權發脾氣的人，除了她還有誰？

*搞不好就是因爲這點。*她把手臂隨意擱在窗台上，一面心想。*也許父王就是受不了我的壞脾氣，所以才想把我趕走。*

這麼想有些牽強就是了。要對付希麗的脾氣，多的是更簡便的方法，怎麼說也比叫她作義卓司的代表遠嫁外國要好得多。那麼，父王究竟爲什麼如此安排？他真以爲她能勝任？她還真的思索了一會兒，隨即覺得這問題太荒謬。她的父王不可能認爲希麗的表現會勝過維溫娜；不管任何事，都沒有人能做得比維溫娜好。

希麗嘆了一口氣，感覺髮色漸漸暗淡下來。至少外頭的景色還有點意思，可以使她不再感到挫折，所以她向外瀏覽了好一會兒。哈蘭隼位處低地，境內生長著熱帶樹林，且有五顏六色的奇禽異獸，希麗曾聽流浪旅人們描述過，也在小冊子裡讀過。她原以爲接下來看見的景物都在自己的意料之中，可是車隊走著走著，丘陵平緩了，又長又深的草地取而代之，最後竟見路旁的樹叢越來越茂密時，她開始明白此間有樣東西是那些書本或故事都無法確切形容的。是顏色。

在高原，花叢總是稀稀落落，根本就不多見，彷彿它們自知不見容於義卓司的規範。但在這兒，大片的花叢隨處可見。一望無際的草地上長滿了細細碎碎的迷你小花，高一點的樹上也可見大瓣粉紅，或是在枝頭待放的蓓蕾，還有一些花朵開得像葡萄串，一朵朵挨得緻密有序。要不是見士兵們個個懷著敵意在看那些花，希麗眞想跳下車去摘他個滿懷。

我都這麼焦慮了，那些衛兵一定比我更緊張吧。希麗暗想。她可不是唯一被迫遠離家鄉和親友的人啊。那麼，這些人什麼時候才能獲准回鄉？

想到這裡，希麗覺得更歉疚了，剛才眞不該對那個年輕衛兵出氣。

等我到了，我就要讓他們回家。想到這裡，她突然覺得自己的髮色變淺——送這些士兵回鄉，就代表她將一個人留在那座充滿了死魂僕、識喚術士和異教徒的城市裡。

不過，把二十個士兵留下來陪她，又有多大好處？還是送走他們吧，回得了家的人，能多一個是一個。

□

「別人都以爲妳會高興，」伐芬道，「畢竟，妳不必嫁給那個暴君了呀。」

維溫娜摘下一顆藍莓放進籃子，然後移往另一處莓木叢。穿著白色修道袍、頭髮剃光的伐芬就在不遠處，也一樣在摘莓果。伐芬在三姊妹裡排行居中，大部分特質也是居中：她的身高介於希麗和維溫娜之間，個性不像維溫娜那樣拘謹，卻也不像希麗那樣莽撞。特別的是，伐芬的身材比姊妹們更富曲線美，因此曾經引來不少青年紳士的注意，只不過，他們若想娶她，就得自己也出家當修道士才行，這一點便令那些年輕人打了退堂鼓。話說回來，就算伐芬知道自己多麼受男性青睞，她也不會表現出來；還沒滿十歲，她就決定要當個修道士，而她的父王也非常贊成。按傳統，每個貴族或富有家族都有義務為修道院提供一份人力，不可徇私，因為自私是違反五大願景的，縱使血緣也不能與之牴觸。

兩姊妹此刻摘取的莓果，是伐芬待會兒要分送給貧苦人民用的。她們已經摘了好一會兒，伐芬的十指都染上了微微的紫藍色，維溫娜則戴了手套。她手上若有那麼深的顏色，會顯得不合禮儀。

「不過，」伐芬又說，「我的確覺得妳很不應該說這些話。怎麼搞的？妳表現得好像很想嫁給那個沒生命的怪物似的。」

「他不是沒生命，」維溫娜道，「修茲波朗是個復歸者，這兩者差別很大的。」

「好，但他是個偽神，而且大家都知道他有多可怕。」

「可是，那本來是我的位置。伐芬，那才是我啊，少了這件事，我就什麼也不是了。」

「胡說，」伐芬道，「以後就該妳即位做女王啊，不是里哲。」

這樣豈不是又擾亂到別的順序了嗎？維溫娜心想：我有什麼權利去搶他的位置呢？

她決定讓這個話題淡出。她倆已經就這一點爭論了好幾分鐘，再談下去就不適當了。適當。維溫娜以前從不覺得要做到這一點有多難，可是現在，她這天生自持的穩重竟然變得……好礙事。

「那希麗怎麼辦？」她聽見自己說：「難道妳樂見這差事落到她頭上？」

伐芬抬起頭來，眉心微蹙，她向來有逃避思考的習慣，非要等到直接面對問題了才願意想個透徹。而維溫娜知道自己言語挑釁，心裡有些困窘，但要和這位二妹說話，也只有用激將法。

「這倒是。」伐芬說，「我覺得誰都不應該扛下這差事。」

「但協議是這麼簽的。」維溫娜道，「因爲協議才得以保護我們的人民。」

「保護我們的是奧斯太神。」伐芬說著，走向另一叢莓樹。

那祂會保護希麗嗎？維溫娜想。可憐的希麗，天真而任性，從來沒學著自制，哈蘭隼宮廷的那些神會把她給生吞活剝的。希麗根本就不了解政治，不懂那些勾心鬥角的事，也不懂得假意和謊言。不僅如此，希麗以後還得生下繼任的哈蘭隼神君，這樣的犧牲就連維溫娜自己也不期盼，但那原本是她該付出的；爲了她的人民，她願意。

諸如此類的思緒始終在維溫娜的腦中盤旋，直到她和伐芬採完了莓果，走下山丘往城裡去。一如所有的修道士，伐芬將她所有的勞力奉獻給人們。她幫助困苦人家放羊、收割，也幫忙打掃房舍。

不再承擔使命，維溫娜覺得自己缺少了目標，但她又想了想，發現這世上還有一個人依舊需要她——就是那個在一週前驚恐且絕望地離開家園，淚眼汪汪地想要向大姊求助的小女孩。

不管父王怎麼說，對於國家，維溫娜已經不再重要。懷著滿腹知識，包括對哈蘭隼人民、文化和社會方面的了解，如今卻是無用武之地。

跟著伐芬走上小徑，維溫娜的腦中逐漸浮現一個主意。

一個絕對稱不上「適當」的主意。

3

ightsong didn't remember dying.

萊聲不記得自己死過。

然而，祭司們堅稱他的死極其激勵人心：高貴、壯烈，而且具英雄性。一個人的死亡若不能彰顯出人類存在的某項價值，他就不會「復歸」。虹譜祭司之所以協助這些死者還陽重生，也是爲了這個原因——這些復歸者將以神的姿態成爲生者們的典範。

每位復歸神都代表一個崇高的理想，和他們死的方式或風範有關，好比萊聲自己就死得十分英勇——至少祭司們是這麼告訴他的。其實他根本不記得當時的情景，也完全不記得自己「復歸」前的人生。

他輕哼一聲，沒法兒再睡著，便翻了個身，卻覺得全身無力。影像和記憶不斷地在腦中浮現，他只能搖搖頭，設法趕走那份昏沉。

僕人們走了進來，無言地回應主子的召喚。在這兒的諸神宮廷裡，五年前才復歸的萊聲是個年輕的神，而這兒有二十幾個男神女神，他們多比萊聲更有分量、更懂政治權謀；他們之上則還有修茲波朗，也就是哈蘭隼的神君。

儘管資淺，萊聲卻享有一座龐大的宮殿，其中有十幾間不同的廳房，每一間都可以隨他的喜好去裝潢，像他睡的這個房間就掛滿了大紅色和亮黃色的絲幕。而宮裡養著幾十個僕人和祭司們等候差遣，他也可以叫他們全部退下，別讓他看見。

這一切都是因為我想不出來要怎麼死。他下床時心想。

站立令他有點兒頭暈。今天是他的進食日，他要是不進食，就沒有力氣。

僕人們走上前來，手裡捧著金色與紅色相間的長袍。一走進他的光氛，每個僕人的膚色、髮色、衣著或飾品的顏色都立刻鮮艷起來，除了彩度高得令人難以逼視，那飽和已極的燦爛色澤也遠遠超過任何染坊或畫匠能夠調製，而這就是萊聲天賦的生體色度所產生的效應。萊聲體內的駐氣多達數以千計，但他看不出那有什麼用處，因爲沒法兒用它來使物品或死屍活動；他是個神，不是識喚術士。他也不能把這些神聖的駐氣送給別人，或甚至是暫借出去。

好吧，其實也不是不能，只是那麼做會要他的命。

僕人們繼續爲他更衣。萊聲的個子比這房間裡的所有人足足高了不只一個頭，又有寬厚的肩膀和渾身派不上用場的結實肌肉。是的，他經常閒到發呆，沒事可做。

「閣下睡得好嗎？」有個聲音問道。

萊聲轉過頭去。來者是拉瑞瑪，他專屬的大祭司，是個身形高大的胖子，戴著眼鏡，舉止總是慢條斯理，他的雙手幾乎被那件金紅相間的超大袍袖給遮住，但仍看得出他帶了一本厚厚的書。當他走進萊聲的光氛時，袍子和書本的顏色又爆出耀眼的色澤。

「我睡得棒透了，包打聽。」萊聲說時打了個呵欠。「老樣子，一整晚作不完的惡夢和怪夢，眞是目不暇給啊。」

祭司揚了揚眉毛：「包打聽？」

「對，」萊聲說，「我決定給你一個新的綽號，包打聽。很適合你，因爲你總是這兒那兒的忙，專愛打探事情。」

「我的榮幸，閣下。」拉瑞瑪說著，在一張椅子上坐下。

天啊，萊聲暗罵。這人都不會生氣的嗎？

拉瑞瑪打開了那本書：「可以開始了嗎？」

「不然咧？」萊聲說。這時，僕人們已經爲他更衣完畢，還掛好了裝飾的絲帶，陸續行禮並退到房間的一角。

拉瑞瑪拿起他的羽毛筆：「那麼，昨晚的夢境，您還記得多少？」

「哦，你知道的，」萊聲一屁股坐到一張躺椅上去，斜靠著說：「都是些芝麻綠豆的事。」

拉瑞瑪不悅地癟了癟嘴。這時，另一隊僕人魚貫地進房來，端進一盤又一盤的各式餐點；世俗的、凡人吃的食物。身爲復歸者，萊聲其實不需要攝取這種食物，因爲這些食物並不會增強他的體力或爲他驅除疲勞。這些餐點只是在滿足口欲罷了。等一會兒，他會去享用更「神聖」的大餐，才有力氣繼續一個星期的活動。

「請您盡量回想夢境的內容，閣下。」拉瑞瑪依舊有禮，口氣卻堅定許多。「無論是多麼不值一提的事都行。」

萊聲嘆了一口氣，望著天花板。天花板當然沒空著，上面妝點著繪畫，畫的正是這宮殿的前一任主人曾經夢見過的景象。萊聲閉上眼睛，試著集中思緒：「我……走在一處海灘上，有艘船正離我而去，我不知道它要開去哪裡。」

拉瑞瑪的筆開始快速地移動，也許他忙著在這段記憶裡尋找各種象徵。「那兒有什麼顏色嗎？」祭司問道。

「那艘船有紅色的帆，」萊聲說道，「沙灘是平常的黃褐色，再來是綠色的樹。不知道爲什麼，我覺得那海水好像是紅色的，跟船帆一樣。」

拉瑞瑪的筆動得更快了。每當萊聲回憶到顏色，他總是特別興奮。這時，萊聲睜開眼睛，盯著天花板上的鮮艷壁畫，一面懶懶地舉起手來，伸到僕人捧著的水果盤去摘了幾顆櫻桃。

他幹嘛要特別在乎夢境裡的人？想是這麼想，但就算他覺得這種占卜很愚蠢，他也無權抱怨。萊聲太幸運了，擁有神聖的生體光氛，有副人人稱羨的好體格，享受著十倍於國王的奢華。在這世上，他恐怕是最沒有立場發牢騷的人。

只不過……哎，他或許也是這世上唯一不信仰自己的神。

「夢裡還有別的事物嗎？閣下。」拉瑞瑪抬起頭來又問。

「還有你，包打聽。」

拉瑞瑪停下筆來，臉色有點兒發白：「我……我做了什麼？」

萊聲點點頭：「你爲了一天到晚打擾我、不准我恣意享樂而向我道歉，然後你送了一大瓶酒來，還跳舞給我看。這一段夢境倒很値得大書特書。」

拉瑞瑪面無表情地看著他。

萊聲嘆氣：「沒有啦，我亂說的。夢裡就只有那艘船，越開越遠而已。」

拉瑞瑪點了點頭，起身揮手要僕人們退下——當然，只是退到角落，而且繼續捧著那一盤盤堅果、酒和水果，以免主人隨時想用。「那麼，我們走吧，閣下。」拉瑞瑪說。

萊聲又嘆口氣，疲累已極地起身。一個僕人在這時上前來重新爲他扣好袍子，因爲他剛才坐下時把釦子弄鬆脫了。

萊聲走在拉瑞瑪身旁，個子比這位祭司高很多。這座宮殿的家具和門廳都是專爲他現在的體格而打造的，使得僕人和祭司們走在這兒時格外顯得不相稱。他們從這間房走到另一間房，不經過走廊。走廊是給僕人走的，沿著宮殿外繞成四方形，他們總在那兒跑進跑出。萊聲走在一片來自北方國度的厚絨毯上，經過一只上好的內海陶器。每個房間都掛著精美的字畫，全都是哈蘭隼最頂級藝術家的創作。

這座宮殿的中央是個方形小房間，裡頭不是代表萊聲的那種正紅色與金色，而是由顏色較暗的色絲帶交錯布置而成——各種深而濃的藍、綠，以及紅色。那些顏色全都屬於純色，儘管看起來都是一般暗沉，達到第三級彩息增化的人卻能一一辨別。

當萊聲走進房間時，那些顏色頓時鮮活起來，明度高了，彩度也更強；棗紅色看起來更透滿，藏青彷彿有了力度。深沉依舊，卻艷濃飽實。如此的鮮明和強勁，一般只會被駐氣激發出來。

房間中央有個孩子。

*爲什麼每次都要找小孩子？*萊聲心想。

拉瑞瑪和僕人們靜靜等著。當萊聲走上前去，那個小女孩便往旁邊瞄，看見那邊的幾個祭司點頭表示鼓勵，她才回頭直視萊聲，顯然還是很緊張。

「來，」萊聲對她說，努力用鼓勵的口吻引導她。「不用怕。」

小女孩仍然微微打顫。

萊聲的腦中響起那些長篇大論——拉瑞瑪堅稱那*不是*說教，因爲凡人不可以對神說教。拉瑞瑪說，身爲哈蘭隼的復歸神應當無所畏懼，因爲諸神即祝福，爲未來帶來遠景，象徵著智慧，又領導這世界。要維持諸神的續存，只需要一樣東西。

就是駐氣。

萊聲心中遲疑，身體卻越來越虛弱，甚至開始頭暈。他一面暗暗咒罵自己，一面單膝跪下，伸出雙手捧起女孩的臉。小女孩哭了起來，卻還是將那段禱詞唸了出來，聲音和咬字都清晰，一如祭司們的教導。「我的生命為你所有，我的駐氣歸你所有。」

她的駐氣逸脫出來，散進空氣裡，沿著萊聲的手臂向前，隨即被他吸收。萊聲的虛弱感不見了，暈眩也立刻消散，取而代之的是清明澄澈的神志，同時他感到自己恢復了精力，還有生命力。

小女孩則變得消沉。她的嘴唇和眼瞳隱約褪色，棕髮也略減光澤，面容失去了光采。

這沒什麼，他想。**大多數的人都說駐氣逸脫時沒任何感覺。這女孩仍會擁有完整的人生，她會過得快樂，她的家庭也會因此得到豐厚的報酬。**

同時，萊聲可以再活一個禮拜。這一次攝取的駐氣不會讓他的光氛變強，而這也是復歸神和識喚術士的另一個不同之處。有人拿兩者相比，認為後者比較低等，說他們是人為的復歸者仿似品。

要是不能每週攝取新的駐氣，萊聲會死。在哈蘭隼境外的復歸神只能活八天，但在哈蘭隼，百姓會定期獻上駐氣，讓復歸神可以延續生命，還可以在夜裡見到幻影，而百姓認為那些幻影具有預示未來的意味。因此，哈蘭隼為這群還陽之人建造了諸神宮廷，在其中培育、保護，並且——餵養「祂們」。

祭司們上前來，將小女孩領出房間時，萊聲忍不住再次在心中對自己說：**她沒事，這不算什麼……**

然而，當他迎上她的視線，卻沒能在她的雙眼見到原先的光芒了。此刻的她面無表情、呆滯，成了「褪息人」，也就是體內沒有任何駐氣的人；駐氣是不會再長回來的。祭司們將她帶出房間。

萊聲轉向拉瑞瑪，一面為體內驀地湧現的活力而感到歉疚。「好啦，」他說，「我們去看貢品。」

拉瑞瑪揚起了一邊眼鏡上方的眉毛。「您突然變得好合作。」

因為我得有所回報啊，萊聲心想。縱使都是些沒用處的回饋也好。

他們走了出去，又穿過好幾間廳室。那些廳室仍然用金色和紅色布置而成，大多是正方形，四壁都設有門。來到宮殿西翼，那兒有處狹長的房間，裡面卻是一片純白，這在哈蘭隼非常罕見。房內的牆上掛著各式字畫，僕人們都留在房外，只有拉瑞瑪陪著萊聲一起走進去，並在第一幅畫面前停下腳步。

「如何？」拉瑞瑪問。

那是幅雜木林的寫生畫，有葉片低垂的棕櫚樹和五彩花朵。萊聲認得其中幾種，因爲諸神宮廷四周的花園裡就有種，但他自己從沒有踏進這種雜木林過，至少在復歸之後的這段時間裡還沒有。

「馬馬虎虎，」萊聲答道，「不合我的口味，但讓我聯想到外面。我很想實地去看看。」

拉瑞瑪面帶狐疑地看著他。

「怎樣？」萊聲道，「待在宮廷裡也會無聊啊。」

「森林裡可沒有美酒，閣下。」

「我自己釀啊，拿東西來……發酵。」

「我相信您一定能。」拉瑞瑪邊說邊向屋外的助理祭司們點頭示意，其中一人隨即將萊聲剛才的評語速記下來。

這一幅寫生畫是由一位城邦贊助者所進獻，此人也許正準備冒險做一件大事——可能是求婚，也可能是簽一份高風險的買賣合約，需要勇氣的加持，因此特地尋求萊聲的賜福。有同樣需求的人將各種藝術品送進宮廷，祭司們便將萊聲的鑑賞心得記下，連同他們詮釋而成的神諭一併傳達回去。無論求得的神諭是好是壞，對這些贊助人而言，獻貢本身就是一種祈福的行爲。

大家都這麼說。

萊聲一走開，助理祭司立刻跑來取下那幅畫。這些藝術品通常都是贊助者花錢請別人創作的。當然，藝術品越精美，神的反應或評語就會越好。照這麼想，人們的未來根本就像是寄託在這些藝術品上似的，誰有錢雇得起高明的藝術家，誰就能搏得更多的好運。

我不該這樣憤世嫉俗，萊聲心想。*要是沒有這套制度，我早在五年前就死了。*

五年前的那一次死亡，他始終不知道怎麼回事，而且到今天仍然納悶。那眞是一場英雄般壯烈的死亡嗎？人們不准向萊聲提起生前之事，搞不好是因爲他們不願別人知道這位英勇之神其實根本是死於胃絞痛之類的毛病。

拿走了畫，助理祭司很快地消失在門外。他會把畫拿去燒掉。這種貢品專爲特定神祇所製造，只有該神祇和側近的少數祭司可以觀看。萊聲移往下一件藝術品。那是一首詩，用哈蘭隼藝匠書法寫成。當萊聲靠近時，顏料中的色點就變亮。哈蘭隼的藝匠書法是門獨特的學問，其奧妙不在字體，卻在顏色上。每一種色點都各自代表哈蘭隼語言中的一個聲調，結合各種顏色的單點或雙點——雙點會分別用不同的顏色——即可構成字元符號。對色盲而言，讀這種詩會非常痛苦。

說到色盲，對哈蘭隼人而言，那是一種難以啓齒的隱疾。至少萊聲是這麼聽說的。宮廷裡的諸神時常鬼扯外界的種種小道消息，這一點，恐怕連服侍他們的祭司都不知道。

那首詩寫得不好，顯然是個鄉下人所做，再委由他人代筆譯寫。這一點從書法中的色點粗簡就可得知。眞正的好詩會用更精緻的符號和連續性的句子，藉繁複的色彩變化來呈現意象；善用符號，還可以改變形體卻不失原意。

用對顏色是一門藝術，至少要達第三級彩息增化才能做到完美。當一個人的駐氣到達這個等級時，就能精準地感覺到色相調諧，如同第二級的彩息增化能夠使人掌握精確的音準。復歸者都有第五級的水準。

萊聲從不知道無法立即辨認顏色和聲音的濃淡強弱會是什麼感覺。就算一桶正紅色的油漆裡只混進一滴白漆，萊聲也能看出它有所不同。

對於鄉下人的詩作，萊聲盡可能給予好評價，雖然他實在很想秉持誠實客觀就是了。莫名地，他覺得這像是自己的義務，也是少數令他認眞看待的事情。

萊聲繼續往旁邊移動，鑑賞牆上掛滿的整排詩畫。今天的作品特別多，難道是什麼特別的日子或慶典？看到最後，萊聲已經厭煩了，可是他的身體仍然感到精力飽滿。

他在最後一幅畫前站定。那是一幅抽象畫，近來日漸時興。由於萊聲以前常對這一類畫風給予好評，人們獻來的繪畫也就開始以抽象風格居多——單單爲了這個，他就想給眼前這幅畫打個極低分。有些神祇說，讓祭司忙著揣摩主人的心思是件好事，而萊聲也隱約感覺到眾神常在這方面要心機，比方像是在評鑑貢品時故意搞神祕。

但萊聲沒那個耐性玩這招，尤其是此間眾人所求似乎只是誠實。他在抽象畫前站了好一會兒。那畫布上塗著厚厚的油彩，畫家下筆時非常大膽且狂放，而整幅畫是以幾近血腥般的深紅色為主調，萊聲一眼就看出那紅色裡攙著藍色和一些黑色。濃郁的線條交疊，一道又一道，一層又一層，頗有海浪般的感覺。萊聲皺起了眉頭。假使他看得沒錯，那麼這是在畫海，而正中間還有艘船？

他隱約想起夢中的場景：紅色的海，遠去的船。

是我憑空想像。萊聲對自己說。「顏色好，」他說，「圖樣也好，讓我心平氣和，但仍有一絲緊繃感。值得嘉許。」

拉瑞瑪好像挺喜歡這個反應，還向負責記錄的助理祭司點了點頭。那個助理祭司站得極遠，不敢靠近。

「好了。」萊聲道，「就這些了吧？」

「是的，閣下。」

還有一件差事。他想道。貢品評鑑完畢後，萊聲的每日義務就剩下最後一項，卻也是最無趣的一項：聆聽請願。這件事得要做完，他才能去進行別的重要活動，比方像是睡午覺。

拉瑞瑪站在原地沒動，只是揮手叫助理祭司退下，自己則翻開手中的記事本查看。

「怎麼不走？」萊聲問道。

「閣下，走去哪兒？」

「聆聽請願。」

拉瑞瑪搖搖頭：「閣下，您記得嗎？今天沒有這項行程。」

「我不記得。這種事是你要去記得的。」

「噢，那麼，」拉瑞瑪翻了一頁。「我記得您今天沒有聆聽請願的行程。同時，負責請願事項的祭司都要去做別的工作。」

「哦？什麼工作？」

「就是到前院去虔誠地跪著，閣下。我們的新王妃今天就會到。」

萊聲愣住，同時在心中暗暗後悔自己沒有多留意政壇消息。

「今天？」

「正是，閣下。神君今天將要大婚，閣下。」

「這麼快？」

「一等王妃抵達，立刻成婚。」

這倒有意思，萊聲心想，修茲波朗要娶老婆了。

在復歸者之中，只有神君可以結婚，其餘的復歸者都不能生小孩；這是爲了君王的安全著想。此外，不若一般的諸神或凡人百姓，神君不呼吸，這一點總是讓萊聲覺得詭異。

「閣下，」拉瑞瑪說，「爲了迎接王妃，我們要在城外布署軍隊，到時將會需要死魂令。」

萊聲揚一揚單邊眉毛：「要攻擊她啊？」

看見拉瑞瑪沒好氣地板起臉孔，萊聲咯咯笑，然後說：「雛鳥果實。」萊聲此舉，是將一道可以控制王城死魂僕的指令出讓給了拉瑞瑪。當然，這句話不是核心指令，所以拉瑞瑪得到這一道指令後，只能在非戰鬥的情況下控制死魂僕。萊聲時常覺得指令授權體系沒必要搞得這麼複雜，可是話又說回來，要不是身爲掌管死魂令的四位復歸神之一，他在這兒的地位恐怕就沒這麼重要了。

祭司們開始低聲談論要準備的工作。萊聲走到門邊倚著，將雙臂叉在胸前等他們談完，一面想著修茲波朗的婚事。

「包打聽。」他喚道。

「是，閣下。」

「我有老婆嗎？我是說在我死前。」

拉瑞瑪遲疑了一會兒才開口：「您知道，關於您復歸前的生活，我是不能談論的。了解您的過去，並不會爲任何人帶來任何好處。」

萊聲仰頸，將頭靠在牆上。「我……偶爾會想起一張臉，」他看著雪白的天花板，語調輕柔。「一張美麗年輕的面孔。我想，也許就是她。」

祭司們都靜了下來。

「誘人的褐髮，」萊聲繼續說，「紅唇，足可與七度泛音比擬的深沉之美，以及一身日曬過的健康膚色。」

一名祭司急忙將拉瑞瑪的紅皮大書拿來，後者立刻振筆疾書起來。他一個勁兒地抄寫，沒有向萊聲進一步探問什麼。

萊聲沒再說話，只是轉過身背對著拉瑞瑪。

想這些又如何？他想。那段人生已經是過去式，而我現在得做個神。我自己信不信這一套是一回事，至少在這裡受到的待遇挺好。

他邁步走開，僕從和助理祭司們依舊跟在後頭。貢品看完了，夢境記錄了，請願也不用聆聽了，現在的萊聲可以隨心做自己想做的事。

他沒走回主殿的房間，而是往通向戶外的露台走去，同時教人準備在那兒搭起遮陽篷。既然來了個新王妃要進城，那麼他想好好地看看她。

4

iri's carriage rolled to a stop outside of T'telir, capital of Hallandren.

希麗的馬車在特提勒城外停下。特提勒是哈蘭隼的首府。她從車窗往外看，當下就看傻了眼。她發現，在祖國，人們老是說賞玩花朵是搞排場，說一輛馬車要派二十名士兵護衛是搞排場，說在公眾場合亂發脾氣是搞排場，但他們顯然根本就不懂「排場」是怎麼回事。

如今，就在她的眼前，四萬名步兵排得整齊，穿著亮藍與金色相間的制服，一支支長矛頂端的流蘇迎風飛舞；除此之外還有兩排騎兵，跨坐在壯碩得猶如巨獸的戰馬上，身上披戴的鐵甲在太陽下閃耀著金光；與這人海相比也毫不遜色的，是宏偉城市中一座又一座富麗堂皇的圓頂和尖塔，令她目不暇給。

鄉親們，這才叫作排場啊。

她本以爲自己做好了心理準備：在抵達特提勒城之前，馬車會先經過幾座城市，那兒會有漆成五顏六色或繪有各種圖案的房屋，然後她會先住在旅店裡，睡著軟綿蓬鬆的床鋪，享受用各種香料調製成的美食。

她完全沒料到，特提勒城的歡迎式會是這等陣仗。

*色彩之神啊……*她在心中驚歎。

她帶來的士兵們全都朝馬車圍聚，彷彿被眼前的景象嚇得想要躲進車廂裡。特提勒城建在白亮海岸邊，而白亮海其實並不是眞正的海洋，只是一座很大的內陸湖。希麗遠遠地就能望見湖面反射的粼粼波光，耀眼得一如它的名字。

一個穿著銀藍色長袍的男人騎馬靠近，袍子紋飾繁複，不若義卓司修道士簡樸，還有又大又厚的護肩，看起來就像一件鎧甲。希麗看見那人的袍裝層層厚重，再見到他戴在頭上的同色冠飾，嚇得髮色都淡了。

那人鞠了個躬，以低沉的嗓音說：「王族的希希麗娜公主，我是崔樂第，是哈蘭隼永生的復歸神君．偉大的修茲波朗陛下專屬的大祭司。您的行列將由我榮耀的代贗衛隊負責開路，領您前往諸神宮廷。」

代贗？希麗聽不懂那個詞。

但見那名祭司說完話就掉轉馬頭，沒等希麗的回覆，逕自走上通往主城的大道。她的馬車跟著走，衛兵們則依舊包圍在車子四周。這時，周遭的植被已從雜木林變成了零星的棕櫚樹叢，希麗發現地上的土壤混雜了不少乾沙。話又說回來，比起自然景觀，還是馬路上一望無際的人海占據她最多的視野。

「我的天！」這時，馬車外的一名衛兵壓低了聲音嘆道：「這些人是死魂兵！」

希麗的髮色才剛要恢復，就被這句話嚇得又白了回去。衛兵說的沒錯。儘管穿著彩色的軍服，哈蘭隼步兵團的每一張臉孔卻是清一色的蒼白——他們的眼珠、皮膚以至於頭髮，看起來都是灰蒼蒼的，完全沒有色彩。

這怎麼可能是死魂兵？他們看起來就像活人！

希麗總把死魂僕想像成骷髏人，血肉都爛光了只剩森森白骨。她聽說他們都是死掉的人，還陽卻不還魂，所以沒有心智，但是眼前這些士兵的外形完全無異於活人，就只是臉上沒顏色、也沒有任何表情而已。他們站得直挺挺，不會呼吸，沒有一絲微顫，眼神也定定的，就像雕像。

我要嫁的人就跟這些東西一樣嗎？希麗心想。不對，復歸者不同於死魂僕，也不同於失去駐氣的褪息之人。她依稀記得畢瓦利斯有過一個復歸者，那是大約十年前的事。當時父王不准她與那人接觸，而她聽說那人回到自己家中，可以跟家人應答如流，卻完全不記得他們。

過了一個禮拜，那人又死了。

馬車通過死魂兵團的面前，來到了城牆下。城牆高大而華美，牆頂是一個一個相鄰的半圓形，像山丘連綿起伏，邊緣則包覆著金屬。牆下的城門不只一道，每一道門的拱緣都刻著兩頭相互糾纏的海獸。希麗的馬車經過城門下時，哈蘭隼的騎兵隊向馬車靠攏，護送車隊前進。希麗朝那些騎兵仔細打量，怎麼看都覺得他們像是活人。

她一直以為哈蘭隼是個死亡之地。在隆冬的火爐邊，流浪者或老太太們總愛胡說些關於這個國家的鬼故事，所以，在希麗的印象中，哈蘭隼的城牆是由骷髏砌成，然後胡亂漆塗，城中的房舍也必定猥穢而可憎。

結果事實完全不是如此。誠然，特提勒城流露著一股傲慢之氣，但在希麗看來，更多的卻是令人目不暇給的驚奇和繽紛。趕來看熱鬧的人們站在街道兩旁，萬頭攢動，希麗這輩子從來沒看過這麼多人。她分不出人群中誰富誰貧，因為他們全都穿著色彩鮮艷的衣裳；有的裝扮確實特別華奢些，她猜想可能是商人。其他人即使穿著簡樸，仍不忘以繽紛色彩來點綴衣裝。哈蘭隼沒有所謂的王公貴族，平民之上就只有眾神。

至於房舍，色彩上的確爭奇鬥艷，彼此未必搭調，卻沒有一棟是胡亂簡陋；相反地，不僅建築群洋溢著匠意和藝術品味，就連路邊的店面、人群，還有處處林立的戰士塑像，都是精雕細琢、極盡耀眼之能事。看著看著，希麗竟發現自己在微笑，頭髮也在不知不覺間變成了淺金色——儘管一股頭疼隨之而來。

*也許……也許這就是父王把我送來的理由，*希麗心想。*不論是否受過宮廷訓練，維溫娜都不可能適合這裡的，而我卻總是太過迷戀色彩。*

父親是個好國王，擁有敏銳的直覺。也許，經過二十年的教養和觀察，他終於發現維溫娜在這件事派不上用場，所以破天荒地捨她而選擇了希麗？

假使是如此，那麼，他要我來做什麼呢？希麗知道國民都害怕哈蘭隼舉兵來犯，兩國之間的情勢也始終緊張。但她不明白，若父王認定戰事無可避免，將她送來的意義何在？也許父王希望她可以緩和這種氣氛？

想到這裡，她反而焦慮起來，使命感和她從來就不熟；父王竟把這個重大任務和百姓的性命全交付給自己，讓她終於逃不了也躲不了，這令她更加不安。

別的不說，結婚是終身大事，她要怎麼逃？

想著今後可能發生的種種，她的髮絲又泛白了。希麗決定把注意力再度轉向這座城市，果然很快就驅散了那些煩惱。當馬車沿著城南丘陵地前進，她看見白亮海灣畔的風光。特提勒城傍灣而建，腹地的形狀就像一彎月牙。城牆只要繞個半圈，連接海岸線，便能好好圍起這座城。

儘管人口眾多，市容卻不侷促，她看見好幾處林蔭大道、花園綠地，也有多處未使用的空地。大街旁幾乎都種著行道樹，加上來自湖面的涼爽微風，使得空氣遠比她預期的更為潤澤怡人。馬車行列所走的這條大道地勢較高，正好可以將城市和湖景盡收眼底，只可惜不遠處的半堵高牆將視野遮去了一小部分。當希麗的車隊駛近時，那道牆下的大門緩緩敞開，原來那是一座城中城。

馬車、衛兵和祭司們進入城門，平民百姓留在外頭。

這座城中城設有兩道圍牆，牆門開在不同的方位，以免任何人從門縫中窺見城內。馬車通過第一道城門後隨即左轉，繞行到第二道城門後才彎進去——這就是哈蘭隼的諸神宮廷。這兒與外隔絕，有大片綠草如茵的庭院，數十座華美氣派的豪邸，每一座都漆著醒目而獨特的顏色，最遠處的建築物最大也最高，而且整棟都是黑色的。

這裡的氣氛不像外面，一切都靜悄悄的。希麗看見某些豪邸的露台上有人坐著，正目送她的車隊緩緩駛過草坪，而每一座豪邸前的草地上都有一小群男男女女跪拜著，各自的衣著與身後的宅邸同色。希麗沒怎麼觀察他們，因爲她忙著窺探那一棟最大的黑色建築物，覺得它像是由許多黑石塊砌成的大階梯，四四方方而頂端有座塔。

黑的，她想。在一座彩色的城市裡。她的髮色變得更淡。她突然希望自己更虔誠於信仰。她懷疑奧斯太神一直對她的離經叛道有所不滿，而大多數日子裡她甚至連五大願景都說不出來。話又說回來，看在義卓司百姓的份上，天神應該還是會保祐她才對？

車隊終於來到黑色的巨大宮殿前。希麗把頭探出車窗外，看向宮殿頂端的塔，發現這座建築物不只是尖錐狀，頂端還有一些突出的屋簷和雕塑。她覺得那樣看來頭重腳輕，搞不好就要塌下來壓倒她。這時，騎馬的祭司來到車窗旁，而騎兵們都靜靜停在原地不動，偌大庭院中只聽得見馬兒們的鼻息。

「我們到了，神君妃。」那人說，「一進到宮中，妳要立刻準備迎接妳的丈夫。」

「丈夫？」希麗不自在地問，「不先舉行婚禮嗎？」

男祭司笑得輕蔑：「神君不需要儀式輔助。只要他想要，妳就要隨時就緒。」

希麗打了個寒顫：「我只是想，也許可以先見見他，就是，你知道……」

祭司嚴厲地瞪她一眼：「女人，神君不會迎合妳的幻想。若他准許妳碰觸，那就已經是勝過其他人的無上恩典了。別想太多，也別往自己的臉上貼金，妳只是因爲『祂』的旨意而來，而妳也只能服從。妳若不從，他可以拋棄妳，再選一個女人來取代妳的位置——不過我想，這一點恐怕不利於你們高原的朋友吧。」

祭司掉轉馬頭，率眾走上一條石板大道。馬車跟隨在後，將希麗帶向她的命運。

5

his will complicate things, Vasher thought, standing in the shadows atop the wall that enclosed the Court of Gods.

這下可複雜了。法樹心想。這時的他站在城牆頂上的陰影中，俯瞰著牆內的諸神宮廷。

宵血在說話，*怎麼了？叛徒們終於把公主送來，又不影響你的計畫。*

法樹沒有回應，看著新妃的車駕上了坡道，消失在宮殿後方，自己仍按兵不動。*到底怎麼了？*宵血催促。過了這麼多年，這把劍還是像個小孩一樣毛躁。

有人會利用她，法樹默默想著。*要過這一關，說不定我們還得處理她。*法樹想不到義卓司竟肯將王室的血緣送回特提勒。對那些高原人而言，此舉等同付出極大的代價。

他轉過身去，拉起牆外側的一條長形錦旗，裹住自己的雙腳，然後釋放駐氣。

「載我下去。」他發令。

以羊毛織成的旗幟，把法樹釋出的上百道駐氣吸了進去。那塊布當然不是人形，而且相當寬大，但法樹現在擁有足夠的駐氣可以識喚它。

織毯扭結，變成一隻手的形狀，然後把法樹托起來。一如慣例，識喚體都會試著模仿人類的外形，法樹就看著那塊布自己模擬了肌理甚至血管。對一塊布而言，其實沒必要如此。

端著法樹的一邊肩膀，錦旗小心翼翼地把他載到地面。「你的駐氣爲我所有。」法樹收回駐氣，錦旗隨即乖乖地垂貼回牆上，不再像個有生命的物體。

少數路人停下了腳步觀看，像是感興趣，倒不顯得害怕。特提勒城的百姓與諸神比鄰而居，對這種事當然不會大驚小怪。擁有上千道駐氣的人固然罕見，可也不是前所未聞，因此那些路人只看了一會兒，然後就走開去做各自的事了。

儘管法樹仍是一身不起眼的破爛裝束，如此的注目禮卻是不可避免——大熱天裡，他穿著破長褲和舊斗篷，褲頭只用麻繩繫個幾圈來充當腰帶，然而他所經之處的色彩會急遽增亮，普通人都能看得出，第一級彩息增化者就更不用說了。

低調的日子結束了，法樹得重新習慣受注目的感覺。話說回來，這倒是他喜歡待在特提勒城的原因之一。這座城市夠大，人們的日常生活中充斥著違反自然常理的事物，像是死魂僕、識喚術等等。在這樣的地方，法樹不至於「太」突出。

當然，宵血不包括在內。法樹穿過人群，一手提著這把過重的長劍，劍鞘的頂端幾乎拖地。好幾個路人立刻退開以讓避那把劍，其他人則是目不轉睛地盯著它看。這可不妥，也許該把宵血塞回包袱裡去比較好。

哦，不可以，宵血說，想都別想。你已經把我關太久了。

你又不會怎麼樣。法榭在心中說。

我需要新鮮空氣，宵血說。還有陽光啊。

你是一把劍，又不是棕櫚樹，法榭想道。

宵血沉默了。他當然知道自己不是人類，只是不太喜歡聽人提起這件事。每次談到這個，他總會悶悶不樂。正好，法榭就希望他少囉嗦。

法榭走了幾條街，朝一家餐館走去。這是他想念這兒的另一個原因。在別的城市裡，人們的飲食選擇不多，旅人若要停留一段時間，通常是雇請當地的婦女來料理三餐；假若只是待上幾天，那就只有旅店供應的伙食可吃了。

特提勒城的餐飲文化就精彩多了。這兒的人口眾多，人們的生活也夠富裕，飲食水準極高，所以城中大小餐館林立，這風氣和其他地區大不相同。法榭走進事前預約過的這家餐館，在侍者的帶領下走進廂房，坐下後就將宵血靠在牆邊。

不到一分鐘，有人摸走了那把劍。

法榭佯裝不知，仍舊坐著靜等侍者端來甜的熱桔茶，在品飲時細細咀嚼著其中的橘皮絲，一面納悶這些住在熱帶低地的人們為什麼偏愛喝熱飲。幾分鐘後，他感應到有人在監視，不久後更有人往這間廂房接近。法榭繼續喝茶，用空著的那隻手抽出藏在腰間的飛刀。

那祭司在法榭的對面坐下，身上穿的不是教袍，而是尋常百姓的服飾。也許是出於無意識的搭配，這人把自己裝扮成分明的水色與紅棕色，提示了他侍奉的主人是誰。法榭把飛刀收回去，用啜茶的響聲掩飾藏刀時的聲音。

祭司白彼德左右張望，緊張兮兮。法榭感覺得出他擁有的駐氣已達第一級彩息增化——有能力花錢買駐氣的人，大多停留在這個程度。在這個階段，感官會變得敏銳，因此對於生命的感應力會大幅提高，也可以看見駐氣產生的光氛，因而能在普通人之中辨認出識喚術士；若遇到緊急情況，也可以施展一點識喚術。再者，還能延壽十年。買下這些駐氣的錢，足夠讓一個農村家庭不愁吃穿五十年，算是合理交易。

「如何？」法榭問道。

見到白彼德幾乎整個人驚跳起來，法榭無奈地閉眼嘆氣。這人顯然不習慣這一類的密會，要不是法榭「特地施壓」，他一定不肯赴約。法榭睜開眼睛朝白彼德直瞪，這時，侍者上菜。

忒客提料理是這家餐館的招牌菜；哈蘭隼人對異國香料的喜愛，就如同他們鍾情於怪里怪氣的配色。早在預訂這個廂房之際，法榭已為自己和客人點好兩盤辣炒飯，並包下附近其他廂房，免得受到干擾。

「說啊？」法榭又催。

「我……」白彼德開口，「我不知道。我還沒找到那麼多。」

法榭聞言，冷冷地盯著他看。

「你得給我更多時間才行。」

「朋友，講話小心點，」法槲說道，喝下杯中的最後一口茶，心中惱怒。「你我都不希望那種消息外洩，是吧？」難道還要我再恐嚇一次？

白彼德沒有碰眼前料理，沉默一會兒。「法槲，你根本不知道這有多難。」說時，他湊近臉來，「我是真實之神白亮偉視的祭司。我不能違背誓言啊！」

「我沒叫你那麼做。」

「所以我們不該向外洩露宮廷政策。」

「得了吧。」法槲不齒，「那些個復歸者自己都是大嘴巴，他們之中的風吹草動，要不了一個鐘頭就可以傳遍半座城市。」

「這跟政治可是兩回事——」

聽見白彼德這麼回應，法槲氣得咬牙，手中的湯匙都給折彎了。「夠了，白彼德！我們都知道你的誓言只是這場把戲的一部分。」然後他也欺身向前：「而我最痛恨人家玩把戲。」

白彼德的臉色刷白，動也不敢動一下。法槲朝手中瞄一眼，悻悻然地將湯匙扳回原狀，接著舀了一匙炒飯送進嘴裡，感受辣味在口中燃燒。美食當前時，他從來不客套或等待，因爲他隨時都有可能在下一秒匆忙離開。

「好吧，我是一直聽到……謠言。」白彼德終於鬆口，「法槲，這絕非單純的宮廷政治，也遠超過諸神之間的小把戲。整件事不是說說而已，而是非常隱密，就連祭司們的順風耳都只能聽到一點點線索。」

法樹繼續吃飯，沒應聲。

「宮廷裡有一派人正在醞釀要攻打義卓司，」白彼德道，「雖然我想不出原因。」

「你呆子啊，」法樹應道，暗暗希望再來一杯熱茶，好把炒飯沖下去。「哈蘭隼要殺光高地那些傢伙的理由可正當得很，誰都知道。」

「因爲他們是王族。」白彼德說。

法樹點點頭。人們將高原地區的居民稱作「叛徒」，事實上那些人才是正統的哈蘭隼王室後代。王族成員的血肉之軀雖和凡人無異，但其血緣上的正統性卻對諸神宮廷造成威脅。一山不容二虎，這是任何王者皆知的道理，如今這世上既是神君稱大，當然得早日剷除這一號後患。

「好啊。」法樹說，「你們就去打，然後哈蘭隼會贏。有什麼問題嗎？」

「問題就是這主意不好，」白彼德說，「根本爛透了。老天，卡拉德的陰魂作祟啊！義卓司不可能輕易撤離——這又不像鎮壓那個愚蠢的瓦爾。義卓司有來自群山的各盟邦，同情他們的王國少說也有幾十個。主戰人士說得倒簡單，什麼『弭平小小的叛亂衝突』，但這事很可能爆發成又一次的眾國大戰啊。死個幾千幾百萬人，你們樂見嗎？把那些王國搞垮或滅掉，就爲了占領人家那幾塊長不出幾根毛來的貧瘠小領土？誰要那些土地？」

「通商路線很值錢的。」法樹提醒他。

「哼，義卓司夠聰明，沒把關稅提得太高。整件事與錢無關，而是恐懼使然。宮廷裡的人都在猜，如果義卓司阻斷了通道會如何，若他們放敵人溜進來圍攻特提勒又會如何。要是在乎錢，我們何必用打的？哈蘭隼是靠染料跟紡織的貿易而致富的，你想，戰時的商業活動會繁榮嗎？不要被搞到全面崩盤就算我們走運了。」

「那關我什麼事？」

「哦，是啊。」白彼德沒好氣地應道，「我忘了我在跟誰講話。那你到底想要啥？直說吧，早點了結。」

「說說叛亂份子的事。」法榭邊嚼邊講。

「義卓司？我剛剛才講——」

「不是他們，」法榭道，「是城裡的。」

「瓦爾死後，那批人就不重要了。」白彼德揮了揮手，「對了，沒人知道是誰殺了瓦爾。我們猜是叛軍自己下的手，因爲他們不爽頭子被活捉，是吧？」

法榭沒搭腔。

「你只想知道這個嗎？」白彼德不耐煩的說。

「你剛才提到宮中的主戰人士，」法榭說，「我要跟他們會一會。」

「我才不要幫你招惹——」

「不用你給我意見，白彼德。守好你自己的承諾，該給我的消息都給我，你就可以從這灘渾水裡脫身。」

「法樹，」白彼德說時，把頭靠得更近。「這忙我幫不了。我侍奉的女神對政治沒興趣，我自己跟那一派人馬也不熟啊。」

法樹又吃了幾口飯，同時忖度著這番話的眞實性。「好吧。那誰可以？」

白彼德這才放鬆，拿餐巾抹了抹額頭：「我也不知道。也許可以找默慈星的祭司？或者去探探藍指頭的口風。」

「藍指頭？這個神的名字好奇怪。」

「藍指頭不是神，」白彼德小聲笑道，「那只是個綽號。他是宮廷裡的總管，文書官的頭頭。宮廷運作幾乎都靠他主持，要說誰對主戰風聲了解得最多，大概就是他了。當然，他嚴謹又正直得很，不好對付。」

「看我的吧。」法樹說時，把盤中的最後一口炒飯舀進嘴裡。「我不就逮到你了嗎？」

「是啦是啦。」

「你走的時候記得給侍者打點小費。」法樹起身說道，同時抓起他的斗篷，閒步往餐館外走去。他感覺到右方有一股黑暗氣息，於是順著那條街直走，彎進一條小巷，就找到了被人摸走的宵血——宵血連劍帶鞘地直戳在那名小偷的胸口上，巷子底還躺著一個人，而兩人都已經氣絕。

法樹將它拔出，重新收好，扣住劍鞘。宵血其實只出鞘一吋不到。

你剛才發了一點小脾氣哦，宵血的口吻帶著責備意味。**我還以為你一直想改掉這性子。**

大概我故態復萌吧。法樹想。

宵血頓了一會兒，我倒是從來不認爲你有心修斂。

是收斂，你講錯詞了。法榭應道，走出小巷。

哦，宵血又說，你這人就是太在乎措詞。像剛才那個祭司，你跟他費了那麼多脣舌，最後還放他走。要是我就不會那樣辦。

對，我知道，法榭說。用你的方式，就會多製造幾具屍體。

哎，我是一把劍嘛。宵血悶哼，要照你擅長的方式去做也可以……

□

萊聲坐在露台上，看著新王妃的馬車向宮殿前進，轉頭向大祭司拉瑞瑪說：「這眞是令人愉快的一天。」

幾杯好酒下肚，稍稍擺脫了攝食之後的罪惡感，萊聲的心情逐漸恢復平常。

「原來您這麼高興有個新王妃？」拉瑞瑪問道。

「我是高興可以不用聆聽請願，這都要感謝她的大駕光臨啊。你對她了解多少？」

「所知不多，閣下。」拉瑞瑪站在萊聲的椅子旁，眺望著神君的宮殿說道：「我們沒想到義卓司王送來的不是他的長女，卻是最年幼的公主。」

「有意思。」萊聲說時，又讓僕人添了一杯酒。

「這位公主年僅十七歲，」拉瑞瑪說，「那樣的年紀就要嫁給神君，我無法想像。」

「包打聽，若是你要嫁給神君，不管幾歲我都無法想像。」萊聲故意挖苦道：「噢，其實可以，包括你穿上禮服的模樣會是多麼不堪又可笑。記得把我這段幻想給抄下來，哎，大不敬，我眞該打。」

「我會註記成您的禮節觀，閣下。」拉瑞瑪沒好氣地說。

「別傻了。」萊聲啜飲一口酒，說道，「我根本幾年沒幻想了。」

他往後靠，不由得思索起義卓司王派遣另一位公主來聯姻的用意。微風送來一絲鹹水的氣味，棕櫚葉迎風搖擺，一時令他分神。**不知我是否曾經在那片海上航行？我是那個海域的居民？我死在海上嗎？所以我才會夢到船？**

早晨的那個夢，萊聲只剩下一個模糊的印象了，一片紅海……

火舌。死亡，殺戮和打鬥。萊聲突然清楚地想起了那個夢，夢境鮮明又完整，卻令他自己大爲驚駭。海面之所以是紅色，是因爲它反映了特提勒城的熊熊火光；萊聲甚至依稀聽見人們的慘叫聲，還有……什麼？士兵們在街上衝鋒和廝殺的聲音？

在夢中遠離的那艘船也起了火。他搖搖頭，不願再回憶。這不過是一個惡夢，不代表什麼。人人都會作惡夢，卻只有他——「祂」作的惡夢會被當成預兆，害得他心裡發毛。

拉瑞瑪仍然站在旁邊，繼續眺望神君宮殿。

「噢，給我坐下，別站得這麼近。」萊聲說，「你會讓小人們多想。」

拉瑞瑪揚了揚單眉：「敢問是哪種小人，閣下？」

「就是那些老是向我們鼓吹戰爭的傢伙。」萊聲邊說邊揮手。

拉瑞瑪在露台上找了另一張木躺椅坐下，摘下笨重的祭司冠，露出因汗水而貼在頭皮上的黑髮，用手撫了撫。剛開始侍奉萊聲時，拉瑞瑪只是一個勁兒地嚴謹和守分際，但這些年下來，他也算是被主子給影響了。萊聲畢竟是神，假使「祂」的旨意是不准勤奮工作，身爲祭司就只能服從。

「閣下，其實我不明白。」拉瑞瑪撫著下巴說，「我不喜歡這件事。」

「你不喜歡王妃來？」萊聲問。

拉瑞瑪點點頭：「宮廷中已有將近三十年沒有后妃了，我不知道她會帶來什麼樣的紛爭。」

萊聲揉了揉自己的額角：「權謀啊。拉瑞瑪，你知道我對這種事最頭疼。」

拉瑞瑪抬眼看了看他。「閣下，您——來這世上就是要參政的。」

「拜託你別提醒我，其實我很想從這處境中解脫。我問你，你覺得我有沒有可能收買別的神來接管我的死魂令？」

「那恐怕不是明智之舉。」拉瑞瑪說。

「這可是我想出來的偉大計畫。我要確保自己下次再死的時候是個完全沒用的廢物，尤其是對這座城市。」

拉瑞瑪抬起頭來。「完全沒用的廢物？」

「對。普通沒用的廢物搞不好還不夠，我好歹是個神。」說著，他從僕人的托盤上抓了一大把葡萄來吃，想藉此驅走擾人的夢中景象，一面努力告訴自己：那不過是夢境，不必想太多。

不過，他還是決定明早就把這個夢講給拉瑞瑪聽，也許拉瑞瑪可以藉此呼籲和平。義卓司王沒把他的長女送來，宮廷肯定議論紛紛，這麼一來，大家就會更常談論戰爭。就算王妃將來有本事平息這一類議論，也不可能讓諸神之中的好戰份子就此死心。

「幸好，」拉瑞瑪的口氣像是在自言自語，「他們還是找個了公主送過來，起碼是個善意。萬一他們斷然拒絕，戰爭勢必開打。」

「不管是誰因此而不高興，我都不覺得我們應該為了他而開戰。」看著手中的葡萄，萊聲懶洋洋地說，「在本神看來，戰爭比政治權謀還糟糕。」

「有人說這兩者是同一回事，閣下。」

「胡說，戰爭糟多了，政治權謀至少能帶來一些茶餘飯後的話題。」

萊聲說話時總喜歡套用不正經的譬喻，拉瑞瑪一律當作沒聽到，這會兒他也同樣不予回應。萊聲知道他的大祭司不是有意失禮，而是因為露台後方站著三個助理祭司，各自在記錄他們的對話，這些紀錄都會被進一步解讀。

「您認為義卓司叛徒接下來會怎麼做？」拉瑞瑪問。

「包打聽，有件事你要知道，」萊聲靠回躺椅，閉上眼睛，感覺陽光映照在臉上。「義卓司人並不認為自己是叛徒，也不是縮在高原上等著要打回哈蘭隼或重新稱王。這裡已經不再是他們的家園了。」

「但那種窮鄉僻壤怎麼能算是王國？」

「怎麼不算？他們握有那一帶最好的礦產，通往北方的四條重要幹道，還有哈蘭隼王朝最正統的王室血脈。老兄，他們並不需要我們啊。」

「那麼，有人說義卓司的異議份子混進城裡，挑撥人民反抗諸神宮廷，這又怎麼看呢？」

「謠言罷了。」萊聲說，「當然啦，等到暴民們來拆我的宮殿，要把我綁在木樁上燒死時，我一定會向他們說明你有如此的先見之明，到那時就是你贏而我輸了。噢，不對，你搞不好會跟我綁在一起。」

聽見拉瑞瑪嘆了一口氣，萊聲睜開眼睛，發現他正以若有所思的表情望來，過了一會兒才默默地戴回自己的帽冠。他沒有指正萊聲的言詞輕浮，也絕不會這麼做，因爲萊聲是神，他只是個祭司。只要萊聲下令，他和同僚們就務須服從。

有些時候，這一點讓萊聲感到害怕。

不過，今天他卻感到惱怒。王妃駕到竟讓他談起了政治——要不是如此，這天本來很順心的。

「酒。」萊聲說道，舉起杯子。

「您喝不醉的，閣下。」拉瑞瑪提醒他，「您的身體對所有毒性都免疫。」

「我知道。」僕人上前斟酒時，萊聲說，「放心吧，我很會裝。」

6

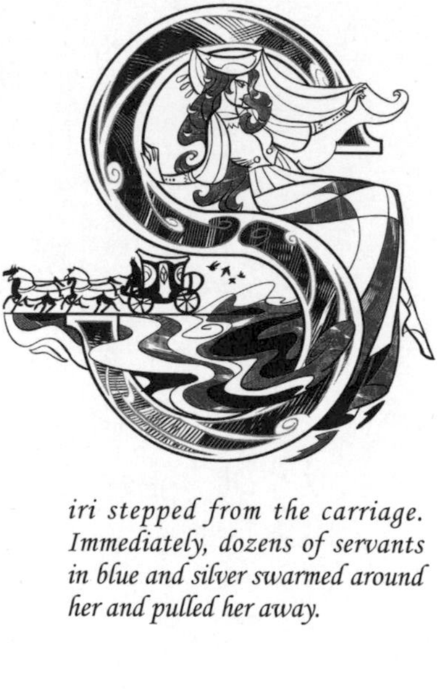

iri stepped from the carriage. Immediately, dozens of servants in blue and silver swarmed around her and pulled her away.

希麗一走下馬車，就有數十名穿著銀藍色服裝的僕人上前來將她拉走。她大爲吃驚，急急回頭望向她的隨車衛兵，看見衛兵們也都邁步想跟上，卻被崔樂第擋了下來。

「神君妃獨自進宮。」祭司宣布。如刀割般的恐懼襲向希麗，時候到了。

「回義卓司去。」她對士兵們說。

「可是，公主——」

「別說了，」希麗對那名衛隊長說，「你們在這兒幫不了忙。請你們回國去告訴我的父王，說我已經平安抵達。」

衛隊長向部下們看了看，臉上滿是不安。希麗也顧不得他們是否遵從命令了，因為僕人們已七手八腳地將她推進一條黑色長廊。希麗努力地不表現出恐懼。她到這座宮殿是來嫁人的，她的使命就是要給神君一個好印象，只是心中的慌亂之情變得更加不受控制。她開始想：我怎麼沒逃跑？當初怎麼沒向父王求饒？為什麼大家不讓我做我想做的事？

現在已經無路可逃。女侍們接手，繼續領她走進通向深宮的黑色迴廊，每向前走一步，就代表希麗的過往人生正在消失。

現在的她，孤身一人。

廊牆漆黑，一盞盞罩著彩繪玻璃的壁燈亮著。轉了好幾個彎，繞行一會兒之後，希麗已經記不住這一路走來的路徑。

圍繞在她身旁的女侍們彷彿一支王家衛隊，但她們看起來並不是同年齡，只是清一色拖著銀藍色的披肩，雲鬢蓬鬆，雙眼低垂地看著前方地面。除此之外，她們的衣裙寬鬆，前襟開得極低，幾乎露出半片胸脯，希麗看了都不由得臉紅。在義卓司，女仕們連頸子也不能露出。

走著走著，前方終於出現一個稍大一點的房間。希麗在門口停下了腳步，沒有直接走進。房裡的石牆仍是黑色的，多處垂掛著棗紅色的絲幔——事實上，房裡的一切都是棗紅色的，包括地毯、家具和位於正中央的浴池。浴池四周的地面鋪有瓷磚。

女侍們上前來脫希麗的衣服，把希麗嚇了一大跳，反射性地揮開她們的手，讓她們也嚇了一跳。看見她們更用力且強勢地來扯脫衣物時，希麗領悟到自己別無選擇，只能咬牙忍受，於是她舉起雙臂，乖乖讓她們脫掉連衣裙和襯衣褲，同時感到自己的頭髮和臉頰都發紅了。幸好房裡夠暖。

儘管如此，她還是打了個寒顫。希麗就這麼光著身子站在房裡，看著幾個女僕帶著軟尺走過來，分別為她量度尺寸，包括三圍和肩寬。量好以後，女侍和僕人們全都退開，房中也陷入一片寂靜，只剩下主浴池在那兒冒著熱氣。

看見女侍們作勢示意她走向浴池，希麗鬆了一口氣，猜想這是要自己去洗澡的意思。於是她走上瓷磚砌成的緩坡，慢慢地探進池裡，水溫恰到好處。希麗把身體浸進水裡，稍稍放鬆了下來。

才剛這麼想，就有一陣輕柔的水波向她湧來，把她嚇了一跳。數名不同於方才的褐衣侍女，拿著擦洗布和肥皂爬進浴池裡來。希麗嘆了一口氣，把手腳伸展出去，任由她們大力搓洗自己的肌膚和頭髮，同時盡可能表現得從容矜貴。

這倒給了她一點時間思考。她閉上眼睛，想到正發生在自己眼前的這些事，卻一不小心又焦慮了起來，連忙迫使自己換個角度去想。

死魂僕不像故事裡講的那麼恐怖，她心想。而且這座城的色彩也遠比我預期的要令人愉悅多了。或許……或許神君也不像人們說得那樣可怕。

「啊，很好。」有個聲音說，「準時照著行程表走，非常好。」

希麗嚇僵了，那是個男人的聲音。她猛然張開眼睛，發現浴池邊多了一個穿著褐色衣袍的矮小中年男人，手裡正拿著一塊板子寫東西。那人頂上無毛，圓臉看來倒是挺和氣的，身旁還站著一個年輕男孩，捧著一疊紙和一小罐墨汁。

希麗尖叫，反射性地用雙手遮住身體，激起一陣水花，也把正在擦洗的女侍們都嚇了一跳。卻見矮小男人停下筆來，低頭望向她。「怎麼了嗎，神君妃？」

「我正在洗澡。」希麗生氣地說。

「是。」男人說，「我看得出來。」

「好，那你爲什麼要看？」

男人側著腦袋，不解地答：「但我是神君的僕役，地位遠在您之下……」說到這裡，他恍然大悟。「啊，是了，義卓司的風俗，我都忘了。女士們，請攪動池水，多弄些泡泡出來。」

女侍們照做，很快就攪出滿池的細白泡泡。

「好了，」男人說著，回頭去繼續寫，「這樣我就看不到了。各位繼續吧。今天是個大日子，千萬別讓神君久候。」

希麗勉爲其難地繼續泡在水裡，小心地不讓肢體露出泡泡外。女侍們擦洗得更加起勁，活像要把希麗搓掉一層皮似的。

「您或許體察，」男人邊寫邊說，「我們的行程非常緊湊。要做的事情很多，我希望一切都能順利進行。」

希麗皺起眉頭：「那……你到底是誰？」

男人朝她一瞥，令她下意識地又往池水裡縮了半吋身子。她此刻的髮色是又紅又亮。

「我的名字是哈瓦瑟斯，不過大家都稱我爲藍指頭。」說時，他舉起一隻手，五根指頭晃了晃，讓希麗看見那上頭的深藍墨漬。「我是宮中的首席文書官兼總管，侍奉偉大的哈蘭隼神君——修茲波朗陛下。簡單地說，我負責管理宮殿侍從，以及諸神宮廷中所有的僕役。」

他停頓了一會兒，朝希麗打量。「我的工作也包括確保人人都堅守工作崗位，照表操課。」

這時，浴池邊又來了幾名同樣身穿褐衣的年輕姑娘，將一壺壺清水端到池邊，讓擦洗女侍們用來沖淨希麗的頭髮。清水弄到希麗的眼睛，她只好轉動身子讓女侍們沖洗方便些，只是這樣就沒法盯住池邊的兩名男性了。

「現在，」藍指頭說，「宮廷裁縫師正在趕製您的禮服。我們精密地裁量了您的身型，當然，最後還是需要一點調整。您待會兒就可以試穿了。」

這時，女侍們又再次沖洗希麗的頭髮。

「有幾件事情得先跟您討論，」藍指頭繼續說。希麗的耳朵進水，覺得聽不清楚。「我想您已經學習過面對陛下時的禮儀了，是嗎？」

希麗瞥了他一眼，就把視線移開。她也許學過，但已經不記得——無論是學習還是記憶，她從來沒有專心過。

「啊，」藍指頭說，顯然從她的表情看出端倪。「好吧，這倒有意思……那麼，容我給些建議。」

希麗點頭。

「首先，請您了解，神君的旨意就是法律，他的行爲不需要任何理由或解釋。您的生命掌握在他的手中，就如同我們所有人的生命一樣。第二，請您了解，神君從來不跟任何人說話，包括您和我。當您見他時，不可以說話。了解嗎？」

希麗吐掉嘴裡的肥皂水。「我竟然不能和我的丈夫講話？」

「是的。」藍指頭誠懇地說，「我們都不可以。」

「那他要如何處理政務或頒布命令呢？」希麗又問，一面揉眼睛。

「王國裡大部分的世俗需求，有諸神議會來處理。」藍指頭解釋，「神君高高在上，毋須料理日常政務。當他要傳達旨意時，他會交託給祭司，由祭司向世人揭曉。」

了不起啊。希麗心想。

「如今您獲准可以觸碰他，這是破例。」藍指頭又說，「孕育子女是他必須承擔的俗累。我們的任務是用最宜人的方式將您呈獻給他，也盡一切努力不惹惱他。」

聽到這裡，希麗忍不住想：*奧斯太神啊，這到底是哪門子怪物？*

藍指頭又看了她一眼，說：「神君妃，我約略知道您的脾氣。當然，我們研究過義卓司王室的孩童。容我說得直接些，或許也冒犯些——假使您直接對神君說話，他會下令將您處死的。他不是個有耐性的人，不像您的父親。」

「關於這一點，我無法描述得太仔細。我想，您過去一直是王國中的要人，恐怕今後會有些不適應。誠然，您在此地依舊重要，您的身分也仍然在我們之上，不過神君的地位遠遠高過您。」

「陛下的存在極爲……『特別』。人世間的規範或禮教，對他而言只是俗鄙。早在他出生之前，他就已經超凡入聖；之後復歸人世，是為了將祝福和遠景帶給他的人民。如今您即將得到他不凡的信任，請您千萬不要違背這份信任，不要挑起他的怒意。您了解嗎？」

希麗慢慢地點頭，感覺自己的髮絲再次變淺。她努力想使自己不為所動，卻是徒勞無功。不，這跟死魂僕或滿城彩色不同，她應付不了這怪物的。修茲波朗的傳聞果然不是人們的誇大之詞，而他待會兒就要來占據她的身體，隨心所欲地擺布她了。希麗的心底生起幾分憤怒——因挫折和沮喪而產生的憤怒：未知的恐懼就要降臨到自己身上，她卻無能為力。

褐衣女侍們都退了開去，留下希麗浸在泡泡池裡。一名女侍朝藍指頭點頭致意。

「噢，完成了，是嗎？」藍指頭便問，「非常好。依蘭，妳們這班女士做事就是如此有效率。那就執行下一個行程吧。」

「她們能說話嗎？」希麗平靜地問。

「當然可以，」藍指頭答道，「只不過，她們都是全心侍奉殿下的僕役，在侍奉期間，她們的使命就是貢獻自己的用處，不讓殿下受到干擾。好了，能否請您繼續……」

但希麗不想起身，即使沉默的女侍們來拉她也不成。藍指頭嘆了一聲，轉過身背對她，也伸出手去推那名隨從少年轉身。希麗這才肯走出水面。

擦洗女侍再次退開，走進旁邊的小房間——大概去換衣服。這時另外走上來兩名女侍，把希麗帶到較小的清水池去。那池裡的水冷得多，希麗打了個寒顫，但見侍女們示意她浸到水裡，也只好照辦，讓她們洗去她身上的肥皂沫。然後又起來，走進第三個，也是最後一個浴池。還沒踏進浴缸，希麗就聞到一股濃郁的花香。

「這是什麼？」希麗問。

「芳香浴。」藍指頭背對著她回答，「您若不喜歡，也可以讓宮中的女按摩師為您塗抹香膏。不過我個人並不如此建議，因為那樣比較費時……」

想到要讓別人摸遍自己全身，希麗頓時臉紅起來。「這樣就好了。」她邊說邊爬進那口浴池。池水微溫，香氣濃得令她只能用嘴巴呼吸。

侍女作勢要她再往下浸，無奈的希麗索性把頭也泡進水裡。等她爬出來，總算看見女侍們捧著鬆軟的乾毛巾在池外等。她們輕輕拍乾希麗身上的香水，從頭到腳，動作輕柔得不得了，完全不像剛才擦洗時那樣使勁。經過這麼一道手續，香氣就沒那麼濃了。接著，她們帶來一件亮藍色的長袍，披在希麗身上並且繫牢。希麗這時才對總管說：「你們可以轉過身來了。」

「非常好。」藍指頭邊說邊轉身，然後走到一扇門邊向希麗招手。「快點，還有很多事情。」

希麗和女侍們依言走過去，離開棗紅色房間，穿過門進到一個亮黃色的房間。房裡的東西比剛才更多，只是正中央沒有浴池，而是一張很大的絨毛椅。

「陛下統領世上所有的色彩，不單單只有一種。」女侍們領希麗走向絨毛椅時，藍指頭朝這房間的四面比著，一面說：「他代表虹譜中的所有顏色，所以這宮殿裡的每一個廳室也都漆成不同的色彩。」

希麗坐上絨毛椅，女侍們隨即上前來修整她的指甲。一人準備來梳她的頭髮時，發現她的頭髮因剛才的用力擦洗而打結得厲害，想梳開就會弄得希麗發疼。

「剪掉算了。」她皺著眉頭說。

女侍們都停下了手邊的動作。「神君妃？」一人問道。

「把頭髮剪掉。」希麗又說一次。

看見藍指頭表示同意，女侍們於是動手。幾陣喀嚓聲之後，希麗的髮綹成束落地。接著，希麗閉上眼睛，開始集中精神。

她也說不上自己是怎麼辦到的，這種事大概只比動動小指頭要困難一點——與王室血緣隨之而來的這種魔髮，一向與她的人生密不可分。眾目睽睽之下，她開始令頭髮長長。

女侍們發出輕嘆，看著希麗的頭髮恢復到及肩的長度。此舉令希麗感到飢餓而疲倦，但總比忍受梳開髮結的痛苦要好過些。結束後，她睜開眼睛。

藍指頭正好奇地看著她，連他端著寫字板的手也放鬆了。「這眞是……不可思議，」他說，「魔髮——長久以來，我們就等著它來爲宮中重添光彩啊，神君妃。您能任意改變頭髮的顏色？」

「能。」希麗回答。**偶爾罷了，也維持不久**，她在心中暗想，一面問：「這樣是否太長？」

「殿下，在哈蘭隼，長髮是一種美麗的象徵。」藍指頭說，「我知道您在義卓司總是將它盤起，但在本地，女士們都喜歡飄逸的頭髮，尤其是女神們。」

出於叛逆，希麗突然想要改蓄短髮，但她明白這種心態會讓自己丟掉小命，所以她再次閉上眼睛，集中精神。過了幾分鐘，及肩的頭髮就長到地板上了。

希麗睜開眼睛。

「好美。」一個較年輕的侍女忍不住輕嘆，卻馬上臉紅起來，急忙低下頭去修希麗的腳趾甲。

「非常好。」藍指頭讚許。「我就留您在這兒了——我還有幾件事要處理，很快就回來。」

希麗頷首。藍指頭離開後，又多了幾名侍女進來，著手替希麗化妝。希麗依舊只得忍耐。這跟她想像中的大喜之日不同，其實她也一直以爲婚姻離自己還遙遠，至少她不該是手足中最早結婚的才對。小時候，她還常對人說，以後寧可去養馬維生也不要嫁人。

長大後的她當然不再把那種話掛在嘴上，可她心裡仍留有那般嚮往。她不想嫁人，不想這麼早嫁。儘管身體已經成熟，她仍覺得自己還像個小孩子。她想在山野裡嬉戲、摘花，以捉弄父王爲樂；也想盡情體驗人生，不想被養兒育女的責任所束縛。

命運已將那些機會都帶走了，現在的她哪兒也去不了，只能去到那個男人的床上——一個不會跟她交談，不在乎她是誰或她想做什麼的男人。幸虧廚娘瑪布曾經跟她聊到男女洞房的事，讓希麗不至於對床笫之間一無所知，但她還是感到害怕。她想逃跑，躲起來，躲得越遠越好。

全天下的女人都會有這種感覺嗎？還是只有被人抓著洗澡、打扮，然後獻上去討好一個有本事毀滅國家的神明時才會如此？

藍指頭果然很快就回來了。這一次，他多帶了一名上了年紀的男人來，而那男人穿著銀藍色的衣帽，希麗遂猜想，這人應該也是侍奉神君的。

不過……藍指頭卻穿褐色的衣服。爲什麼呢？她皺著眉頭想。

「啊，我的時間果然拿捏精準。」藍指頭說。這時，侍女們正好完成裝扮希麗的工作，鞠躬退下。

藍指頭向長者點頭示意，同時對希麗說：「神君妃，這是宮廷御醫之一。在晉見神君前，您得經過御醫檢查，確保您的貞潔和健康無虞。這完全只是形式，但請恕我不能不堅持。原先我指派的是名年輕御醫，但考慮到您在入浴時的羞怯，我特意換了年長的這一位來，相信您會比較放心。」

希麗嘆氣，但還是點了點頭准允。這個房間的牆邊有一張鋪著墊子的桌檯，藍指頭恭敬地請她走過去，接著自己和隨從少年都轉過身背對她。希麗解開袍帶，爬到桌檯上躺好，準備接受有生以來最尷尬的一刻。

之後一定還會有更糟的，她想。御醫開始檢查了。

修茲波朗，神君。威嚴、畏怖、神聖、崇高。他本來是個胎死腹中的嬰兒，後來卻復歸還陽了。這過程使一個人產生什麼變化？他究竟算不算是人類，或者他根本就是某種妖怪或魔物？人們說他永生不死，事實顯然不是如此，否則他大可不必留子嗣。

她打了個寒顫，一方面希望檢查快點結束，一方面卻又希望它拖得久一點。話說回來，御醫竟然拿了不知什麼東西在那兒戳呀戳的，讓她又羞又不舒服。檢查完畢，希麗立刻束起袍子，站好。

「她相當健康，」御醫對藍指頭稟告，「也仍然貞潔。除此之外，她擁有極強的駐氣。」

希麗愣了一下。

這人是如何判斷……？

由於這房間全是亮黃色，所以她要很仔細才看出——御醫腳邊的地面比別處都要亮一些。

原來這醫生竟是個識喚術士！我和一個識喚術士同處一室，而他剛才還碰了我！希麗體內的血液像是要凍結了。她蜷縮起身子，儘管穿著長袍，卻覺得衣不蔽體。

從他人身上取走駐氣是不對的；那是傲慢的極致，完全違背義卓司的價值觀。即使在哈蘭隼，一般人僅僅用穿戴色彩鮮艷的服飾來引起別人的注意，但識喚術士卻是爲了突顯自己的價值而竊取人命。當年，王室決定偏遷到高原，原因之一就是人們對於駐氣的誤用。今日的哈蘭隼就是靠著奪取百姓的駐氣才興建起來。

而眼前這個識喚術士，憑著非自然的生命之力，能從她身上讀取到什麼訊息？他是否想取走希麗的生體色度？想到這裡，希麗甚至不敢大口呼吸了。以防萬一。

藍指頭和駭人的御醫終於離開。侍女們上前來，又把希麗的袍子脫掉，要替她穿上襯衣。她的腦子又轉了起來。

神君一定更可怕。她意識到，因爲他不光是識喚術士，還是復歸者。復歸者要汲取活人的駐氣才能延續生命。

他會把她的駐氣吸走嗎？

不，不可能吧。希麗堅定地對自己說。他需要我來延續王室血脈，所以不會讓他的孩子冒生命危險。至少，在孩子出世之前，他應該會讓我保留我的駐氣。

可是，等到他不再需要她時，她的下場又會如何呢？

又有幾個侍女進屋來，手上捧著一大疊衣服，打斷了希麗的思考。那是一件連身裙——不，是一件晚禮服，閃耀著奢華的銀藍色。希麗的注意力全被這件禮服給吸引了去。這好歹比思索自己的下場要來得輕鬆些。

希麗靜待侍女們爲她穿衣。衣服的質料出奇地柔軟，絲絨柔滑得像高原花瓣一樣。當女侍們爲她調整衣服時，她發現繫帶不紮在背後，卻是在側邊；此外，袖子和裙襬都長得離譜，當她放下手臂垂在體側時，袖襬竟比她的手掌還要長出一呎多。更衣女侍們忙了好一會兒，把每個繫帶的結都打得一樣端正，衣褶都朝同一個方向，裙襬在後面均勻地散開。但希麗忍不住暗想：*忙這大半天，等一下還不是要在幾分鐘之內脫掉？*

就在這時，一個侍女端來鏡子。希麗瞥見鏡中的影像，又看呆了。

這些顏色是從哪兒來的？粉嫩的紅頰，深邃的黑眼珠，還有眼皮上的藍色？鏡中的她雙唇艷紅，在閃耀著銀光的藍衣襯托下，皮膚透亮得彷彿也在發光。

她在義卓司從來沒見過這種色調，在哈蘭隼城中見到的百姓服飾也沒有這麼令人驚奇，讓她幾乎忘掉心中的憂慮。「謝謝。」她不由自主地輕聲道。

這樣的反應一定對了，因爲她看見女侍們彼此相視微笑。有兩人上前來牽她的手，舉止也比之前恭敬且輕柔得多。希麗跟著她們走，聽見裙襬在身後沙沙作響，但其餘女侍則留在原地沒跟上來，因此她轉過身看她們，她們便一個接一個地彎腰，向她行禮。

牽著她走的那兩人爲她開門，然後輕輕地將她推進走廊，關上門，留她一個人在那兒。

這條走廊又是整片的漆黑，只有捧著寫字板的藍指頭站在不遠處等著她。他微微笑，深深地一鞠躬，然後說：「神君一定會滿意的，神君妃。我們完全準時——太陽才剛下山。」

希麗走過他身旁，來到一扇厚重的大門前。門扉上鑲著整面黃金，兩旁共有四盞未罩的壁燈，燈光和門扉相互映照的金光營造出威儀堂皇的氣氛。希麗當然知道是誰住在這樣氣派的門後。

「這是神君的寢宮。」藍指頭說，「應該說，是寢宮之一。殿下，現在請您聽仔細了：千萬不要冒犯神君。您之所以在此，是因為『祂』勉為其難地准許，而您得滿足『祂』的要求；不為我，不為您自身，更不為任何一個國家。」

「我明白。」她平靜地說，心臟卻越跳越快。

「謝謝您。」藍指頭道，「時候到了，您該進去了。進屋後，脫掉您的衣服和襯衣，在神君的床前跪下匍匐，您的頭要觸及地面。當他要您靠近時，他會敲響床邊的牆，這時您才可以抬頭，那麼他就會召您前去。」

希麗點頭。

「盡量……不要太與他接觸。」

希麗皺了皺眉頭，雙手緊張地交握又放開。「這叫我要怎麼樣？我跟他不是要洞房嗎？」

藍指頭的臉微紅：「是，應該是。這對我而言也是個新領域，殿下。我是說，神君……呃，以往只有極少數特別挑選過的僕役才獲准觸碰他。我的建議是，您或許避免親吻、撫摸擁抱，或者其他可能會觸怒他的舉動。只要讓他做他想做的事情就好，這樣應可確保您的安全。」

希麗深吸一口氣，又點點頭。

「洞房之禮結束後，」藍指頭繼續交待，「神君會離開，您要將床上的被單丟進壁爐中燒掉。身爲神君妃，您是唯一能做這件事情的人。您了解嗎？」

「了解。」希麗答道，心裡更緊張了。

「非常好，那麼，」藍指頭說道，看起來也同樣緊張。「祝您好運。」

他伸出手去，推開那扇門。

噢，奧斯太神啊，她想。她的心臟狂跳，手心冒汗，腦子幾乎一片空白。

藍指頭在她的背上輕輕推了一把，她就這麼走進了房中。

7

he door shut behind her.

房門在她的身後關上。

左手邊的壁爐裡，熊熊的火光爲整個房間帶來橘黃溫暖的色調。黑色牆面像是會吸光似的，在角落處投下深沉影子。

裹在精緻華麗的絲絨大禮服中，希麗靜靜地站在那兒，心臟怦怦響，額角發汗。晃動的光影中，她看得出右手邊有一張非常大的床，上頭覆著黑色的床單、被單，卻不像有人在床上。希麗再往房裡的其他角落搜尋，一面讓眼睛適應黑暗。

柴火劈啪響，迸出的火花令得室內霎時一亮。希麗瞥見床邊有一張彷若王座的大椅子，椅子上有個人影，披著黑色衣服，因此看不清模樣。那人盯著她看，雙眼炯然，眨也不眨一下。

希麗倒抽了一口氣，趕緊垂下眼去，一面想起藍指頭的警告，一面也暗自懊惱：應該是維溫娜來才對！我應付不了這場面啊！父王根本送錯人了！

硬是逼自己閉上眼之後，她努力用顫抖的手指解開身上的禮服繫帶。她的呼吸急促，手心被汗水弄得濕滑，讓她更加緊張。這樣寬衣解帶會不會太慢？他會不會生氣？自己該不會在新婚之夜後就遭處死吧？

如果眞是那樣，會不會——反而比較好？

不，不行。她強自鎭定。我一定要做到。爲了義卓司，爲了原野和愛花的孩子們，也爲了父王、瑪布和宮中的每個人。

希麗總算把每一條繫帶都解開，結果整件大禮服就這麼滑開了她的身體——怪不得這件衣服的結構如此特殊，原來是爲了方便脫下。她將衣裙脫到地上後，低頭看著自己身上的白襯衣，發現它竟然微微散放多彩的光暈，如同稜鏡折射一樣，不禁爲之一怔。她不知道這光暈是怎麼來的。

算了，無所謂。她緊張得顧不了這些。咬一咬牙，她脫去了襯衣，隨即趴跪在冰冷的石地上，蜷起身體，以額觸地。

這一刻，耳畔只聽得到她自己的心跳聲和壁爐傳來的劈啪聲。哈蘭隼的天氣溫暖，其實不用在屋子裡生火，但希麗爲此感到慶幸，因爲她沒穿衣服。

她就這麼等在那兒。長髮白如雪，身上一絲不掛，拋開了往日的驕縱脾氣，感受著自由的遠離。擁有自我的日子就此結束，無論她曾經如何任性妄爲、如何自以爲獨立出眾，今後都必須屈服於權威，如同其他人。

同時，她也想像著此刻的神君坐在那張椅子上，看著一個赤裸的女子卑屈匍匐在地。她沒怎麼看清他的模樣，只是依稀覺得他比一般成年男子要高出許多，可能高出一呎吧，肩膀似乎也較寬或厚實些。

再想想，他是個復歸者。

復歸不是罪惡，復歸者本身也是無罪的，義卓司國內也有復歸者。可是，哈蘭隼人為了讓復歸者繼續存活，多年來騙取無數百姓——尤其是鄉下人，讓他們獻出駐氣供復歸者攝取，以致那些人都失去了靈魂。

她在心中對自己說：*別去想那些了*。在她努力淨空腦中的思緒時，卻不由自主想起神君的眼神。那雙黑色的眼瞳，映著火光彷彿在發亮，卻又像身下的這片地板一樣冰冷而堅定。希麗能感覺到那雙眼睛仍然盯著自己看。

爐火又發出一陣劈啪聲。藍指頭說神君會敲出聲響，而她到現在都還沒聽到。萬一她漏聽了怎麼辦？希麗不敢抬頭，想起自己剛才已經不小心和他相視，深怕任何的舉動會觸怒他。可是一直這麼伏跪著，膝蓋、手肘和背部都開始痛了。

他怎麼都沒動靜？

神君不喜歡她嗎？因為她不夠漂亮，或者剛才的那一瞥外加衣服脫得太慢，真的惹他生氣了？希麗以往可是快手快腳，粗魯得很，今天如此慢條斯理，要是反而冒犯了他，那可是天大的諷刺。

難道是別的地方出差錯？他該娶的原本是義卓司王的長女，結果卻來了個希麗。他知道人選換過了嗎？會在乎嗎？

時間一分一秒地過去，壁爐中的火勢漸減，房裡也變暗了。

他在戲弄我，希麗心想。*這麼做一定是爲了讓我屈服，等待他的一時興起*。讓她長時間保持如此不舒服的姿勢，一定是故意的，好展現他的權威和權力。除非「祂」神君陛下大人有那個意思，否則她一動也別想動。

希麗繼續咬牙等著。她也不知道自己跪了多久。一小時？也許更久。她還是沒聽見任何叩指、輕咳甚或神君在椅子上移動時發出的聲響。也許是在考驗她能維持這個姿勢多久，也或許只是她想太多。不論如何，她還是強迫自己保持原樣，只在眞的受不了時才稍微挪動一下。

維溫娜受過訓練。維溫娜坐有坐相，站有站相，端莊穩重從不亂動。但希麗呢？希麗不聽管教，總是蹺課溜班，氣得她父王吹鬍子瞪眼。要是不讓這小妮子做她喜歡的事，老爸爸的理智大概會先崩潰。

就在這左思右想的心緒中，她繼續裸著身子等待，直到夜已深沉。

□

煙火在半空中迸射出千百點小火星，有些落在萊聲的附近，有的遠遠地彈開，像噴泉的水珠，劃出狂放的彩光後逐漸消失。

萊聲半躺在室外的長椅上看表演，僕人們圍繞在他身旁，備妥陽傘、各式飲品、可隨時抹臉擦手的冷、熱小手巾等等。

觀賞著煙火，他覺得差強人意，這反應搞得煙火師傅們很緊張。附近還有一組樂師，也是萊聲叫來的，這會兒還晾在那兒沒事幹。復歸者的諸神宮廷中永遠有娛樂節目，而今晚是神君的大婚之日，歡樂的氣氛更是甚囂塵上。

修茲波朗是理所當然地沒露面，他不會把這種慶典放在眼裡。萊聲不經意地望向神君的宮殿，看它素雅簡樸地聳立在最高處，然後搖搖頭，又把注意力轉回面前的庭院。諸神各自的宮殿面朝庭院圍成環狀，每一棟的大門前都有一片露台，樓上的陽台也面朝同一個方向。萊聲的座椅設在露台外的草地上，因此他聞得到新鮮的草香。

又一道煙火在空中綻開，那七彩的小瀑布為這片廣闊的庭院落下綺麗的光影。萊聲輕嘆，從僕人手中又取用了一杯果汁。今晚的氣候涼爽宜人，是諸神的最愛，因此他們都跑到外頭來了，並召來不同的表演藝人。巴望著取悅眾神的藝人們一小組一小組集結在庭院邊緣，等待上場的機會。

七彩小瀑布結束了，煙火師傅們望向萊聲，臉上都帶著期盼的微笑。萊聲對他們點點頭，儘可能擺出和善的表情，同時說：「繼續放，我喜歡看。」果然讓那三個師傅興奮得交頭接耳，把助手們都叫了過來。

在他們設置下一場煙火時，一個熟悉的身影走近。那是拉瑞瑪，如常地穿著他的祭司袍。他今晚本來要出城休假的，這會兒卻穿戴整齊地出現。

「包打聽？」萊聲坐起來問道。

「閣下，」拉瑞瑪鞠躬說，「您喜歡這些慶典節目嗎？」

「當然，我可『熱鬧』著呢。倒是你跑來做什麼？你應該在宮外跟家人在一起。」

「我只是來確定您身邊的每件事都稱心如意。」

萊聲忍不住揉揉額頭：「你這樣會害我頭痛的，包打聽。」

「您不可能頭痛，閣下。」

「你就愛拿這種事情吐我的槽。」萊聲說，「怎麼？外頭百姓的餘興節目不比我們這座神聖監牢裡的精彩，是嗎？」

萊聲出言挖苦，引得拉瑞瑪皺起眉頭。「城裡的宴會很精彩，閣下。特提勒有幾十年沒舉辦過這樣盛大的全城慶典了。」

「那我再說一次，你應該要到宮外去享樂才對。」

「我只是──」

「包打聽，」萊聲板起臉孔，「你再怎麼多疑，起碼該相信我找樂子的本領。我可以神聖地起誓，今晚我會讓自己過得開開心心，大吃大喝，一邊看這些師傅放煙火。走吧，去陪你的家人。」

拉瑞瑪沒吭聲，靜了一會兒後低頭鞠躬，退下。

那人就是把工作看得太認眞了。萊聲心想。他慢慢喝著果汁，覺得好氣又好笑。

他靠回躺椅，繼續觀賞煙火。不一會兒，又有一個人影走近來——其實是某個帶了一大群隨從的大人物。萊聲沒再起身，只是繼續啜飲果汁。

領頭的人是一位貌美的女神，秀髮烏黑柔亮，雪膚吹彈可破，身材曼妙動人。這位女神身上的衣衫遠比萊聲所穿的還要單薄，使得她那美好的曲線畢露無遺，但這只是宮廷女神們典型的服裝風格；那一襲以綠銀絲線織成的長禮服，裙襬兩側開高衩，展現她的美臀和大腿，加上低領開襟，酥胸半露，撩人遐想。

她是薄曦帷紡，誠實之神。

這樣才有點兒意思。萊聲暗地高興。

薄曦帷紡的身後跟著將近三十名僕人，這還不包括她專屬的大祭司和六名助理祭司。知道神聖的觀眾多了一位，煙火師傅們更興奮了，小助手們也緊張得手忙腳亂，準備安排下一場煙火秀。這時，薄曦帷紡的僕人們抬來精美的長椅，將它設置在萊聲身旁的草坪上。

女神躺上長椅時的動作極其優雅輕盈，修長的雙腿巧妙交併，姿態誘人但不失高雅。她側躺著的方向正可以觀賞煙火，但她卻只盯著萊聲看。這時，僕人為她端上一盤葡萄。

「親愛的萊聲，」她說，「你怎麼連個招呼也不打？」

來了。萊聲暗想。「親愛的薄曦帷紡，」他說時放下手上的杯子，故意用指頭繞著杯緣撫摸。「我怎麼能做那樣無禮的事呢？」

「無禮？」她笑問。

「對啊。任誰也看得出妳是如此精心裝扮，極力吸引我們的目光。附帶一提，許多小細節都令人驚艷呢。敢問妳玉腿上的彩妝是？」

她笑了笑，咬一口葡萄：「這是一種身體彩繪。我有幾個頗具藝術天分的祭司，是他們替我設計的。」

「美不勝收哇。」萊聲說，「言歸正傳，妳問我爲什麼不向妳打招呼。好吧，先假設我照妳的預期行動，見到妳走來，妳希望我雀躍激動地迎接妳？」

「當然。」

「妳希望我讚美妳穿著這件禮服有多麼動人？」

「我不反對。」

「說妳的雙眸在煙火的襯托下閃閃發光，猶如燃燒的琥珀？」

「那也貼切。」

「再描述妳的雙唇艷紅得如此完美，會令每個男人都驚歎得忘了呼吸，且令他們難以忘懷，每當想起時總有如詩如夢般的感動？」

「我聽了一定開心極了。」

「所以妳想看到我做出以上的舉動？」

「對，我想。」

「想個頭啦，女人。」萊聲拿起他的杯子說，「要是我被妳的美麗震驚到連呼吸也會忘記，那我還會記得向妳打招呼嗎？我應該要張著嘴痴痴看著妳，活像呆子才對。」

她大笑起來：「好吧，看來你倒是找著你的舌頭了。」

「哎呀，原來它在我嘴裡。」他道，「我老是忘記檢查嘴裡。」

「不然你想要它在哪呀？」

「我說親愛的，」他說，「妳認識我這麼久了，還不知道我這舌頭經常不聽主人使喚嗎？」

又一記煙火打上天空，薄曦帷紡看了微微一笑。有兩位神的光氛在此，火花的色彩變得飽和又濃艷，而和落在近處的火花相比，落在最遠處的顯得黯淡虛白，因為它們離彩息光氛也最遠。

看了一會兒，薄曦帷紡轉過頭來：「所以你覺得我美囉？」

「當然。何出此問呢？親愛的，妳當然是數一數二的美人。美人的定義就包含了妳啊——提起美人，就等於提起妳。」

「親愛的萊聲，我感覺你在尋我開心。」

「我可從來不拿女士尋開心，薄曦帷紡。」萊聲說道，又把杯子端到嘴邊。「取笑女人就像喝太多酒，一時之間是挺有趣，但宿醉可會要人命。」

薄曦帷紡愣了一下：「但我們不會宿醉，因為我們喝不醉呀。」

「眞的嗎？」萊聲問道，「去他彩的，那我喝這麼多酒做啥。」

薄曦帷紡揚了揚一邊眉毛：「萊聲，有時候……我眞搞不懂你何時是裝傻，何時又是認眞。」

「噢，這很容易，我教妳。」萊聲答道，「倘若妳發現我有『認眞的時候』，那就表示妳一定爲這個問題思考過度了。」

「我懂了。」她應道，接著身子一扭，用手肘支著。這麼一來，她的雙峰就夾擠在上臂之間，而煙火的彩光則映照在她全裸的背部，把肩胛骨投射成冶艷的弧度。「好，既然你也承認我美得令人震驚，那麼……今晚就別看這些慶祝活動了，另外找樂子，如何？」

萊聲沒有立刻回答。復歸神不可繁衍子嗣，但祂們仍尋求肌膚之親，尤其是諸神彼此之間——其實萊聲也想得到，正是這一點助長了宮廷中的放蕩風氣。好些復歸神同時與多個凡人過從甚密，例如薄曦帷紡，大家都知道她的專屬祭司之中有幾個是她的入幕之賓。這在諸神之間並無不妥。

薄曦帷紡輕輕扭動了一下身軀，姿態嬌柔，更加地誘人。萊聲張開了嘴，腦中卻浮現……另一個女子的形貌。是那個夢中的女人，他曾向拉瑞瑪提起過的。她是誰？

也許她誰都不是，只是生前記憶中的一段吉光片羽，或是潛意識隨便拼湊出來的一張臉，要不就像是某些祭司所聲稱，純粹只是預言的呈現。

他不該爲這些思緒而遲疑。眼前一切是如此完美，豈可掃興。然而，他卻聽見自己這麼回答：「我……不得不拒絕，我要看煙火表演。」

「煙火比我還好看嗎？」

「那怎麼可能。只是，煙火好像比較不會燙傷我。」

薄曦帷紡笑了起來：「好啊，那我們就等煙火放完再離席？」

「哎，」萊聲嘆道，「我還是得拒絕。我好懶，提不起勁。」

「連雲雨歡愛也懶？」她驚訝地問，翻回了正面看著萊聲。

「眞的，我是懶散成性啊。我常跟我的大祭司說，我是眾神中的不良範例，偏偏大家都不相信，害得我只好繼續懶散下去才能說服他們。跟妳翻雲覆雨，嗯，會影響我的立論基礎。」

薄曦帷紡搖了搖頭。「萊聲，你有時眞讓我搞不懂。要不是聽過你的事，我大概會認定你是個害羞的處男吧。爲什麼？你跟寧視兒都睡過，卻始終不理睬我？」

萊聲慢慢地喝著杯中飲料，沒有答腔，只在心裡暗想……

寧視兒曾經是這座城裡唯一可敬的復歸者。論人品的高雅端正，這兒沒人比得上她一分一毫。就連我也一樣。

薄曦帷紡沒再說話，靜靜地看起煙火來。煙火秀越來越熱烈，萊聲思考著是否要叫師傅們歇歇手，免得他們用光所有的煙火，萬一等會兒有別的神召他們去，就沒材料可表演了。

薄曦帷紡似乎無意回到她的宮區，萊聲也不再與她攀談。他覺得她並不是單純來找人鬥嘴抬槓，也不是來挑逗他想跟他上床的。萊聲知道，在那雍容華貴的外表下，深藏著一顆城府之心。他的低姿態終於發揮了效果。薄曦帷紡轉過頭去，看著神君的黑色宮殿說：「我們有了新王妃。」

「我知道。」萊聲說，「不過，要不是一直被人提醒，否則我根本沒發覺此事。」

又是一陣沉默。

「你對這件事沒什麼想法嗎？」薄曦帷紡終於又問。

「我盡量不對事情有想法。這種想法總會導引出別的看法，一不小心還會製造出具體的行動來。行動很累人。我聽某個人說他在書上讀過這道理，不會錯的。」

薄曦帷紡嘆了一口氣：「你逃避思考，逃避我，逃避努力……還有什麼事情是你不逃避的？」

「吃早飯。」

薄曦帷紡沒接腔，讓萊聲有些失望，卻見她仍然望著神君宮殿。萊聲平時總是盡量當那座宮殿不存在，因爲他不喜歡那棟黑色建築物的陰森壓迫感。

「也許你該打破慣例，」薄曦帷紡說道，「爲眼前的特殊情況動動腦筋了。這王妃代表的意義不同。」

萊聲把玩著手中的杯子。他知道，在宮廷合議會裡，薄曦帷紡的祭司群一直是激進主戰派，而這使他想起那個擾人的惡夢。特提勒城的火光沖天，那景象怎麼都不肯從他的腦中撤出，讓他覺得很煩。萊聲打死不表態主戰或反戰，因爲他就是不想涉入其中。

「以前又不是沒有過王妃。」他遲遲才應聲。

「但可從來沒有過王室血統的。」薄曦帷紡回應，「至少在卡拉德篡位之後就沒有了。」

篡亂王卡拉德。這個掀起眾國大戰的人，運用他對生體彩息的知識，創造出一支龐大的死魂軍，進而掌握了哈蘭隼的實權；他曾經用那支軍隊守護王國，後來卻也用軍隊逼走了王室，重創這個國家。

現在王室回來了。或者說，其中的一個人回來了。

「今天是個危險的日子啊，萊聲。」薄曦帷紡不慍不火地說，「萬一那女人懷的孩子不是復歸者呢？」

「不可能。」萊聲說。

「哦？你這麼確定？」

萊聲點點頭：「在復歸者之中，只有神君能夠生育，而且一向是死胎。」

薄曦帷紡搖頭說：「這說法全是宮中祭司講給我們聽的，但我聽說……有另一個不同版本的紀錄。就算不是爲了這一點，整件事也還有許多隱憂。我們的王權爲什麼需要王室血統的加持？諸神宮廷已經治理王國三百多年，這樣的權威性還不夠嗎？」

萊聲沒回答。

「這樁聯姻表示我們仍認同王室權威，」薄曦帷紡逕自說下去，「萬一那在高原的國王想要收復失土呢？萬一新王妃先在故鄉懷了別的男人的種呢？哪一邊才是正統繼承人？統治權歸誰？」

「統治權是神君的，這一點人人都知道。」

「可三百年前並不是他，而是王室。」薄曦帷紡說，「然後換成卡拉德，再來是和平王。世界可以瞬息萬變。把那女人招進我們的城池，復歸者統治哈蘭隼的時代很可能就要邁向終結了呀。」

說到這裡，這位美麗的女神打住，神情略顯憂鬱。萊聲靜靜地觀察她。薄曦帷紡在十五年前復歸，是個資深的「老神」，當然也老謀深算，詭計多端。

薄曦帷紡轉向他，輕輕一瞥：「卡拉德篡位時，王室驚慌失措，處於挨打的一方，我可不要落得那般下場，所以必須有人來替大家預先籌劃才行。萊聲，如果你願意，你可以加入我們。」

「親愛的，妳知道，」他嘆道，「我最恨政治權謀。」

「你是英勇之神，我們想借助你的信心。」

「我現階段的信心，只在於知道我一定幫不了妳的忙。」

她板起臉孔，掩飾心中的挫折感，嘆口氣站起身，舒展四肢，再次展現她的完美身材。「你將來總得挺身而出的，萊聲。」她說，「對這些人民來說，你是他們的神啊。」

「除非萬不得已，親愛的。」

她微微一笑，彎下腰來輕吻他：「你再想想我說的話吧。我知道你只是故意自貶，讓自己無所作爲。我看人的眼光不會錯，你想，我豈會輕易獻身給任何人？」

他停頓一會兒，皺皺眉頭：「其實……對，我覺得妳會。」

她大笑起來，轉過身去等僕人們收拾長椅：「噢，少來了！這兒少說有三個男神是我連碰也不肯讓他們碰一下呢。你就好好享受慶典節目，順便也想想我們的君王此刻正在他的寢宮裡忙什麼吧。」說到這兒，她扭頭看他：「那可是你剛才拱手放棄的好事呢。」說完，她眨了眨眼睛，這才優雅地率眾離去。

萊聲躺回他的長椅，用一番讚許之詞遣走煙火師傅們。換吟遊詩人們上場表演時，他試圖讓腦袋放空，想要驅走薄曦帷紡的那番話和夢境中的戰火景象。

兩項都沒成功。

8

iri groaned, rolling over. Her back hurt, her arms hurt, and her head hurt.

希麗翻了個身，覺得背痛，手痛，頭也痛。事實上，她渾身都不舒服，以致於再也睡不著了。

她坐起身來，疲倦依舊地捧著頭。

她就這麼在神君寢宮——的地板上——窩了一整晚，就著她脫下的藍色禮服睡著了。此刻陽光正灑進房中，在黑色的大理石面折射出片片光輝。

*地毯是黑色的。四壁天地是黑色的，帷毯和飾布是黑色的，家具也是黑色的。*坐在一大團藍色絲絨布堆中，希麗心想：*哈蘭隼人眞懂得玩主題色彩。*

神君已不在房裡。特大號的黑色皮椅上空空如也。他在那張椅子上度過了大半夜，希麗不知道他是何時離開的。

她伸了個懶腰，站起來拉出禮服裡層的連身襯裙，套頭穿上，然後將長髮掏到衣服外，甩甩頭讓它順一點。她從沒將頭髮留得這麼長過，一時之間不太習慣。髮絲垂覆在她的背上，呈現飽滿的金黃色。

新婚初夜就這麼過來了。神君沒碰她。

光著雙腳，她走向黑皮椅，伸出手輕輕撫摸那光滑的表面。回想昨夜，在睡意朦朧之際，她忘了藍指頭的吩咐，不只伸手去抓衣服來裹覆自己，還抬眼朝這張椅子瞄了好幾次，但神君沒有下令處死她。藍指頭的說法讓她以為神君的性情暴躁易怒，害她緊張得要命，但就這結果看來，他倒是包容了她。接下來呢？希麗暗自好奇，想到這是哈蘭隼盼了幾十年的王室聯姻，可見自己果然有些分量，不禁也得意起來。

這麼想至少讓她比昨天多了一丁點信心。希麗繞著椅子走，度量它的尺寸。這房間裡的每樣物品都造得比普通尺寸要稍微大一點，置身其中，她覺得自己像是變矮變小了。當她把手放在椅子的扶手上時，她發現自己竟然在納悶昨晚為什麼沒行敦倫之禮。哪裡出了問題嗎？是她不夠可人嗎？

她搖搖頭，走向那張沒人動過的大床，一面告訴自己：**傻女孩，妳這一路上都為了新婚之夜的不測而擔心，結果什麼也沒發生，妳還有什麼不滿？**

她知道這不代表逃過一劫。神君終究會占有她，因為傳宗接代才是這整樁婚事的重點，只是昨晚沒發生罷了。她微微笑，打了個呵欠，爬上床去鑽進被窩，重新進入睡鄉。

□

希麗再醒來時，感覺比上一次醒來要舒暢多了。她舒展身子，注意到房內有些不同。留在地板上的那件絲絨禮服不見了。此外，壁爐裡的火重新生過。她倒覺得沒必要，因爲白天很暖，暖得她都踢被了。

*我應該要把被單拿去燒掉，*她想起來。*所以他們才重新生火。*

希麗穿著襯裙，坐在床上，黑色的大房間裡只有她一人。除非神君說出去，否則僕人和祭司們一定不知道她昨晚其實在地板上睡了一整夜。像他那樣高高在上的人，有沒有可能把閨房裡的小事也講給祭司聽呢？

希麗慢慢爬下床，把被單抽拉起來，拖著走到壁爐邊，然後將它扔進去。看著火焰漸烈，她還是忍不住思索神君沒碰她的原因。在她想出來之前，就讓大家都以爲他們已經成其好事吧。

被單燒光之後，希麗掃視房內，想找衣服來穿，卻是一無所獲。嘆口氣，她走向門邊，拉開房門之後卻嚇了一大跳，因爲門外有二十四個不同年齡的侍女跪著。

老天爺！她們跪在這裡等了多久？

昨晚在地板上趴得手痛腳痛時，她曾爲了那般久候而不高興，現在她突然覺得沒那麼憤慨了。侍女們站起來，向她鞠躬，魚貫走進房裡，有些合力抬著幾口大衣箱。希麗不由自主地退後半步，同時發現她們的衣著顏色和昨天不同，但剪裁和款式沒變：寬鬆的長褲裙，搭配無袖的低領罩衫和小披肩，包括髮型也和昨天一樣。不同於昨天的銀藍色，今天的她們以黃色與紅銅色為基調。

侍女們打開衣箱，取出各式各樣的衣服，色彩都極為鮮艷，而且款式都不相同。她們把那些衣服攤平了擺在希麗面前的地上，然後退開，跪著等候希麗做出選擇。

希麗不知該怎麼選。身為國王的女兒，她從來不虞匱乏——不過，義卓司人刻苦勤樸得近乎禁欲。希麗的衣箱裡有五件衣服，一件是白色，另外四件都是灰色，而這數量已經快讓她捱罵了。

面對這麼多顏色和款式的選項，令希麗目眩神迷，於是姑且想像它們穿在自己身上的模樣。好些上衣的領口開得極低，甚至比侍女們的還要裸露，希麗打死也不敢選。

遲疑了好久，她勉強選了一件紅色裙子和成套的上衣。侍女們立刻起身，有些人把未獲選的衣服收起來，其餘的則上前來替她更衣。

不到幾分鐘，希麗穿好衣服，卻尷尬地發現這是一件「中空裝」——上衣很短，令她的腰腹完全裸露在外，而領襟還是一樣地低，只有裙子長到小腿肚。不僅如此，這套衣服是絲質的，遠比她慣穿的毛呢和亞麻質料要輕，所以當她轉身時，裙襬一下子就飄起來，而且薄得彷彿會透光。儘管尺寸貼合得完美無比，她還是覺得自己就像昨晚一樣，啥都沒穿。

*看來我以後都得要面臨這種煎熬了。*希麗忍不住自嘲。這時，更衣侍女們退下，換另外幾名侍女帶著一張高腳凳過來。希麗坐下，讓她們用暖呼呼的熱毛巾擦拭她的臉和手臂，然後重新為她化妝、梳頭，最後噴一點兒香水。

等香霧落下，她睜開眼睛，看見藍指頭已經站在房裡，他身後依舊是那個捧著筆墨紙張的少年。「啊，太好了，」他說，「您已經起床了。」

現在恐怕都過中午了，還說「已經」？希麗想。

藍指頭把她從頭到腳看一遍，自顧點頭，然後瞥向床鋪，顯然在檢查床單是否已處理掉。「那麼，神君妃，」他說，「就由僕人們照料您一切所需吧。」說完，他轉身就要走，顯然急著離開。

「等等！」希麗站起來喊住他，不小心撞到幾個侍女。

藍指頭停下腳步：「您有何吩咐？」

希麗思忖了一會兒，不確定要怎麼表達自己的感覺：「你知不知道……我該做什麼？」

「做？」藍指頭反問，眼角又瞥向床鋪。「您是指，呃……」

「不，不是那件事。」希麗臉紅，「我是說我的私人時間。我的職責是什麼？你們要我做什麼？」

「生育子嗣。」

「還有呢？」

這位大總管皺了皺眉頭：「我……呃，神君妃，老實說，我真的不知道。在諸神宮廷中，您的到來引發了相當程度的分歧。」

在我的人生裡也是啊，她想道。隨著臉上又一陣微熱，她的髮色也變紅了。

「當然，這不是您的錯。」藍指頭很快地說，「但是……呃，我本來該多提供一些預警的。」

「預警？」希麗問道，「這樁聯姻不是二十多年前就訂下的嗎？」

「是的，呃，不過沒有人料想到……」他拖長語調，但馬上又清了清喉嚨：「嗯哼，我是說，不論如何，在神君的宮殿裡，我們都將竭力侍奉您。」

這是什麼意思？希麗狐疑。沒有人料想到協議會依約履行嗎？為什麼？他們認為義卓司不會遵守協議？

算了。藍指頭並沒有回答她的問題，於是希麗坐回高腳椅，繼續追問：「好，那我應該做些什麼事來打發時間呢？總不是要我坐在這兒瞪著爐火一整天吧？」

藍指頭吃吃笑了起來：「噢，我的天，當然不是！殿下，這可是諸神的宮廷！這兒能打發時間的消遣太多了。您可以天天召喚藝人到宮廷裡來表演才藝特技，就算是專為您一個人表演也行。」

「啊，」希麗說，「那，我也可以騎馬囉？」

藍指頭撫弄著下巴：「弄幾匹馬進宮來，我想是沒問題的。當然，這都得等到大婚慶典結束。」

「大婚慶典？」她問。

「難道……您都不知道？您沒有任何準備嗎？」

希麗臉紅了。

「我無意冒犯，神君妃。」藍指頭說，「大婚慶典為期一週，我們在這個星期中慶祝神君成婚。在這段期間裡，您不得離開這座宮殿，等到最後一天，您才會被正式介紹給宮廷中的諸神。」

「哦，」她說，「在那之後，我就可以出城了嗎？」

「出城！」藍指頭驚呼，「神君妃，您不可以離開諸神宮廷！」

「什麼？」

「您雖然不是神，卻是神君的妻子，讓您出城太危險了。但您別煩惱，您所需要的一切，這兒都可以供給。」

*除了自由以外。*她心想。

「我向您保證，大婚慶典一結束，您就會過得順心如意。宮廷中有各種玩樂，極盡豪奢歡愉之能事。」

希麗木然地點點頭，心中仍然覺得沮喪。

「此外，」藍指頭豎起一根染有墨漬的指頭，對希麗說：「宮廷中設有合議會，爲百姓提供各種建議，若您願意，也可以參與。合議會通常每個星期召開一次，每天也都有小型的裁決或議論。雖然您不能坐上議席，但可以出席旁聽——大婚慶典結束後就可以。倘若這些活動都不能滿足您，您還可以在神君的祭司群之中挑選藝術家來服務您。殿下的祭司們忠虔又熱忱，而且多才多藝，舉凡音樂、繪畫、舞蹈、詩歌、雕塑，甚至是木偶戲、表演藝術、沙畫或風俗畫等各式藝術類型，都有稱得上是一時之選的人才。」

希麗眨了眨眼，心想：*天啊！這裡的人大概沒有「閒得發慌」一詞可用。*「可是，難道沒別的事『需要』我去完成的嗎？」她問。

「恐怕沒有。」藍指頭答，「神君妃，您好像不高興？」

「我……」

她該怎麼解釋？從小到大，大人們總是對她有所期待、有所要求，而她始終逃避。如今她無處可逃地走到這一步，為了保全性命與國家和平而不得不遵從，這是她有生以來第一次自願順從，願意貢獻一己之力也願意嘗試；諷刺的是，此間除了生孩子，卻沒有她可以做的事。

「好吧。」她嘆道，「我的房間在哪？我就去自己的房間裡待著吧。」

「您的房間？」

「對。我想，我不會是在這間寢室裡生活起居吧？」

「噢，當然不是。」藍指頭又吃吃笑了起來：「這只是一間新房。」

「那我的房間在哪？」

「神君妃，其實這整間宮殿都是您的，不知您為何還要特別指定自己的房間。您隨時隨地都可以開口要求，您的僕役會送上任何餐點，設置可供休息的躺椅或座椅，也能為您召喚表演藝人。」

聽到這裡，希麗才完全明白。「我懂了。」她一面回想更衣女侍們的舉動，一面說。「那麼，我帶來的士兵們呢？他們有沒有遵照我的命令？」

「有，神君妃。」藍指頭說，「他們今早離開。這是明智之舉，因為他們都不是志願獻身的虹譜僕從，不可能獲准留在宮廷中。就算留在這裡，他們也無法進一步侍奉您。」

希麗點點頭。

「神君妃，我是否可以告退了……？」藍指頭問道。

她心不在焉地又點點頭，藍指頭隨即快步離開，留下她思索起自己有多孤單。但她又想：*我不能一直想這個*。於是她對更衣女侍中的一人說：「結果他還是沒說明我該怎麼打發剩下的時間，不是嗎？」

那個與她年齡相仿的侍女沒應聲，只是微紅著臉向她鞠躬。

「不過，看起來好像有很多事情可以做，」希麗逕自說，「搞不好太多了。」

那女孩又是一鞠躬。

這樣我很快就會覺得無聊啦。希麗癟嘴想著，生起了惡作劇的念頭，想要嚇嚇這些侍女，讓她們有點反應，但她知道這麼做只是耍笨；事實上，她知道自己天性的莽撞躁動在哈蘭隼是行不通的。於是，爲了阻止自己做出蠢事，她決定去「巡視」這個新家。她起身走到房門口，探頭在走廊上左右望了望，然後回過頭去，看見侍女們在她身後站成了一排，恭順地聽候差遣。她向領頭的第一個侍女問道：

「有哪裡是我不准去的嗎？」

那名侍女搖搖頭。

很好，那麼，別讓我正好撞見神君洗澡就行。她想。打定了主意，希麗走過走廊，打開對面的房門，走進她昨天去過的黃色房間。房裡的絨毛椅和桌檯已經搬走，換成一組黃色長椅。希麗揚了揚單邊眉毛，繼續往前走，進到昨天的澡間。

浴池不見了。這是最令她感到驚訝的一點。棗紅色的房間沒變，浴缸和瓷磚緩坡卻沒了。

原來這裡的人眞的可以任意改變每個房間的擺設。她吃驚地暗想。這麼說來，這裡一定有很多儲藏室，用來存放各種顏色的家具、浴池、布幔帷毯，隨時迎合這座宮殿主人的興之所至。

走出棗紅色房間後，她隨意轉向，憑著好奇心開始亂闖亂逛。這裡彷彿有數不盡的房間，每一間的四面牆都有門可供進出，有的房間有窗戶，可以看見外面，有些沒有。房間的大小不同，顏色也不同，可是房裡的樣子都是大同小異：單一顏色配上基本裝潢，害她不一會兒就不知自己身在何處了。話說回來，無論迷路與否，根本無所謂。

她轉過身去，對侍女們說：「我想吃早餐。」

早餐來得比希麗想像中要快上許多。幾名侍女飛奔離開，回來時帶著一張有綠色軟墊的椅子——好搭配她現在所處的房間顏色。希麗坐下後，僕役陸續搬來餐桌、餐具、食物，不到十五分鐘，熱騰騰的早餐已在她面前就緒。

她遲疑地拿起叉子，吃了一口，這才發現自己有多餓。這一頓早餐是由多種蔬菜和醬汁拌炒而成，調味下得重，完全不同於她習慣的清淡口味，但她發現自己越吃越愛。

餓歸餓，在一片寂靜中用餐卻有說不出的古怪。希麗習慣在鬧哄哄的廚房裡跟佣人們一起吃東西，或是在餐桌上跟父王、將軍們，以及他們邀請來的百姓和修道士一起晚餐，大家總是邊吃邊談話。哈蘭隼明明是個充滿色彩、聲音和裝飾的國度，而希麗坐在一個色彩明亮的房間裡，卻是靜靜地獨自用餐。

她的侍女們只在旁邊看，沒有人對她說話。她知道她們的沉默只是爲了表達敬意，這其中卻流露著疏離。她試著找話題，得到的卻總是簡短已極的回應。

嚼著一顆辣味續隨子，她想：我今後的生活都是這樣過嗎？夜晚時跟一個彷彿有所求、又像要故意冷落妻子的丈夫共度，白天則被僕從們跟著，卻還是隻身一人？

希麗打了個寒顫，胃口盡失。她放下叉子，任由餐盤裡的菜餚漸漸冷掉，心裡竟希望自己還賴在那張舒適的大黑床上。

9

ivenna, firstborn child of King Dedelin of Idris, gazed upon the grand city of T'Telir. It was the ugliest place she had ever seen.

維溫娜——義卓司王戴德林的長女——望著眼前的大城市，覺得這是她所見過最醜的一座城。城中的百姓推擠著走過巷道，不知羞恥地將自己裝扮得五顏六色，粗聲粗氣地叫嚷、聊天、清喉嚨，動作魯莽，還散發著臭味。頂著一頭灰髮，維溫娜拉一拉披肩，想讓自己看起來像個上了年紀的婦人。她本來擔心自己會引人注目，如今發現根本不用怕，因爲這兒嘈雜又忙亂。

話說回來，小心駛得萬年船。她到這裡是來救妹妹，可不是害自己被綁架的。

這是個大膽的計畫，連維溫娜自己都不敢相信她會付諸行動。她在一個小時前抵達特提勒城，這一路憑藉的就是「凡領袖必積極行動」——在眾多老師的教誨中，這是她秉持的第一信念。既然沒有人要來幫助希麗，維溫娜就要挺身而出。

她知道自己缺乏經驗，同時又希望這份自知可以令她不至於太過有勇無謀。話說回來，她受的是王國中最好的教育和政治訓練，其中多數都是爲了讓她能在哈蘭隼生活；身爲奧斯太神的虔誠子民，維溫娜忠實地令自己平凡而低調，當置身在像特提勒這樣龐雜的大都城裡，她能夠把自己掩藏得好好的。

是，這城市非常龐大。她熟記這裡的地圖，卻對眼前所見毫無心理準備——這兒的聲音、氣味，還有顏色。在這個早市中，即使是牲口身上都綁著彩帶。維溫娜站在路邊，看著牧人把一小群綿羊趕向交易廣場，每隻羊還染成不同顏色，只覺得慘不忍睹。她酸溜溜地想：**這樣難道不會損傷羊毛嗎？**

可憐的希麗，她又想。**困在這種環境、關在宮殿裡，希麗恐怕要嚇壞了。**維溫娜受過訓練，知道要怎麼面對哈蘭隼的可怕之處，尚且不免被這些顏色弄得心中作嘔，年幼的希麗如何應付得來？

維溫娜輕輕踏著地面，身旁的建築物上有迎風飄揚的彩帶，前方則是一尊石像，石像的陰影就蓋在她身上。**帕凜到哪裡去了？**他出去探察，到現在還沒回來。

眼下也只能等了。她抬眼望了望那尊石像——那是聞名遐邇的德尼爾·瑟拉勃林軍之一員。這一類雕像大多以戰士爲主題，有各種姿勢，大街小巷都有，手裡都拿著武器，而且通常披戴著彩色的衣飾。維溫娜在課堂上學過，特提勒的人們喜歡爲雕像裝飾，視之爲一種消遣，而這風氣是由天祐和平王帶頭准允的；他是個復歸者，於眾國大戰末期統領哈蘭隼。聽說特提勒城裡的雕像與年俱增，都由復歸者們出資塑造。這些錢是從哪兒來的呢？當然是從老百姓身上搾來的。

維溫娜邊想邊搖頭，大嘆浪費。

帕凜總算回來了。遠遠地看見他從街道那頭走來，維溫娜不禁皺眉，因為他的頭上戴了個可笑俗氣的東西，好像一只特大號的短襪。帕凜穿著義卓司傳統的旅行裝，一身暗沉的褐色，如今多了一塊鮮綠色的布頭垂在那張方臉旁晃呀晃的，看起來突兀已極。帕凜是個高而結實的壯漢，比維溫娜年長兩、三歲，是雅爾達將軍的兒子，也是跟她一塊兒在宮中長大的青梅竹馬。他本來駐守在邊境林地，負責監視哈蘭隼並保衛北方通道。

「帕凜？」她出聲喊他，小心地不使焦躁之情表現在聲音和髮色上。「你頭上那是什麼？」

「帽子。」他答得極為簡短。這個人一向寡言。

「我知道。你從哪兒弄來的？」

「市場裡有個人說這東西流行。」

維溫娜嘆了一口氣。當初要帶他來時，她曾經猶豫。帕凜是個忠厚老實的好人，一板一眼，卻因為長期駐守邊疆而不解世事。對他來說，這座城市恐怕太刺激了些。

「這帽子好可笑，帕凜。」維溫娜邊說邊壓抑著不使頭髮變紅，「而且讓你看起來好顯眼。」

二話不說，帕凜取下帽子塞進口袋裡。他轉頭看著著街上人群，好像也因這街景而感到心煩意亂。也許他比維溫娜更緊張，但維溫娜還是慶幸有他陪著來。她此行瞞著父王，而帕凜是她唯一相信不會去告密的人。除此之外，她知道帕凜喜歡她。在他們還是少年和少女時，帕凜經常在回宮時帶禮物給她，大多是他在邊境林地親手捕殺的獵物。

在帕凜認為，沒什麼比餐桌上的大塊新鮮肉品更能表達親愛之情。

「這地方好古怪，」帕凜說，「人們走路像牲口一樣。」說這話時，有個俏麗的女孩從旁邊走過，他的視線也跟著移動。如同特提勒城中大多數的婦女，那女孩身上的衣著輕薄得幾乎像是沒穿：襯衫領口開得大大的，裙子的長度連膝蓋也遮不住。有的女人甚至穿著長褲，活像男人似的。

「你在那個市場裡發現什麼？」她這一問，把他的注意力拉了回來。

「城裡有很多義卓司人。」他說。

「什麼？」維溫娜嚇了一跳，忘了掩飾自己的情緒。

「是的。」帕凜說：「他們都在市場裡，有的在做買賣，有的看起來像普通工人。我觀察了一會兒。」

維溫娜抆起雙臂，皺眉道：「飯館呢？你去看過嗎？」

他點點頭：「還算乾淨。我只覺得奇怪，他們竟然吃陌生人煮的飯菜。」

「有沒有看到可疑人物？」

「這城裡還會有什麼東西是『可疑』的？」

「我不知道，一開始是你堅持要去探察的。」

「打獵前當然要探一探環境，比較不會嚇跑獵物。」

「可惜呀，帕凜，」維溫娜說，「人和野獸不一樣。」

「我知道，」帕凜說，「野獸好懂多了。」

維溫娜又嘆了一口氣，至少帕凜說對了一件事。這時，一群義卓司人沿街走來，其中一個拉著空的手推車，顯然剛剛做完買賣。要辨認他們並不難，因爲他們的衣著簡樸，說話時有一點點腔調。她沒想到會有人跑這麼大老遠來做生意，不過話說回來，義卓司這幾年的商業活動並不熱絡。

閉上眼睛，維溫娜勉強將頭髮從灰色變成褐色，並且用披肩來掩飾這過程。既然城裡有這麼多義卓司人，她就不至於引人注目，而且硬裝成老婦人的樣子，反而顯得可疑。

但在外拋頭露面還是讓人渾身不對勁。在畢瓦利斯，她一出門就會被人認出；當然，畢瓦利斯是個人口數千爾爾的小城，與有如萬象之都的特提勒完全不能相提並論。

她向帕凜打了個手勢，咬一咬牙，混進朝市場中心移動的人群中。

傍著一座內陸湖，就有很大的不同。特提勒是世界重要港口，由本地特產的花「埃橋里之淚」所製成的染料便以此地爲集散中心。維溫娜現在就親眼見識到這兒的貿易盛況：異國的綾羅綢緞、從湖岸各城市運來的新鮮食品，還有來自泰得瑞多的褐膚商人，他們的黑鬍子都用皮繩束成辮狀。義卓司的人口少，稀疏分布在農地和牧場，而哈蘭隼的國土占有湖岸區三成以上的面積，足以讓城市繁榮，蓬勃發展。

蓬勃得誇張。

遠處可見諸神宮廷所在的台地，那裡就是奧斯太神眼中的罪惡淵藪。在那道高牆內，神君的邪惡宮殿裡，希麗正淪爲修茲波朗的禁臠。維溫娜在理智上能夠理解父王的這個決定，因爲她在義卓司的政治價值比希麗要高，假使戰爭註定要開打，不如讓希麗做一只棄卒；但在情感上，她不能接受希麗被當成「棄卒」。

希麗是維溫娜的寶貝妹妹，是大家的開心果。當所有人都消沉沮喪，她的臉上依然有微笑；在出其不意的時刻，她會帶來禮物。她常惹人生氣，卻是天眞無邪，讓這個做大姊的放不下。

父王的著眼點是爲國家著想，可維溫娜的著眼點另有其他。既然他們都認定戰事難免，那麼她一定要趕在危難之前救妹妹離開此地。至於方法，她大概有個方向——騙過哈蘭隼，讓他們以爲希麗死了，諸如此類。

但這絕不是父王會容許的事，所以她沒對他說。要是事情出了差錯，他大可以否認自己知情。

如今她走在大街上，視線低垂，小心地不使自己引人注意。想起自己離開義卓司的過程，簡直容易得令人驚訝。她說想做個緊急逃生包，就這樣弄到了食物和用品；她說要去遠一點的高地找幾種珍貴樹根，如此可以多拖幾個星期才讓別人察覺她的失蹤，也沒有人多問什麼。一個像她這樣完美自持的大公主，有誰會起疑？

說服帕凜就更容易了，因爲他全心信任維溫娜。帕凜因爲前一年的偵察之行，對國境之間的大小路徑瞭若指掌，出發時還找了幾個樵夫朋友同行，幫著帶路和保護公主。維溫娜今早已經叫那些人回國。樵夫們在這兒派不上什麼用場，而且她也事前安排了別人進城來保護自己。出發前，維溫娜預先寫了一封信讓貼身女僕保管，算算日子，這封信應該會在今晚送交到父王手中，而樵夫們會在之後回到國內，替公主帶話給國王。

她不知道父王會有什麼反應，也許會暗中派士兵來找她，也或許就隨她去。她在信中警告，假使發現義卓司官兵出動搜索，她會直奔諸神宮廷，表明自己才是神君妃人選，換希麗回來。

維溫娜當然不希望走到這一步。神君不可信任，搞不好他會扣留維溫娜又不放走希麗，大享齊人之福。

別去想這個了。維溫娜告訴自己。天氣儘管炎熱，她卻不自覺地將披肩裹得更緊。

還是找別的方法算了。第一步是找到樂米克斯，也就是義卓司派至哈蘭隼的首席諜報員。在戴德林王的授意下，維溫娜曾多次與這位大間諜往來聯繫，所以樂米克斯認識維溫娜，甚至也奉命聽令於維溫娜。不過戴德林王大概想不到，自己的先見之明竟會造成女兒今天的祕密出走。在離開祖國的那天，她用驛傳信差發了封密函給樂米克斯，假設此信已順利送達，樂米克斯就會在她指定的餐廳裡與她碰頭。

這個計畫似乎不錯，她準備周全。只是，她不懂自己爲什麼會被眼前的市集景象給震懾。人來人往，川流如潮，而她杵在路中間就像一塊石頭。江洋巨大而浩瀚，承載無數的帳篷、柵欄、房舍和人；湍流之中沒有鵝卵石，只有沙塵和偶爾的草屑。市集中的房舍座向不一，似乎只是出於隨性，缺乏規劃的街道也只是順著人們隨興的步徑才修築起來的。商人各自叫賣，旗幟隨風飄揚，表演藝人們極力賣弄，構成一場色彩和律動的狂歡祭。

「哇哦。」帕凜靜靜地驚歎。

維溫娜轉過身：「你剛才不是來過嗎？」

「對啊，」帕凜應著，眼神有點迷茫。「還是驚人啊。」

維溫娜搖搖頭：「去飯館吧。」

帕凜示意道：「往這走。」

維溫娜跟著走，心中惱怒。哈蘭隼本來就是這樣，她覺得不該就這麼被嚇唬住；只不過，她沒料到自己震驚過度，反而有點不知所措，也沒意識到自己以往是如何把義卓司簡樸之美視爲理所當然，以致於沒當一回事。

幸好，身旁有像帕凜這樣熟悉的人陪著，讓她可以承受這環境造成的壓迫感。走到人多的地方時，他們得在人潮中拚命推擠才能前進，與許多骯髒、色彩繽紛的人體頻繁接觸，差點兒沒讓維溫娜陷入恐慌，幸好他們要去的飯館不算太遠，總算讓她在失控大叫之前抵達。

飯館門前的招牌上有幅畫，畫著一艘乘風出航的船，從店內飄出的氣味可確定這是家魚鮮餐廳。走近店門，維溫娜立刻感到反胃。她以前只在訓練需要時才吃魚，而她從來就不喜歡那味道。

一走進店裡，帕凜立刻挨到牆邊走道，放低了身形，讓自己的眼睛適應陰暗，那模樣活像荒野中的狼。維溫娜對飯館的門房說了個名字，那是她跟樂米克斯約定所使用的化名。那個門房朝帕凜看了看，聳聳肩，就將他兩人帶到盡頭處的某一張桌位。維溫娜就坐。據說，哈蘭隼的餐館並不是爲了外地旅人所設，反而專做本地人生意。懶得在家下廚的本地人就愛上館子用餐。維溫娜雖然受過訓練，卻還是對這種生活習慣感到不解。

帕凜沒坐下，而是站在她身旁掃視整間餐廳，接著略略傾身，悄聲對她說：「維溫娜，妳的頭髮。」

維溫娜驚跳起來，這才意識到自己的髮色變淺，好像被撒上了白粉那樣。想到自己竟被嚇得如此失去自持，維溫娜是又羞又惱。

出於一絲扭曲的偏執心，她馬上用披肩蓋住整個頭，而且在飯館老闆走過來準備招呼時故意不去看他。這時，帕濂坐了下來，讓老闆的注意力轉向他。這家餐廳的菜單就刻在桌面上，他跟老闆開始交談並點餐。

*妳可以做得更好，妳這輩子都在研究哈蘭隼啊。*懷著慚愧，維溫娜嚴厲地告誡自己，她的髮色漸漸變回深棕色了。假使有人看見這過程，可能會以爲是光線的改變使然。

接著她要自己想想希麗，想想此行的使命。這一趟雖然來得倉促又魯莽，卻是關係重大。這麼想令維溫娜重獲力量，也再次鎮靜下來，這才取下了披肩。一旁的帕濂這時已經點了一盤燉海鮮，老闆也走開了。

「再來呢？」帕濂問。

「等待。」維溫娜道，「我在信裡叫樂米克斯每天中午都到這裡來看看，我們就坐這兒等他來。」

帕濂點點頭，顯得坐立不安。

「怎麼了？」維溫娜冷靜地問。

帕濂先朝門口瞟了一眼，才道：「維溫娜，我不相信這鬼地方。我在這兒只聞得到人體味和香料味兒，也只聽得到他們交談的聲音，可是沒有風，沒有樹，也沒有河流，只有……只有人。」

「我知道。」

「我想回到外面去。」他說。

「什麼?」她有些吃驚,「為什麼?」

「要是你對一個地方不熟悉,那就想辦法去熟悉它。」帕凜笨拙地說,接著沉默不語。

想到要獨自留在這兒等待,維溫娜的心中竄過一絲恐懼,但是要求帕凜繼續陪在身旁也不妥,於是她說:「你答應不會走太遠?」

他點了點頭。

「那你走吧。」

他就這麼走出了餐廳,而那舉止看起來一點兒也不像哈蘭隼人——他的動作太流暢,彷彿潛行的野獸。維溫娜心想,**也許該讓他跟樵夫們一起回國才對**。但再想到自己將陷於完全的孤單,又覺得無法承受。她需要有人幫忙找到樂米克斯。想到這裡,她才真正體認到自己是冒著多大的風險進入特提勒,即使有一名像帕凜這樣出色的保鑣跟在身旁,恐怕都還不夠。

來都來了,再想這個也沒有用。維溫娜把雙臂交疊在桌面上,決定轉向思考下一步。在義卓司時,她把事情想得太簡單了,這計畫如今得好好調整一番才行。首先,她必須設法潛入諸神宮廷,而那兒的嚴密警衛,肯定是一大難關。

她心想:**樂米克斯會有主意的,我們還沒起步呢。我要——**

這時,來了一名男子在她的桌邊坐下。和一般哈蘭隼人相比,這人的衣著比較樸素。他有一張長形臉和吹整過的髮型，穿著棕皮衣褲和一件雜色紅布背心，但他並不是維溫娜要等的人；樂米克斯已經五十多歲，而眼前的男子顯然只有三十出頭。

「我討厭當傭兵，」男子一開口就說，「妳知道爲什麼嗎？」

維溫娜吃驚地怔住，嘴唇微張。

「因爲偏見。」男子繼續說：「都是幹活兒混口飯吃，別人可以受到敬重，就只有傭兵不會。我們也腳踏實地做分內的事，卻掙得一個惡名。吟遊詩人受雇時淨挑最高的酬勞，但有幾個會因此被人吐口水呢？烘焙師傅賣麵包給某個人，又把同樣的麵包賣給那客人的仇家，他會因此感到內疚嗎？」男子說著，朝維溫娜看了看。「不，只有傭兵會如此。眞不公平，妳說是不是？」

「你……你是誰？」維溫娜愣了一會兒才開口。這時，她發現又一名陌生男子也在桌邊坐下，嚇得跳了起來。第二人的個子高大，背上繫著一根大棍子，末端停著一隻七彩小鳥。

「我是丹司，」第一個人執起維溫娜的手，握了握。「他叫童克法。」

「幸會。」童克法接著與她握手，也向她致意。

「不幸的是，公主，」丹司說，「我們是來殺妳的。」

10

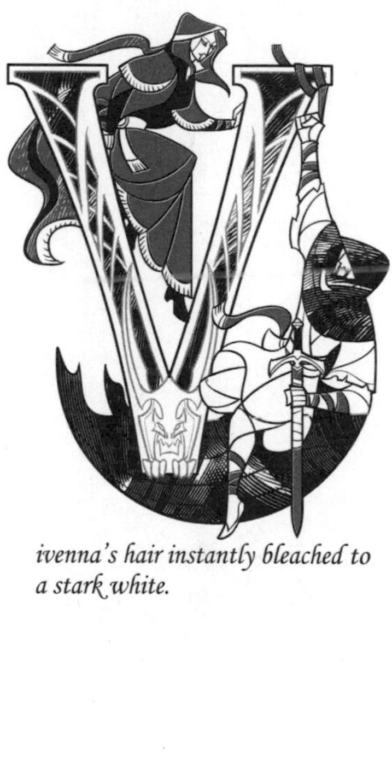

ivenna's hair instantly bleached to a stark white.

維溫娜的頭髮瞬間染上一層霜白。

快想！她告訴自己：妳懂政治！妳學過人質談判。可是……當妳自己就是人質時，該怎麼做才好？

突然間，那兩名男子大笑起來，大個子還頻頻拍桌，嚇得那隻小鳥吱吱叫。

「抱歉，公主，」瘦子丹司邊說邊搖頭，「這是傭兵間的無聊玩笑話。」

「我們偶爾會殺人，但絕不是蓄意謀殺。」童克法接著說，「暗殺是刺客的工作。」

「刺客啊，」丹司說，同時豎起一根手指：「這會兒可受尊敬了。很奇怪吧？他們根本也就是傭兵嘛，只不過名字時髦點。」

維溫娜眨著眼睛，使勁兒地控制自己的焦慮：「你們不是來殺我的，」她的聲音僵澀。「那你們是來綁架我的嗎？」

「老天爺，不是。」丹司說，「那是爛生意，怎麼可能賺到錢？你每次綁一個有身價的人，總要得罪一大堆比你更有權有勢的人。」

「不可以讓大人物生氣，」童克法打了個呵欠，「除非是跟哪個更了不起的大人物領酬勞。」

丹司點頭：「那還不包括肉票要吃要顧，且又要安排領贖金跟釋放肉票的事，麻煩得要命。我告訴妳，那樣賺錢有夠爛。」

然後餐桌陷入了沉默。維溫娜把雙手平貼在桌面上以避免發抖，同時逼自己用邏輯思考。她想：**他們知道我是誰。可能本來就認識我，或者……**

「你們替樂米克斯工作。」她說。

丹司露了個大大的微笑：「看到沒，老童？他說她頭腦好，果然如此。」

「怪不得她是公主，而我們只是傭兵。」童克法說。

維溫娜皺起了眉頭，不確定他們是否在嘲笑自己。「樂米克斯呢？他爲什麼不自己來？」

丹司又微微笑，並對著上菜的餐館老闆點頭致意。老闆端來了一個大燉鍋，鍋中飄出辣香味，湯水中漂著幾隻蟹螯。在桌上放下一支木湯杓之後，老闆就走開了。

沒等維溫娜允許，丹司和童克法就動手吃了起來。丹司抓著湯匙，邊吃邊說：「妳那朋友樂米克斯啊——就是我們的雇主，他狀況不太好。」

「發燒了。」童克法說，一口湯喝得唏哩呼嚕。

「他叫我們帶妳去找他。」丹司說著，遞來一張摺起的紙，右手還忙著用三根指頭扭一隻蟹螯。見他把螯裡的東西吸出來吃，維溫娜覺得噁心。

那張紙上是這樣寫的：

公主，請相信這兩個人。丹司已經替我做了一陣工夫，為人忠誠——以傭兵的標準而言。他和他的手下都領了薪酬，因此我確信他在合約期限之內都將可靠如一。以下謹憑暗語以證明此信之真實性：藍面具。

那筆跡確實出自樂米克斯之手，更重要的是，他寫出了正確的暗語。信末所寫的「藍面具」只是幌子，眞正的暗語其實是他用「一陣工夫」來指稱「一段時間」。她向丹司瞄了一眼，只見他又抓了另一隻蟹螯猛吸。

「啊，接下來，」丹司邊說邊扔下那隻螯殼：「就要費點工夫了。公主得先判斷我們說的是不是眞話。那封信是捏造的嗎？或者，搞不好是我們抓了那個老間諜還刑求他，逼他寫下這封信。」

「我們可以把他的手指頭全帶來給妳看，以證明我們沒說假話。」童克法說，「那樣有用嗎？」

維溫娜抬了抬眉毛：「又是傭兵笑話？」

「妳一下就懂了。」丹司嘆口氣：「我們這一行大多不是聰明人，要不然會選個更滑頭的職業，道德標準低一點的。」

「就拿妳的職業來說，公主，」童克法又說，「職業壽命就很長。我常常在想，也許我該拜師學學妳那一行。」

兩人咯咯笑了起來，令維溫娜不禁皺眉。她想，樂米克斯不可能屈服於刑求，因爲他太訓練有素了。縱使他屈服，也絕不會同時把眞的暗語和假的暗語都寫出來。

「走吧。」她說道，並站起身。

「等等。」童克法忙著喝湯，「不把這道菜吃完嗎？」

維溫娜朝那鍋紅色的甲殼湯看了一眼：「當然。」

□

樂米克斯小聲地咳嗽，年邁的臉龐流下幾道汗水，皮膚濕冷而蒼白，偶爾虛弱地囈語，看起來神智不清。

維溫娜坐在他床邊的椅子上，兩名傭兵和帕凜都在房間的角落等候。現場另有一名神情肅穆的看護。據這個看護的說法，樂米克斯已經病入膏肓。

樂米克斯已命在旦夕。

這是維溫娜第一次見到樂米克斯本人，但她也看得出那模樣非比尋常。當然，她知道樂米克斯日漸衰老；年長反而是他在諜報工作上的優勢，因爲人們不易起疑。話說回來，他們經常往來聯繫，維溫娜一直把他想成是個健朗、活潑且口齒伶俐的老紳士，而不是眼前這個孱弱顫抖、咳嗽不止的病人。

她好難過，彷彿即將失去最親愛的友人。因爲有他提供她在哈蘭隼的棲身之處，她才敢籌畫這一趟祕密行動。在她的計算裡，這位多謀老練的精神導師會一直站在她這邊。

樂米克斯又咳了起來。看護看著維溫娜說：「小姐，他有時清醒，有時昏沉。今天早上他還跟我談起您，這會兒卻越來越糟……」

「謝謝，」維溫娜悄聲回答，「妳退下吧。」

看護鞠了一個躬，然後離開。

是時候表現得像個公主了。維溫娜想。於是她站起來，靠近病床。

「樂米克斯，」她說，「你必須把這兒的情報交接給我。我要怎麼聯絡你的情報網？這城裡別的義卓司特務都在哪裡？我要用什麼暗語才能讓他們聽令於我？」

但見他咳了兩聲，茫然地瞪大眼睛，喃喃自語。她便靠得更近些。

「……我絕不說。」樂米克斯說，「愛怎麼折磨我都隨你，我不會屈服。」

維溫娜坐回椅子上。義卓司在哈蘭隼布下的間諜網是個鬆散的組織，義卓司王認識每個特務，但維溫娜只知道樂米克斯一人。樂米克斯是這個情報網的首領暨協調人，她非得要問出個結果不可。咬了咬牙，維溫娜決定再試一次，當她輕搖這位老特務的頭時，她覺得自己和盜墓賊沒兩樣。

「樂米克斯，看著我。我不是來逼供的，我是公主呀。你曾收到我的信，現在我來找你了。」

「騙不了我。」老頭子低聲說，「你的刑求不算什麼，我不會說的，你別想。」

維溫娜嘆了一口氣，看著別處。

突然間，樂米克斯抽搐起來，隨即湧現一道有色的氣浪，從病床和維溫娜的身上流竄而過，撞擊地板後消失。維溫娜嚇得倒退了兩步，緊接著又感覺到另一股波動。

這一次的氣浪沒有顏色，卻使得四周的色彩增強了：地板、床單、她自己的衣服，全都在那一陣氣浪通過瞬間爆發出更鮮艷的色調。氣浪消失後，一切又恢復原樣。

「我的天啊！那是什麼？」維溫娜驚呼。

「那是生體彩息，公主。」丹司倚在門邊答道：「老爺子體內有很多，我猜搞不好有幾百道。」

「不可能。」維溫娜說，「他是義卓司人，不可能攝取駐氣的。」

丹司聞言，眼神銳利地向童克法一瞥，但後者只是聳聳肩，默不作聲地繼續抓搔他養的小鸚鵡。就在這時，樂米克斯的身體又冒出一團顏色。

「公主，他快死了，」丹司又說，「他的駐氣開始不規律了。」

維溫娜怒視丹司：「他不會有那——」

驀地，有東西抓住她的手臂，把她嚇得跳起來。她低頭看去，原來是樂米克斯的手。跟前一刻相比，樂米克斯似乎清醒多了，望向她的眼神已不再失焦。

「樂米克斯！」維溫娜急切地喚道：「你的聯絡網！你一定得移交給我！」

「維溫娜公主，」老特務自顧自地說，「我做了壞事。」

一陣錯愕籠上她的心頭。

「就是駐氣，公主——」他繼續說：「我從前一任情報員手中繼承，之後還花錢去買，買了好多……」

維溫娜無比震驚，胃裡一陣翻攪。

「我知道那是不對的，」樂米克斯低聲說：「可是……那使我感到精力充沛，連地上的一粒沙都要聽我命令。我這麼做是爲了義卓司！有駐氣的人在這兒就會受尊敬，因此我能夠打進各種社交圈子，不再受人排擠，甚至能進到諸神宮廷去聽合議會作裁議。駐氣讓我延年益壽，讓我在這把年紀還能保持活力。我……」

他眨了眨眼睛，眼神又矇矓起來。

「噢，奧斯太神啊，」他喃喃道，「我曾經詛咒自己。我如此摧殘他人的靈魂，也玷污了我自己。現在我就要死了。」

「樂米克斯！」維溫娜說，「別想那個了！名字！你要給我聯絡人的名字和暗語！別丟下我一個人！」

「我該死。」他茫茫低語，「誰來拿走吧。拜託，從我身上拿走！」

維溫娜想把自己的手抽回來，他卻抓得死緊。想到此人所擁有的駐氣，維溫娜打了個哆嗦。

「公主，妳要知道，」丹司在後面說，「從來沒有人會對傭兵說眞話；這是個不幸，卻是事實。幹我們這一行就是有這缺點。沒人信任我們，我們也從不問別人的意見。」

她回頭看丹司一眼，見他仍舊倚著門，而童克法站在旁邊。帕凜也站在附近，手裡仍拿著那頂可笑的綠帽。

「所以，假設現在『某人』要問我的意見，」丹司繼續說，「那我會先聲明，那些駐氣很值錢。賣了它，妳就有足夠的錢去買妳自己的情報網；或者，搞不好妳想做的事都能直接辦好。」

維溫娜又看回樂米克斯，垂死的他仍在囈語。

「要是他死了，」丹司說，「那些駐氣全會跟著他一起消失。」

「那就可惜了。」童克法說。

維溫娜的臉色鐵青：「我絕不跟人類的靈魂搞這種牽扯！我才不在乎它們值多少錢。」

「三思啊，」丹司又說，「萬一妳的任務失敗，可不要有人因此受害就好。」

這話引得她想起希麗。

「不，」維溫娜冷靜下來：「我不能接管那些東西。」

她是認眞的。光是想到讓那些駐氣跟她自己的混在一起，等於讓別人的靈魂進入自己的身體，維溫娜就想吐。她回過身探視垂死的樂米克斯，卻見他的生體色度呈現燃燒般的明亮光暈，映得床單都在發亮。她想，最好還是讓那些駐氣跟著他一起消逝。

然而，少了樂米克斯，她在這座城裡就無依無靠，沒有人可以指導、庇護她了，加上她這一趟出門只帶了勉強夠吃住的錢，也不夠用來賄賂或購買物資。她聽見自己的聲音在心中說：取用這些駐氣就像拿別人從強盜窩裡搬出來的物品，妳會因為那是不義之財就寧可丟棄嗎？反正傷害早已造成，而此刻又是多麼需要資源……

不行！她再次堅定自我。不對的事情就是不該做！我不能擁有它！我辦不到。

再想想，也許可以先讓別人來承接這些駐氣，好讓她有時間思考如何處理它，說不定還可以找到這些駐氣原本的主人，將它們一一歸還。想到這裡，她轉過身去，朝丹司和童克法看了一眼。

「別那樣看我，公主。」丹司笑了起來，「我看出妳打什麼鬼主意了。我可不打算替妳保管那玩意兒，有那麼多駐氣會改變一個人的分量。」

童克法點點頭：「就像揹一袋金子在大馬路上走。」

「我喜歡我原本的駐氣，」丹司又說，「我只需要一道，而且它運作得好好兒的。我的駐氣讓我有活力，同時不招搖，而且我缺錢時還可以賣了它。」

維溫娜瞥向帕凜。不行，她不忍心這樣對他。

她又轉向丹司：「你們跟樂米克斯簽的是什麼合約？」

在迎向維溫娜的視線前，丹司朝童克法瞄了一眼。就那一眼，維溫娜已經瞭然於心——他們的合約內容就是服從；假使她下令，他就得接受那些駐氣。

「過來。」她說，同時示意他坐上身旁的椅子。

丹司不情願地走過去坐下，說道：「公主，妳要知道，假如妳把那些駐氣給了我，我大可以一走了之，到外頭發財去。讓一個沒良心的傭兵面對這樣巨大的誘惑，妳敢嗎？」

她猶豫了一下。

就算他逃了，我又有什麼損失呢？反而能替我解決不少問題。「你來拿。」她命令道。

卻見丹司搖了搖頭：「不是這樣拿的，要由他給予我才可以。」

她看著躺在床上的老特務，心裡突然有了另一個想法：不，不對。就算情況非比尋常，奧斯太神也不會希望她這麼做的。

「算了，」她說，「我改變主意了。我要放棄他的駐氣。」

就在這時，樂米克斯不再囈語。他睜大眼睛，直視維溫娜的雙眼。

他還抓著她的手臂。

「我的生命為妳所有，」他的聲音清晰得詭異，連抓著她的手勁都變強了：「我的駐氣歸妳所有！」

維溫娜嚇得想後退，卻被樂米克斯緊緊抓住，他的嘴裡爆出一團游移的彩霧，輕輕地撲向她。她睜大了眼睛，不知如何是好，頭髮變成了白色，一時之間只能閉緊嘴巴，奮力將自己的手臂扯離樂米克斯的箝握，同時發現他的臉龐黯然，眼神又陷於昏沉，而他身旁的色彩也逐漸褪去。

閉上嘴巴根本沒有用。駐氣猛然向她衝去，轉瞬間便貫注了她的全身，那勁道簡直和攻擊沒有兩樣。她喘著氣，雙膝一軟，跪在地上顫抖，卻覺得有一抹反常的愉悅。她的感官忽然敏銳起來，能夠感覺到房裡其他人的存在，還能感覺到他們正在注視她；更奇怪的是，彷彿有人多點了一盞燈，她看著四周的景物，覺得一切變得更明亮、更真實、更生動了。

不知怎地，聽見帕凜趕到身旁來，連聲喊著她的名字，她竟覺得那些聲音令她聯想到音樂的旋律，彷彿他講出的每一個字都對應著一個音高，而她全都能辨明。

勉強用一隻手支在地板上，維溫娜仍然止不住驚恐和顫抖。她在心中吶喊：**奧斯太，色彩之神啊！我做了什麼？**

11

But surely we can bend the rules a little," Siri said, walking quickly beside Treledees.

「不過，我們當然可以稍稍改變一下規則。」希麗說道，快步走在崔樂第身邊。

崔樂第看了她一眼。這位神君專屬的大祭司本來就長得很高了，戴了頭上的那一頂精緻大帽後，他的身高幾乎就像個復歸者。

只不過，他瘦得像竹竿，而且又討人厭。

「您是說破例？」他說話時帶著輕浮的哈蘭隼口音，「不，神君妃，我想那是不可能的。」

「我看不出有何不可。」希麗說。這時，一個僕人在前面開門，讓他們從一個綠色房間走到藍色房間。崔樂第恭敬地讓希麗先走，但希麗感覺得出他並不情願。

希麗想出宮，但這個狗眼看人低的祭司不准，讓她氣得牙癢癢。她想，維溫娜大概就會表現得冷靜而有邏輯，找出可獲准到宮殿外頭去的合理理由，讓祭司心服口服。希麗深吸一口氣，一面試圖淡化頭髮的紅色，不讓自己表現得太沮喪。

「嘿，難道連一步也不准嗎？只是到宮廷裡的庭院走走？」

「不可能，」崔欒第說，「要是您缺乏娛樂，何不叫僕人們找樂師和雜耍團來？我相信他們必能為您帶來消遣。」

也讓妳別來煩我，他的語氣似乎有這暗示。

難道他不懂嗎？她並不是因為沒事可做而沮喪，而是因為她在宮殿裡看不到天空，卻只能看到無止盡的隔牆、門鎖與規矩。既然如此，她勢必得找個對象來說話解悶。「那麼，至少讓我跟諸神之一見見面吧。」希麗試著換另一個方式進攻，「我說真的，把我關在這裡有什麼用呢？」

「神君妃，您並不是被關著，」崔欒第說，「您現在正處於隔離期，這可讓您專心思考自身在生命中的新地位。這是個古老而有意義的實踐過程，顯現您對神君和其神聖君權的尊敬。」

「對，但這可是哈蘭隼，」希麗說，「在這個標榜鬆散閒適和輕佻的國度，你們怎麼可能找不到方法來破例呢？」

崔欒第兀地停下腳步：「凡是和宗教有關的事務，我們絕不會破例，神君妃。我必須假設您現在是在考驗我，否則我很難相信您有資格觸碰我們的神君，卻有如此庸俗的思想。」

希麗忍不住心虛。她想：哎呀，來到這城裡還不到一星期，我這張嘴就要惹上麻煩了。

她不曾討厭過別人，反而喜歡與人攀談，花時間和他們相處，分享歡樂；然而，她沒法兒讓他們爲她做事，不像政治家那樣有本領策動他人。她後悔自己沒向維溫娜多學學。

她跟著崔樂第繼續走，飄逸的棕色長裙一直蓋到她的腳，後襬還拖得老長。崔樂第穿著金色與棗紅相間的衣帽，和僕人們的制服色調正匹配。這座宮殿裡的每個人都有不同配色的服裝可以時常更換，至今仍使希麗感到驚訝。

其實她知道自己不該惹祭司們生氣。他們本來就不特別喜歡她了，動輒煩擾他們自是於事無補。話說回來，她被困在宮裡好幾天了，又找不到人說話，簡直悶得快要發瘋。

顯然，這樣仍不構成破例的理由。

「可以了嗎，神君妃？」崔樂第在一扇門邊停下腳步，如此問道。他大概已經不知道要如何繼續以禮相待了。

希麗嘆口氣，點了點頭。祭司向她鞠躬，打開門就立刻往裡面鑽。希麗扠著雙臂，跺一跺腳，回身看見自己的僕人們站成那一長排，卻是一個個沉默依舊。她想到去找藍指頭，但又想到他總是有很多事要做，不好意思讓他分心。

她又嘆了一口氣，示意僕人準備晚餐。兩名僕人搬來一張椅子讓希麗坐下，其餘人則去張羅餐點。這張椅子是絨面的，坐起來很舒服，卻不能減緩她的頸背痠痛。這六天以來，她每晚都赤身裸體地伏跪在堅硬的石地上，一動也不敢動，直到睡意襲來，她無法克制地昏沉睡去。

然後到了早上，神君一走，她就改到床上去睡，等到再次醒來時，就把床單被褥燒掉，接著是選衣服。僕人們每天都獻上不同的款式供她挑選，這幾天來從沒有一件重複。她不知道是誰有本事天天提供這麼多量身裁製的服飾進宮，每次挑選時都要費一點兒心思，因爲今天不選，恐怕以後也再沒機會見到或穿到了。

更衣後就是她的自由時間。雖曰自由，卻不能離開宮殿。等到夜幕低垂，僕人們侍候她沐浴，讓她選一件豪華禮服穿進寢宮去。考慮到舒適性，希麗開始命僕人們準備更厚實、用料更柔軟的華麗禮服。她常常在想，假使裁縫師知道他們精心縫製的禮服竟被拿來鋪在地板上代替毯子，不知會作何感想。

她在宮裡沒有私人物品，但這兒的一切都可供她取用。富異國風味的飲食、家具、娛樂表演、書籍、藝術等等，只要她開口就行。一等她享用完畢，僕人們就會立刻來撤走。

她打了個呵欠。每晚睡眠中斷，令她在白天感到精神不濟。她眞希望有個人可以陪她聊天，讓她不至於如此厭厭終日，可是宮裡的每一個僕人、祭司或文書官都有他們的職務要辦，讓她不敢隨便耽誤。

除了「祂」以外。

那樣究竟算不算得上是互動呢？神君似乎只喜歡看她的身體，卻從來沒有進一步表示。每天晚上，他就讓她跪在那兒，一雙眼睛直盯著她，彷彿要連她的內心都看穿。這就是他們六天以來的婚姻生活。

僕人們擺好了她的晚餐，然後在牆邊一字排開。時候已經不早，差不多要到沐浴時刻了。她邊吃邊想：**我得吃快一點，免得遲赴閨房之約。**

□

數小時之後，希麗站在寢宮的大門前，澡洗好了，香氛盛裝也就緒。她做了個深呼吸，使自己鎮定下來，但她的頭髮還是因焦慮而變成了淡棕色。

說來有點蠢，她就是不習慣這一關。神君的怪異行動或許只是在展現他的權力，而希麗心中的恐懼在於預期他隨時都有可能占有她。坦白說，她倒寧可神君快點採取下一步行動算了，否則眞是夜長夢多。

她打了個寒顫。藍指頭瞄了她一眼。到目前爲止，他每天晚上都親自把她送到寢宮門口來，這會兒應該已經相信她的守時了。

*至少他沒再趁我洗澡時出現。*她想。

說到洗澡，溫水浴和香氛本來可使人放鬆心情，但可悲的希麗總是在入浴時想東想西，要不是擔心接下來與神君的相會，就是害怕有男僕跑進浴室來服務。

想到這裡，希麗瞥向藍指頭。

「再等幾分鐘，神君妃。」藍指頭說。

*他怎麼知道時間到了沒？*說也奇怪，藍指頭對於時間似乎有一種超自然的感知力。希麗在宮中沒見過任何鐘錶、日晷或沙漏之類的計時器，她原以爲這兒的諸神們都不需要那種東西，因爲有眾

多僕役會來報時，提醒他們做事情。

藍指頭看看房門，又看看她，這才發現她正在盯著他看，於是他立刻轉開視線。這時希麗又發現，他站著的時候會在兩隻腳互換重心。

他幹嘛這麼緊張？希麗不高興地想著。每晚都要進這道門去受折磨的人是我，又不是他。

「您……跟神君之間都還順利嗎？」藍指頭突然這麼問。

望著門扉上的金飾，希麗皺皺眉頭。

「我看您平常都顯得疲累，」藍指頭自顧自地說，「呃……我猜那表示二位每晚都……都很活躍。」

「那不是很好嗎？大家都巴望我們早生貴子。」

「是，當然。只是您……」他說話時絞著雙手，語調拖長，又朝她瞟來，正好對上她的視線。「也許要小心點，神君妃。儘可能常保機智，提高警覺。」

希麗一聽，髮色變得更淺了。「你這話聽起來倒像是我有危險似的。」她輕聲說。

「什麼？危險？」藍指頭又別開了視線：「胡說。您有什麼好害怕的？我只是建議您要保持警醒，以免神君隨時要召喚您。啊，您瞧，時候到了。享受春宵吧，神君妃。」

說著，他推開房門，按著她的背將她輕輕推進房間。就在她進屋的最後一刻，他卻把頭湊近她，壓低了聲音說：「孩子，自己留心些，這宮裡的一切未必如妳所見。」

希麗不解地轉過頭去，卻見他擠出一個生硬的微笑，在她身後關上了房門。

他那番話是在搞什麼鬼？希麗一頭霧水，忍不住瞪著房門，直到驚覺自己可能呆立太久才回過神來。她輕輕一嘆，望向照舊劈啪作響的壁爐之火，覺得那火勢比前幾天要小一些。

他就在那兒，希麗不用抬眼也看得到。適應黑暗之後，她發現火光的顏色橘光中帶點藍色或黑色，似乎特別逼眞，又異常地生動，而她的金色緞面禮服映著熊熊火光，散放出另一種光輝；其餘的白色物體，例如衣服上的花邊，甚至可以折射光芒，與其他的微光暈交映出小小的彩虹。這時的她有點希望房間裡能夠更亮一些，好讓她可以完整體會生體色度之美。

不過，那麼做當然是不對的。神君的駐氣是由人民的靈魂餵養而成，那是邪門歪道，而他所誘發的色彩之美完全建立在他人的犧牲之上。

希麗哆嗦著解開禮服，讓衣裙順著光滑的肌膚溜到地板上，窸窸窣窣。然後她走出衣服堆，行五體投地之大禮，完成這一串儀式。

她的背在抱怨，今晚肯定又要度過不舒服的一夜。她覺得僕人們至少應該把壁爐的火生得大一點才好。儘管哈蘭隼是熱帶型氣候，入夜後還是有涼意，更何況脫光光睡在大理石地板上。

希麗試著轉移自己的注意力。**不如想想藍指頭的事吧**，她想。**他剛才是什麼意思？宮裡的事物跟我所見的不同嗎？**

難道他指的是神君與其取人性命的神力？希麗當然深知神君的分量。每天晚上，坐在相隔十幾步之外，他都在陰影中盯著她猛瞧，這教她怎麼可能忘記。不，藍指頭的意思一定不是那樣。他刻意私底下警告她，不讓別人聽見，一定是因爲他覺得有必要提醒她，**自己留心些……**

這其中有政治意味。希麗暗恨，後悔自己以前上課時沒有認眞，要不然這會兒就能聽得出藍指頭的弦外之音了。

想來想去，她怎麼都想不出個所以然來。假如藍指頭有事情想告訴她，幹嘛不直說就算了？這時的希麗已經又冷又不舒服，想不出任何結論，只覺得更加煩躁。

要是維溫娜來，她一定就想得通。而且她搞不好本能地知道神君爲什麼不跟她同床共寢，還有本事在新婚之夜就搞定一切。

可惜希麗太不稱職了。儘管她很努力地想做到像維溫娜那樣好，爲了報效祖國而到哈蘭隼來扮演完美的妻子，滿足大家對她的期待。

但她沒有做到，而且她*實在也*做不到，甚至再也無法堅持下去。她覺得自己被困在這座宮殿裡，一舉一動都只會惹來祭司們不友善的關注，就連把神君引誘上床都辦不到。現在可好了，一事無成就算了，她還置身於不知名的危險中。

簡單地說，此刻的她是萬般沮喪。

終於，她的手腳都痛得受不了了。希麗呻吟著坐直起來，在幽暗中看著那個角落的人影，忍不住脫口而出：「請您進行下一步好嗎？」

寂靜。

希麗忽然回過神來，這才驚覺自己的行爲，頓時嚇得全身僵硬，頭髮褪成如骨般死白。她趕緊垂下眼去，滿腦子焦慮和惶恐。

我剛才在想什麼？神君恐怕會叫僕役進來處死我。不，甚至不用那麼做。他可以識喚禮服來勒死我，也可以命令地毯來悶死我，搞不好還能讓天花板塌下來壓死我。

希麗等在那兒，大氣也不敢喘一口。

幾分鐘過去了，卻什麼也沒發生。

她忍不住抬眼看去，竟看見神君的坐姿改變了，坐得更直，仍然在打量她。她能見到他的雙眼映著火光，但是看不清他的長相，只知道他看起來並沒有發怒，仍舊流露著一貫冷漠而疏離的氣息。

就在她幾乎又要低下頭去時，希麗遲疑了。如果對著他講話也沒有引發任何反應，那麼盯著他看應該更不可能惹他不快吧？於是她硬是抬高自己的下頷，迎向他的視線，心裡明白這恐怕是愚蠢之舉。維溫娜大概不會這樣挑釁神君吧？她會保持靜默，安分地跪著，直到連神君都不得不折服在她的好耐性之下。

希麗不是維溫娜。她只能接受這個事實，以及一切的後果。

神君還在看她，而希麗覺得自己臉紅了。她赤裸裸地在他面前跪了六個晚上，這會兒的「面對面」反而令她覺得更難爲情。但她沒有退縮，還是跪在原地，逼自己保持清醒，繼續注視著他。

這可不容易，而且這姿勢也遠比伏臥著要吃力。她撐著繼續看他，等著他的反應，而時間繼續流逝。

最後，神君站了起來——他每晚大約都是在這個時間離去。希麗又是一驚，清醒過來，卻見他只是走向門口，輕輕在門上拍了兩下，沒發出太大的聲響。候在門外的僕人替他開了門，待他走出去之後又關上。

希麗繃緊了神經等著。沒有士兵走進來逮捕她，也沒有祭司衝進來斥責她。於是她還是照老樣子走到床邊，鑽進被窩去享受溫暖。

看來，神君的憤怒並沒有像他們說的那樣可怕。她迷迷糊糊地想著，就這麼沉沉睡去。

12

ventually, Lightsong had to hear petitions.

到頭來，萊聲終究還是得聆聽請願。

大婚慶典仍在進行，這時來聽百姓請願眞是殺風景。當然，他知道自己不該這麼想，因爲人民總是需要神的引導。話說回來，別人結婚他放假，好歹也休息了將近一個禮拜，如今只要每天花幾個鐘頭看看藝術品、聽聽民間疾苦，這可沒理由抱怨。

儘管如此，這些差事還是讓他頭昏腦脹。萊聲嘆口氣，坐回他的寶座。他戴著的小帽有精美刺繡，搭配金色與紅色相間的長袍，寬鬆地裹著他的雙肩和身軀，並在兩側飾有金色流蘇。這件衣服穿起來比看起來更複雜，而他的每件衣服都是這樣。

*哪天我的僕人們突然離我而去，我恐怕完全不知道怎麼穿衣服了。*他打趣地如是想。

握拳支著頭，萊聲把手肘靠在椅子的扶手上小憩。他所在的這個房間正對著草坪。這一天，哈蘭隼少有的冷風冽冽吹來，風中帶著海潮味兒。他閉上眼睛，深深吸氣。

昨晚他又夢見了戰爭，拉瑞瑪已經察覺這其中必有意義。萊聲只覺得不安。大家都說哈蘭隼必能輕鬆取勝，那爲什麼他老是夢見特提勒城陷於火海？爲什麼不是偏遠的義卓司城市？

他只能對自己說：*算了，夢境只是在表現我心中的憂慮罷了。*

「閣下，下一個請願。」拉瑞瑪從他右邊低聲說道。

萊聲嘆了一口氣，睜開眼睛。房間的兩側站著成排的祭司，全都穿戴著頭巾和長袍。這麼多祭司是從哪兒冒出來的？一個神有必要受到這麼大的關注嗎？

人龍一路排到外頭的草坪上。那些人都帶著頹然或淒涼的神情，有的則顯露病態，或者在咳嗽。萊聲心想，*從開始聆聽請願到現在已經過了一小時，竟然還有這麼多人。*

這是累積了一個禮拜的請願，他早該料到會是如此。

一名婦女被領進房裡來時，萊聲轉頭對拉瑞瑪說：「包打聽，你去叫那些人坐到草地上等。還要好一會兒才輪到他們，沒理由讓他們一直站著。」

拉瑞瑪沒有立刻應答。請願的百姓本來就該站著等候，那是表示尊敬。不過，拉瑞瑪還是點了點頭，招手叫一個助理祭司去替他傳令。

*這麼多人，就等著要見我，但我其實是個廢物啊。我要怎麼讓他們相信呢？要如何才能使他們不再來找我？*聽了五年的請願，說實話，萊聲不知道自己還能不能再撐五年。

剛進房的婦人走近他的寶座，懷中抱著一個嬰孩。萊聲一見，不由得心中一凜。

不……別是個孩子。

「偉大的神啊，」婦人幽幽地跪在地毯上，「英勇之神。」

萊聲不搭腔。

「這是我的孩子，他叫哈朗。」婦人將嬰兒捧上前，幾乎觸及萊聲的光氛，頓時讓包著嬰兒的毯子綻放出近似純藍的色彩。萊聲一眼就看出那名男嬰生了重病，因爲他骨瘦如柴，皮膚乾癟，駐氣微弱得好像隨時會消失。今天之內，不，恐怕要不了一刻，那孩子就會死。

「醫生都說他得了致命的熱病，」婦人說，「我也知道他就快死了。」那嬰兒在這時發出了一個聲音，既像咳嗽，又像在哭。

「求求您，偉大的神，」婦人吸了吸鼻子，低下頭去：「噢，我懇求您。他是個勇敢的孩子，就像您一樣。我的駐氣可以獻給您，我們全家人的駐氣也都可以供您取用。我們願侍奉您一百年，什麼都可以，只求您治好他。」

萊聲閉上雙眼。

「求求您。」婦人囁嚅著。

「我做不到。」萊聲說。

一片靜默。

「我辦**不**到。」萊聲說。

「謝謝您，大人。」婦人終於低聲說。

萊聲睜開眼睛，看那名女子在被領出去時悄悄哭泣，看小嬰兒攀著她的胸前；看那些排隊的人們目送她離開，臉上既有悲淒也有希望之色。

又一個請願者失敗，表示他們都有機會。

有機會求萊聲去死。

萊聲突然站起來，抓下帽子，一把扔到旁邊，衝到大廳後方開了房門就往外奔。門扉被他拽得猛然撞在牆上，和他的腳步一起發出驚人的聲響。

僕役和祭司們立刻跟了上來。他轉過身去，說了一聲「滾！」並且揮手趕人。那些人大多顯得吃驚，不習慣面對主人的強烈情緒。

「不要管我！」他再度大吼，居高臨下地俯視他們。隨著他的情緒激昂，房間裡的顏色變得更明亮，僕役們見狀，這才面帶困惑地退開，踉蹌地回到請願廳裡去，同時關上房門。

萊聲獨個兒站著，用一隻手撐在牆上，另一手撫著額頭，試著緩和急促而劇烈的呼吸。他不知道自己爲何出這麼多汗。在他聆聽的成千上萬次請願之中，多的是比剛才更慘的情況；有身孕的婦女一屍兩命，註定要死的一家老小——憑萊聲的一個回答，他們用眞摯和虔誠換取悲慘宿命。

沒理由爲這些事情反應過度。他能夠承受，因爲這不過是一件小事，眞的。就像每個禮拜吸取一個人的駐氣，也只是小小的代價……

房門打開，走出一個人影。

萊聲頭也不回。「他們到底想要我做什麼？拉瑞瑪。」他用命令的口吻問道：「難道他們真的認爲我願意？自私自利的萊聲？他們眞以爲我會爲了他們而奉獻生命？」

拉瑞瑪沒有出聲。安靜了好一會兒，他才說：「您給他們希望，閣下。僅存、渺茫的希望。希望是信念的一環，它也讓人們明瞭，總有一天，您的追隨者之一會獲致奇蹟。」

「如果他們錯了呢？」萊聲問，「我自私，貪生怕死。我是個閒人，只喜歡享樂。人們若像我這樣，尚且不會放棄他們的生命，更何況我根本只是莫名其妙就變成神的！」

拉瑞瑪沒有回答。

「好的神早就都死光了，包打聽。」萊聲說，「像寧視兒、白亮栩，那些才是願意爲人民犧牲奉獻的神，剩下我們這些只是自私鬼。最後一個請願獲准是幾年前？三年前？」

「差不多，閣下。」拉瑞瑪平靜地說。

「何苦兜這圈子？」萊聲自嘲地笑了一聲：「我是說，我們竟要『死掉』才能醫治他們，你不覺得荒謬已極嗎？什麼樣的鬼宗教會鼓勵信徒去祈求他們信仰的神把性命讓出去啊？」他邊說邊搖頭，「諷刺。他們拿我們當神明，就爲了等著把我們殺死。我大概知道爲什麼會有神願意幹這種事了，因爲被人逼著天天聆聽這些請願，聽到煩透了！當你知道自己可以一命換一命，又覺得反正這條命根本一無是處時，這就夠讓你發瘋，讓你想自殺了！」

他露了個微笑，朝他的大祭司一瞥：「自殺救人，非常戲劇性啊。」

「要我取消剩下的請願嗎，閣下？」拉瑞瑪這麼應道，沒顯露半點兒惱火的跡象。

「當然要，這還用問？」萊聲揮著手說：「眞該讓他們上上這堂神學課，知道我是多麼沒用的神了。叫他們走吧，明天再來。哼，如果他們笨到還會再來的話。」

「是的，閣下。」拉瑞瑪說完一鞠躬。

萊聲見狀，不由得暗想：這個人偏就不會對我發脾氣嗎？他應該比任何人都清楚，我根本不值得任何人依靠！

拉瑞瑪走回請願廳裡，萊聲也轉身走開，而僕人們都不敢再跟在他後面。他粗魯地推開一扇又一扇紅色系的房門，最後奔上通往二樓的樓梯。這一層樓是個四面開放的空間，說穿了就是有屋頂的露台。他走到最遠的那一側——也就是草坪和人龍那一面的相反側。

樓上的風勢較強，風灌進他的袍子，彷彿也將數百哩之外的氣味送來；飄洋過海，在棕櫚樹梢旋繞，最終進到這深宮大庭。他在露台邊佇立良久，眺望眼下的整座城市和其後的海岸線。儘管他偶爾嚷嚷著要離開宮廷，離開他在這裡的家，但他並不是眞心那樣想，因爲他知道自己不屬於野林，而是屬於社會與群體。

然而有些時候，他也希望自己能夠「有所圖謀」——至少是主動而自願地去想。他想起了薄曦帷紡的勸諭，那些話至今仍壓在他的心頭。

你將來總得挺身而出的，萊聲。對這些人民來說，你是他們的神……

沒錯，他是。不管他想或不想，他都是人民心目中的神。就是這一點令他沮喪。他努力證明自己有多無能，但人們還是來找他。

我們想借助你的信心……我知道你只是故意自貶，讓自己無所作為。

他萬萬沒料到，越是努力證明自己是個白痴，反而越讓人認為他是大智若愚；他們嘴上稱他是騙子，其實卻是在讚揚他深藏不露的內在美嗎？難道沒有人明白一個人可以既討人喜歡又一無是處嗎？並不是每個擁有三寸不爛之舌的傻子都是英雄假扮的啊！

拜他的高度感知力所賜，萊聲還沒聽到腳步聲，就知道是拉瑞瑪上樓來。拉瑞瑪走到主人身旁，跟著他一起憑欄遠眺。當然，對這位凡人祭司來說，這一道欄杆太高了。

「他們走了。」拉瑞瑪說。

「啊，很好。」萊聲道，「我確信今天的工作很有成果。我逃避了我的職責，對僕人吼叫，坐在那兒擺臭臉。這麼一來，大家對我的高尚品格和尊榮地位肯定更深信不疑了。明天的請願會是今天的兩倍，而我將繼續秉持著鐵石心腸走向瘋狂。」

「您不會發瘋的，」拉瑞瑪柔聲說，「不可能。」

「怎麼不會？」萊聲說，「我只要專心得夠久就可以辦到。喏，你自己腦中都塞了一大堆關於瘋狂的偉大想法。」

拉瑞瑪搖搖頭：「依我看，您已經恢復平時的正常幽默了。」

「包打聽，你傷到我了。我的幽默才不正常呢。」

拉瑞瑪沒應聲，他們便沒再講話，就這麼靜靜地站了幾分鐘。這讓萊聲有了一個想法。「包打聽，你是我的大祭司。」

「是的，閣下。」

萊聲嘆了一口氣：「你眞的太駑鈍了。你都不注意我在話裡埋下什麼伏筆，爲的是想聽到怎樣的回答。包打聽，你剛才應該講句話回敬我才對。」

「我向您致歉，閣下。」

「算了，下次多努力吧。我問你，你研究過神學之類的，對嗎？」

「只在一己所能之內研究過，閣下。」

「好。那麼，從宗教上來說，讓諸神擁有治癒凡人的能力，但只能治癒一個人，之後這個神就會死掉——這個意義何在？我覺得這道理很矛盾，只是用來減少神廟裡的神像罷了。」

拉瑞瑪傾身向前，凝視著遠方：「說來複雜，閣下。復歸者不單單只是神，而是一度死亡後又決定回到陽世間來度化百姓、開示眾生的人。畢竟，要稱得上了解另一個世界，只有曾經死過的人才夠資格。」

「我想，是這樣沒錯。」

「問題是，閣下，復歸並不代表著長留。我們延長諸神的生命，讓他們有更多時間可賜福予我們，但那的確只是在等待某個時機；當時機到來，他們自然會去完成他們的使命。」

「使命？」萊聲說，「聽起來反而更籠統。」

拉瑞瑪聳了聳肩：「復歸者……都有他們各自要達成的目標。在您決定還陽之前，您其實也知道自己的目標爲何，只是那段記憶在跳躍虹波的階段破碎了，可是您在陽間駐留的時間一久，漸漸地就會想起來；至於請願……那只是用來幫助您回想的手段之一。」

「所以我是回來拯救某個人的生命囉？」萊聲皺著眉頭，心裡暗暗尷尬。這五年來，他都不肯花時間研究這一套跟自身有關的宗教學說。不過，哎，這是祭司分內的工作。

「不一定，閣下。」拉瑞瑪答道：「也許是爲了救某個人，但更可能是爲了向世人傳遞未來或來生的訊息。又或者，也許您知道今後將發生的大事，覺得自己必須參與其中。您要記住，您之所以能夠復歸，正是憑藉著英雄式死亡所賦予的力量。冥冥之中，它或許就關係著您要完成的使命。」

說著說著，拉瑞瑪的語調放緩，眼神也變得飄緲，彷彿出了神：「萊聲，你看見過。在另一個世界，未來是可見的，它像一本無盡的卷籍，記載宇宙的永恆諧律，而你見到了那些訊息，因此感到憂慮。你沒有安息，卻因爲臨死前的英勇精神感召，你把握了機會，選擇重返人世。你決心要解決問題，分享訊息，或者幫某個人延續他的生命。」

「等到有一天，你認爲自己的使命已經達成，你可以利用請願來找一個值得的對象，讓他接受你的駐氣，然後你就能繼續進行那段穿越虹波的旅程。身爲你的追隨者，我們的工作就是爲你供應駐氣，不管你的使命爲何，都要讓你在完成使命之前活下去，同時從你的身上收集預言和祝福，因爲那是接觸過未來的人才會領悟的智慧。」

萊聲沉默了半晌。「如果我不相信呢？」

「不相信什麼，閣下？」

「全部。」萊聲說，「不相信復歸者是神，也不相信那些幻影有特別的意義。你說我的復歸是有所目的或計畫，萬一我不這麼想呢？」

「那麼，也許您就是回來發現這一點的。」

「這麼說……等等。你的意思是，我在另一個世界——假設我相信有另一個世界——發現自己還陽後會變得不相信另一個世界的存在，於是我就回來探究這個信仰。搞了半天，我要是不復歸，根本就不會失去這個信仰了啊。」

拉瑞瑪頓了一下，然後笑了起來。「這個結論有點弔詭，是不是？」

「是啊，有一點。」萊聲說完也回敬一個微笑。他轉過頭去，望向至高處的神君宮殿，問道：「你覺得她怎麼樣？」

「新王妃嗎？」拉瑞瑪反問，接著逕答：「我還沒見過她，閣下。她明天才會公開露面。」

「我不是說她這個人，我是說她帶來的影響。」

拉瑞瑪看了他一眼：「閣下，這可有一點政治權謀的味道了！」

「要你多嘴。對啦對啦我知道，萊聲是個僞君子。我等下再來懺悔，先給我回答這他彩的問題。」

拉瑞瑪又是微微一笑：「我不知道要怎麼看待她，閣下。這是宮廷在二十年前做的決議，當時認爲與王室聯姻是個好主意。」

是，但那個宮廷已不復存在。萊聲心想。當年的諸神以爲哈蘭隼需要結合王室血脈，也自以爲能夠應付一個來自義卓司的小女孩，如今他們都死了，留下的只是一群劣質代替品。

如果拉瑞瑪所言屬實，那麼萊聲之所見必定隱含著某個重要訊息，包括戰亂的影像、不祥的預感等等。出於無法解釋的原因，他感覺這個國家的人民都在橫衝直撞，一股腦兒地往下坡走，無視於前方深不見底的溝塹。

「合議會要在明天召開裁判庭，是嗎？」繼續盯著那座黑色的宮殿，萊聲問道。

「是的，閣下。」

「去聯絡薄曦帷紡，問問我能否跟她共用一個包廂，也許她可以讓我稍微分心。你知道的，政治總是讓我頭痛。」

「您不可能頭痛的，閣下。」

遠遠地，萊聲看見百姓們離去時的身影。他們走出宮門，回到城市，將他們崇敬的神祇留在身後。

「我差點就相信了。」他靜靜地說。

□

希麗站在深黑色的寢宮裡，穿著襯衣，望向窗外。神君的宮殿高於宮廷之牆，而這間寢宮面向東方，因此她可以眺望到海面。遠遠地，她看著海面上的波浪，感覺到午後陽光散發的溫熱。襯衣單薄，又有輕風送爽，這樣的暖度其實很是宜人。微風輕拂她的長髮，也吹動她身上的襯裙。

她本該小命不保，因爲她昨晚直接對神君說話，還坐起來向他提了要求。今早睡醒後，她在房裡等了一個上午，卻沒有等到預料中的懲罰。

靠在窗台上，她閉起雙眼感受這陣海風。她心中有一部分還在爲自己昨晚的舉動感到驚駭，但那個部分越來越小。她想：**我在這兒一直做錯事，結果總是自己嚇自己。**

她通常不花太多時間跟恐懼和煩惱打交道。這會兒，她開始覺得自己的作爲有那麼一點正確，甚至覺得前幾天就該那麼做才對。也許她天生就是不夠謹言慎行，也許不是神君不處罰她，而是處罰還沒有到來。不論如何，至少現在，她有一種隱約的成就感。

笑了笑，她睜開眼睛，讓自己的頭髮變成象徵堅定的金黃色。

是該停止害怕的時候了。

13

'll give it away," Vivenna said firmly.

「我會讓渡出去。」維溫娜堅定地說。

就在昨天，樂米克斯將所有的駐氣強加到她身上，令她一整夜心緒煩亂，只好把老特務的屍體交由傭兵和看護去處理。白天的疲勞和精神壓力太過，她根本不記得自己的睡意何時來襲，只記得走到樓上的房間想躺一會兒。等她醒來時，她驚訝地發現那兩個傭兵沒走。很顯然，他們和帕凜睡在樓下。

一夜的苦思對於解決問題沒太大幫助。污穢的駐氣仍在她體內，而她也仍然不知今後該何去何從，只想到將來一定要把它們讓渡出去。

他們四人坐在樂米克斯家的客廳。就像哈蘭隼的其他地方，這房裡有滿滿的色彩；牆壁表面貼有細條木，夾雜著淺黃色和綠色。維溫娜無法不注意到每一種色彩——現在的她，看任何顏色都覺得更鮮明飽滿，還有一種莫名精準的鑑識力，不用特別觀察，她就能分辨一片雜色中的所有顏色。要不去感受色彩之美，實在太難太難了。

丹司靠在她對面的牆上，童克法則懶懶地躺在長椅上打呵欠，彩色小鸚鵡就停在他的腳上。帕凜則在屋外戒備。

「讓渡出去？」丹司問。

「我是說駐氣。」維溫娜坐在廚房搬來的凳子上說道。「我們出去找那些被剝奪了駐氣的可憐人，每人還給一道。」

丹司朝童克法瞥了一眼，後者只是又打了一個呵欠。

「我說公主，」丹司說，「妳不能一次只釋出一道駐氣，要嘛就得一次釋出全部。」

「會連同妳自己原本的那一道唷。」童克法補上一句。

丹司點了點頭：「然後妳就變成褪息之人了。」

聽到這一句話，維溫娜的胃頓時翻攪起來。別說是此刻對於色彩之美的新感受，光是想到要連原本的感官和自己的靈魂都賠上去，她的頭髮就快嚇白了。「不，」她說，「那不成。」

客廳陷入沉默。

「她可以去識喚個什麼東西，」童克法邊說邊動腳，引得小鳥啼叫。「找一雙長褲或什麼的，把駐氣塞進去就好。」

「這主意倒不錯。」丹司說。

「我聽不懂……那是什麼意思?」維溫娜問。

「公主，妳可以讓物體活起來。」丹司解釋道，「不會動的物體可以從妳身上吸走一些駐氣，然後它就可以自己活動，不過識喚術士都只是暫時性地這麼做，不會就這樣把駐氣消耗掉。我不懂，妳爲什麼不保留那些駐氣就算了?」

識喚是拿人的靈魂去創造無生命的怪物。維溫娜嘆了一聲，搖搖頭，覺得奧斯太神在考驗她，今後將會逼她揹負更甚於此的罪孽。話說回來，駐氣的問題並不是重點，她應該要爲缺少樂米克斯的下一步怎麼走而煩惱才對。

丹司在她身旁的椅子坐下，兩條腿擱在圓桌上。和童克法相比，他比較注重儀容，黑髮總是紮成一條辮，鬍子也刮得乾淨。「我討厭當傭兵，」他說，「妳知道爲什麼嗎?」

她揚起一邊眉毛。

「工作沒保障。」丹司說著，往椅背上一靠。「我們幹的活兒往往危險又難預測，而且老闆通常比我們先死。」

「不過很少是病死的啦，」童克法補充道，「通常是死在刀劍下。」

「以我們目前的處境來說，雇主沒了，我們就成了無頭蒼蠅。」

維溫娜傻住了。這表示他們的合約結束了嗎?他們知道我是義卓司的公主，會不會利用這一點對我不利?難道這就是他們昨晚沒離開的原因?他們想勒索我嗎?

丹司看了看她，接著轉向童克法：「你看到沒？」

「看到啦，」童克法應道，「她想到那裡去了。」

丹司把腳蹺得更高，說道：「這就是我一天到晚在講的，爲什麼大家總認定傭兵的合約一結束就會搞出賣呢？妳以爲我們拿刀子到處捅人是爲了好玩嗎？妳會這樣看待外科醫生嗎？人們去找外科醫生動手術，結束後付錢給他，接著會擔心那醫生莫名其妙發起瘋來，狂笑著亂剁腳趾頭嗎？」

童克法說：「我喜歡剁別人的腳趾頭。」

「那不一樣啦。」丹司說，「你會只因爲合約結束了就去剁人腳趾嗎？不會吧。」

「不，」童克法說，「腳趾是腳趾。」

維溫娜翻了個白眼，「這是重點嗎？」

「重點是妳剛才在想的事，」丹司說，「公主，妳認爲我們會出賣妳，搶妳的錢財或把妳賣給奴隸販子之類的。」

「胡說，」維溫娜說，「我想的才不是那樣。」

「對對對。」丹司答道，「傭兵工作也是很可敬的。就我所知，這一行在每個王國幾乎都是合法職業。我們也是社會的一份子，跟銀行家或販夫走卒一樣。」

「但我們不付錢給稅吏。」童克法插嘴道，「我們只愛拿他們當刀靶子來捅著玩。」

維溫娜只是搖搖頭。

丹司把身體向前傾，語氣稍微正經了些：「公主，我要說的是，我們不是罪犯，而是雇員。妳的朋友樂米克斯本來是我們的老闆，現在他死了，如果妳願意，我覺得我們的合約可以轉移到妳名下。」

維溫娜感受到一絲希望，但她不確定他們是否值得信任。儘管丹司這麼說，她還是很難相信這兩個爲錢賣命的人會有多麼正當的動機或利他之心。話說回來，無論在樂米克斯病危或是她睡著時，他們都沒做出乘人之危的舉動。

「好吧，」她說，「你們的合約內容還剩什麼？」

「不知道，」丹司說，「那些事都是珠兒在處理。」

「誰是珠兒？」維溫娜問。

「我們一伙的第三號成員，」童克法說，「她暫時去忙她的珠寶活兒。」

維溫娜皺起了眉頭。「你們有多少人？」

「就三個。」丹司說。

「除非妳要把寵物也算進去。」童克法用腳逗弄著鳥兒，一面說。

「她等一下就會回來。」丹司說，「她昨晚來過，但妳睡著了。反正我知道這份合約至少還有好幾個月的效期，而且我們已經拿了半額的預付金。就算妳不付剩下的尾款，我們還倒欠妳幾個禮拜。」

童克法點點頭：「所以妳有沒有想殺的人？趁現在快想一想。」

維溫娜瞪大了眼睛，引得童克法咯咯笑。

「公主，我說眞的，妳得習慣我們這些人的黑色幽默才行。」丹司說，「當然，假設妳要繼續雇用我們的話。」

「我剛才的意思就是要繼續雇你們了。」維溫娜說。

「好吧，」丹司說，「那妳要怎麼發落我們呢？妳到這裡來究竟要做什麼？」

維溫娜沒有馬上回答，但心想：*他們連我的身分都知道了，我也沒什麼好保留了。*「我來這裡是爲了救我的胞妹，」她說，「我要到神君的宮殿去把她偷偷救出來，再把她平安送回義卓司。」

傭兵們陷入無言。過了好久，童克法吹了一聲口哨，說：「眞有野心。」

「人家是公主嘛，」丹司說，「她們就是搞野心的。」

「希麗沒做好準備，應付不了這個國家。」維溫娜說著，傾身向前：「我父親把她送來代替我，但我不忍心讓她去侍候神君。要是我們直接把她劫回來，恐怕哈蘭隼會攻擊我的故鄉，所以我們得想個隱密的方式，讓她在宮中消失，卻不會追查到我方的人。如果必要，我可以代替我妹妹留在宮裡。」

丹司抓了抓頭，沒吭聲。

「怎麼樣？」維溫娜問。

「有點超出我們的專業領域了。」丹司說。

「我們比較常搞暴力。」童克法說。

丹司點點頭：「或者防止暴力，樂米克斯有時只拿我們當保鑣用。」

「他爲什麼不向祖國請調幾個士兵來保護他？」

這時，丹司和童克法互看一眼。

「我要怎麼解釋這其中的複雜性？」丹司思忖著說：「公主，妳家的樂米克斯把國王給的公款挪用來買駐氣。」

「樂米克斯很愛國！」維溫娜馬上反駁。

「也許是啦，」丹司說，「但人家說，好祭司也難免偷幾枚香油錢。我想妳家的樂米克斯盤算過，所以他寧可找外頭的打手來保護自己，好過忠於祖國的自己人。」

維溫娜不說話了。那些通訊書信中，她所認識的樂米克斯是個心思縝密、聰敏而熱情的人，很難把他想成小偷。當然，她也無法想像樂米克斯竟敢持有這麼多駐氣。

可是，挪用公款？侵占祖國的錢財？

「若用傭兵的角度去看事情，」丹司說著，將雙手墊在腦後。「你跟人打架，打得夠多了，你就開始要了解他們。料得到他們的下一步，你才能保命。人就是這麼不單純，義卓司人也一樣。」

「對，無聊，」童克法補充說，「但不單純。」

「再說樂米克斯，我知道他在搞一些大案子。」丹司繼續說：「說眞的，我也認爲他是個愛國份子。公主，這城裡有很多爾虞我詐的陰謀在進行，樂米克斯派我們去活動的幾件都不是小規模，而且也都是爲了義卓司好，至少就我所知啦。我猜他只是覺得自己這麼愛國，應該多得到一些補償吧。」

「其實那傢伙人挺好的，」童克法也說，「不想勞煩妳父親，有些算盤他就自己搞定了。給自己加個薪，帳目浮報一點，諸如此類。」

維溫娜一逕沉默，慢慢消化這些內幕。偷國家的錢怎麼能算是愛國呢？奧斯太的信徒怎麼會弄到幾百道生體彩息在身上呢？

她搖頭苦笑，在心中默誦。**我看見人們重視自己勝過他人，於是我譴責他們墮落——**這是五大願景之一。她不該評判樂米克斯，更何況是在他身後。

「等等，」她對兩名傭兵說：「你說你們只是保鑣。那麼，你們幫樂米克斯『活動』，都做些什麼事？」

那兩人相視一眼。

「就跟你說她腦筋好，」童克法說，「和我們傭兵不一樣。」

「公主，我們是保鑣沒錯，」丹司答，「只不過，我們有些……別的技能。我們可以惹事。」

「惹事？」維溫娜問。

丹司聳聳肩：「我們人面廣，這也是我們的長處。妳要救妹妹，也許我可以幫妳出幾個主意，比方像綁架……」

「我們有說過嗎？」童克法插嘴了，「我們不太喜歡幹綁架這件事。」

「有。」維溫娜說，「爛生意，賺不到錢。樂米克斯在布什麼局？」

「我了解的並不完整，都是些片段。」丹司承認：「我們只負責跑腿、安排會面，恐嚇威脅別人，有些事情與妳父親指派的工作有關。如果妳想知道，我們可以幫妳找出來。」

維溫娜點了點頭：「麻煩你們。」

「好。」丹司起身說道，走過童克法躺著的長椅邊，在他的腿上拍了一下，弄得小鸚鵡又叫了起來。「老童，來吧，我們把屋子翻過來。」

童克法伸了一個懶腰，坐直起來。

「慢著！」維溫娜說，「把屋子翻過來？」

「當然啊，」丹司說時，正準備上樓梯：「去撬開每一個隱藏的保險櫃，把文件跟檔案都找出來看過，搞清楚老傢伙想幹什麼。」

「他不會介意啦，」童克法也說：「他人都死了。」

維溫娜的脊背一寒。她仍希望能給樂米克斯一個像樣的祖國式葬禮，而不是讓他長眠在特提勒的靈骨塔中，這會兒竟要讓兩個痞子搜他的家，實在稱不上妥當。

想來是察覺到她的不自在，丹司說：「如果妳不想要也沒關係。」

「對啊，」童克法接口，「只不過，我們就永遠也不知道老傢伙搞什麼鬼了。」

「去吧，」維溫娜說，「但我要監督你們。」

「我懷疑妳會不會眞的監督呢，老實說。」丹司說。

「爲什麼？」

「因爲——」丹司說：「好啦，我知道沒人愛問傭兵的意見。妳也知道——」

「噢，少囉嗦了，有話就講。」維溫娜不耐煩地說，但卻立刻在心裡自責。她也搞不懂自己是怎麼了，肯定是這幾天的遭遇把她的好脾氣都磨掉了。

丹司笑了起來，彷彿覺得她發脾氣是件有趣的事。「公主，今天是復歸者舉行宮廷合議會的日子。」

「然後呢？」維溫娜問道，硬生生壓下怒火。

「所以，」丹司回答：「今天也是妳妹妹要在諸神面前公開露臉的日子。我猜妳應該會想去瞧一瞧，看她過得好不好吧？假如妳要去，那就該動身囉。宮廷合議會就快開始了。」

扠起雙臂，維溫娜半步也沒挪一下：「丹司，我長年接受指導，這些事情我都知道。平民百姓根本就不能走進諸神宮廷。一般人若要去宮廷合議會旁聽，要不是跟哪個神特別有交情，有地位有影響力，就是得贏彩票中大獎才有那等財力。」

「這是當然，」丹司倚在樓梯扶手上說：「除此之外，誰要是擁有夠多的生體彩息，也會立刻被當成重要人物。這麼樣一號大人物想進宮廷，任誰都不會攔他下來質問。」

「啊，丹司，」童克法說，「要被當成大人物，最基本也得擁有五十道駐氣啊！這數目眞是高得嚇人。」

維溫娜愣了一下。「那……我有多少駐氣？」

「噢，大概五百多吧。」丹司說得輕描淡寫：「至少樂米克斯是這麼說的。現在我信了。喏，妳看妳把地毯都弄亮了。」

她低頭看去，這才發現自己的身邊多了一圈光暈，光暈之內的色彩都比外面鮮明一點點，雖不是非常明顯，但也夠讓人察覺。

「妳還是快點動身吧，公主，」丹司說著，繼續往樓上走。「免得遲到了。」

□

希麗緊張地坐著，頂著一頭興奮的金髮，努力在女侍們爲她梳妝時鎮靜下來。她的大婚慶典——這名不符實的一個星期終於結束，她即將正式在哈蘭隼的諸神面前公開亮相。

她可能有點兒興奮過度了，但想到自己終於可以走出這座宮殿，儘管還是在宮廷城牆之內，仍教她幾乎高興得發暈。她總算可以跟祭司、文書官和僕役以外的人往來交流，也總算可以見到耳聞已久的眾神了。

除此之外，「祂」也會到場。這一週以來，她只有在每晚睡前的大眼瞪小眼才能看到神君，而房內總是昏暗，一切都在陰影中，今天起碼可以在亮處看見他。

她微微笑，在大鏡中檢視自己。侍女爲她梳了一種特別的複雜髮型，部分編起，其餘的自然飄垂；髮辮處用不同的絲帶繫住，有些絲帶另外編在頭髮裡，讓它們和髮絲一同垂落。每當她轉動頭部，緞面絲帶就會閃閃發亮，若是讓她的家人看見那鮮艷的色彩，只怕他們會羞愧又氣憤。希麗頑皮地咧嘴一笑，竟把髮色弄成更明亮的淺金色，好更加與那些絲帶相襯。侍女們見狀，也都滿意地微微一笑，其中幾個甚至看呆了，驚歎得合不攏嘴。

希麗坐回椅子去，把手放在膝上，開始挑選今天要穿的大禮服；每一件禮服都精緻華麗，不像她晚上穿的那樣複雜，但又比她白天的服飾要來得正式。

侍從和祭司們今天穿的主色是紅色，這使得希麗想要選別的顏色。她最後選定金色，也相中兩件金色的禮服，便命侍女們拿上前來讓她看清楚。不幸的是，就在她做好這樣的選擇之後，侍女們又從走廊上的活動衣櫃抱來另外三件金色禮服。

希麗嘆了一口氣，這些人好像堅決不讓她有個單純的選擇似地。想到沒被選中的衣飾就再也不會出現，她覺得好可惜。要是……

她自個兒愣了一下。「我可以*每一件*都試穿嗎？」

侍女們面面相覷，有些困惑。她們向她點頭，臉上的表情透露著同一個訊息：*當然可以*。希麗覺得自己好蠢，但在義卓司，她的衣著從來沒得選。

帶著微笑，她站著讓她們侍候更衣。女侍們小心地避免弄亂她的頭髮，脫下她原本穿著的長袍，開始從第一件禮服穿起。希麗看了看自己，發現這件禮服的領口略低。她可以接受過度的彩色，但過度的暴露仍然令她羞赧。

她點點頭，讓侍女們脫下這件禮服，換穿下一個選項——一套兩件式的裙裝，外加一件緊身外套。希麗再次在鏡中查看，覺得喜歡，於是穿著它走走跳跳，又轉身看看背面，然後才向侍女示意，換掉它並試穿下一件。

這種行爲眞是輕浮，但她何必這麼擔心自己的行爲輕浮呢？父王又不在身旁凶巴巴，長姊維溫娜也和她相隔大半個王國之遙，而她現在是哈蘭隼人民的王妃。難道她不該了解這兒的民情風俗嗎？當這荒謬的理由浮現腦中，她忍不住微笑，卻還是繼續她的禮服試穿工程。

14

t's raining," Lightsong noted.

「下雨了。」萊聲咕噥。

「正是，閣下。」拉瑞瑪說著，走在他的身旁。

「我不喜歡下雨。」

「您常這麼說，閣下。」

「我是神，」萊聲說，「我不該擁有掌握天氣的力量嗎？我不喜歡下雨，老天怎麼可以下雨？」

「宮廷裡目前有二十五個神啊，閣下。也許愛下雨的比不愛下雨的多。」

萊聲繼續往前走，金紅袍子沙沙作響，涼鞋邊緣的腳趾頭觸到潮濕的草坪，倒有一股沁涼的感覺。僕人們一路爲他撐著大篷傘，傘面傳來細細雨聲。雨天在特提勒是稀鬆平常，雨勢一向也不大，但萊聲倒想看看暴雨是怎麼回事。聽說叢林地區會下暴雨。「好，那我要發動表決，」萊聲說，「看看諸神中有多少人希望今天下雨。」

「您可儘管執行，閣下，」拉瑞瑪說，「但不會有什麼幫助。」

「那可以證明是誰該負責。」萊聲說，「萬一表決的結果是不下雨占大多數，恐怕我們就要有一場神學危機了。」

對於自己侍奉的神動輒詆毀教條，拉瑞瑪早就習以爲常。「閣下，」這位大祭司不動聲色地說，「我向您保證，我們的教義相當健全。」

「即使神明不願下雨，但是雨依然要下嗎？」

「您會希望天氣永遠放晴嗎？閣下。」

萊聲聳聳肩：「當然。」

「那麼農人呢？」拉瑞瑪說，「沒有雨水，農作物會枯死的。」

「雨可以只下在田地上啊，」萊聲說，「別下在城裡就好。就一個神來說，這麼一點小調整應該不是難事。」

「閣下，人民也要喝水。」拉瑞瑪又說，「街道要洗淨，城裡也有花草樹木；就像您喜歡走在草坪上，草坪也需要雨水。」

「噢，」萊聲說，「那我下旨讓它們生長就行了。」

「而這就是您的旨意啊，閣下。」拉瑞瑪不慌不忙地說，「您的靈魂知道這城市需要雨水，所以雨水就應您的旨意降下了。」

萊聲皺起了眉頭：「照你這樣說，任何人都可以是神了，拉瑞瑪。」

「但卻不是任何人都能死而復生，閣下。除此之外，也不是人人都有治病救命和預見未來的本領。」

說得好。萊聲心想。他們已經走到合議會的會場。那是座巨大的環形建築，位在諸神宮廷的後側，離宮殿群有一小段距離。侍從們繼續撐著紅色篷傘，護送萊聲走進會場內的沙地，繼而往斜梯座位區走。

除了諸神之外，此處另外為百姓設置了四排石板椅，能坐上那些位子的凡人都是蒙神眷寵，要不就是富可敵國的財主之流。復歸者專屬的包廂一律在會場的最高處，恰可聽見台上的聲音，但不至於太接近而有失威嚴。石砌的廂房刻有華麗的紋飾，足可容納一位神所率領的所有侍從。

包廂區已經有幾位神抵達，奇彩各異的篷傘在走道上晃動。這裡的座位不是固定的，但諸神各有各慣坐的位子。萊聲看見籟福樂赦到了，還有默慈星也是，他們沿著環形走道繞過萊聲慣坐的包廂，正往另一個覆著綠色頂篷的包廂接近。薄曦帷紡就半倚在那個包廂裡。一如往常，她穿著華美又性感的銀綠色禮服，有大量精緻的刺繡，以及同樣大膽的剪裁。若從她的側面看去，自肩膀到小腿，那惹火的嬌軀足可一覽無遺。這時，她坐了起來，面露微笑。

萊聲深深吸了一口氣。薄曦帷紡總是親切地相待，看得出她確實對自己較有好感。可是，每當她來到身邊，萊聲就覺得自己應該提高警覺。像她這樣的溫柔鄉，男人太容易陷進去。深陷之後，難以自拔。

「萊聲，親愛的。」她招呼道。看見萊聲的侍從們搬來椅子、腳凳和點心檯，她的笑容更加燦爛。

「薄曦帷紡，」萊聲回應她：「我的大祭司告訴我，說這天氣陰沉都要怪妳。」

薄曦帷紡抬了抬半邊眉毛，向祭司行列裡的拉瑞瑪看去。拉瑞瑪的臉色一紅。

「我喜歡雨嘛，」薄曦帷紡慵懶地躺回長椅：「雨天……較特別，我喜歡與眾不同的東西。」

「那麼妳應該早就厭倦我囉，親愛的。」萊聲說著，也坐進椅子，抓了一把剝好皮的葡萄來吃。

「厭倦？」薄曦帷紡問道。

「我甘於平庸，什麼也不願追求，這跟與眾不同可差得遠了。眞的，這些日子以來，宮廷裡倒是挺流行我這個調調的。」

「你不該說這種話，」薄曦帷紡說，「免得百姓信以爲眞。」

「妳誤會了，那才是我要這麼說的原因啊。我認爲，假如我連控制天氣這種神蹟都施展不出來，還不如把目標放低一點，搞個小一點的奇蹟就算了。比方做個說實話的人。」

「哼。」她應了一聲，伸懶腰後嘆道：「祭司們都說，諸神的存在不是爲了操縱天氣或預防災害，而是爲人民提供願景、服務百姓。你這心態恐怕不能滿足他們的想法。」

「當然，妳說的對。」萊聲說，「我剛剛就得到了一個啓示，平庸不是服務百姓的最佳方式。」

「哦?那什麼才是呢?」

「牛肉煎得半生熟，底下鋪有一層厚厚鬆鬆的甘薯泥，」他邊說邊朝嘴裡扔進一顆葡萄。「佐以一小撮蒜泥和清淡的白酒醬。」

「你沒救了你。」她伸完懶腰，放鬆躺回去。

「天地造我就是這副德性，親愛的。」

「所以你甘願臣服在天地無常的腳下?」

「不然還能怎麼辦呢?」

「跟它拚呀，」薄曦帷紡說時瞇起了眼睛，伸出手從萊聲的掌中取下一顆葡萄。「對抗它，對抗萬物，讓天地向你低頭。」

「這想法挺迷人，薄曦帷紡。但我相信天地跟我在分量上有一點不同。」

「我認爲你錯了。」

「妳的意思是我比較肥嗎?」

她扔來一記白眼：「我是說你不必如此謙卑，你是個神。」

「一個連雨都停不了的神。」

「我原本要的是狂風跟暴雨，也許這場小雨正是你跟我的折衷。」

萊聲嚼咬著葡萄，感覺它甜美的汁液在唇齒間流動，一面沉思。「親愛的薄曦帷紡，」想了一會兒之後，他說：「我們剛才的對話裡是否有某種弦外之音？妳大概知道我很怕那玩意兒，會害我頭痛。」

「你不會頭痛。」薄曦帷紡說。

「即使如此，我還是聽不懂弦外之音。話中有話是一門微妙的藝術，太難懂了，努力去搞懂又違背我的信仰。」

薄曦帷紡顯得不以爲然：「崇拜你的人也信那一套嗎？」

「噢，我指的不是宗教。」萊聲說，「我個人私底下信的是奧斯太神，因爲祂簡單明快又直白：黑與白，沒別的。不用想太多，這就教人開心。」

「那是你不懂奧斯群教義，」薄曦帷紡又偷拿他一顆葡萄，「其實它很複雜的，龐卡信仰才眞正單純呢。」

萊聲皺眉道：「他們不是跟我們一樣只知道崇拜復歸者嗎？」

「才不，他們有他們自己的信仰。」

「但大家都知道龐卡族有一半哈蘭隼血統。」

薄曦帷紡聳聳肩，望向看台下方的場地。

「我們怎麼會聊到這裡來啊？」萊聲說，「我說眞的，親愛的，我們的閒聊有時會讓我聯想到一把斷劍。」

她揚高了半邊眉毛。

「鋒利得很，卻沒作用。」

薄曦帷紡悶哼一聲：「說要見我的人是你，萊聲。」

「對，但我們都知道是妳希望我這麼做的。妳究竟在計畫什麼？」

她將葡萄拿在手上把玩著，過了一會兒才開口：「等下再說。」

萊聲嘆了一口氣，招手叫僕人拿些堅果過來，立刻有人端了一大碗放在點心檯上，還有另一個僕人上前來替他剝殼。萊聲在這時說：「妳先是暗示我應該加入你們，現在卻又不肯講明你們要我做什麼。我告訴妳，女人，妳這可笑的假惺惺總有一天要鬧出禍事來的。」

「我這不是假惺惺，」她說，「是尊重。」

說著，她朝環形會場的對面處抬了抬下巴，示意萊聲去看。那兒是神君的包廂，裡面還空蕩蕩的，只有金色的王座擺在包廂上方的一座高台上。

「啊，我們今天要感受愛國心，是嗎？」

「我好奇的是另一件事。」

「什麼事？」

「她。」

「王妃？」

薄曦帷紡又瞪了萊聲一眼：「當然是她，不然我還會講誰呀？」

萊聲扳指算了算。「喝，」他喃喃自語：「這麼說，她的隔離期結束了？」

「你也太漫不經心了，萊聲。」

他聳聳肩：「沒辦法，誰教時間就喜歡在我們不注意的時候過得特別快。親愛的，我認識的很多女人也是這樣消逝了她們的年華。」說完，他抓了一把堅果，靠上椅背跟著一起等。

□

很顯然，特提勒城的人不喜歡乘車。

希麗坐在椅子上，有點兒困惑。一班僕人抬著她坐的椅子，從草坪走向諸神宮廷後方的一座環形建築物。天空正在飄雨，不過她不介意。能到外頭來透透氣，已經比什麼都好。

她扭過身子，望向後方那一群負責牽裙襬的侍女，只見她們把金色的長裙捧高，以免碰到濡濕的草地；她們旁邊還跟著更多侍女，爲希麗撐起大篷傘。

「妳們可不可以……把傘挪開？」希麗問，「讓雨水落到我身上？」

侍女們互看一眼。

「一下下就好，」希麗趕緊說，「我保證。」

她們一致皺起了眉頭，但仍放慢腳步，讓希麗的座駕稍微領先，以便讓她離開篷傘的遮蔽範圍。希麗仰著臉，綿綿細雨落在臉上的感覺讓她忍不住微笑，心裡一面想：*在屋裡閉籠七天眞是太*

久了。她淋了好一會兒，充分享受皮膚和衣服上的沁涼之後，又覺得這片青翠蔥綠的草地像在招手，邀請她的腳趾去觸碰那些柔嫩的葉鋒，於是她又回頭要求：「其實，我下來走路也可以……」

這下子，侍女們的臉色都變了，彷彿這主意是天大的不妥。

「算了。」希麗自動打消念頭，轉回原位。撐傘的侍女們隨即加快腳步，重新把篷傘遮蔽在希麗上方。步行或許是個壞主意，因爲這件禮服的裙襬過長——說到禮服，這可能是她進宮以來穿過最大膽的款式：無袖加低領，裙身是前短後長，短不及膝，長則超過一層樓的高度，是個有趣的設計。她喜歡這件衣服的新穎感，但一想到自己的兩條腿有大半露在外面，還是會臉紅。

一行人很快地就抵達目的地，希麗好奇地打量這個露天議場。場中最低處的地面是沙地，外圍先是幾排椅子，一群五顏六色的人正聚集在那兒，有些人沒撐傘，好像也不介意這陣毛毛雨，彼此之間依舊聊得起勁。她微笑地看著人群，大概有幾百種不同的衣著款式，幾百種不同的色彩。她很喜歡眼前所見的繁複與變化，即使有些色彩太過鮮艷。

轎夫們將她抬進場內，往邊緣的一座石刻牆房移動。眾人就定位之後，侍女們將篷傘的桿子插進石壁上的孔洞裡，篷傘豎直起來，能夠完整地遮蓋住這個牆房上空，變成一間包廂。僕人們散開來準備各事，轎夫們也放下她的椅子，希麗這才站起來，卻不禁皺起眉頭。她好不容易走出宮殿外，但現在看來，她現在所處的位置是議場中的極高處，其他人將會遠遠地在她下方，就連諸神也一樣——她看見其他包廂區也有大篷傘蓋在那兒，便假定那裡坐的是其餘眾神。

他們可眞有辦法讓我感覺孤單呀，即使旁邊有幾百人圍著，也要照樣隔離我。

她轉過頭去，問身旁的一個侍女：「神君在哪裡？」

那女子做了個手勢，比向諸神的包廂區。

「在眾神之中嗎？」希麗問。

「不，神君妃，」那女子放低視線，回答：「要等到諸神全都到齊了，他才會駕到。」

啊，說的也是。希麗心想。

僕人們忙著準備吃的，她則坐回椅子上。在她們身旁，一個樂師開始吹起長笛，笛聲幾乎蓋過下方的人聲。其實希麗比較想聽人們講話，但她決定不要讓心情變差。再怎麼說，她總算能夠外出了。能看到別人，就算不能跟他們聊天也沒關係。她笑一笑，把手肘撐在膝蓋上，身體前傾，開始觀察起那一大片迷人的五顏六色。

該怎麼形容特提勒人呢？他們一個個都極有特色，非常不同。有的是黑皮膚，表示他們來自哈蘭隼王國的邊陲地帶；有人是黃頭髮，還有藍和綠等其他古怪髮色。希麗猜想，那應該是染色的。

除此之外，他們每一個都打扮得光鮮亮麗——這就沒有例外了。華麗的帽子似乎很受歡迎，無論男女都戴著，搭配他們的各種服裝款式，有背心短褲，也有長袍禮服。希麗不由得心想：**他們一定得花很多時間置裝，才有辦法搞出這些行頭！**她想到自己的每日選衣大事，光要從十幾件衣服之中挑選一件就夠傷神了，她還不必選帽子呢。不戴帽子也是出於她的要求，僕人們後來才不再拿帽子供她選擇。

諸神領著各自的隨從們陸續抵達，各隊行列都是不同的配色組合，通常是一個純色搭配一個金屬色。每一隊裡都有個身形特別高大的人，男女都有；男的通常領頭步行，女的則多半乘轎或椅座讓人抬著來。希麗算了算，發現場中大約有五十間包廂，但她記得哈蘭隼目前只有二十幾個復歸神。說到男神，有人穿著繁複精美的褂袍，但也有人只穿了裙子和涼鞋。希麗把身體再向前傾，觀察一個正從她的包廂旁走過的男神，不由得臉紅。那名男神的胸膛袒露，可以看到他健美的肌肉和膚色。

那名男神向她一瞥，然後微微點頭以示敬意，他率領的僕人和祭司們則是深深鞠躬，頭都快要碰到地面了。沒人說話，他們繼續往前走。

希麗往後坐回椅子。一名僕人送上食物，她搖頭拒絕。還有四、五個神祇未到場，可見哈蘭隼的神祇不怎麼守時。她覺得藍指頭的分秒必爭要可靠多了。

□

維溫娜走過大門，來到哈蘭隼的諸神宮廷，映入眼簾的是一整排大宮殿。她不由自主地放慢腳步，民眾逕從她的身旁走過。

一切正如丹司所說，她輕輕鬆鬆地就進到了宮廷裡來。在大門前，祭司們招手放行，甚至沒問她的身分，就連跟著她走的帕凜也是，也許他們假定他是維溫娜的隨扈吧。她回頭看了看那幾個穿著藍袍的祭司，見到他們身邊的彩色氣團，顯示他們都有強大的生體色度。

她在祖國接受這方面的指導已有多年。她知道，既然這些守門祭司能夠辨別他人的駐氣，表示他們至少都達到彩息增化的第一級。維溫娜也能辨別一個人身上的駐氣，這倒不是光氛或色彩在她的眼中另有其貌，僅是她自己的靈敏度提高了而已，就和她能精準鑑別所有音高與顏色一樣。以聲音爲例，她聽見的聲響和一般人無異，但她有能力一一分辨其中所有的音頻。

民眾若靠近祭司，其身上的顏色就會增艷，現在維溫娜不只能夠立即判別，還看得出它們在色相上的細微轉變。藉著這些訊息，她可判斷二者要多麼接近才會造成這種變化，也本能地知道眼前的這些祭司都還沒有超越第一級增化。此刻，她看到帕凜有一道駐氣，那些要遞交文件才能獲准通過的百姓也只有一道駐氣，而他們的駐氣各有強弱，那同時也象徵著一個人是否健康。

每個守門祭司都擁有整整五十道駐氣，和多數得以直接通關的富人一樣。擁有超過二百道駐氣的人也不算少，表示他們連帶擁有第二級彩息增化的能力。只有一對夫婦的駐氣量比維溫娜多，而維溫娜的彩息增化程度比起第三級是綽綽有餘，因而具有精準辨色的能力。

維溫娜轉身走開，不再觀察民眾。她對彩息增化的了解夠深，卻僅限於課堂知識，作夢也沒想過自己會有親身體驗的一天。這感覺很污穢，違逆天理，尤其是色彩——美得令人作嘔。

以前上課時，家庭教師曾說明復歸神的宮殿在庭院中排列成圈，但他們沒有提到這個建築群是如何在色彩上呈現諧調、平衡，達到宛如藝術品的境界，尤其是漸層運用之巧妙，絕非凡俗肉眼可以欣賞得來。一座座美侖美奐的宮殿坐落在大片草坪上，蒼翠的綠地修剪得完美整齊，其間沒有道路或步徑。維溫娜帶著帕凜走在草地上，直有一股衝動想脫了鞋打赤腳去踩那些露濕的草。當然，這舉動肯定不恰當，但這念頭害得她暗自煎熬。

毛毛雨漸漸變小，帕凜收起他剛買的傘，甩去上面的水珠，同時對維溫娜說：「所以，這就是諸神的宮廷囉？」

維溫娜默默點頭。

「用來養綿羊很不錯。」

「未必吧。」她淡淡地說。

帕凜皺了皺眉頭，頓了一會兒才說：「改養山羊呢？」

維溫娜嘆了一口氣，跟著一小隊人群繼續在草地上步行，往宮殿群之外的一棟大型建築走去。她仍然穿著從義卓司帶來的簡樸衣著：高領、粗布、淡雅的色彩，但在意識到這兒的色彩風格之後，她反而開始擔心這裝扮會引人注目了。特提勒城裡，沒有「醒目招搖」這回事。

看著身邊的奇裝異服，維溫娜眞想知道是誰設計出那些衣服。也有人穿得像她一樣簡樸淡雅，但必定會用亮色的圍巾或帽子加以點綴。服飾的款式和色彩都保持低調，在這兒顯然是不合時宜的，所幸並不是完全不存在。

她發現，**這些人就是無所不用其極地招搖！白色、淡色和淺色只是爲了襯托鮮艷的色彩而存在！可是，就因爲人人都竭力使自己顯得獨特，反而沒有人是獨特的了。**

多了一份安全感之後，她不經心地瞥向帕凜，竟也見他比在城內人擠人時更顯得平靜。「那棟房子挺有趣的，」他說，「人們穿著這麼多顏色，但那座大殿卻只有一個顏色，不知道爲什麼。」

「不是啦，是同一個顏色，但有不同色調。」

帕凜聳了聳肩：「紅色就是紅色啊。」

她該如何解釋？每一種紅色都不一樣，它們就像單一組音階中的各個音符。牆壁是正紅色，屋瓦、邊柱和其他紋飾則分別是深淺不同的紅，差異不大，但就是不同。就拿柱子來說，它們所展現的是純色的五度變化，與牆面的基調相諧。

維溫娜這時才明白，此間的宮殿顯然是爲了達到第三級彩息增化的人所建，因爲只有他們才看得見色相之間的完美共鳴。同樣的景致映在別人眼中，就只是一片沒頭沒腦的紅色。

走過這座紅色宮殿，不遠處就是合議會場。休閒娛樂是哈蘭隼諸神的生活重心，通常在他們各自的宮殿或草地上進行，大規模或特別重要的集會才改在這裡，例如律法辯論等等。今天，祭司們準備針對神性展開一場議論。

民眾在入口處排隊，等著依序進場。維溫娜看到另一個入口沒人排隊，心中正納悶，不久就明白了原因——一個異常高大的男人率領著一大群僕從，大大方方地朝那個入口走去。那男人穿著銀色與藍色相間的服裝，僕人們也全穿著同色調的制服，其中的幾個合力撐篷傘，爲他們的主人遮雨，而那人散發出的生體光氛是維溫娜從沒見過的；當然了，她看得見光氛也不過是昨天開始的事。總之，環繞在他身邊的光暈大得驚人，範圍將近三十呎，擁有的駐氣幾乎是無限量。

這時，她終於眞正明白復歸者的與眾不同，原來復歸者不單單是更高強的識喚術士。憑藉第一級增化的能力，維溫娜感覺那人只有一道駐氣，但那道駐氣非常強大，足可令擁有者達到更高的增化等級。

那名復歸神走進會場，爲了自己享有的特權而顯得趾高氣揚。維溫娜看著那個人，心中對於所謂「神」的敬畏感就此消退。

她心中暗想：**就爲了讓他活著，他們每個星期都讓他攝取一個人的駐氣。**

這一刻，她覺得自己以往所懷抱的敵視心回來了。色彩和美麗絕不能遮掩這些寄生蟲的狂妄和自負，也不能隱藏平民百姓遭受到的搾取。

一面等待入場，維溫娜一面沉思起自己的生體色度和它的意義。就在這時，她身旁的一個男人忽然騰空躍起，把她嚇了一大跳。

只見那人一口氣升到半空中，腳下踩的竟是他原本披在身上的加長斗篷。原本柔軟的布變成了一隻手的形狀，穩穩地托著它的主人，讓那男人可以看到隊伍的前方。**他是怎麼辦到的？**維溫娜暗自震驚。她只知道駐氣可以賦與物體生命，讓它們擁有活動力，但卻無法想像它的作用原理。乍看之下，那件斗篷繃緊得像一團肌肉，即使如此，它又怎麼能托高一個比自己還重的物體呢？

那人降回地面後，喃喃說了幾個字，維溫娜聽不見，只看出駐氣離開了斗篷，回到男人身上，而他的生體光氛也隨即變強。接著，她聽見男人對他的朋友說：「前面的人變少了，應該快輪到我們了。」

果然，隊伍很快就向前推進，不一會兒就輪到維溫娜和帕凜。他們走在石板凳之間，選一處人少的地方坐下。一坐下，維溫娜就急切地探頭張望上方的包廂看台。這個會場雖然華麗，但也不算太大，她很快就看到希麗，卻是整顆心爲之一沉。

那……那竟是我的妹妹，我可憐的妹妹。

希麗穿著不堪已極的金色禮服，短得連她的膝蓋也遮不住，領口又開得極低；她的頭髮本該是深棕色，如今卻是象徵享樂的金黃色，還有深紅色的絲帶編織其中。她身旁圍繞了數十名僕人。

「看看他們對她做的好事，」維溫娜說：「她一定嚇傻了。被逼著穿成那樣，被迫把髮色變得與衣服相配……」

被迫受神君奴役——她這麼想，但沒說出口。

帕凜拉長了臉。他很少生氣，不過維溫娜看得出他的臉上有怒意。是的，希麗正受到迫害，那些人拿她來到處展示，把她當成某種戰利品。哈蘭隼的宮廷要的就是一個單純、無知而萬般服從的義卓司女子。

維溫娜的決心越發堅定。她想：我要做的事情沒有錯。來到哈蘭隼是最正確的選擇，樂米克斯雖然死了，但我必須繼續前進。我一定要找到方法。

我一定要救我的妹妹。

「維溫娜？」帕凜低聲叫她。

「嗯？」她應道，心不在焉。

「爲什麼大家都在鞠躬？」

□

希麗無聊地把玩著衣服上的流蘇。她在算，最晚到場的男神剛剛才坐進了包廂，二十五人已全數到齊。

就在這時，場中的眾人紛紛起立，接著就跪在地上。希麗緊張地站起來張望，不知道自己錯過了什麼。是神君駕到，還是別的事？但見諸神也都下跪，只是沒像平民那樣跪得低伏。從這方向看來，他們似乎是在向希麗膜拜。她想，**難道這是向新王妃致敬的儀式嗎？**

然後她看到了。先是她的衣服迸出耀眼的色彩，再來是她腳下的石頭也蘊生光輝，就連她自己的肌膚都變得更有光澤、更充滿生氣。而在她的面前，一只白色的點心碗開始發亮，光暈逐漸向外伸展，散射成彩虹一般的燦爛色光。

跪在希麗身旁的女侍輕輕扯她的裙子。「神君妃，」女子小聲地說：「在您後面！」

15

reath catching in her chest, Siri turned. She found him standing behind her, though she had no idea how he had arrived.

屏著氣，希麗轉過身去。他就站在她的身後，但她完全不知道他是何時抵達的。包廂的三面都是石牆，沒有任何通道。

他穿著純白色的衣服。這倒出乎她的意料之外。不知爲何，他的生體色度有些不同，令純白分成了無數顏色，猶如光線通過稜鏡時折射成虹光那般，看起來就像是那一身白衣飄逸成了法袍狀的彩虹光氛，環繞在他的四周。此刻，光天化日之下，她終於能夠看得眞切。

他看起來好年輕，遠比她在黑夜裡與他相見時猜測的年紀更輕。照理來說，他統治哈蘭隼已經數十年，但眼前的這個男人絕對不超過二十歲。希麗一動也不動地盯著他看，心中湧現敬畏，嘴巴也忘了合起來，她本來想好了話要對他說，但那些話好像自己逃跑了。這個人果然是個神。此間的每一道空氣，都因爲他的存在而流竄曲折，她不敢相信自己之前竟然看不到，也不敢相信自己竟然曾經那樣對待他。她覺得自己像個傻瓜。

他注視著她，沒有表情，令人無法捉摸。那肅穆的面容令希麗想到維溫娜。

啊，維溫娜，若是她來與如此莊嚴威儀的男兒配爲夫婦，那眞是當之無愧，而她必定不會再那樣好戰了。

侍女又扯了扯希麗的衣服，輕聲喚她。於是，在遲了好一會兒以後，她跌跪在石地上，金光燦爛的長長裙襬引動微揚，隨風輕緩地在她的身後飄起。

□

薄曦帷紡恭順地跪在軟墊上。在她的一旁，萊聲仍然站立著，遠遠望向會場對面那一個令他幾乎無法逼視的人影。一如往常，神君穿著白衣來製造戲劇性的效果。他是世上唯一達到第十級彩息增化的復歸神，擁有強大的光氛，甚至能從無色的物品中擷取出色彩。

薄曦帷紡抬眼向萊聲一瞥。

「我們爲什麼要下跪？」萊聲問。

「那是我們的國王呀！」薄曦帷紡用輕得幾乎聽不見的聲音說：「傻瓜，快點跪下。」

「如果我偏不跪呢？」萊聲又說，「我是神，總不可能把我處死吧。」

「你會壞我們的大事的！」

*我們的大事？*萊聲心中暗想——*就這一次會面，她就把我列在她的計畫裡了嗎？*

話雖如此，萊聲並沒有蠢到故意招惹神君的憤怒。何必呢？雨天出門有人撐傘，吃堅果時有人剝殼，爲這完美的生活，他沒有理由冒此風險，所以他也在自己的墊子上跪了下來。神君的優越是超然絕對的，就像萊聲的神性——都是這場虛幻遊戲中的一部分。

但他終將明白，在人們的一生中，虛幻的事物往往是唯一的眞實。

□

希麗大氣不敢喘一口地跪在她的丈夫面前，感覺身後的全場也是一片肅靜。在她的視線範圍內，只能看見修茲波朗的一雙腳，但見他穿的涼鞋也是用白布製成，同樣散發出彩色的光氛，上頭的束繩看起來彷彿是七彩絲帶。

就在這時，兩條紅色繩索從從天而降，擊向神君兩側的地面，然後自動扭結起來，輕輕地纏住修茲波朗，將他拉離了地面，從篷傘和後方石牆之間的空隙滑了出去。希麗探頭向前，看著繩索把他送到更上方的一座石台處，那兒有一張金色的大王座。修茲波朗在王座上坐定後，在他左右兩側的一對識喚祭司便舉起手臂，那兩條繩索隨即聽話地飛過去，分別繞在他們的臂膀上。

神君舉起了一隻手，民眾這才起立並坐好，重新開始交談。希麗也站起身，心中五味雜陳。這

麼說……他不跟我坐在一起了。她想。希麗有種如釋重負的感覺，但同時覺得受挫。她好不容易克服了遠赴哈蘭隼和嫁爲神妻的恐畏之情，現在他卻再一次帶來了不同與以往的震懾，以及此刻的疏離伴隨而來的困惑。她坐回自己的位子，茫然地望向群眾。就在看台下，一群祭司正走進場中央。

她該如何看待修茲波朗呢？「他」應該不可能是個神吧？難道他眞的是？

奧斯太才是人民的眞神，是祂把復歸者送回到這世上來。眾國大戰之前，哈蘭隼人本來也敬拜奧斯太神，但在王室流亡之後，他們轉而崇拜虹譜，連帶著敬仰起生體彩息、復歸者，還有藝術。

當然，希麗不曾親眼見過奧斯太神。她從小學習祂的教誨，今天卻有了另一層疑問：什麼樣的神會創造出像神君這樣的生物？那樣神聖的光芒實在無法不讓人印象深刻。她又想到哈蘭隼的歷史，先是瀕臨滅亡，之後又蒙天祐和平王所拯救。莫名地，她開始懂得這些人爲何會將復歸者視爲神聖的領袖了。

她輕嘆口氣，察覺一個矮小的人影拾級而上，往她的包廂走來。那是藍指頭，還是老樣子，十指染著墨漬，即使走進包廂時仍在記事板上抄抄寫寫。他走到希麗的座位旁，仰望神君，卻只是微微點頭致意，接著又在板子上寫了幾個字，然後才對希麗說：「看來陛下已就座，而您的展示方式也十分恰當呢。」

「展示？」

「當然了，」藍指頭說，「那是您來到此處的主要目的。您來到我國之後，復歸者都還沒有機會見到您。」

希麗一驚，趕緊坐正：「他們應該把注意力放在下面那些祭司才對吧？而不是來觀察我。」

「大概吧，」藍指頭仍然看著他的記事本，頭也不抬：「依我的經驗，他們很少做他們應該做的事。」那口氣並不特別崇敬。

希麗沒有接腔，而是思索起來。藍指頭那天給她一個古怪的警告，說「這宮裡的一切未必如妳所見」，後來就沒再解釋，她決定問一問。「藍指頭，」她開口說，「你那天晚上說的話，我——」

卻見他立刻拋來一個銳利而嚴峻的眼神，打斷了她的話。這意思非常明顯：**此刻不宜**。

看著他馬上回頭專注抄寫，希麗嘆了一口氣，強自坐定，免得自己忍不住頹然往後倒。就在下面的場中央，穿著各種顏色的祭司們站上低台，在細雨中進行辯論。她坐的這個位置可以聽得非常清楚，只是她聽不太懂。就目前的片段聽來，他們好像在討論城中廢棄物和污水處理的事。

「藍指頭，」希麗又開口問道，「他們眞的是神嗎？」

他遲疑了一下，這才把視線從寫字板抬起來：「什麼？」

「就是復歸者。你眞的認爲他們有神性嗎？你相信他們能看到未來？」

「我……我想我不適合回答這個問題，神君妃。我找個祭司來爲您解答吧，請您稍——」

「不，」希麗打斷他的話。「我不要聽祭司的意見，我想聽的是普通人的看法，一個像你這樣典型的信徒。」

藍指頭皺眉道：「恕我直言，神君妃，我並不是復歸者的信徒。」

「但你在宮殿裡工作啊。」

「神君妃，您還住在那裡呢。我跟您一樣，都不崇拜虹譜。您是從義卓司來的，而我是龐卡人。」

「龐卡人跟哈蘭隼人一樣。」

藍指頭揚了揚眉毛，癟癟嘴，然後說：「其實這兩者非常之不同，神君妃。」

「你們都受神君統治。」

「我們可以接受他做我們的君王，但並不信奉他爲我們的神。」藍指頭說，「這也是我在宮中擔任總管職責而非祭司的原因之一。」

怪不得，希麗心想，**他的衣服總是棕色的**。她又往場中看了看辯論台上的祭司們，猜想他們衣服上的顏色或許就代表一個個不同的復歸神。「那麼，你怎麼看他們呢？」她問藍指頭。

「是好人，」藍指頭答道，「但被誤導。有點像我對您這個人的觀感，神君妃。」

她向他一瞥，卻見他已經把視線轉回手中的寫字板上。想跟他聊久一點，眞是困難至極。

「那你又怎麼解釋神君的光輝呢？」希麗不死心地追問。

「生體色度。」藍指頭邊寫字邊說，並沒有被希麗的死纏爛打給惹惱，顯然習於應付工作的中斷。

「別的復歸者不會像神君那樣把白光折射成彩色，對不對？」

「對，」藍指頭說，「的確不會，他們持有的駐氣不像神君那樣豐富。」

「所以他眞的與眾不同囉？」希麗說，「爲什麼他生來就比別人多？」

「不是那樣的，神君妃。神君的力量並不是來自於復歸者本身的生體色度，而是因爲他擁有另外一股特質，人們稱之爲『和平之光』。就一個藏有數萬駐氣的寶庫而言，這名稱挺時髦的。」

數萬道駐氣？她想。「有那麼多？」

藍指頭漫不經心地點點頭。「據說神君是這世上唯一達到十級彩息增化的人，所以他才能使身邊的光線折射。此外也有別的能力，像是中斷死魂令，不用接觸物體就能識喚等等。這一類的能力與神性沒有太大的關係，純粹只是因爲擁有那麼多駐氣罷了。」

「那他是從哪裡得來那些駐氣的？」

「大部分是天祐和平王收集到的，」藍指頭耐心地解釋，「眾國大戰期間，他收集了數千道駐氣，之後就直接移交給第一任哈蘭隼神君。接下來的幾百年，神君世代傳承，數量也隨之龐大，因爲神君每個星期要攝取兩道駐氣，不像別的復歸者只攝取一道。」

「哦。」希麗說著，往後坐了坐，發現自己竟莫名地對此感到失望。原來修茲波朗不是神，只是一個生體色度異於常人的血肉之軀。

不過……復歸者本身又是如何呢？希麗扠起雙臂，一逕不解。對於信仰這回事，她從來不曾客觀地去思考過。奧斯太神就是神，沒有人質疑過這一點；復歸者卻是篡奪之徒，把奧斯太的追隨者趕出了哈蘭隼，他們本身並不是眞正的神祇。

偏偏他們看起來都那麼地崇偉莊嚴。話說回來，王室爲何被趕出哈蘭隼？在義卓司國內的說法，當年的王室不支持眾國大戰的主戰派，因此在篡亂王卡拉德的領導下，人民發動了革命。

卡拉德。希麗從前雖然常常蹺課，對這個人的故事卻是耳熟能詳。據說卡拉德藉著死魂僕的邪力領導哈蘭隼人，並用它創造出一支強大的新軍隊；在那之前，這片土地上沒有人見過那種怪物。在那些故事裡，卡拉德的死魂兵總被描述得非常危險，無堅不摧，駭人而具毀滅性，但他最終敗在和平王的手下，而和平王後來循外交途徑結束了眾國大戰。

故事裡說，卡拉德的大軍仍藏匿在這世上的某個角落，等待著再次出擊。希麗知道這一類的床邊故事大半是嚇唬人的，但每每想起仍不寒而慄。

無論如何，和平王獲得了控制權，終結了眾國大戰，卻沒有為哈蘭隼迎回其合法的統治者。義卓司的歷史認定這是背信棄義，修道士們也一致批判在哈蘭隼根深柢固的異端邪說。

當然，哈蘭隼人有他們自己的故事版本。看著復歸者坐在他們的包廂中，希麗忍不住對此感到好奇。有件事倒是顯而易見：哈蘭隼的一切完全不像她在課堂學到的那樣可怕。

□

維溫娜渾身止不住地寒顫，在衣著五顏六色的人潮包圍下瑟縮。

這裡的一切簡直比老師們所說的更糟。她想。

帕凜在人多的地方本來也會緊張，這時看起來卻沒那麼嚴重了。他正專注地聽那些祭司們辯論。

她還無法決定自己要如何看待體內的這些駐氣，但是漸漸地，她決定要視之爲可怕的東西，因爲它們帶來的感覺太美妙了。周遭的人越多，她就越被彩息增化後的特殊感應所驚艷。相較之下，帕凜只能看到所有色彩的表象，而視覺是很容易麻痺的；倘若他也能感應到這些人、這些動態，那麼他就會像她一樣感到侷促和窒息。

夠了，我已見到希麗，也知道他們對她做了什麼事。該走了。她如是想著，起身轉向後方，然後怔住。

就在兩排座椅之外，有個男人站在那兒，目不轉睛地盯著維溫娜。若是以往，她不會特別注意這一類人，因爲他穿著陳舊的棕衣，好些地方都磨損了，原本該是腰帶的地方只鬆鬆地繫了一條麻繩，滿臉的鬍子和蓬亂的頭髮，幾乎及肩長。

但他散發的光環是如此明亮，必定已達第五級增化的境界。他仍然注視著她，完全不迴避她的雙眼，令她的心中猛然一驚——這個人肯定知道她是誰。

她不由自主地倒退一步，但陌生男子仍沒有移開他的視線，反而舉手把斗篷往後推，露出佩在腰際的一把黑鞘大劍。哈蘭隼很少有人攜帶武器，但男子顯得全不在意。他是怎麼進到這裡來的？但見兩旁的人都避他避得遠遠的，更讓維溫娜確定自己的感覺：她感應到那把劍似乎能使顏色變暗、變深，令棕色變成土褐，紅色變成棗紅，藍色變成海軍藍；宛如擁有它自己的生體色度……

「帕凜，」她發現自己的口氣格外嚴厲，「走了。」

「可是——」

「馬上。」維溫娜一說完就轉身跑開，但生體色度的感應力持續發出警告，說那名陌生人的目光仍然追隨著她。她這才想到，剛才心裡的那股不舒服感，或許都是因爲這個人一直在盯著她看。

和帕凜一起走向出口時，維溫娜想起家庭教師們提過的生命感知。**那是一種覺察四周氣息與動靜的能力，也可使人察覺他人注視的目光。常人或多或少都有這種感知力，它會隨著生體色度增幅而增強。**

一走進出口通道，那種不自在感就消失了。維溫娜大大地舒了一口氣。

「我不懂妳爲什麼要離開。」帕凜說。

「我們要看的已經看到了。」她答。

「我還以爲妳會想聽聽他們的祭司說什麼，」帕凜道，「有關義卓司的事。」

維溫娜怔了一下：「什麼？」

帕凜皺起了眉頭，面容沉痛：「我認爲他們有意宣戰，但我們之間不是訂有協議嗎？」

老天啊！維溫娜心中大驚，旋又轉身，三步併作兩步奔回議場去。

16

still say that we cannot possibly justify military action against Idris!" a priest shouted.

「……仍然主張，我們絕不可以將出兵義卓司的軍事行動予以合理化！」一名穿著藍金色長袍的男祭司激動地喊道。他是靜締符的大祭司，萊聲不太記得他的名字了。南若瓦？

這是一場意料之中的辯論。萊聲傾身向前。南若瓦和他的主子靜締符都是堅定的傳統主義者，他們幾乎對每一項議案都持反對意見，但還是備受尊敬。靜締符大約和薄曦帷紡一樣資深，也被公認足智多謀。

萊聲撫著下巴。反方辯論台上站的就是薄曦帷紡的大祭司尹漢娜。「哦，少來了，」女祭司答辯：「這種無聊的辯論還有必要再來一次嗎？義卓司不過是在哈蘭隼王國境內落腳的一群叛黨罷了。」

「他們安分守己，」南若瓦說，「反正他們占領的土地我們又不希罕。」

「不希罕？」女祭司嗤之以鼻：「他們把持了通往北方王國的每一條路徑！每座可用的銅礦脈！還在可進攻特提勒的範圍內駐軍啊！而且他們仍然聲稱自己是哈蘭隼的合法統治者！」

南若瓦陷入了沉默，旁觀的祭司群則爆出一陣贊同之聲。萊聲看了看他們，向旁邊問：「妳安插了妳的人馬？」

「當然，」薄曦帷紡說，「別人也是呀，我只是做得比較漂亮罷了。」

辯論繼續進行，換上別的祭司來針對這個議題展開攻防，並且延伸到國民觀感的層面上。祭司們的職責包括聆聽民眾心聲和研究國家重要課題，之後到這裡來公開演辯或陳述，好讓沒有機會出宮接觸平民的眾神能夠有所了解。當此間的討論進行到一定程度時，再由諸神做出裁決。在此之前，諸神通常分成幾個小組，各自負責特定的領域，像是市政民生、國際協議或條約等等。

義卓司在合議會裡早就不是個新議題，但萊聲從未見過如此極端對立的演辯，以往只討論到國際制裁、封鎖邊境，最嚴重也不過是軍事施壓，今天卻直接把開戰搬上檯面來講。當然，目前還沒有人把這個字眼講出口，但誰都聽得出祭司們的重點為何。

萊聲驅不走那些夢境帶來的影像，死亡和痛苦的幻影始終在他的腦中盤旋。他沒把這些訊息當作是預兆，而是視為一種來自潛意識的憂慮。他害怕戰爭會帶來那樣的後果。也許他就是膽小，所以他覺得對義卓司施壓就已經足夠解決大半問題了。

他轉頭面向薄曦帷紡：「這場辯論是妳在幕後主使，是嗎？」

「幕後？」薄曦帷紡嬌聲說道，「親愛的萊聲，議題都是祭司們決定的，諸神才不管這些俗事呢。」

「我敢說，妳就是想要我的死魂令。」萊聲說著，往後一躺。

「我可沒那麼說，」薄曦帷紡說，「我只是要你有點心理準備，以免……」

瞥見萊聲冷冷地瞪來，她就沒說下去了。

「噢，老天，」她啐道，「我當然需要你的兵令啊，萊聲。不然我幹嘛費勁把你拖進來？你這個人最難搞了。」

「胡說。」他沒好氣的回嘴：「妳只要保證我什麼也不必做，那我就會做妳想要的任何事。」

「任何事？」

「任何不必由我去做的事。」

「那不就等於不做事了嗎？」

「是嗎？」

「是啊。」

「唔，那就是啦！」

薄曦帷紡翻了個白眼。

萊聲只覺得更困惑了。主戰論調以前不會如此激進。證據顯示，義卓司和高地集結的軍隊近來特別盯緊了北方要道。除此之外，也有越來越多人認爲復歸者的力量正一代不如一代，但不是他們的生體色度減弱，而是其神性降低了；現在的復歸者不再像以往那樣仁厚，也不再睿智。萊聲同意這種看法。

最後一個復歸者放棄自己的生命以圖救治他人，已經是三年前的事。面對這樣的眾神，百姓漸漸不耐煩了。「不只如此吧？我看。」他朝薄曦帷紡看了看，後者正躺在長椅上優雅地吃櫻桃。

「還有什麼是他們沒說出來的？」

「萊聲，親愛的，」她說，「你說得對，讓你碰政治眞的會讓你腐化。」

「我只是不喜歡祕密。」他說，「祕密弄得我大腦發癢，害我晚上睡不著。跟政治扯上關係就像拆繃帶，長痛不如短痛。」

薄曦帷紡噘起了嘴唇：「好牽強的比喻啊，親愛的。」

「我盡力啦，沒什麼事情比政治更快害我的腦筋遲鈍了。好啦，妳剛才要說……」

她哼了一聲：「我說過好幾次了，一切的重點都在於那個女人。」

「王妃啊。」萊聲說時，朝神君的包廂望去。

「本來不該是她。」薄曦帷紡說，「他們送來的是排行最小的么女，而不是長女。」

「我知道，」萊聲說，「很機伶啊。」

「機伶？」薄曦帷紡說，「根本是狡猾透了！你知道我們這二十年來派了多少人去滲透、花了多少工夫去研究那個長女嗎？爲求小心起見，我們甚至去探察次女，也就是出家做修道士的那一個。可是最小的？大家連想都沒想過。」

這麼說，義卓司人送了一個隨機的變數到宮廷來，輕輕鬆鬆地攪翻了全盤的計畫，把我方政客們幾十年來的心血化爲白費。萊聲心想。

確實狡猾。

「沒有人了解她的底細，一丁點兒也沒有。」薄曦帷紡的眉頭深鎖，她顯然不喜歡接受驚喜。「我派出去的間諜堅稱那女孩沒什麼影響力，但這反而更讓我擔心。我覺得她可能比我想像的還要危險。」

萊聲揚起半邊眉：「妳就不擔心是自己反應過度了嗎？」

「哦？」薄曦帷紡反問：「那你告訴我，假如你想派個密探到宮廷裡來，你會怎麼做？先放個誘餌來引開大家的注意力，背地裡偷偷訓練另一個眞正的特務，這招如何？」

萊聲摸了摸下巴。這話不無道理。活在這麼多工於心計的人之中，往往使得一個人處處看見陰謀，但薄曦帷紡的看法並非空穴來風。若想暗殺神君，有什麼方法會比送一個新娘來給他更好？不，不會是那樣，殺掉神君只會使哈蘭隼全國陷入混亂。不過，假使他們送來的女人善於操弄，她可能暗地裡蠱惑神君的心……

「我們必須主動做好準備，」薄曦帷紡繼續說，「我絕不會坐視王國在我的眼前垮台，也絕不會任自己像當年的王室那樣被驅逐。萊聲，你控制四分之一的死魂僕，那是一萬個不用吃喝休息的士兵呀；要是我們說動另外三個執有死魂令的人加入……」

萊聲想了一會兒，點點頭，站起身來。

「我想我要去逛一下。」萊聲說。

「去哪？」

他沒答腔，而是望向王妃的方向。

「哦，拜託你，」薄曦帷紡嘆道，「萊聲，別毀掉我的心血。我們現在的處境很微妙。」

「我盡量。」

「我看我是阻止不了你去跟她往來了，是吧？」

「親愛的，」萊聲說著，朝身後一瞥：「我至少得去跟她聊上幾句。一個我連聊天都談不上愉快的人就妄想駕馭我，那可是我最不能忍受的事。」

□

藍指頭是幾時跑開的，希麗沒有注意到。她正忙著看祭司辯論。

她覺得一定是自己聽錯了，他們當然不可能想著要攻打義卓司。重點在哪裡？哈蘭隼會得到什麼好處？祭司們吵得不可開交時，希麗轉頭去問一名侍女：「那是怎麼回事？」

女子垂下眼去，沒有回答。

「聽起來像是在討論戰爭，」希麗說，「他們不會眞的入侵吧？」

那名侍女忸怩著向她的另一名同伴看了一眼，後者隨即跑開。不到一會兒，她回來了，身旁卻帶了崔樂第。希麗忍不住皺眉，她極不喜歡跟那人說話。

「神君妃？」這名高個兒祭司向她致意，眼神一如平時，充滿輕蔑。

希麗嚥了一口口水，不肯服氣的心情湧上來：「祭司們在討論什麼議題？」

「您的祖國，義卓司。」

「這我當然知道，」希麗說，「他們想要義卓司怎麼樣？」

「神君妃，我想他們是在爭論是否要出兵鎮壓叛亂的地區，重新將該區收回適當的王權統治下。」

「叛亂的地區？」

「是的，神君妃。相對於王國的其餘地區而言，您的祖國人民正處於反叛狀態。」

「是你們先反叛我們的！」

崔樂第揚了揚眉毛。

果然是彼此互異的史觀呢。希麗心想。「某些人的想法或許跟你一樣，這我明白。」她接著說：「不過……你們不會眞的攻打我們吧，是不是？我們照你們的要求送來一個王妃，這麼一來，下一代的神君將會有王室血統啊。」*假設現任的神君願意讓這段婚姻圓滿*……

這位大祭司不以爲然地聳了聳肩，說道：「也許沒這麼嚴重，神君妃。這些演辯只是爲了讓眾神了解特提勒目前的政治風向。」

他的話並沒有讓希麗心裡舒坦些。她打了個哆嗦。自己是否該做些什麼？試著爲祖國辯護嗎？

「神君妃。」崔樂第喚道。

她看向他。他頭上戴的帽冠高得足以擦到篷傘的最高處。在一座講求色彩與美麗的城市裡，不知爲何，崔樂第的長臉竟在對比下顯得格外暗淡。

「什麼事？」她應道。

「我恐怕必須與您討論一件關乎個人私密之事。」

「說吧。」

「您必定了解君主體制，」他說，「這是當然，因爲您是國王的女兒。我想您不會不知道，安全而穩定的繼任制度，對一個政府而言是至關重要。」

「應該是。」

「那麼您一定也了解，『儘快』提供一個繼承人，絕對是首要之務。」

希麗的臉微微一紅：「我們正在努力。」

「恕我直言，神君妃，」崔樂第說，「您與陛下是否眞的努力，在程度上恐怕有些不同認定。」

希麗的臉漲得更紅，頭髮也變紅了。她掉轉頭去，避開那漠然的雙眼。

「當然，這一類的說法只在宮殿內部，絕不會外傳。」崔樂第又說，「我們的侍從和祭司都很謹慎小心的，這一點您可放心。」

「你們又怎麼知道呢？」希麗抬頭看著他：「我是說，你們怎麼知道我們……也許我們有努力啊。也許不久就會有繼承人了。」

崔樂第閉了一下眼睛，刻意放慢睜開的速度，當他再注視希麗時，眼神中帶著查帳的銳利目光。「神君妃，」他說，「您眞的以爲我們會接納一個陌生的異國女子，讓她接近我們最神聖的君王，卻不去監視她嗎？」

希麗忍不住屛息，同時感到剎那的恐懼。當然了！他們當然會監視一切！確保我不會傷害神君，確保一切都按計畫進行。

光著身子跪在自己丈夫面前已經夠糟，被一群像崔樂第這樣的男人瞭若指掌更糟，因爲他們只當她是個麻煩，根本不把她當女人看待。她發現自己垂著頭，縮著肩，雙手環抱，彷彿要遮住敞開的領口。

「現在，」崔樂第傾身向前，湊近說道：「就我們所知，神君可能與您預期中的不同，甚至……令您感到棘手。然而，您是女人，應該知道如何用您的魅力去打動他。」

「我連看他或跟他講話都不行，要怎麼『打動』他呀？」她生氣地說。

「相信您會有辦法的。」崔樂第說，「那就是您在這座宮殿裡唯一的任務。您想要確保義卓司的安全？可以。讓神君直屬的祭司群得到滿意的結果，您祖國的叛徒們就會贏得一些好評價。我的同僚跟我在宮廷中都有相當的影響力，而我們也有辦法保障您的祖國。我們要求的只是您克盡職責，早日爲我們誕下王儲，使王國穩定。您要知道，哈蘭隼的人事物……與您第一眼看見的印象可能不甚相符。」

希麗依舊頹然地坐著，沒去看崔樂第。

「我想您明白，」他又說，「我覺得……」

話還沒說完，他就轉頭去看旁邊。原來是有一群人朝這個包廂走來。那一群人都穿著金紅色衣服，一個高大的身影領著他們，令那些顏色煥發而鮮艷。

但見崔樂第皺了皺眉頭，回過頭來看著希麗：「有必要時再詳談吧，神君妃。善盡您的職責，否則您知道後果。」

說完這些，祭司就退下了。

□

她看起來不危險嘛。

就憑這個第一印象，讓萊聲傾向相信薄曦帷紡的擔心有點道理。他朝王妃露出和善的微笑，一面心想：**我在宮廷裡待得太久了。其實，可以說是一輩子。**

她的個子嬌小，比他預期的還要年輕，根本只是個少女。僕人們爲他擺設坐椅時，他向她點頭致意，卻見她顯得驚怯。萊聲坐了下來，雖然不餓但仍接受王妃的侍女獻上的葡萄，然後主動開口說：「殿下，我敢說，我很高興見到您。」

女孩遲疑了一會兒。「你敢說？」

「親愛的，那是個語助詞，」萊聲說，「沒特別的意思。我是個無謂的人嘛，就愛講這一類無謂的話。」

見女孩歪著腦袋作思索狀，萊聲這才想起她剛剛脫離了新婚的隔離期，心中不禁懊惱：*老天，我搞不好是她在神君之外見到的第一個復歸神，這下子我可留下一個壞印象了。*

話雖如此，他也不打算彌補什麼。他是萊聲，就是這副德性。

「我也很高興認識您，閣下，」王妃慢吞吞地說時，還側耳去聽一名侍女在她的耳邊悄聲提示他的名字。「英勇王萊聲，勇者之神。」她在末了添上稱呼，這才對他笑一笑。

她在應對上並不機伶或沉著，要不是未經訓練，就是演技出眾。萊聲不太相信前者，因爲她畢竟是個在皇宮中長大的女孩。想到這裡，萊聲暗暗皺眉。

這個女人的到來，本該使戰爭的議論終結，如今卻反而使之加劇。想起戰爭與毀滅的景象，萊聲只想盡量睜著眼睛，因爲他怕眨眼時閉得太多次，會令那些影像又出現在腦海中。那些情景就如同卡拉德的陰魂，棲伏在他的夢境底下伺機而動。

假如那是一種預示，那麼他就眞的是個神了；假如他是神，那麼預言可能成眞，這一切也更讓人擔心。他不敢，也不能夠接受這一點。

表面上，他向王妃露出一個尙稱迷人的微笑，然後扔一顆葡萄進嘴裡。「您不用這麼正式，殿下。不久您就會知道，在復歸者之中，我是最沒分量的。要是母牛也能復歸，牠們的排名肯定比我還高。」

她的神色再次不安，顯然不知怎麼應付這種笑話。這反應還算常見。「我能問問您來探視我的眞正用意嗎？」她問道。

太正式，不自在，置身在顯要人士之中而感到拘束。她有沒有可能只是純眞無邪而不經世事？不可能，說不定反而是刻意要使他降低戒心。發覺自己想到這裡，他在心中咒罵起來。

去妳的，薄曦帷紡！他想道：**我眞不想蹚這趟渾水！**

他幾乎要打退堂鼓，但再想想，就此離去的後果恐怕不理想。不論如何，萊聲就是喜歡與人和平共處，討厭跟人結怨或樹敵。他一面傻笑一面想：**最好還是客氣些，否則萬一她將來眞的接掌王國，第一個就抓我去砍頭。**「您問我的眞正用意？」他答道：「殿下，我想我的用意很單純啊，就只是想要表達善意罷了，特別是當我設身處地想到您和您所面對的狗屁倒灶事，我就看不下去，所以才走過來向您打招呼。」

王妃又皺起了眉頭。

萊聲又吃了一顆葡萄。「多美妙，」他拾起一顆來，「甜得令人心喜，裹在它們自己的小小包裝裡，眞教人猜不透也看不穿啊。外皮又乾又硬，裡頭卻美味多汁呢，您說是不是？」

「呃……義卓司很少有葡萄，閣下。」

「您知道嗎？我卻是相反，」他說，「金玉其外，敗絮其中。不過，我想這一點無關緊要。親愛的，您倒是個令人賞心悅目的景象，遠比葡萄還要令人心喜。」

「我……何以見得，閣下？」

「不瞞您說，我們很久沒有王妃了。」萊聲說道，「上頭那位老兄在宮裡一直悶悶不樂，看起來怪孤單的，能有個女人出現在他的生命裡是件好事啊。」

「謝謝您的讚美，閣下。」王妃說。

「不客氣。要是您喜歡，我還可以說更多些。」

她沒答腔。

好吧，大概就這樣了。萊聲心想。**薄曦帷紡說的對，也許我不該來找她聊天。**

「好啦，」王妃說著，莫名地揮動起雙手，髮色也突然轉紅。「現在到底是怎樣？」

「你在拿我尋開心嗎？」

萊聲遲疑。「殿下？」

「也許吧。」

「但你應該要像個神的樣子才對吧！」她重重地往椅背上一靠，仰望著上方的篷傘。「就在我以爲我剛要搞懂這座城市時，祭司們卻開始對我吼叫，然後你又這樣跑過來！我到底該拿你怎麼辦啊？你不太像是神，倒像個學校裡的小男生！」

他愣了一會兒，接著向後坐好，微笑起來。「啊呀，被您逮著了，」他說時攤開雙手，「其實是我把眞正的神殺死了，假冒祂，來這兒向您騙甜點吃。」

「瞧，又來了，」王妃說著，朝他指了指：「你不是應該要更……我也不知道怎麼說。超凡出眾？還是什麼的。」

萊聲攤手：「親愛的，在哈蘭隼，人們覺得超凡出眾就是這麼回事了。」

她顯然沒相信。

「當然，我是胡說的，別信啊。」他又吃起葡萄來，「您對別人或許有另一番見解，但不好把它們套用在我身上。他們比我還有神聖味兒。」

王妃坐直了身子。「我以爲你是英勇之神。」

「嚴格來說，是的。」

「在我看來，你比較像是搞笑藝人之神。」

「我申請過這個職位，但被拒絕了。」他說，「您應該看看那一行業的從業人員，個個蠢得像石頭，還比石頭醜兩倍。」

王妃怔了怔。

「這一次我可沒瞎說囉。」萊聲道，「莫嗔吉法是歡笑之神，但要說哪個神比我更不適合自身的頭銜，一定就是他。」

「我搞不懂你，」她應道，「看來，這城市裡還有太多我不明白的事了。」

看著她那雙稚嫩而滿是困惑的眼睛，萊聲心想：**這個女人不是騙子。要不然，她就是我所見過最出色的演員。**

不對，這其中另有隱情，而且是重大的隱情。眼前的少女代替她的長姊被送來，有可能是基於世俗的理由，像是她的長姊患有隱疾等等。但萊聲決定不把事情想得這麼單純。這女孩只是一枚棋子，牽扯在一盤棋局，或不只一盤棋局之中，不論棋局為何，她一概不知情。萊聲又忍不住在心中大罵。

卡拉德陰魂作祟了！來到這種地方，這孩子會被狼群生吞活剝的啊！

但是他自己又能做什麼呢？他嘆息著起身，引得僕從和祭司們立刻準備收拾東西。萊聲向王妃點頭表示告別，附上一個大大的微笑，但見那女孩仍是一臉迷惘，卻仍起身向他略略行禮。他想，她應該不必這麼做。即使她本身不是復歸者，也是這個國家的王妃。

萊聲轉身要走，卻停下了腳步，想起自己初到宮廷的前幾個月，以及那段期間的不知所措。於是他伸出手去，溫柔地放在她肩上，並且低聲說：「別讓他們控制妳了，孩子。」

說完，他轉身離去。

17

ivenna walked toward Lemex's house, dissecting the argument she'd heard at the Court of Gods.

維溫娜走回樂米克斯的住處，一路思索著她在諸神宮廷中所聽到的種種。老師們曾經告訴她，宮廷合議會中所討論的議題並不是每次都會產生實質行動；如果他們提起戰爭，並不代表戰爭眞的會開打。

可是，這場辯論似乎代表著意見趨勢。今天場中的論調都太過激昂，單方面陳述的聲音也太多。這顯示她父親的看法沒有錯，戰爭的確無法避免了。

避開了人潮較多的區域，她低頭走在冷清的街道上，總算不必再感受那種擁擠。特提勒城的居民似乎喜歡人擠人，哪兒人多就偏往哪兒鑽。

這一帶像是高級住宅區，街道單邊有平整的石板人行道。帕凜走在她的身旁，偶爾停下來觀察那些蕨類和棕櫚樹。哈蘭隼人喜歡植物，大部分的房舍旁都有種樹、藤蔓或不知名的花草等等。在義卓司，面向大街的大房子都會被當成豪宅，但在這兒可能只是個中產階級的商人住家。

得盯緊情勢了，她想。哈蘭隼將在近期發動攻擊嗎？或者這只是前奏，要再過幾個月、甚至幾年之後才會行動？

除非諸神進行表決，否則不會有具體行動，但維溫娜不知道這中間的過程是如何。她對自己搖了搖頭，在特提勒城只待了一天，她已經知道在祖國的那些訓練連一半都派不上用場。

她覺得自己什麼都不懂，因此也感到失落，彷彿不再是從前那個自信幹練的自己了。最可怕的事實是，她知道假使今天換作自己被送來做神君的新娘，必定也會陷於無所適從的困惑，如同可憐的希麗。

帕凜的方向感好得驚人，維溫娜也就任他帶路。轉過街角，從一尊德尼爾雕像的腳下經過；但見那沉默的戰士高舉著他的石劍，披掛著誇張的盔甲，繫在頸間的紅領巾迎風飄揚，流露出激昂的勝利氣息，彷彿正要邁向光榮的戰場。不一會兒，他們回到了樂米克斯的家，維溫娜卻被眼前的景象嚇傻了：只剩上半截的前門門板懸在鉸鏈上，下半部好像是被人踢破似的。

帕凜將她拉近自己的身邊，舉起手示意她安靜，另一手伸向腰間的獵刀，同時四下張望。維溫娜向後退，直想逃走，但再想想，她能逃到哪兒去？那兩個傭兵是她與這座城市之間唯一的牽繫，他們應該能應付不明的襲擊才是。

生體色度的感應力向她發出警告，屋裡有人正準備走出來。她將一隻手按在帕凜的手臂上，準備應變。

卻見丹司推開那扇破門，探出頭來：「哦，是你們啊。」

「發生了什麼事？」她問，「有人來攻擊我們嗎？」

丹司看了看門板，咯咯笑道：「怎麼可能。」說時，他把門完全推開，招手叫她進去。屋裡一片狼籍。家具變得破破爛爛，牆上有好多坑洞，繪畫也都遭受破壞。丹司把地上的墊子和內裡填充物碎屑踢到一邊，逕自往樓上走，卻見樓梯也有好幾階是破的。

他回頭看了一眼，察覺她的不解，於是便說：「公主，我們說了要搜遍這整棟房子，當然要盡全力去做囉。」

□

維溫娜極小心地坐下，深怕椅子會倒塌。童克法和丹司確實把這個家搜得「非常」徹底──打破每一件木製品，甚至連椅子腳也不例外。幸好她現在坐的這一把椅子似乎還可以支撐她的體重。在她前方，樂米克斯的書桌已經破爛不堪，抽屜全搬了出來，後面的夾層也拆掉，裡頭都清空了。一包文件和幾個袋子擺在桌上。

「就這些。」丹司靠在門邊說道。童克法躺在破躺椅上，裡面的填充物難看地露在外面。

「你們非得要搞成這樣嗎？」維溫娜問。

「要確定沒有遺漏啊。」丹司聳了聳肩，「妳想都想不到人們會把東西藏在什麼地方。」

「包括大門裡面？」維溫娜沒好氣的問。

「妳會想把東西藏那裡面嗎？」

「當然不會。」

「那麼那就是個藏東西的好地方。我們敲過，本以爲裡面是空心的，拆了才發現只不過是木質不同。但還是值得檢查。」

「要藏重要物品時，人們總是特別精明。」童克法邊說邊打呵欠。

「妳知道我最討厭當傭兵的哪一點嗎？」丹司舉起一隻手問道。

維溫娜揚起一邊眉毛。

「小意外。」說時，他晃了晃幾根紅色的手指頭。

「沒有意外津貼。」童克法補充道。

「眞是，你們又在開玩笑了。」維溫娜說道，動手檢視起桌上的東西。有個袋子發出清脆碰撞聲，維溫娜拿起來，解開頂端的束繩。

裡面是黃澄澄的金子，數量很多。

「値五千馬克多一點吧，那裡面。」丹司慢條斯理地說，「樂米克斯到處都藏了一些，這兒一點、那兒一點。我們在妳那張椅子的椅腳裡也找到一小包。」

「後來我們找到一張備忘錄，之後再找起來就輕鬆多了。」童克法提醒道。

「五千馬克？」維溫娜大感震驚，覺得髮色變淺了些。

「老傢伙在他的小窩裡似乎藏了不少吶，」丹司吃吃笑道：「連同他買來的駐氣……我猜他一定向義卓司狠狠敲了一大筆。」

維溫娜盯著錢袋，不發一語。接著，她望向丹司：「你……就這樣交給我，」她說，「你本來可以拿去自己花掉的！」

「噢，我們有花掉一些。」丹司說，「我拿了幾毛錢去買午飯，應該快送來了。」

維溫娜直視著他的雙眼。

「喏，老童，我就說吧？」丹司朝躺椅上的大個子斜瞄一眼，「嗯，假如我是個管家，她會用這種眼神看我嗎？就因爲我沒有拿錢走人？奇怪咧，爲什麼每個人都希望傭兵搶自己的錢啊？」

童克法悶哼一聲，沒接話。

「看看那些文件吧，公主。」丹司邊說邊在破躺椅上踢了一腳，然後朝門外點點頭。「我們在樓下等妳。」

維溫娜看著他們走出房間，童克法的背上還黏著椅墊碎屑，嘴裡嘀咕個不停。在他們走下樓梯的腳步聲不久後，就聽到餐碟的聲響，他們大概是找街上專門替人跑腿打雜的小僮去買了餐點。

維溫娜坐著沒動。她越來越不明白自己到這兒來的目的。話說回來，丹司和童克法還在她的身邊，而她甚至覺得自己更重視他們了。她父王的軍隊裡多得是好人，但又有幾個能抗拒得了五千馬克呢？這兩個傭兵的胸襟與器度著實耐人尋味。

收拾起思緒，她開始處理桌上的書冊、信函和文件。

□

數小時之後，維溫娜仍然獨自坐在書桌前。破爛的桌角孤伶伶地點著一枝蠟燭，蠟淚已經堆得很高。門邊有一盤沒動過的食物，是帕凜之前拿上來的。

她面前的桌面上散布著信件，是她花了一番工夫整理過的，其中大多數是她父親寫下的親筆信，而不是由文書官代寫。那熟悉的字跡是她的第一線索，因為她知道父王只會在最私人或最機密的通訊時才親筆寫信。

靜靜地保持著髮色，維溫娜刻意地規律呼吸。她沒有探頭往窗外看，只是呆坐在那兒，任由城市的燈火與黑夜同眠。

麻木感。

擺在最上面的是樂米克斯死前收到的最後一封信，日期是幾週之前。

致吾友：

我們的交談令我更加憂心。我曾與雅爾達長談，卻找不到解決之道。

戰爭在即，你我都心知肚明。持續在諸神宮廷中越演越烈的爭論，正顯示這令人不安的趨勢。

幸虧有你能參與那些會議。我們寄贈的金錢讓你購得足夠的駐氣，至今我仍認為是最值得的花費。所有跡象都指向一個證據，那就是哈蘭隼的死魂兵正欲踐踏我們的祖國山林。因此，我要你改變計畫，去執行我們之前討論過的那件事。你在城中製造的任何分化，都能為我們爭取最寶貴的時間。你請求的額外資金，這時應該已經送達。

我的朋友，我必須坦承我內心的脆弱。我實在無法將維溫娜送進那樣的惡龍巢穴，那麼做等於送她去死。雖然，把她送去才是最為義卓司著想，但我就是辦不到。

我還不確定我的下一步要怎麼做。總之，我不會讓她去的，因為我太愛她了。然而，打破協議可能令哈蘭隼對我國人民的憤怒快速升溫。在接下來的日子，將有個艱難的抉擇等我決定。

為人君王的職責，旨在如此。

期待我們下一次的通訊。

你的君王暨朋友　戴德林

維溫娜望向別處，房裡一片寂靜。這封信，還有她那遠在千里外的父親，都使她想要大聲吼叫，可她做不出來。她接受過嚴密的訓練，能夠自持，而亂發脾氣只是傲慢的表現，毫無意義。不要招惹他人的注意、不要將自身置於他人之上、聲矜必敗。但這信中男人的所作所爲算什麼呢？謀殺一個女兒以保全另一個女兒？這個人還當著你的面聲稱此舉是出於別的理由，又算哪門子道理？爲了義卓司好？與偏私無關？

一個送錢去讓情報員買駐氣、背棄其信仰最高原則的國王，算什麼？

維溫娜眨去眼底的淚水，咬著牙等待那股怒意消退。她氣自己，也氣這個世界。她的父親本來應該是個好人，是個完美而睿智的君王，總是堅定而秉直，不該是信裡的這個男人。

這個軟弱而屈服於人性的男人。

*不要震驚，這一切都無所謂。*她這麼告訴自己。哈蘭隼政府內部的派系正逐漸整合開戰聲浪，至少在這一點上，父王的憂慮仍然正確。最快在今年年底之前，哈蘭隼的部隊就會開向她的祖國，而希麗會被這個表裡不一的彩色國度挾爲人質，用來逼義卓司投降。

戴德林王不會投降的，他會犧牲希麗。

*而我來這裡就是爲了阻止這件事。*維溫娜這麼想著。她緊緊抓著桌角，把見棄與失望的淚水全吞進肚裡；縱使置身在陌生的城市和人群中仍要堅強，這是她長久以來所受的訓練。有任務等著她去完成。

她留下桌上的金子和樂米克斯的文件，站起身走下樓去。傭兵們正在教帕凜玩一種木牌遊戲，知道維溫娜下樓來時，三人不約而同抬起頭來看著她。她慢慢走到他們旁邊，端正地在地板上跪坐下來。

「樂米克斯的金錢來源，我約略知道了。」她直視著他們說道，「義卓司跟哈蘭隼會在近期發生戰爭，所以我父親撥了一大筆錢供他買五十道駐氣，以便讓他到宮廷合議會去聽取情報。顯然，我父親不知道樂米克斯早就擁有可觀的駐氣量。」

三個大男人都沒應聲。童克法看了丹司一眼，而後者只是調整了坐姿，往一把翻倒的破椅子上靠。

「我相信樂米克斯仍然效忠於義卓司，」她說，「這是從他的私人筆記裡判斷的。他不是賣國賊，只是貪心而已；他想多擁有一些駐氣，因爲他聽說那可以使人延年益壽。我父親跟他計畫著要從哈蘭隼內部去阻礙戰爭的準備工作，他則承諾會找到癱瘓死魂兵的方法，破壞城市的補給，削弱他們發動戰爭的能力。基於這個理由，我父親才又再撥錢給他。」

「有必要用到五千馬克這麼多嗎？」丹司撫著下巴問道。

「是沒有，」維溫娜說，「但我相信也絕不是個小數目。丹司，我相信你對樂米克斯的看法——他挪用公款恐怕已有一段時間。」

她沒再說下去。帕凜一臉疑惑，兩個傭兵則像是一點兒也不意外。

「我不知道他原本有沒有照我父親的要求去做。」維溫娜盡量保持語調的平穩，「從他藏錢的方式，還有寫下的東西，也許……也許他有意叛逃。不論眞相如何，現在已無從得知，但我們的確曾拿到一份工作報告，樂米克斯在上頭大致寫了他的目標，那些計畫都很合理，足以說服我父親，而我自己也相信它們的急迫性和必要性。今後，我們要接手完成樂米克斯的工作，暗中破壞哈蘭隼的備戰能力。」

片刻沉默之後，帕凜開口問道：「那妳妹妹呢？」

「我們會救她出來的，」維溫娜說得堅定：「她的安危是第一優先。」

「這事說起來容易，做起來可難啊，公主。」丹司說。

「我知道。」

傭兵們交換了一個眼神。「那麼，」丹司邊說邊站起來，「我們就回去幹活兒吧。」說完，他朝童克法點頭示意，後者嘆著氣也站起來。「我早就料到妳在看完那些文件後會這麼打算。」丹司伸了個懶腰，「老頭子的目的既然已經明瞭，那麼他之前叫我們去做那些地下工作的動機就兜得通了。其中一件是跟城裡的叛亂組織取得聯繫並援助他們。在那些組織之中，有一個在數星期之前剛被破獲，他們的首領是一個叫瓦爾的傢伙。」

「我們本來一直想不透樂米克斯為什麼要援助他。」童克法說。

「但那幫人已經完蛋了，」丹司說，「因為瓦爾死了。他的追隨者倒是沒逃遠，還躲在這城裡等死。我們能聯絡到他們，挖一些別的線索，包括樂米克斯沒解釋清楚的部分，也許到那時就能釐清。」

「你……你們能處理這樣的事？」維溫娜問道，「你剛才說做起來不容易啊？」

丹司聳聳肩：「是不容易，不過樂米克斯雇用我們就是為了這種事啊。一個昂貴又專業的傭兵三人小組，妳難道把他們留在身邊端茶嗎？」

「這茶可難喝了。」童克法打趣道。

傭兵三人小組？維溫娜這才想起來，他們的成員中還有另一名女性。「你們的另外一個伙伴呢？」

「珠兒？」丹司說，「妳很快就會見到她了。」

「唉，最好不要。」童克法邊說邊嘆氣。

丹司用手肘向他一推。「總之，我們先出去溜一圈，探探消息。你們把這屋子裡要用的東西收拾一下，我們明天要搬出去。」

「搬出去？」維溫娜問。

「除非你們願意睡在被人大卸了八塊的床墊上。」丹司提醒她道，「這傢伙是床墊的破壞大王。」

「其實還有椅子，」童克法開心地說，「跟桌子、門窗、牆壁。噢，還有人。」

「不論如何，公主，」丹司說，「跟樂米克斯有往來的人都知道這個地方。妳現在也知道了，老傢伙並不是個完全誠實的人，假使他們認定妳與他有關，後續的包袱恐怕不是妳樂意承擔的。」

「最好換個地方待。」童克法也附議。

「我們會盡量不把新家砸爛的。」丹司說。

「我可不保證唷。」童克法眨了眨眼。

兩人說完就離開了。

18

iri stood before the door to her husband's bedchamber, nervously shuffling her feet.

希麗站在她丈夫的寢宮門前，緊張地動來動去。藍指頭像往常一樣站在旁邊，而走廊上只有他們兩人。他低著頭在板子上寫東西，實在看不出他是如何知道時間到了沒有。

儘管仍然緊張，但這一次她不擔心自己是否會遲到。她可以利用這段時間思考以後要怎麼做。白天發生的事情仍在她的腦中嗡嗡作響：崔樂第，他向她闡述生下繼承人的急迫性；唐突的萊聲，講話拐彎抹角的，離去時的道別卻留下一抹真誠溫馨的感覺；她的國王丈夫高高在上，坐在那兒散發著光芒，而台下的祭司們忙著辯論是否要侵略她的故鄉。

大家都想把她推往不同的方向，卻沒有人具體告訴她該怎麼做；有的人甚至連他們究竟想要什麼都不講。搞了半天，她只是越來越生氣。她不是蕩婦，她不知道如何使神君產生占有她的欲望——尤其是，假使他的腦中只有那個欲望，她會害怕。

大祭司崔樂第給她下了一道命令，那命令裡還附帶著威脅，哼，那麼她也打算展現自己回應命令的誠意。今晚，等她進了神君的寢宮，她決定坐在地板上，並且不把自己脫光。她要正面面對她的丈夫。既然他不想要她，好吧，她也懶得每晚用裸體向他獻媚了。

她準備對著他把這一切都解釋清楚，絕不含糊。假使他還想看她的裸體，那麼除非他叫僕人來強脫她的衣服；她倒想看看他會不會眞的這樣做。這些日子以來，他從來沒有主動接近她，今天在議場中，他除了坐著看辯論以外也沒做什麼。現在希麗對神君有了新的印象：他是個擁有如此權位和力量的人，所以越來越懶惰；他什麼都有，所以沒有煩惱，而且他叫別人做什麼，別人就會乖乖去做。她就討厭像他這樣的人。他讓她想起以前在義卓司的某個侍衛隊長，總是要他的手下辛勤工作，自己卻在下午時溜去打牌。

該讓神君嚐嚐被人違抗的滋味了。更重要的是，也該讓他的祭司們學著對希麗好一點，不能欺負她。她厭倦了被人利用。今晚她就要反擊，而她也鐵了心要執行，所以這會兒緊張得要命。

她看著藍指頭，好不容易等到他抬起眼來，立刻把頭靠近，小聲問道：「他們眞的每晚都監視我嗎？」

但見他怔了一下，略顯愕然，然後朝兩旁快速地打量，搖搖頭。

希麗皺眉，暗想：*可是崔樂第卻知道我還沒和神君睡過*。

這時，藍指頭也湊近來，低聲說道：「神君妃，他們絕不敢看。記住，神君是他們至高無上的聖神，看他裸身或他和妻子……不，他們不敢的。不過，他們不怕用聽的。」

她點點頭：「他們非常關心繼承人的問題。」

藍指頭瞟來一眼，顯得緊張。

「他們眞的會對我不利嗎？」她問道。

便見他直視她的雙眼，迅速地點頭：「比您所知的更不利，神君妃。」然後他向後退，朝寢宮大門一比。

你要幫我！她用嘴形對他說。

他搖了搖頭，舉起雙手，也同樣無聲地說：我辦不到，現在不行。說完他推開房門，彎腰一鞠躬，竟然就匆匆跑走了，臨走時還倉皇地回頭看。

希麗氣得瞪他。總有一天，她一定要叫他招出一切，但在那之前，她要先去招惹別的對象。她轉身看著漆黑的房內，緊張的心情又浮現。

這麼做是否明智？她以前做事從來沒有天人交戰的感覺，然而……她的人生已經不同於以往。

藍指頭的恐懼已把她更推向窮境。

叛逆。她一向用這種方式得到重視，但那並不是出於惡意與人爲難。她只是沒法兒表現得像維溫娜那樣乖巧，索性就朝著完全相反的路子去走了。她的叛逆以前行得通——不，眞的行得通嗎？父王老是對她發脾氣，維溫娜總是拿她當個長不大的孩子看待，而城裡的百姓雖然愛她，卻也說她令人頭疼。

不對。她突然驚覺：不，我不能故技重施。這座宮殿、這整個宮廷裡的人不會吃這一套。就算她朝宮殿祭司們吐口水，他們不會像她的父王那樣開口罵人，只會直接用行動來讓她徹底明白是誰當家。

好吧，那麼，她還能做什麼呢？總不能就這麼成天把衣服脫掉，光著身子跪在地板吧？帶著困惑和一點點憤怒，她走進房間，把門關上。神君已經在角落等著，依然用陰影覆蓋著他自己。希麗注視著那張太過冷靜的臉，明知自己應該要脫去衣服，但卻沒這麼做。

不是出於叛逆，也不是因爲生氣或使性子，只是因爲她不想再費心去猜了。這個能夠統治眾神、又能使光線折射的人究竟是誰？他眞的只是一個被寵壞又好逸惡勞的君王嗎？

但見他也注視著她。像之前一樣，他沒有因她的無禮而生氣。希麗繼續看著他，拉開禮服的束帶，將厚重的外衣丟在地板上，接著把手伸向襯衣的肩部，卻在這時猶豫了。

不，這樣也不對。她想。

她低頭看了看襯衣，那白色的花邊正隱隱散放出光暈。她抬起頭來，面對那張冷漠的臉。

然後，咬緊牙關，她向前走了一步。

他的神經繃緊了。從他的眼角和嘴唇周圍，希麗看得出他在緊張。她又往前走了一步，白色的衣裙便折射出更多彩光。神君還是沒有任何舉動，只是看著她越走越近。

一直走到了他的面前，她才停下腳步，轉身爬上旁邊的大床，感覺那深層的柔軟。爬到床墊的中央，她跪坐在那兒，望向床頭那一面黑色的大理石牆。她想，那幫無聊的祭司們就在這道牆後面，等著偷聽這根本與他們無關的事。

她做了個深呼吸，**接下來的事可要羞死人了**。不過，她都脫光光地跪拜著讓神君看了一個多禮拜，這會兒還怕什麼羞？

她開始跳上跳下，把床鋪弄出嘎嘎聲響，接著微微縮起身子，開始呻吟。

希望這叫聲聽起來像一回事。老實說，她不太確定夫妻敦倫時會發出什麼樣的叫聲，也不知道通常會持續多久。她努力呻吟得越來越大聲，並且在床上彈跳得更用力，隨便算算時間差不多了，她就突然停下來，弄了個結尾的呻吟聲，然後自個兒往床上一倒。

一切歸於寧靜。她躺在那兒抬眼往上看，竟看見神君的撲克臉上出現了不一樣的表情——一個非常有人味、非常複雜的困惑神色。看見他那副一頭霧水的樣子，希麗差點兒要放聲大笑，不過她忍住了，只是繼續和他四目對望，然後搖了搖頭，躺在床上休息。她的心跳很快，也微微出汗。

歷經一整天的事件及複雜思緒，不一會兒，她就發現自己已經放鬆地蜷在豪華被鋪裡。神君沒來碰她。事實上，在希麗走近他時，他被她弄得有點緊張，甚至像被她嚇著似的。

怎麼可能。他是哈蘭隼的神君，而希麗只是個傻丫頭，笨拙地在滅頂的池子裡泅泳。不，他沒有被嚇著，不過這個想法已經讓她覺得好想笑了。她克制著沒笑出來，一面想著祭司們的偷聽，一面在舒適的大床上任憑意識飄遠。

□

第二天早上，萊聲沒有下床。

僕人們聚集在他的房間外頭，像一群等著吃穀子的鳥兒。已經接近中午，他們開始不安地互相使眼色。

萊聲躺在床上，盯著華麗的紅色篷頂看。幾個僕人試著靠近，在床邊的小桌上放了一盤食物，但萊聲碰也沒碰。

他又夢見了戰爭。

終於，披著祭司袍的胖壯人影走上床台來。拉瑞瑪俯看著自己侍奉的神，吩咐僕人們退下，那語氣裡沒有萊聲預料的惱怒，只有平和。

僕人們遲疑，不確定是否要照辦。曾幾何時，一個神竟會不需要僕人隨侍在側？

「請你們都退下吧。」拉瑞瑪又重覆了一次，語氣變得強硬了些，僕人們這才慢慢離開房間。

拉瑞瑪挪開餐盤，在矮桌邊坐了下來，然後端詳著萊聲，表情滿是關切。

我何德何能，竟有像他這樣的祭司？萊聲想。他認識好幾個復歸者的大祭司，知道他們各有不同的壞性子，有的暴躁易怒，有的成天找碴或吹毛求疵，要不然就是對主人過度崇拜，熱情得令主人快要抓狂。好比神君的大祭司崔樂第，他對神君崇敬不二，連諸神都自嘆弗如。

而拉瑞瑪有耐性、善解人意，他應該去侍奉更好的神。

「好啦，閣下，」拉瑞瑪說，「這次又怎麼了？」

「我生病了。」萊聲說。

「您是不會生病的，閣下。」

萊聲虛弱地假咳幾聲，拉瑞瑪聽了直翻白眼。

「哦拜託，包打聽，」萊聲說，「你就不能陪我玩一下嗎？」

「玩裝病的遊戲嗎？」拉瑞瑪問時，語氣裡倒有一絲逗趣意味。「閣下，這樣我就得假裝您不是神。身為您的大祭司，我認為這樣的假設不妥。」

「是真的啊，」萊聲低聲說，「我不是神。」

又一次地，拉瑞瑪完全沒露出惱怒之色。他只是俯向前去，對萊聲說：「請不要說這種話，閣下。即使您自己不相信，也不該這樣說。」

「為何不行？」

「為了許許多多仍然信你的人。」

「那我就應該繼續欺騙他們嗎？」

拉瑞瑪搖了搖頭：「無關欺騙。人們總是相信別人勝過相信自己，這是常有的事。」

「你難道不覺得這事發生在我身上太詭異？」

拉瑞瑪笑了起來：「您以為我不了解您的脾氣嗎？好啦，說說您是怎麼了吧。」

萊聲翻了個身，再次望著天花板：「薄曦帷紡想要我的死魂令。」

「是。」

「她會搞垮我們的新王妃，」萊聲說，「薄曦帷紡擔心義卓司王室意圖染指哈蘭隼的王權。」

「您不認同？」

「不認同。」萊聲搖搖頭，「義卓司人或許有這個計畫，但重點是，我不認爲王妃知情。王妃只是個小女孩，薄曦帷紡恐怕會把她逼到嚇死。我覺得她太激進了，想把我們拖進一場戰爭，而我現在還不清楚那麼做到底正不正確。」

「看來您已經能夠妥善處理這一切了，閣下。」拉瑞瑪說。

「我不想牽扯進去啊，包打聽。」萊聲說，「我覺得自己被人拖下水。」

「這是您的責任，好讓您能夠統領這個王國。您不能逃避政治。」

「只要我一直賴在床上，我就能逃避。」

拉瑞瑪揚了揚眉毛：「您自己都不相信能逃過，是吧？閣下。」

萊聲嘆了一口氣：「你不會想告訴我，說我的無爲也會產生政治上的影響力吧？」

拉瑞瑪一怔，然後說：「也許吧。不管您喜不喜歡，您都是王國體制的一份子；縱使您眞的賴在床上，一樣會造成影響。無所作爲所造成的問題，與積極煽動所造成的問題，責任是一樣的。」

「不，」萊聲說，「不，我認爲你錯了。如果我什麼也不做，至少就不會搞砸事情。當然，我可以坐視不管，但那是兩碼子事。不管別人怎麼說，不一樣就是不一樣。」

「那麼假如，您的積極作爲能讓事情做對呢？」

萊聲搖頭：「不可能的，你最了解我。」

「是的，閣下。」拉瑞瑪說，「我對您的了解或許比您所想的更多。在我認識的人之中，您一直都是最出色的人之一。」

萊聲翻了翻白眼，忽然間恍然大悟。他轉過頭去，打量著拉瑞瑪臉上的表情。

在我認識的人之中，您一直都是……

他猛然坐起身來。「你認識我！」他對著拉瑞瑪大叫，「所以你才選擇做我的祭司！你以前的確認識我！在我死之前！」

拉瑞瑪沒說話。

「我是誰？」萊聲問：「你說我是個好人。爲什麼？我哪裡好？」

「我不能說，閣下。」

「你剛才就說了啊，」萊聲豎起一根手指，「何不繼續說下去？別打退堂鼓了。」

「我已經說得太多了。」

「少來了，」萊聲說，「說一點點就好。我是特提勒城的居民嗎？然後呢？我是怎麼死的？」

還有她呢？我在夢裡見到的那個女人是誰？

拉瑞瑪卻什麼也沒再說了。

「我可以命令你說……」

「不，您不能。」拉瑞瑪面帶微笑，站起身來。「就像下雨，閣下。您可以說您想要命令天氣改變，但其實您心裡並不相信。天氣不會服從那樣的命令，而我也不會。」

神學論還眞好用，萊聲心想。尤其是當你想對你的神隱瞞什麼的時候。

但見拉瑞瑪轉身要走，同時說道：「閣下，還有繪畫等著讓您鑑定。我建議您讓僕人侍候您沐浴更衣，及早完成今天的工作。」

萊聲長嘆一聲，伸伸懶腰，心中納悶。拉瑞瑪究竟是怎麼辦到的？他從來不曾眞正說破什麼，卻總是能讓萊聲克服一次又一次的倦怠。看著拉瑞瑪走到門邊去召僕人們回來，他想，或許應付神祇的臭臉色也是祭司的分內工作。

不過……他以前認識我，而他現在成了我的祭司。這中間發生了什麼事？「包打聽。」他喚道，引得拉瑞瑪轉頭來看。從那張略帶戒心的臉看來，拉瑞瑪顯然認爲他的主人還想探聽自己的過去。

「我該怎麼辦？」萊聲問道，「就是薄曦帷紡和王妃的事。」

「我不能告訴您，閣下。」拉瑞瑪說，「您曉得的，我們是從您的作爲中學習。如果由我引導您，那我們就沒有收穫了。」

「但這事關一個年輕女孩的人生啊。她被當成一枚棋子給利用了。」

拉瑞瑪靜了一會兒，然後才開口：「盡您全力就好，閣下。我只能這樣建議。」

聽他這麼說，萊聲站在床邊，心裡忍不住想：棒透了，我根本不知道我的「全力」是什麼鬼。

事實上，他也從來不曾費心去發現。

19

his is nice," Denth said, looking over the house. "Strong wood paneling. Will break very cleanly."

「這倒不錯，」丹司環視屋內，一面說道，「鑲木的門板較結實，弄破時也不會有碎屑。」

「對啊，」童克法應道，一面往衣櫃裡探看：「而且儲物空間好多，我打賭光是這裡就塞得下半打屍體。」

維溫娜朝他倆一瞪，引得兩人咯咯笑。這裡比不上樂米克斯的住宅，因爲她不想鋪張。房子坐落在一條安靜整潔的街上，房子呈狹長狀，左右鄰都有住家，但兩側都有高大的棕櫚樹叢，可防止有心人從鄰家窺探。

她對此感到滿意。帕凜陪她看過幾處地區，那些地方的房租便宜，治安管理卻不理想；雖說不願浪費，可她也不想住在不敢在夜間外出的地方，特別是這些駐氣或許會使她成爲劫匪目標。

她走下樓梯，傭兵們跟在後頭。這間房子有三層：最上層都是臥房，中層是廚房與客廳，底層是一間地窖。屋裡沒什麼家具和擺設，帕凜正前往市集去採買。她本來不想花那個錢，但丹司提醒她要稍微「從眾」，免得反而引來無謂的關注。

「樂米克斯那兒很快就會有人去善後了。」丹司說，「我們在地下室留了些線索，暗示老爺子已經死了，所以有一幫劫匪今晚會去把屋裡剩下的東西清乾淨。城衛警明天就會趕到，到時他們會把一切算在劫匪頭上。至於看護小姐，已經領錢走人，反正她從來也不知道樂米克斯的眞實身分。等到沒人去付喪葬費用，政府就沒收那棟房子，然後把他跟其他無人認領的死者一起火化掉。」

正走到樓梯下端的維溫娜停下了腳步，臉色蒼白地回頭：「聽起來很不尊重死者。」

丹司未置可否：「不然妳想怎樣？去停屍間認屍嗎？用義卓司的習俗給他辦後事嗎？」

「眞好，那就引來一大堆人問東問西。」童克法說。

「依我看，還是讓別人處理就好。」丹司又說。

「也是，」維溫娜繼續往前走，進到客廳。「只是想到要把他的遺體交給……」

「嗯？」丹司打趣的問，「異教徒？」

維溫娜沒看他。

「老傢伙對這種事好像不怎麼在乎，」童克法說，「看看他擁有的駐氣量就知道了。哦，妳爸不是還給他錢去買嗎？」

她忍不住閉上眼睛，在心中默想。

妳現在也擁有同樣的駐氣，妳不能置身事外。

當時她別無選擇，甚至可以說是被逼的。現在的她只希望她的父親也能嚐嚐這種滋味，同時爲他自己的錯誤決策而後悔。

沒有家具，維溫娜只好跪坐在木地板上整理自己的衣物。丹司和童克法隨意盤腿坐在地上，背後靠著牆，看起來倒是自在愜意。「好吧，公主，」丹司邊說邊從懷裡掏出一張紙來，「我們幫妳擬了幾個計畫。」

「請說。」

「首先，」丹司說，「我們可以安排妳跟幾個瓦爾的盟友見面。」

「這個叫瓦爾的人究竟是誰？」維溫娜皺眉問道，她不太喜歡跟革命份子合作。

「他本來是染料廠的工人，」丹司說，「那一行很慘——工時長，錢少，只能溫飽。大約五年前，瓦爾這個天才突發奇想，說服其他工人把駐氣都給他，讓他用那個力量去反抗監工。結果他成了大英雄，連邊遠的花農工人都被他拉攏，結果就被諸神宮廷給盯上了。」

「其實他連發動一次叛亂的機會都還沒有。」童克法說。

「既然他們沒成功過，那麼，」維溫娜問道，「他的手下能對我們有什麼好處？」

「這個嘛，」丹司說，「妳的目的只是要妨礙哈蘭隼的備戰工作，不是嗎？」

「打仗時還要煩惱基層人民的反抗，肯定痛苦死。」童克法說。

維溫娜點點頭：「好吧，那我就見見他們。」

「但妳要知道，公主，」丹司說，「那些人談不上多麼……世故。」

「我才不會排斥貧苦或中下階層的人，奧斯太神對所有人都是平等的。」

「我不是這個意思，」丹司撫著下巴說道：「他們雖是鄉下人沒錯，但問題不在此，而是……呃，瓦爾的小暴動出差錯時，溜得最快的就是這批人。也就是說，他們並不是一開始就完全忠於他。」

「說穿了，」童克法補充，「只是一群看在錢或權勢的份上才跟瓦爾聯手的暴徒兼惡霸罷了。」

這下可好。維溫娜心想。「那我們還要跟那樣的人扯上關係嗎？」

丹司聳了聳肩：「總是個起頭囉。」

「單子上的其他計畫比較有趣些。」童克法說。

「是什麼呢？」

「像是去偷襲用來存放死魂兵的倉庫，」丹司微笑道，「我們殺不死那玩意兒，不過也許可以把它們幹活兒的地方搞得一塌糊塗。」

「聽起來挺危險。」維溫娜說。

便見丹司向童克法瞥了一眼，兩人相視微笑。

「怎麼了？」維溫娜問道。

「危險津貼。」童克法賊賊地說：「我們可以不偷妳的錢，但在特別危險的工作上要加收額外費用！」

維溫娜翻了個白眼。

「除此之外，」丹司補充說，「現在我可以確定地告訴妳，樂米克斯本來想要破壞城市的食物供應。這是個好主意。死魂兵是不吃不喝，但活人還是得吃喝拉撒。阻斷供應，也許人民就會開始擔心他們是否眞能負擔一場長期戰爭了。」

「這聽起來比較合理。」維溫娜說，「你想到哪些方式？」

「去搶商隊，」丹司答道，「燒他們的貨，讓他們賠本。我們可以處理得像土匪打劫，或乾脆就叫瓦爾的殘黨下手就行。對特提勒城的百姓來說，那樣效果或許會更好，祭司也更不敢鼓吹戰爭。」

「祭司們本身在城裡經營不少買賣，」童克法解釋道，「他們很有錢，所以都會自己囤積物資。把戰爭所需的物資燒了，開戰的時機自然延後，這樣可以替妳的國家爭取更多時間。」

維溫娜暗暗捏了一把冷汗：「你們的計畫比我想像的更……暴力一點。」

傭兵互看一眼。

「妳瞧，」丹司說，「這就是我們之所以名聲不好的原因。人們雇我們來做困難的差事，比方像是搞垮一座城市的戰力，結果還要抱怨我們太暴力。」

「很不公平啊。」童克法點頭同意。

「也許她寧願我們給每一個敵人買隻小狗，附上一封道歉函，請求他們別再這麼卑鄙。」

「噢，然後，」童克法說，「他們若是不答應，我們就可以殺那些小狗！」

「好啦，」維溫娜說，「我知道我們的手段得強硬些，可是……說眞的，我不希望哈蘭隼人因此而捱餓。」

「公主啊，」丹司的口氣嚴肅起來：「這些人要攻擊妳的祖國，把妳的家人視爲最大的威脅。爲了保障他們的王權，他們要的是確保王室斷絕啊。」

「等到妳妹妹生下下一任神君，」童克法接著說，「他們大可以殺光所有王室，一勞永逸。」

丹司點點頭：「妳父親和樂米克斯的看法並沒有錯。哈蘭隼若是不向你們出兵，他們就要承擔失去一切的風險。就這一點，我敢說，妳的人民需要妳的協助，任何協助都好，那也表示我們得盡一切所能去做，包括使祭司們心生畏懼、阻斷他們的補給系統、削弱兵力等等。」

「雖然我們無法阻止戰爭，」童克法又說，「至少可以讓你們打起來時公平一點。」

維溫娜深吸了一口氣，然後點點頭：「那好吧，我們就——」

就在這時，大門突然敞開，砰地一聲撞在牆上。維溫娜抬頭看去，見到一個人影站在門口——高大、魁梧，肌肉隆起，面無表情。愣了一會兒，她才察覺別的異樣。

那人的皮膚是灰色的，眼珠子也是，他的身上沒有任何顏色。彩息增化的能力告訴她，那是個不具有任何駐氣的人——那是個死魂僕。

維溫娜立刻渾身哆嗦，僅能勉強克制自己不要驚慌地喊叫出聲。她倏地向後退避，但見那東西站定原地，動也不動，也不見它呼吸起伏，完全與死人無異。

但它的視線卻一直盯著她，隨她移動。她發現那才最令人不安。

「丹司！」維溫娜叫道，「你在做什麼？攻擊它！」

傭兵們仍舊懶在地板上，童克法甚至只睜開一隻眼睛斜瞄。「噢，哎呀，」丹司說，「看來我們被城市密探發現了。」

「可惜，」童克法說，「這次的工作進展很有意思。」

「再有趣也比不上我們丟腦袋囉。」丹司說。

「快攻擊它！」維溫娜尖叫起來：「你們是我的保鑣，你們……」她沒說下去，因爲她發現他們在竊笑。

噢，老天，別又來了。她想。「怎麼？」她說道，「這是哪門子玩笑嗎？你們把他漆成灰色嗎？到底怎麼回事？」

就在這時，死魂僕的背後傳來聲音：「動啦，你這石頭腦。」

灰色的壯漢這才走進屋，維溫娜看見它的肩膀上扛了幾個帆布袋，身後跟著走進一名個頭嬌小卻豐滿結實的女子。女子有一頭淺棕色及肩短髮，進屋後就把雙手反撐在屁股上，臉色很臭。

「丹司，」她的口氣嚴厲，「他來了，在城裡。」

「好，」丹司靠回牆上，「我得還他一劍。」

女子哼了一聲：「他殺了阿斯提爾，你憑什麼以爲你能打敗他？」

「我的劍術一直都比他好。」丹司平靜地說。

「阿斯提爾也很厲害，但他還不是死了。這女人是誰？」

「新雇主。」

「希望她比上一個活得久些。」女子咕噥。「土塊，把東西放下，再去搬別的進來。」

死魂僕乖乖照辦，放好了布袋後走出屋外。維溫娜看了一會兒，這時才想到女子就是傭兵小組的第三名成員珠兒。但她爲什麼會帶著一個死魂僕？她又是怎麼找到這裡來的？丹司必定送了口信給她。

「妳又是怎麼了？」珠兒朝維溫娜瞟了一眼，「哪個識喚術士偷了妳的顏色嗎？」

維溫娜愣住。「什麼？」

「她的意思是，」丹司說，「妳爲什麼看起來這麼吃驚？」

「還有，她的頭髮是白色的。」珠兒邊說邊走向那堆帆布袋。

維溫娜的臉色一紅，當下明白自己被嚇得完全失態，趕緊將髮色變回深色。死魂僕在這時回到了門口，扛著另一個帆布袋。

「那個怪物是從哪裡來的？」維溫娜問道。

「什麼？」珠兒反問，「土塊？當然是從某具屍體弄來的啊。我花錢叫人家弄的，不是我自己弄的。」

「那可是花了大把銀子。」童克法插嘴道。

伴隨著沉重而響亮的腳步聲，死魂僕走進屋內。它並不是特別高，身材和健壯程度也不像復歸者那樣特異，若不是因爲膚色和面無表情，它看起來就像個普通人。

「她買的？」維溫娜問，「幾時買的？剛才？」

「才不是，」童克法回答，「土塊跟了我們好幾個月了。」

「死魂僕很好用啊。」丹司說。

「而你們竟然沒跟我說？」維溫娜問道，一面努力不讓自己的語氣聽起來歇斯底里。先是滿城亂七八糟的彩色跟人群，接著被迫接受她不想要的駐氣，現在竟然連她最痛恨的死魂僕都跑到面前來了。

「一直沒機會說啊，」丹司顯得一派無辜：「況且它們在特提勒很常見。」

「我們剛剛才說要打倒這些東西，」維溫娜說，「不是接受它們！」

「公主，我們說的只是『其中一部分』。」丹司說，「死魂僕就跟刀劍一樣，只不過是工具罷了。我們既不可能把這城裡的死魂僕全數毀掉，也不想這麼做。我們要毀掉的，只是妳的敵人所操縱的死魂兵。」

維溫娜虛弱地跌坐在地板上，看著死魂僕放下最後一個布袋，然後在珠兒的指示下走到角落站好，耐心地等候下一道命令。

「快看，」珠兒向丹司和童克法說著，動手解開最後那一口布袋。「都是你們想要的。」她將袋口轉向他們，裡面閃著金屬的光芒。

丹司微笑起身，順勢往童克法的背部一踢，把他踢醒——這個大塊頭擁有不可思議的瞌睡特技，而他眞的就在這麼短的時間裡睡著了。丹司走過去，從袋中掏出了幾把劍，每一把都是薄而長的劍身，鋒刃閃亮。就在丹司拿起那些劍揮舞比劃時，童克法才慢吞吞地走近，從袋裡摸出許多不同樣式的匕首，有些短刃，有些佩有皮鞘，都是十足地凶惡。

維溫娜退到牆邊靠坐著，深呼吸使自己鎭定下來。死魂僕就站在牆角，她努力不去感覺那股恐懼，卻想不通眼前這三人如何能夠泰然自若。它是如此不自然，幾乎令她渾身發癢，坐立難安。

終於，丹司察覺她的異狀。交待童克法要爲刀刃上油後，他走向維溫娜，在她的面前坐下，然後向後靠，雙手撐在身後的地板上。

「公主，那個死魂僕讓妳覺得難受嗎？」他問道。

「對。」

「那我們得先解決這個問題。」他直視著她的雙眼說道：「妳若是讓我們綁手綁腳，我的小組就無法發揮效用了。珠兒已經投下很大的工夫去學習死魂僕的指令，她花在保養那玩意兒上頭的心血就更不用說了。」

「我們不需要她。」

「妳錯了，我們『非常』需要她。」丹司說，「公主，妳帶著太多的偏見來到這座城市，本來不該由我教妳該怎麼去調適它，因爲我只是受妳所雇，可是現在我得告訴妳，妳自以爲了解這個國家，事實上根本連一知半解都算不上。」

「丹司，不是我『自以爲』。」維溫娜說，「是我的信仰。人的屍骨應該入土爲安，不應該用這種方式糟蹋。」

「爲什麼不？」他問道，「你們的神學說人死了就魂飛魄散，屍首化爲塵土。爲什麼不拿來用？」

「這是錯的。」維溫娜說。

「死者的家庭可以爲此拿到一大筆錢啊。」

「這是兩回事。」

丹司俯身向前：「好吧，隨妳。不過，要是妳叫珠兒走人，那我跟老童也會走。我會把錢還妳，幫妳另外再找一組保鏢來，妳就改雇他們吧。」

「你現在是受雇於我！」維溫娜厲聲說道。

「對，」丹司說，「但我可以隨時辭職不幹。」

她不發一語，心中動搖。

「妳父親願意採取他不認同的手段來達到目的，」丹司又說，「妳要給他定罪就請便。但我要問問妳：假如使用死魂僕就能拯救妳的國家，妳有什麼資格說不要？」

「你又何必在乎？」維溫娜問。

「我只是不喜歡半途而廢。」

維溫娜轉頭看著別處。

「不妨這樣想吧，公主，」他說：「妳可以跟我們合作，讓妳有機會證明妳的觀點，或許也讓我們改變對死魂僕和生體色度之類的想法；不然妳要遣散我們也可以。不過，要是妳為了我們的原罪而排斥我們，那算不算是自命清高呢？五大願景在這方面不是有一番詮釋嗎？」

維溫娜皺起了眉頭。他怎麼會對奧斯群教義了解這麼多？「我會考慮的。」她說道，接著又問：「珠兒為什麼要帶這麼多刀劍來？」

「我們之後會需要武器。」丹司說，「妳知道的，就是我們剛才談到的那些暴力工作。」

「你們原本沒有武器嗎？」

丹司聳了聳肩：「老童通常隨身帶支棍棒或小刀，若帶一把真正的長劍走在特提勒，那可就引人注目了。有時不起眼反而是保身之道，你們國家的人在這方面倒是有些智慧。」

「但現在……」

「現在就沒得選啦，」他說，「若要繼續執行樂米克斯的計畫，事態只會越來越危險。」他看了看她，「這倒提醒我，妳該有別的事要好好兒思考。」

「什麼事？」

「妳擁有的那些駐氣。」丹司說：「那些也是工具，跟死魂僕一樣。我知道妳不認同人們收集駐氣的方式，但它們現在在妳的體內，這是事實。假設鑄一把劍要死十幾個奴隸，妳不肯用劍就把它拿去熔掉，這又有什麼好處呢？拿來阻止害死奴隸的始作俑者豈不更好？」

「你在胡說什麼？」維溫娜說著，心裡卻已依稀明白。

「妳應該學著使用駐氣，」丹司說，「要是有個識喚術士作後盾，老童跟我就如虎添翼了。」

維溫娜閉上了雙眼。他就非得如此打擊她嗎？來到特提勒城，她預期過自己可能面臨的未知與障礙，卻沒料到還有這麼多艱難的抉擇，也沒想到自己的心志會如此動搖。

「我不會變成識喚術士的，丹司。」維溫娜冷靜地說，「目前，我姑且當那個死魂僕不存在。我打算帶著這些駐氣進棺材，防止任何人想利用它占便宜。不管怎麼說，你去買一把不當鑄造而成的劍，就是在鼓勵不當的行爲和不當獲利。」

丹司沉默了一會兒，然後點了點頭，起身說道：「妳是老闆，那是妳的國家。要是我們失敗了，我損失的不過是一個雇主罷了。」

「丹司，」珠兒走近來，正眼都沒瞧維溫娜一下，自顧地對他說：「我不喜歡這樣，我不喜歡『他』搶在前頭。他有駐氣——有消息說他看起來至少有四級增化，搞不好還是五級，我敢說是從瓦爾身上弄來的。」

「妳就這麼確定是他？」丹司問。

珠兒哼道：「風聲早就傳遍了。有人被砍死在小巷裡，傷口發黑腐爛；也有人看見一個本領高強的陌生識喚術士，帶著一把銀鞘黑柄的長劍在城裡晃盪。拜託，那就是塔克斯好嗎？只是現在改用不同的名字了。」

丹司點頭：「法樹。他改這名字有一陣子了，本來只是因爲好玩才取的。」

維溫娜皺眉心想：**黑柄劍、銀鞘。是在合議場見到的男人嗎？**「你們在說誰？」她問。

珠兒不耐煩地朝她瞪來，丹司則只是聳了聳肩說：「我們的一個……老朋友。」

「他是個大麻煩，」童克法邊說邊走過來，「塔克斯所到之處總會留下大量的屍體。他的動機莫名其妙，腦子跟別人不一樣。」

「不知為何，他總是對戰爭有興趣。」珠兒說。

「隨他去，」丹司沒好氣地應道，「那只會讓我更快逮到他。」說完他轉過身去，漫不經心地揮揮手。維溫娜看著他，隱約察覺他正在壓抑著心中的頹喪。

「那人怎麼了嗎？」她問童克法。

「塔克斯——哦，也許該叫他法樹——」童克法回答道：「幾個月前，他在紡紗廠殺了我們的一個好朋友，我們原本有四個成員的。」

「本來不應該那樣的。」珠兒說，「阿斯提爾的劍術非常好，幾乎跟丹司一樣好。法樹絕不可能贏過他們之中的任何一人。」

「他就……用他的那把劍啊。」童克法咕噥道。

「可是他的傷口沒有發黑。」珠兒說。

「那他一定是把發黑的地方切掉了啦！」童克法暴躁起來，看著丹司將一把長劍掛在腰間。「要是他們公平決鬥，法樹才不可能打倒阿斯提爾！絕不可能。」

「你們說的這個法樹，我見過。」聽見自己這麼說時，維溫娜隱隱吃驚。就連珠兒和童克法都猛地轉過頭來。

「他昨天出現在宮廷。」維溫娜回想道：「高個子，別人都沒帶劍，只有他帶。就像妳提到的，劍柄是黑色的，劍鞘是銀色的。他看起來很落魄，蓬頭亂髮，滿臉鬍子，衣服也破破舊舊，該繫腰帶的地方卻綁了一條繩子。他當時站在我後面盯著我看，那模樣……很凶惡。」

童克法低低咒罵了一聲。

「那人就是他！」珠兒說，「丹司！」

「幹嘛？」丹司問。

珠兒指著維溫娜說：「他已經搶在我們前面了！他早就盯上了你的公主，一路跟進了宮廷！」

「他顏色的！」丹司把劍收進劍鞘裡，大罵起來：「他顏色的！他顏色的！他顏色的！」

「怎麼了？」維溫娜的臉色發白：「也許只是巧合啊。可能他正好也去看辯論。」

卻見丹司搖了搖頭：「只要扯上那男人，就沒有巧合這回事了，公主。如果他昨天是盯著妳看，那麼我敢打賭，他完全知道妳的身分。」說到這裡，他直視她的雙眼，「而且他可能打算殺了妳。」

維溫娜說不出話來。

這時，童克法伸手拍了拍她的肩：「啊，不用擔心，維溫娜。他也想殺死我們這幾個人，至少妳有伴嘛。」

20

or the first time in her weeks at the palace, Siri stood before the God King's door and felt neither worried nor tired.

進宮數週以來，這是希麗第一次在神君的寢宮門前，感覺既不擔心也不疲倦。

藍指頭倒是反常地沒有抄抄寫寫，而是一語不發地看著她，表情高深莫測。

希麗幾乎要偷笑了。光溜溜睡地板的日子過去了，笨拙地趴跪在男人面前直到手痠背痛的日子也再見，還有可憐兮兮地巴著衣服取暖的日子也過去了。自從她大著膽子自己爬上床之後，她每天晚上都在那張又軟又暖的大床上睡得香甜，而神君仍是一次也沒來碰她。

這一招真是妙透了。祭司們不再來煩她，顯然滿意於她能克盡妻子的責任。她開始去了解宮中的社交動態，甚至又出席了幾次宮廷合議會，只是沒去跟復歸者們打交道。

「神君妃。」藍指頭平靜地喚她。

她面向他，抬了抬眉毛。

只聽得他不自在地吞吞吐吐：「所以，您……您已經找到方法，讓神君回應您的主動了，是嗎？」

「消息傳出去了，是吧？」她邊說邊望回房門，心裡偷笑得更厲害。

「是的，神君妃。」藍指頭將他的記事板拿在身後，拍呀拍的。「當然，只有宮裡的人知道。」

很好。希麗心想，同時朝旁邊一瞥，卻見藍指頭有些不悅。

「怎樣啦？」她問，「我擺脫了危險，祭司們也不再擔心繼承人的問題了。」至少在他們起疑之前，可以拖上好幾個月。

「神君妃，」藍指頭壓低了聲音，語氣卻嚴厲：「您的王妃職責就是個危險！」

她不禁皺眉，卻見這個矮小的文書官焦急地拍著自己的記事板，嘴裡還唸唸有詞：「噢神啊，神啊，神啊……」

「幹嘛？」她問道。

「我不該說的。」

「那你一開始幹嘛要提！我說眞的，藍指頭，你越來越讓我失望。害我這麼迷惘，又要開始拚命問問題——」

「不行！」藍指頭厲聲說完，隨即朝身後掃了一眼，稍顯畏縮。「神君妃，您千萬不能對他人說起我的恐懼。眞的，那只是蠢話，不値得驚擾別人。只是……」

「怎樣？」她問。

「您絕不能懷他的孩子。」藍指頭說，「那就是危險，對您或神君本身都不利。這一切……這宮殿裡的每件事……都不是它表面看來的樣子。」

「你們每個人都這麼說，」她不高興地頂嘴，「既然另有隱情，那你就告訴我啊。」

「沒有必要，」藍指頭說，「我也不會再提起了。往後，您就自己走來寢宮——我看您已經記熟了路徑。當侍女們把您帶離更衣室之後，您只要數一百下心跳再進房就好。」

「你總得透露點什麼給我！」希麗說。

「神君妃，」藍指頭靠近她說道：「我勸您講話小聲一點，您不知道這座宮殿裡有多少派系鬥爭。我是那些派系的一份子，要是您不小心走漏什麼，恐怕……不，勢必……會要我的命。您明白嗎？您能夠體諒嗎？」

她一時不知該怎麼回答。

「我不該爲了您而讓自己的生命處於危險之中，」他又說，「只是，這整個布局裡有我無法苟同的事，所以我才警告您盡量別爲神君懷胎。假如您想了解更多，就去讀你們的歷史吧。老實說，您爲這一切所做的準備，比我預期的還少。」

就這樣，矮小的男人走掉了。

希麗搖搖頭，嘆了一口氣，自己推門走進房裡。關上房門，她望向神君，神君也一如往常地看著她，然後她脫掉外衣，穿著襯裙往床邊走，慢慢爬到床中間，坐個幾分鐘，然後開始彈跳兼呻吟。現在她「演」得熟練多了，偶爾還會改變呻吟的節奏，增加一點創意。

「演」完之後，她就縮到毯子底下，抓著枕頭想自己的事。藍指頭說起話來幾時變得這麼晦澀？她越想越沮喪。渺小如她，在這一刻對於政治權謀的了解，只限於人們喜歡低調保守——甚至要隱晦難懂，才能保護自己免受波及。

去讀你們的歷史……

聽起來是個怪建議。如果祕密這麼顯而易見，那還有什麼危險？

不過，她還是暗暗地感謝藍指頭。儘管他有所保留，但她並不怪他。也許他已經透露得太多，多到足以危及他自己的性命。要不是他，希麗根本不會想到自己有危險。

就某方面來說，他是她在這陌生城市中唯一的朋友。他們同樣來自另一個國家，離鄉背井地到這個異邦落腳，而他的祖國正接受美麗而狂妄的哈蘭隼統治……

想到這裡時，她忽然有種異樣感，於是睜開眼睛。

幽暗中，有個人影出現在她的上方。

希麗嚇得不由自主地尖叫。這一叫，把神君也嚇得往後跳，還差點兒絆倒。希麗的心臟狂跳，急急地向後退縮，同時拉起被單遮住胸口——當然，這舉動很無聊，因爲他早就看過她的裸體了。

神君在床邊站定，身上穿著他的深黑色衣袍，映在壁爐的火光中，看起來像是心神不寧。她沒問過僕人爲什麼神君總是穿黑色衣服。照理說，他應該喜歡穿白衣，以便能漂亮折射出生體色度。

呆坐了幾分鐘之後，希麗逼自己放輕鬆些。她告訴自己：**別這麼蠢了，他有什麼好害怕的？**

「沒事，」她柔聲說道，「只是你把我嚇了一跳。」

於是他向她一瞥。她這才發現自己是頭一次認眞地對著他說話，而她竟莫名地有些驚喜。此刻，他就站在床邊，她更可以看清他的外表有多……雄偉。他的身形高大，肩膀寬厚，像一尊人類雕像，但身材比例大上一號。但見他小心翼翼地又走近床鋪，神情和舉止都顯露著不安，一點兒也不像是個擁有神君稱號的男人該有的模樣。

他在床沿坐下，然後把手伸向襯衫，拉起了前襟。她驀地驚恐起來。

噢，奧斯太神啊！噢，天啊，色彩之神啊！這次是眞的了！他終於來找我了！

希麗無法克制地顫抖。經過這些日子的努力，她好不容易才讓自己感覺安全而自在些，以爲自己不必經歷這個過程。不要又來了！

我做不到！我不行！我——

卻見神君把某樣東西從襯衫裡面掏出來，然後就任由外衣的前襟敞懸著。希麗坐在床頭，驚喘了一會兒，慢慢才發現神君並沒有進一步靠近，於是她冷靜下來，先讓髮色復原，然後再定睛看去。神君把那樣東西放在被子上，火光映照中，那東西看起來……像是一本書。她立刻聯想到藍指頭提過的史書，但再看看書背上的標題，不，那是一本兒童的故事書。

神君的手指沒有離開書本，卻是靈巧地翻開了第一頁。白色的羊皮紙因他的生體色度而折射出多彩的光暈，但文字依然清晰可辨。希麗小心地把身體往前挪了挪，探頭去看那上面的字。

她抬頭看著神君，他的臉孔似乎不像平常那樣僵板了。他低頭朝書頁示意，然後指著第一行。

「你要我讀出來？」希麗問他，把聲音放得又輕又低，猜想祭司們可能還在偷聽。

神君點了點頭。

「這上面寫著『兒童故事』。」希麗說道，一逕不解。

只見他把書本轉過去朝向他自己，細細看了一會兒，然後揉揉下巴，好像在思考。

怎麼回事？照這情況看來，他好像不是要來臨幸她的。難不成是想叫她唸故事給他聽？一個大男人竟做出這等孩子氣的要求，眞教她難以想像。她又抬眼看了看他，他就又把書轉過來，再指著其中一個字，對著它點點頭。

「『故事』？」希麗問道。

見他繼續指著同一個字，希麗就更靠近去看，以爲那邊還有別的字義或神祕文字。最後她嘆口氣，望著他：「我看你直接告訴我好啦？」

他怔了一下，把頭歪了歪，然後張開了嘴巴。在搖曳的火光中，希麗看見令人不敢置信的情景。

哈蘭隼的神君沒有舌頭。

只有一個模糊難辨的疤痕。難道他以前發生過意外，竟把舌頭這樣連根拔掉了？或者……是被人蓄意割掉的？爲什麼有人要割掉國王的舌頭？

答案幾乎立刻跳進她的腦中。

生體彩息。她依稀回想起小時候上過的課：要識喚物體，必須先下達命令。得用清晰而明確的聲音說出來，不能有任何含糊，也不能太小聲，否則駐氣就不會起作用。

神君別開了視線，突然顯露出羞慚之色。他拿起書，捧在胸口，退後走下床鋪。

「不，請別走。」希麗說著，一時不自覺地貼近、伸出手去，摸到他的手臂。

見神君僵在那兒，她立刻把手抽回來。「我不是嫌棄你，而是難過。」她輕聲地說，「但不是因爲看到……你的嘴裡，而是因爲想到人家對你這麼做的原因。」

神君目不轉睛地看了她一會兒，這才慢慢地坐了回來。他坐得很遠，以免他們又觸碰到，所以她不敢再靠近了。這一次，他把書本倒過來放在他倆中間，動作小心得幾近虔誠，然後再次打開第一頁，看著她，眼神中流露出懇求。

「你不識字，對不對？」希麗問道。

他搖搖頭。

「原來如此。」她輕聲說，「怪不得藍指頭會怕成那副德性。你不是國王，而是個傀儡，是個有名無實的領袖！你出遊時率領著一大群祭司，釋放強大的生體光氛，人民就會讚歎著膜拜你，可是他們卻割掉你的舌頭，讓你根本無法用它，甚至不教你讀書識字，以免你學會太多東西或想要和別人溝通。」

他坐在那兒，又別開了視線。

「全都是爲了讓他們可以控制你。」難怪藍指頭會害怕。假如他們對自己的神都敢於如此，那麼……我們這些閒雜人等就更加一文不值了。

如今一切都說得通了。所以他們千叮萬囑地不准她對神君說話，不准她親吻他。而他們這麼不喜歡她，全都是因爲擔心若有人長時間陪伴在神君身旁，這個祕密就有可能會曝光。

「我爲你感到難過。」她輕聲說。

他搖搖頭，與她四目相對。他想必歷經長期的隔離和隱蔽，但那雙眼睛裡卻有一股強韌，令她十分意外。他們相互凝視了一會兒，他才低下頭去，指著書頁上的第一行字；事實上，是第一個字。

「這個字唸作『夏』。」希麗說著，向他微微一笑：「如果你想要，我可以全部教給你。」

祭司們的擔心確有其道理。

21

asher stood atop the palace of the God King, watching the sun drop above the western rain forest.

法樹站在神君宮殿的頂端，看著低垂在西方雨林之上的夕陽。晚霞餘暉，相映如火，動人的紅與橙妝點在樹頭。不久，太陽消失，彩雲褪去。

有人說，人在將死之際，生體光氛會在瞬間迸發出最後的光彩，彷彿心臟最後的奮力一搏，或是退潮前的最後一波浪花。法樹曾經親眼見過上述情景，但不是每個人死時都有那樣的迴光返照。如同完美的日落，並非常見的場面。

充滿戲劇性。宵血加了個註解。

*你說夕陽？*法樹問。

對。

你又看不到。他對劍說。

可是我能感覺到你在看啊。緋紅，像空中的血。

法榭沒再回應。

這把劍看不見東西，卻擁有強大而卓越的生體色度，以致於它能夠感應生命、感應人類。生命與人類，兩者都是脊血被創造來要保護的東西，奇怪的是，這樣的保護功能卻能輕易地造成毀滅。法榭有時也搞不懂，他覺得保護和毀滅其實根本是一體兩面。保護一朵花，得把吃花才能活命的蟲子消滅掉；保護一棟房子，得毀掉一棵本來長在土壤裡的植物。

保護一個人，卻要與他所創造出來的毀滅共存。

儘管天色已黑，法榭的生命感知力依然很強。只消下方的草地稍有動靜，他就能知道距離有多遠；若是有更多駐氣，他還能感應到腳下的宮殿石塊上的苔蘚生長。他單膝跪下，一隻手擺在膝上，另一隻手觸碰在石板表面。

「強化我。」他發令，同時運息，於是他的長褲立刻變硬，腳下石板的黑色登時褪去了一大片。黑也是一種顏色，這是他在變成識喚術士以前從沒想過的事。垂在褲管邊的鬚穗也在這時跟著變硬挺，環繞包覆在他的腳踝上，要是他把腿伸直，它們還可以連腳底也包住。

法榭接著把右手放在襯衫肩部，左手觸碰另一塊大理石，並在腦中構想出畫面，接著發令：

「見到信號，做我五指，爲我抓握。」

襯衫抖了幾下，流蘇圍著他的手掌捲起來。恰好五條，和手指一樣。

這一道命令語的難度較高，所需的駐氣比他預期的稍多一些，在施術時的意念具象也得要多練習才能臻至完美。現在，他所剩的駐氣只能讓他達到第二級彩息增化的程度，不過卻很值得。法榭測試過，這些手指流蘇很好用，進行夜間活動時絕對少不了。

他站直身子，注意到原本完美均勻的黑色大理石出現了疤痕也似的灰色斑塊。想到祭司們發現這情形時會是多麼憤慨，法榭忍不住偷笑。

他試了試雙腿的強度，抓牢宵血，小心翼翼地跨出一步，然後向下墜落了十呎左右，落在下方的另一片斜面上。這座宮殿全由巨大的石塊築成，外形像金字塔，一共有四個斜面。已被識喚的衣物吸收了部分撞擊力道，猶如體外的第二副骨骼。他站起來，自信地點點頭，接著再往下跳到別的坡梯去。

最後，他落在宮殿北面的草地上，旁邊就是圍繞這整片台地的邊牆。他伏低了身形，靜靜張望著。

潛行啊，法榭？宵血說。你的潛行功力很爛。

法榭不回應。

你應該正面進攻，宵血又說，那是你的專長。

你根本只是想證明自己有多厲害。法榭想道。

好吧，對啦。它回答。但你得承認，你的潛行技術真的不好。

法榭不再理會它。衣衫襤褸的男人隻身帶著一把長劍在這裡走動會引來注意，所以他事前做了調查，特地選了一個沒有任何公開活動的夜晚前來。庭院中的草坪上冷冷清清，只有少數祭司、樂師或僕人們在宮殿之間往來。

你怎麼知道這個消息夠可靠？宵血說。說真的，我不相信祭司。

他不是祭司。法樹想道。閃爍的星光下，他謹慎地在牆簷邊的陰影中移動。根據他的眼線警告，像薄曦帷紡和靜締符這些較有影響力的神是碰不得的，然而太沒分量的神——例如給福明燈或庇世惘望，則不符合法樹的目的，所以法樹選上了默慈星。大家都知道她熱中參與政治，可她的影響力有限。

夜色中，默慈星的宮殿看起來比較暗，但四周想必仍有警衛，因爲哈蘭隼的復歸神不愁沒有僕人可供使喚。果不其然，就在法樹鎖定的某一處門口，他看見兩個男人在那兒看守。那兩人穿著奢華的僕從制服，上頭的金色與橘色象徵著他們的女主人。

他們都沒有帶著武器，只各拿著一盞提燈。誰會去攻擊復歸神的家呢？他們駐守在門口的目的，是爲了防止哪個迷糊鬼誤闖進去，驚擾了女神的睡眠。表面上看來，這些警衛倒是滿盡職的。法樹用斗篷遮住宵血，走出陰影之外，裝出焦慮的模樣東張西望，同時喃喃自語。他躬著身子，以便掩飾那把過大的長劍。

噢，拜託。宵血的口氣冷淡。裝瘋賣傻？你太遜了。

這很管用。法樹在心中對它說道。這可是諸神宮廷，裝成想求見神祇的失心瘋百姓最有效了。

看見法樹接近時，兩名警衛都沒顯得意外，八成只把他當成失魂落魄的老百姓。在排隊等著向復歸神請願的民眾之中，法樹曾經見過這種人，對這些侍衛而言應該也算是家常便飯。

「喂，」其中一人向法樹叫道：「你是怎麼跑進來的？」

法樹向他們走去，語無倫次地向他們訴說自己多想和女神談話，於是另一人伸手拍了拍法樹的肩膀，和氣地說：「來吧，朋友。我帶你回大門口，看看那兒是否還有地方可以收容你過夜。」

法樹愣了一下。好友善的守衛。不知怎地，這不在他的意料之內。剎那間，他的心中對接下來要做的事，生起了一絲罪惡感。

一反手，法樹揮開那人的手臂，拇指在同時間勾動兩下，袖子上的流蘇立刻模仿起手掌的動作，他一握拳，流蘇手就倏地撲上去攫住第一個警衛的脖子。

那人吃驚地發出一聲嗆咳。第二個警衛還沒來得及反應，法樹已舉起宵血，用劍柄朝他的肚子一撞，把那人撞得失去重心，法樹隨即補上一記掃腿，然後不慌不忙地踩住他的咽喉。那人躺在地上掙扎，但法樹的腿挾帶了識喚後的力量，勁道紮實。

法樹就這麼站在原地不動。那兩人都掙扎著，卻都掙脫不了鎖喉的箝制。站了好一會兒之後，法樹才挪開踩著另一人的腳，接著放下第一個警衛，又勾了勾拇指，讓流蘇放開那個人的脖子。

你怎麼不用我——宵血的口氣頗委屈——你明明可以用我的。我是一把劍，比一件襯衫強多了。

法樹沒搭理它，只是察看四周是否有人發現。

我真的比襯衫好，我可以殺死他們。瞧，他們都還在呼吸，笨襯衫。

*這就是問題所在。*法樹想道。*與兩個被打昏的人相比，兩具屍體帶來的麻煩會更多。*

*我也可以把人敲暈啊。*宵血立刻說。

法樹搖搖頭，身形一閃，進到室內。復歸者的宮殿內部結構大同小異，通常由許多開放的房間組成，只在門廊貼著不同顏色的壁紙。哈蘭隼的天氣一向溫和，宮殿的大門幾乎是隨時敞開。他沒有直接往最中央的房間去，而是留在外圍的僕役走廊上。如果情報正確，那麼他想找的東西就在這座宮殿的西北方。他一面走，一面解下腰間的繩子。

*腰帶也很笨。*宵血還在發牢騷。*它們都——*

就在這個時候，一處轉角走出一組四人的僕役，朝法樹正面走來。對法樹來說，這情況雖然不在意料之內，但也不算意外，反觀僕役們卻是清一色地傻在那兒。

只一瞬間，法樹已俐落地將手上的繩索甩了出去，即時發令「抓住東西」，同步釋放出體內剩餘駐氣的大半，於是繩索倏地纏上其中一名僕役的手臂——但法樹瞄準的是頸子。法樹咒罵一聲，仍然使勁一扯，使那名男子重重地撞在牆角上。那人大叫一聲，其他三人這才驚慌逃跑。

用空著的另一手，法樹將宵血一揮而出。

*來啦！*宵血叫道。

法樹卻沒有拔劍，只是將它整個兒帶鞘地往前拋。長劍摔在地上，一路滑到三人的腳邊才停下。其中一人立刻怔住，看著地上的劍，隨即戰戰兢兢地伸出手去，眼神中充滿敬畏。

另兩人繼續逃跑，大喊著有人入侵。

靠！法樹在心中暗啐，同時振臂一揮，又讓繩索彼端的那一名僕役摔了個四腳朝天。見那人還在掙扎著想爬起來，法樹衝上前去，用繩子將他縛住。就在一旁，沒逃跑的那個僕役對這一切置若罔聞，只顧著拾起宵血，眼神閃閃發亮。他解開了劍鞘上的釦子，準備拔劍。

銀色的劍鞘只是稍稍鬆脫，便有一道黑煙從裡面冒了出來，看起來就像液態的煙霧。那黑煙有些流淌在地上，有些則沿著那人的手臂纏繞而上，逐漸吸走他的膚色。

法樹朝他踢出一腳，把那人踢倒在地，使他手中的劍飛脫了出去。判斷被綁縛的僕役一時掙脫不了，法樹且丟下他，逕往被踢倒的男子走去，然後揪起他的頭往牆上掄。

氣喘吁吁地，法樹抓起宵血，收進鞘裡並扣上釦子。見被綑綁的男子仍兀自茫然，法樹伸出手去觸碰那條繩索，將駐氣收了回來，任那人繼續被綁著。

你都不讓我殺他。宵血的語氣惱火。

不。法樹說。**屍體很麻煩，記得嗎？**

還有……二個人跑了，真不像話。

宵血，你是不可能誘惑純潔的心靈的。不管他對這一點已經說明過好幾次，但這個概念似乎超出這把劍的領悟力。

法樹矯健地奔過走廊，但警報和呼救的聲音已經四處響起。他知道自己跑不遠，也無意跟武裝的僕役和士兵們打鬥。出於躊躇，他在素雅無紋的走道上停下了腳步，無意識瞥見自己的靴子和斗篷都因識喚繩索而變成了灰色，唯一仍保留了顏色的就是腿上的長褲，因為它已受識喚。

這一片灰色就像一記當頭棒喝，讓他明白當下的困境，但是他不願就此撤退。他沮喪地咬牙，一拳打在牆上，爲了預期之外的不順遂而懊惱。

我早說過，你不擅長潛行。宵血說。

閉嘴。法榭在心中罵道，一面決定不再逃跑，同時伸手從小腰包裡掏出一樣東西：一隻死松鼠。

嘔。宵血假裝嗅了嗅，叫道。

法榭跪下，將一隻手放在牠上面。

「隨我的駐氣而覺醒，」他唸誦著：「應我需求，順我號令，聽我話語。墜落繩索。」

命令語中最後的語詞——「墜落繩索」一詞的作用如同這一段命令之中的安全密語。法榭可以改用別的詞彙，不過他選擇此刻腦中第一個想到的東西。

一道駐氣從他的身體釋出，進入小小的屍體，後者立刻抽動起來。製造一個死魂僕會用掉一道駐氣，而這一道駐氣是施術者永遠都無法收回的；除此之外，此時的松鼠全身褪色，接著染上一層灰，這是爲了完成死魂識喚所消耗的能量之一，也同樣是不可逆的轉變。許多小型齧齒動物天生就是灰色，即使變成死魂僕也難以分辨，所以法榭特別喜歡利用牠們。

「墜落繩索。」他對小松鼠說，牠的灰眼珠立刻抬起來看著他。唸出安全密語後，法榭就可以對死魂僕施加行動命令，如同標準的識喚步驟。「發出噪音，四處亂跑，去咬別人。墜落繩索。」

這時他再度唸出的安全密語，是行動命令的封閉指標，能讓這個死魂僕無法再接受別的命令。

松鼠立刻跳起來，開始在走廊上亂竄，接著就往僕役們逃走的門廊跑去了。法樹也起身再次逃跑，希望這小小的擾敵之計能夠奏效。果然，沒一會兒工夫，門廊方向就傳來驚叫、物品碰撞聲和哀嚎聲。死魂僕的行爲可不容易制止，尤其是一隻被派去專門咬人的死魂鼠。

法榭暗笑。

我們本來可以對付他們的。宵血說。

一股作氣地跑到了情報所指的地點，法榭在牆上看見他要找的標記——某一小塊石板上的裂痕，看起來只像是普通的建築磨損。他蹲在地上邊摸邊找，希望情報依然可靠。

摸到隱藏的門鎖，害他愣了一下。

拉開門鎖，出現一扇暗門。復歸者的宮殿果然另有玄機。他微笑起來。

萬一這條密道沒有出路呢？宵血問時，法榭已經跳進洞去，等著讓識喚後的長褲替主人吸收下一波衝擊力。

那你恐怕就得殺死一票人了。法榭在心中回答它。

不過，直到目前爲止，他的情報都是正確的，他認爲接下來應該也十足可信。可見虹譜祭司們不只是隻手遮天，還欺上瞞下，就連諸神都被他們矇在鼓裡了。

22

eatherlove, god of storms, selected one of the wooden spheres from the rack, then hefted it in his hand.

偉風爾樂，風暴之神，從架上的木球裡選了一顆深藍色的球，拿在手裡掂了掂。球體經過改良，正合乎神的手掌大小，裡芯灌了鉛以增加重量，表面則刻有環飾。

「你拿雙倍積分的球？」籟福樂赦問道，「眞大膽。」

偉風爾樂朝身後的幾個人看了一眼。萊聲也在其中，正在喝一種調了酒飲的甜橙汁。從拉瑞瑪把他勸下床之後已經過了一個月，但他還沒有想到下一步該怎麼走。

「的確是啊，」偉風爾樂說著，把球拋到空中又接住。「說吧，魯莽王萊聲。你看好我這一投嗎？」

其餘男神都笑了起來。四位男神今天聚在一起打球。像往常一樣，偉風爾樂穿著綠金相間的短袍，袍肩只有單邊，斜斜地掛在他的上半身，腰際用帶巾束起，下襬蓋在大腿中段。這一身裝扮完全突顯他健美的肌肉和完美的身材——復歸神的裝扮各有定制，款式和配色完全沿襲自數百年前流傳至今的遠祖復歸者肖像畫。

偉風爾樂站在露台的邊緣，因爲現在輪到他投球了。坐在他身後的三名球友分別是萊聲、籟福樂赦和楚實闊。楚實闊是自然本質之神，坐在右側較遠處，穿著精美的披風，裡面是棗紅色配銀色的制服。

在萊聲眼中，這三個神就像是三胞胎，要不是他和他們都很熟，恐怕會分不清。他們三人都有如出一轍的七呎之軀，令所有凡人稱羨的結實肌肉，有稜有角的寬下巴，完美的髮式，以及渾然天成的優雅氣度，顯示出身爲復歸者的神聖性。除了服裝以外，他們的不同之處只在髮色，療癒之神籟福樂赦是棕髮，偉風爾樂是金髮，楚實闊則是一頭黑髮。

萊聲啜飲著他的飲料。「我看好你？」他反問偉風爾樂，「我們不是在比賽嗎？」

「應該是吧。」風暴之神說道，一逕把球拋上拋下。

「那我幹嘛要看好你啊？」

偉風爾樂咧嘴一笑，向後伸長手臂，把球投了出去。木球飛過球場，彈了幾下，滾過草地，最後停了下來。庭院的這一區已事前用繩子和木樁圍好，劃出一塊寬廣的遊戲場，祭司和僕人們在場邊跑來跑去，忙著替主人做標記和記分。塔樂勤是一種複雜的球類遊戲，只有富豪階層的人才玩，而萊聲一向懶得記規則。

他發現，當他不知道自己在做什麼的時候，玩起來更有趣。

輪到萊聲投球了。他站起來，走到球架旁挑選，基於與飲料的顏色相襯，他選了顆橘色的球，拿在手裡試拋幾下就投了出去。投球的時候，他沒想太多，也沒留意要往哪兒丟。木球飛得比他預期還遠。

萊聲擁有一副完美肉體所具備的力氣，場中幾位男神皆如此。球場之所以要劃得特別寬廣，就是為了配合諸神的體能需求；也因為如此，他們得站在較高的露台上打球才能看到球局。

塔樂勤本來是世上最困難的遊戲之一。玩家要用正確的力道投球，敏銳判斷球的落點，這都需要精確的協調；除此之外，還要策略性地選擇適當的球種，取巧獲得高分。

「四百一十三分。」接獲樓下的文書官回報後，一個僕人向他們如此宣布。

「又是驚人的一投，」懶懶地躺在長椅上，楚實闊說。「你是怎麼辦到的？我打死都不會想到在這時選擇用逆轉球。」

*原來橘色的球叫這個名字啊？*萊聲如此想著，嘴上卻說：「也沒什麼，就是要了解球場，」他邊說邊走回座位，「還有學著探觸球的內心，揣摩它的想法和理性。」

「球的理性？」籟福樂赦起身說道。他穿著飄逸的銀藍色長袍，選了一顆綠色的球，盯著它看。「一顆木球的理性長什麼樣子？」

「長得像圈圈吧，我猜。」萊聲淡淡地說，「巧的是，剛好也是我喜歡的類型。也許這就是我打得這麼好的原因。」

籟福樂赦大皺眉頭，本想開口反駁，最終還是閉上了嘴巴，卻是一臉困惑。說來不幸，變成神可以讓一個人的體能增強，但是智力並不會與之俱長。萊聲倒不介意。對他而言，像塔樂勤這一類運動遊戲的精髓，從來就不在於球的落點爲何。

籟福樂赦投完他的回合，坐回位子上。「我說，萊聲，」他微笑道，「我這可是在恭維你哦，有你在一塊兒可以把人搾乾呢！」

「是啊，」萊聲邊喝飲料邊說，「就這個層面來說，我跟隻蚊子差不多。楚實闊，不是該你了嗎？」

「其實又該你啦，」偉風爾樂說，「你剛才那一投打出了雙冠，忘啦？」

「哦，我居然忘了。」萊聲說道，起身又投了一球，再回來坐下。

「五百零七分。」祭司宣布。

「你看你又愛現了。」楚實闊說。

萊聲沒回應。在他看來，這種遊戲懂得越少就玩得越好，是遊戲規則先天上的瑕疵。當然，他不確定別人是不是也這麼想。另外三人都很投入這項球戲，幾乎每星期都打，反正他們在休閒時間也沒太多消遣可選擇。

萊聲懷疑，他們每次都邀他參加，是不是因爲他們想藉此證明自己能夠擊敗他。他曾想過，要是把規則弄懂，他或許會放水或假輸。話又說回來，每次打贏了就可以惹惱他們，看著也挺有趣；當然，他們不會表現得那麼沒風度。不論如何，在這種情況下他想輸都輸不了，因爲他根本連自己怎麼贏的都不知道。

楚實闊終於上場投球。他的衣著總是帶有軍裝風格，棗紅與銀色將他襯托得英姿颯爽，然而他在宮廷中被賦與的職位卻是國際商務議題表決。萊聲猜想，楚實闊對於自己沒被賦與死魂令之事大概很吃味。

「萊聲，聽說你跑去跟王妃講話。」楚實闊邊說邊投球。

「沒錯，」萊聲說，「我得說，她真是萬分地和藹可親啊。」

偉風爾樂無聲地笑了起來，顯然認定萊聲是在說反話。但萊聲說的是真的，所以這反應讓他有些不快。

「現在宮廷鬧翻天，」楚實闊說。他轉過身，理一理肩上的披風，然後靠在露台欄杆上等待計分結果。「義卓司可說是違背了協議啊。」

「迗錯公主。」偉風爾樂附和道，「這可給我們一個好藉口。」

「嗯，」楚實闊若有所思地說，「藉口什麼呢？」

「進攻！」籟福樂赦以他一貫少根筋的思考模式搭腔，把另外兩人聽得面部抽搐。

「除了進攻以外還有很多啦，籟福樂赦。」

「沒錯，」偉風爾樂說時，慵懶地搖晃著杯中最後的一點紅酒。「而我的計畫已經在推動了。」

「是什麼計畫呢？兄弟。」楚實闊問道。

偉風爾樂淺淺一笑：「我可不想現在就打壞這個驚喜，你說是嗎？」

「那就要看情況了。」楚實闊淡然地說：「我打算要求義卓司開放更多的通商路線權，你的計畫或許會妨礙我啊。我敢打賭，要是向新王妃施加一點壓力，這個案子八成能爭取到她的支持。聽說她還滿天眞的。」

萊聲聽著，隱約感到反胃。他知道他們在打什麼算盤、耍什麼心機。就像現在，明著是打球，實際上卻是互探虛實、交換利益。

「她的天眞一定是裝出來的。」籟福樂赦說這話，算是他少有的思慮：「他們才不會送一個那樣嫩的小女生過來。」

「她是義卓司人，」楚實闊輕蔑地說：「就算是他們最大的城市，人口都比特提勒的一個小街區還少。義卓司人對政治恐怕沒什麼概念。比起和人類聊天，他們搞不好更習慣對著綿羊講話。」

偉風爾樂點頭道：「以他們的標準，就算她『訓練有素』，在我們這兒還是很容易受擺布，重點是不能讓別人捷足先登。萊聲，你對她的第一印象是什麼？她機伶嗎？」

「我怎麼可能曉得那個。」他應道，揮手叫人再送果汁來。「如你們所知，我對政治遊戲沒什麼興趣。」

偉風爾樂和楚實闊交換了一個眼神，帶點兒竊笑的意味。就像宮廷中大多數人對萊聲的印象，他們也認爲他在務實的議題上缺乏頭腦又不長進。至於「務實」，在他們的定義來說，則意味著「占別人的便宜」。

「萊聲，」籟福樂赦努力以誠懇的語調說，「你眞的應該多多了解政治，政治充滿多元的樂趣啊。唉，眞希望你也能了解這令人通體舒暢的祕密啊！」

「親愛的籟福樂赦，」萊聲答道，「請相信我，我眞的不想去了解你『通暢』的任何祕密。」

籟福樂赦皺起了眉頭，顯然努力想弄懂萊聲在影射什麼。

祭司們上來回報上一投的分數時，另外兩人又討論起王妃來了。莫名地，萊聲感到越來越心煩，等到籟福樂赦起身準備投球時，他也跟著站起來。

「親愛的兄弟們，」他對三人說，「我突然覺得很睏，可能碰了什麼不該碰的。」

「不是我招待不周吧？」楚實闊問道。這是他的宮殿。

「與餐點無關，」萊聲說，「可能是別的『招待』吧，我眞的得走了。」

「但你現在正領先啊！」楚實闊又說，「要是你現在走了，我們下禮拜又要重比一次！」

「親愛的兄弟，你的威嚇把我嚇得屁滾尿流了。」萊聲說著，分別向他們三人一一行最敬禮。

「等到下次你們再把我拖上來陪打這悲慘的球賽之前，且讓我們珍重道別吧。」

三人聞言大笑。看他們老是把他開的玩笑誤解成正經八百的挖苦或嘲諷，他不知道要覺得逗趣還是受辱。

萊聲召回拉瑞瑪等眾祭司，領著他們走出這座以棗紅與銀色爲基調的宮殿，一路上完全不發一語；他還在心煩。與像薄曦帷紡那樣眞正的政治高手相比，露台上的那些人只是菜鳥，他們所謂的計畫，只能說是稚拙而簡單。

但稚拙又簡單的人也可能造成危險，特別是對一個像王妃那樣的女子而言。她根本不懂得應付這一類的事。

我早就想過自己是幫不了她的。萊聲心想。

走到室外的草地，右邊有一方用粗繩圈圈畫成的複雜圖網，那就是塔樂勤球場。午後的陽光灑落，遠處響起一顆木球彈落在茂密青草上的聲音。萊聲直接朝另一個方向走，甚至不等僕從們為他撐傘。

萊聲也擔心，假如自己出手幫助，恐怕只會讓事情變得更糟。但他馬上又想到那些一再上演的夢魘：戰爭和暴動，特提勒的淪陷，家園傾毀。就算他不相信那是預知，也無法再忽視下去了。

薄曦帷紡把戰爭看得很重要，或者，她認為提前備戰很重要。他信任她，勝過其他任何一個神，同時卻也為她的激進而擔憂。她曾經要求他參與，那舉動會不會是希望他的中庸可以帶來一分平衡，以緩和她的激進呢？

他聆聽百姓請願，卻不打算放棄駐氣、為他們而死；他評鑑繪畫，但不認為那些作品裡有任何預示訊息。他不相信自己見到的幻影代表著意義，難道就不能幫著確保宮廷內的力量均勢嗎？若這麼做或許能保護一個孤立無援的年輕女子，他仍要坐視嗎？

拉瑞瑪叫他盡全力去做，聽起來就像一件累死人的大工程；不幸的是，無為也同樣累人，甚至好像會比盡全力更累人。當你踩到髒東西，有時就只能別再走下去，然後費勁兒去清理乾淨而已。

他長嘆一聲，搖搖頭，喃喃自語：「我看我恐怕會後悔。」

接著，他去找薄曦帷紡。

□

男子骨瘦如柴，而他吸出的每一只貝肉都讓維溫娜忍不住想縮頭。她無法相信有人竟喜歡吃這種噁心又莫名其妙的東西，軟軟爛爛黏呼呼，還貴得要死。

而付錢的人是她。

下午的餐館總也很多人——人們覺得午餐花錢買比回家吃合理，所以午間習慣上館子。在維溫娜看來，上館子這回事仍然是個奇怪的觀念。這些人都沒有妻子或佣人能煮飯嗎？在這樣公開的場合吃東西，他們不會感到不自在或者沒隱私嗎？

丹司和童克法坐在她的兩旁，正大快朵頤享用著貝肉。維溫娜覺得那些貝類好像是生的，但她刻意不去問。

坐在她對面的瘦子吃得很忙碌，卻不像是享受美食的樣子。她看他總是神情緊張，眼光不停朝餐館門口打量。

「所以，」丹司說著，放下一只空殼，順手在桌巾上抹一抹——這舉動在特提勒很常見。「你到底能不能幫我們？」

自稱佛布的這個瘦子不置可否：「傭兵老兄，你講的故事太離譜。」

「佛布，你認識我這麼久了，我幾時騙過你？」

佛布冷哼道：「每次有人付錢叫你騙我，我就呆呆受騙。」

童克法咯咯笑了起來，一個不小心讓嘴邊的貝肉掉到了桌上。貝肉發出濕黏黏的啪噠聲，維溫娜幾乎要伸手摀住自己的嘴巴，預防吐出來。

「但你也覺得戰爭會開打，不是嗎？」丹司說。

「戰爭才不會開打，」佛布說，「雖說和平也維持好幾十年就是了。你憑什麼認爲就是今年？」

「你敢說眼前的情勢不緊張嗎？」丹司反問。

佛布不自在地扭動一下，然後又開始吃海貝。童克法玩起了堆貝殼的遊戲，想知道他到底可以堆得多高，維溫娜則靜靜看著、學習、思考，不介意自己在這場面裡只是配角。

佛布是個地主，以清理林地並出租給農夫維生，他在開墾時經常依賴死魂僕，而那些死魂僕都是向政府租賃取得。政府不限制他取得土地，只跟他訂了一紙契約，那就是當戰爭發生時，該土地種植的所有糧食都立刻成爲復歸者的資產。

這是一筆好交易。反正戰時的土地本來就很可能被政府徵收，佛布沒什麼損失。

佛布又吃掉一個海貝。維溫娜忍不住想：**他怎麼有辦法這樣吃個不停？**他吃得又急又快，幾乎比童克法吃下的還多一倍。

「那批莊稼會來不及收成，佛布。」丹司說，「萬一被我們說中，你今年就虧大了。」

「相反地，」童克法在貝殼堆上又疊了一只，說道：「早點收成，早點出清庫存，你就能搶在競爭對手的前頭。」

「那你們又有什麼好處？」佛布問，「我怎麼知道你們不是被他們雇來騙我啊？」

眾人陷入一陣沉默，這使得別桌食客們大吃大嚼的聲音聽來更響亮。丹司終於轉過頭來，向維溫娜點了點頭。

於是她略略掀起了蓋在頭上的披肩——不是她從義卓司帶來的古板款式，而是丹司另外買給她的絲質頭巾。維溫娜直視著佛布的雙眼，同時把頭髮變成深紅色，由於有披肩蓋著，所以只有這一桌的人才看得出這個改變。

他怔住，然後要求：「再做一次。」

她把頭髮變成金色。

佛布猛然往後坐，嚇得連手中的貝肉都抖落了。「是王妃？」

「不，」維溫娜答道，「王妃的姊姊。」

「到底是怎麼回事？」佛布活像是驚嚇過度。

丹司微微一笑：「她來特提勒整合反抗勢力，爲戰爭做準備啊。」

「你該不會以爲高地的王室老大哥甘願白白地送上一個女兒吧？」童克法說道，「當然是爲了戰爭，不然還有什麼值得那樣的犧牲？」

「王妃是妳的妹妹？」佛布朝維溫娜瞟了一眼，「爲什麼是送妳的妹妹進宮？」

「國王有他自己的算盤，佛布。」丹司說。

佛布露出若有所思的表情。停了好一會兒，他才把掉在桌上的貝肉挑起來扔到貝殼堆，伸出手去拿另一只。「我就知道你們帶這姑娘來是別有用意。」

「那麼你會提早收割囉？」丹司問道。

「我會考慮。」佛布說。

丹司點了點頭：「我想那就夠了。」

他向維溫娜和童克法示意，三人便起身離席，留下佛布繼續大啖海貝。維溫娜去付清那貴得嚇死她的帳單之後，他們和等在外頭的帕凜、珠兒，以及死魂僕「土塊」會合。餐館外依舊是熙來攘往，但一行人走著並不推擠，因爲開路的是那個大塊頭死魂僕。

「再來呢？」維溫娜問。

丹司看了看她：「妳一點都不累嗎？」

其實維溫娜覺得腳疼，也隱約感到困倦，但她不承認。「丹司，這是爲了我的人民謀福利，一點點疲倦算不了什麼。」

丹司犀利地瞥向童克法，卻見後者早就脫隊，從人群中擠到一處攤販去逛了。維溫娜看看帕凜，見他獨自走在隊伍的最後面，頭上又戴了那頂可笑的綠帽子。那帽子眞教她看不順眼。這男人是怎麼搞的？雖然他以前也不是多麼聰穎機智，可一直都是個頭腦清楚的人啊。

「珠兒，」丹司朝前頭喊道，「帶我們去瑞麻爾那裡。」

便見珠兒點點頭，對土塊下達指示。維溫娜聽不見她說什麼，不過一行人隨即轉往另一個方向走。

「那東西只聽她的嗎？」維溫娜問道。

丹司聳了聳肩：「它接受過基本指示，會聽老童跟我的話。如果要進一步控制它，我另外有一組安全密語可用。」

「安全密語？」

丹司看了她一眼：「這樣就等於是在談論異端邪說囉，妳確定要聊下去嗎？」

無視於他的戲謔語氣，維溫娜說：「我就是不喜歡那東西跟著我們，尤其是當我管不了它時。」

「所有的識喚都跟命令有關，公主。」丹司說道，「妳把生命灌進一樣東西，然後給它一個指令。死魂僕之所以好用，是因爲它可以接受很多道命令，而一般識喚物體只能執行一道命令。此外，死魂僕能記住一連串複雜的指示，且通常不會搞混。我猜它們都還保有一點生前的人性吧。」

維溫娜起了一陣雞皮疙瘩。那樣的說法反而令她更感到詭異。

「然而，這也表示幾乎任何人都能夠控制死魂僕，不單單是創造它的人。」丹司又說，「所以加個密語，讓它只記住妳下達的命令。」

「那土塊的安全密語是什麼？」

「要先問珠兒是否願意讓妳知道。」

維溫娜閉上了嘴，決定暫且壓下心中的不滿。丹司顯然不喜歡插手他人的事情。當然，維溫娜還是得申明自己的立場和態度，只是現在他們還不夠熟識，且待以後再說。她看了看土塊，見他衣著簡樸，上衣和長褲都是灰色，皮製外套也是褪色的；他的腰際掛著一把闊刃刀，看起來多了幾分殘暴。

清一色的灰，維溫娜暗想。**這是爲了讓大家一眼就能認出它是個死魂僕嗎？**丹司說死魂僕在這兒並不罕見，可是路上的行人還是會盡量避開它，**就如同蛇類在叢林也很常見，不代表人們就樂於見到牠們。**

珠兒不時對著土塊講悄悄話，土塊一律相應不理，只管面朝著前方開步走，腳步穩得不像人類。

「她總是那樣……對它說話嗎？」維溫娜又打了個寒顫。

「是啊。」丹司說。

「看起來不太正常呢。」

丹司微微皺眉，但什麼也沒說。幾分鐘後，童克法和帕凜跟上了隊伍。童克法的肩頭多了一隻小猴子。小猴兒吱吱叫了幾聲，從他的頸後溜到另一邊肩膀上。

「新寵物？」維溫娜有點兒不高興地問他。「你的鸚鵡怎麼了？」

童克法面有愧色，丹司則在一旁大搖其頭，應道：「老童不太懂得應付寵物。」

「反正那隻鸚鵡沒意思，」童克法說，「猴子好玩多了。」

維溫娜揚起一邊眉毛，繼續走。

不久，他們到了下一個地點。那是一家簡陋的餐館，和上一間的豪華完全不能相比。珠兒、帕凜和死魂僕照例在餐館外等，維溫娜和二名傭兵進去。

這樣的會面已成常態。幾週以來，他們至少會見過十幾組各路人馬，有的是地下組織的領導人，丹司認爲他們有能力製造騷動，有的則是像佛布那樣的生意人。總之，丹司的人面之廣，還有他所想到各式各樣的擾敵方式，都令維溫娜大開眼界。

話說回來，大多數的會談場合中，都需要維溫娜搬出她的魔髮來作爲有力證據，而人們幾乎是立刻就信服了。這讓她不禁懷疑，自己還沒有來到這座城市之前，樂米克斯如何推展這些工作？

丹司領他們來到角落的一張桌旁。這裡又髒又暗，唯一的光線來自於大梁半遮的幾扇長形天窗，引得維溫娜大皺眉頭。其實她餓了，但她當下決定不在這裡用餐。「爲什麼我們老是在不同的餐館跑來跑去？」她在坐定後向丹司問道。坐下前，她還拿手帕出來擦過椅子。

「爲了讓人家不容易監視我們。」丹司答道，「公主，我一直警告妳，我們在做的事情比表面上看起來更危險，利用飯局來掩飾是最單純的手法，妳一定要跟上這種步調。換作別的城市，我們搞不好要深入毒窟、賭場或後街巷弄去。」

坐下之後，丹司和童克法又點菜來吃，好像之前的兩頓午餐沒發生過似的。維溫娜只是靜靜地坐在椅子上，爲接下來的會面做準備。今天是「諸神饗宴」，有點兒像是哈蘭隼的宗教節日，但看在維溫娜的眼裡，她不認爲這座城市裡的人是用「神聖」的方式在慶祝這個節日——他們不做侍奉，不幫助修道士，卻是休半天假來大吃大喝，彷彿奢侈度日就是諸神的旨意。

也許諸神眞有此意。她聽說復歸者的生活極盡奢華，怪不得這些信徒也要用懶散和享樂來表達他們的「崇敬」。

他們約見的聯絡人在餐點送來之前便已到達。那是一個衣著光鮮入時的男人，帶著兩個貼身保鑣，留著一把長而油膩的鬍子，而且看起來好像少了幾顆門牙。他伸手一指，站在他左右兩側的保鑣就走上前，將隔壁的桌子拉過來，與維溫娜等人所坐的桌位併接，再拉過三把椅子。男子在椅子上坐下，小心地與丹司和童克法保持距離。

「你也太偏執了吧？」丹司說道。

那人舉起雙手說：「小心駛得萬年船。」

「再多來幾道菜好了。」童克法在侍者上菜時說道，並接過侍者端來的餐盤，上面盛著某種搗扁過的油炸物。小猴子一溜煙順著童克法的手臂跑下來，搶走幾塊。

「所以，」男子說，「你就是惡名遠播的丹司。」

「我是。我猜你就是葛拉寶？」

那人點頭。

維溫娜心想，這人是某個小盜賊集團的首領，也曾經是瓦爾叛軍的有力盟友。爲了這一次的會面，他們花了好幾個星期安排。

「好。」丹司接著說：「某些補給車隊，我們想讓它在進城前就消失在半路上。」

聽他說得如此開門見山，維溫娜立刻掃視左右，察看是否有別人偷聽。卻見童克法湊了過來，低聲說：「公主，這家餐廳是葛拉寶開的，屋裡其他人搞不好都是保鑣。」

那你們不會在來之前先告訴我嗎？維溫娜暗暗惱火，又向四周看了看，心裡卻越發七上八下。

「是嗎？」葛拉寶問道，「哪些補給車隊呢？糧食的？」

「難度稍微高一點。」丹司嚴肅地說，「我們不要那些長程運輸的，只要選從周邊農場開進城的就好。」說完，他向維溫娜點點頭，她拿出一個裝了錢幣的小袋子，交給他，看著他將小袋扔到旁邊的另一張桌子上。

一名保鑣立刻上前檢視。

「你今天的車馬費。」丹司說。

維溫娜的胃中一陣糾結。她總覺得不該拿王室資金去買通一個像葛拉寶這樣的鼠輩，丹司卻說這些錢根本連「買通」都談不上，只能算是「意思意思」而已。

「現在，」丹司說，「我們所說的車隊——」

「等一下，」葛拉寶說，「我要先看看頭髮。」

維溫娜嘆了一口氣，準備掀起頭巾。

「取下頭巾，」葛拉寶又說，「別耍花樣。現在屋裡全都是自己人。」

維溫娜向丹司看去，見他頷首同意，於是她取下頭巾，使頭髮變了幾次顏色。葛拉寶目不轉睛地看著，一手捻著鬍鬚。

「不錯嘛，」他最後說，「眞的很不錯。你在哪兒找到她的？」

丹司皺起了眉頭。「你說什麼？」

「這麼一個血統純正，甚至能模仿王室公主的姑娘。」

「她是正牌的。」丹司說。一旁的童克法正在大口吃著那一盤油炸點心。

「少來了，」葛拉寶歪嘴一笑，「你就跟我說實話吧，沒關係。」

「是眞的。」維溫娜開口了：「身爲王室不僅僅是血緣，還包括世代道統及對奧斯太神的神聖天職。除非我成爲義卓司的女王，否則就連我的孩子也不會有魔髮；即使是王室血親，也唯有繼承王位的可能人選才有本事改變頭髮顏色。」

「迷信的無稽之談。」葛拉寶說時探身向前，只對著丹司講話。「我不管你的車隊，丹司，我要向你買下這個姑娘。多少錢？」

丹司沒應聲。

「她的事早就在城裡傳開了，」葛拉寶又說，「我知道你在搞什麼鬼。帶著這個有模有樣的假公主，你可以使喚一票人，搞一票有的沒的。我不知道你在哪裡找到她，或者是怎麼訓練她的，反正我要她。」

「我們要走了。」丹司不慌不忙地起身這麼說時，葛拉寶的保鑣們也都站了起來。

然後丹司動了。

接著維溫娜只看見幾道閃光——那是陽光的反射。他們的動作太快，她在震驚之餘根本來不及看清楚，一切就已經結束了。葛拉寶仍坐在椅子上，丹司站在原地，手中的長劍刺穿了其中一個保鑣頭子。

那名保鑣的表情錯愕，而他的手才剛按上他的劍；至於丹司是何時拔劍的，維溫娜全沒看見。就在這時，忽見另一名保鑣腳步踉蹌，上衣的前襟竟出現大片血漬，然後他撞上葛拉寶的桌子，倒地氣絕。

看來也是丹司所為。

天啊……維溫娜暗嘆。好快的劍！

「你果然名不虛傳。」葛拉寶說道，仍舊端坐在那兒沒起身。屋裡其他人都站著，算一算大概有二十多人。童克法抓了一大把油炸點心在手裡，接著對維溫娜一點頭，低聲說：「我們該起來了。」

丹司把劍從保鑣的頸子抽出來，那人隨即仆倒在血泊中，加入了他朋友的黃泉行列。收劍入鞘時，丹司的動作多了一份狂暴，甚至沒擦去劍上的血跡，而葛拉寶只是一個勁兒地注視著他。

「人們都說你啊，」葛拉寶說，「十年八年前不知從哪兒冒出來闖蕩，你的手下都是頂尖的人馬——從大人物身邊挖來，或是些重刑犯之類。沒人知道你的底細，只知道你的劍法快、狠、準。有人說你使起劍來甚至不像個人。」

見丹司朝著門口點頭示意，維溫娜遂緊張地站起來，讓童克法拉著她往外走。門房與守衛的手都按在劍上，但沒有人發動攻勢。

「可惜咱們做不成生意啊，」葛拉寶又嘆道：「希望你將來有交易時還會想到我。」

丹司這才轉過身去，跟在童克法和維溫娜的後面走出餐館。一走到灑滿陽光的街上，帕凜和珠兒立刻追上來。

「他放我們走？」維溫娜問時，心臟還跳得好厲害。

「他只是想試試我的本領。」丹司看起來仍在警戒，「偶爾會這樣。」

「除此之外，他也想給自己偷得一個公主；」童克法說，「他故意試探丹司的身手，說不定就有機會劫走妳。」

「可是……他也可能因此死在你的劍下呀！」維溫娜說。

童克法哼了一聲：「然後惹毛城裡半數以上的盜賊、刺客和劫匪嗎？不，葛拉寶早知道我們動不了他。」

丹司在這時回過頭來，看著她說：「抱歉浪費了妳的時間——我以爲他會派得上用場。」

這是維溫娜第一次在丹司的臉上見到思慮與謹慎。她一直以爲他和童克法一樣無憂無慮，此刻卻在他的神情中發現一絲不同於以往的自制，彷彿在壓抑著什麼，又像恐怕無法壓抑似的。

「嗯，反正我們都平安。」她說。

「除了被丹司捅死的那兩個兔崽子。」童克法說著，開心地餵小猴子吃東西。

「我們得——」

「公主？」人群中有個聲音如此問道。

幾乎就在同時，丹司和童克法猛然轉過身去，而丹司的劍又一次地倏然出鞘，維溫娜的眼睛根本就追不上他的動作。然而這一次，丹司並沒有眞的發動攻擊。

在他們身後發問的是個男人，樣貌平庸溫和，穿著破爛的棕色衣服，有張飽經日曬的黝黑面孔，看起來像個農夫。

「噢，公主，」男子又喊了一聲，並且匆匆走上前來，毫不理睬指著自己的那些劍鋒。「眞的是您。我聽人家說，但……噢，您眞的來了！」

丹司朝童克法使了個銳利的眼色，於是這位大個兒傭兵跨步向前，伸出一隻手攔下那個陌生農夫，不讓他靠近維溫娜。若不是剛剛才親眼見識到丹司的身手，維溫娜會認爲童克法此舉是不必要的過慮。丹司常掛在嘴上的危險，最近漸漸深植於維溫娜的思想中；她如今明瞭，假如這個陌生農夫心懷不軌且暗藏凶器，他或許也可以像丹司那樣，在短短一眨眼之間就取走她的性命。

而她甚至不知道發生了什麼事。這眞是令人不寒而慄。

「公主，」那男子邊說邊跪下，「小的隨時供您差遣。」

「請別這樣，」她說，「別讓我立於他人之上。」

「噢，」男子抬起頭來，「對不起，我離開義卓司太久了！沒想到眞的是您！」

「你怎麼知道我來到特提勒城？」

「特提勒的祖國同胞說的，」男子說，「他們說您來取回王權。我們在這兒長期受到壓迫，所以我以爲那些人只是妄想或瞎說，沒想到是眞的！您眞的來了！」

丹司看了看維溫娜，又望向仍在不遠處的葛拉寶餐館，接著朝童克法一點頭，說：「抓起來搜身，換個地方說話。」

□

所謂的「換個地方」，結果只是一處離葛拉寶餐館十五分鐘路程遠的貧民窟。

維溫娜發現，和別的國家或城市相比，特提勒城的貧民窟很有意思：一樣的破舊、雜亂，卻有著許多色彩。人們穿著褪色的服裝，家家戶戶在窗邊或門簷掛著鮮艷的布條，有些布條則掉落在路邊水坑裡；雖說色彩繽紛，卻褪淡或骯髒，讓人聯想到一場節慶狂歡遭逢泥流沖襲後的景象。

她與珠兒、帕凜和義卓司農夫站在一棟老房子的木棚邊，等著丹司和童克法進屋去探查。維溫娜環抱雙臂，心中竟有一股古怪的絕望感。這條小巷裡一切的黯淡色彩都不對勁，沒有生命力，就像一隻美麗鳥兒動也不動地死在地上，形貌依然，但那神奇的美卻消失了。

殘破的紅，污漬的黃，斑駁的綠。在這座城市裡，就算是最簡單的小東西都要漆上鮮明色彩，比方像是椅子腳和麻布袋。特提勒的居民得在這些染料和墨水上花多少錢？幸運的是，製作染料必需的埃橘里之淚只能在這一帶的氣候下生長，而哈蘭隼也利用這種特殊的花朵，從種植、採收到萃製染料，傾全力發展國家經濟，因此百姓不致於負擔不起。

維溫娜嗅到一點點怪味，不禁皺了皺鼻子。對現在的她來說，氣味變得像顏色一樣富有意義，倒不是她的嗅覺變強了，而是她更能夠分析自己嗅到的氣味成分。她打了一個寒顫。接收樂米克斯的駐氣已經過了好幾個禮拜，她還是覺得不自在。自從能夠感應生命氣息的動態之後，她不必用眼睛看也知道這城中的人們在做什麼；像是身旁的帕凜正帶著滿懷戒心地張望著巷弄內的情勢，童克法與丹司在屋子裡檢查——她還知道其中一人正在地下室。

可是……

珠兒就站在她旁邊，她卻感應不到。維溫娜暗自驚愕，往旁邊看了看，見這身材矮小的女子仍舊是雙手扠腰地站著，嘴裡嘟囔著自己被留下來「看小孩」；死魂僕站在旁邊，維溫娜當然沒打算去感應它。可她爲什麼感應不到珠兒？有那麼一瞬間，她驚恐地猜想珠兒是另一種死魂術下的產物，不過很快想到另一個更單純的解釋。

珠兒的體內沒有駐氣。她是個褪息人。

既知問題出在哪裡，維溫娜覺得自己更明白這其中的差別了。珠兒的眼中比較沒有生命的光彩，她似乎也比較暴躁、不和善，時常給別人壓力。這些特質顯而易見，就算是體內只有一道駐氣的普通人也能分辨。

加上珠兒完全沒察覺維溫娜一直在盯著自己看。正常人都有某種第六感，當被人注視得太久時往往會隱約察覺，可是珠兒沒有這種感應力。維溫娜掉轉頭去，感覺自己臉上發熱。盯著一個沒有駐氣的人猛看，感覺有點兒像在看別人換衣服，大膽又不禮貌。

可憐的女人，維溫娜心想。不知道她發生過什麼事，是她主動賣掉嗎？或者是被別人取走的？

維溫娜想到自己擁有這麼多駐氣而珠兒卻連一道也沒有，心中又是一陣彆扭。

她感覺到丹司正在接近，不久便見他推門走了出來，而那門板老舊得好像要從鉸鍊脫落似的。

「裡頭安全沒問題。」他向眾人說完，又望向維溫娜：「公主，妳不必爲這些事浪費時間。珠兒可以帶妳回去，由我們來訊問這個男的，之後再帶口信回去給妳就行。」

她搖搖頭：「不，我想聽聽他要說什麼。」

「我就知道。」丹司說，「但我們得取消下一個會面了。珠兒，妳——」

「我去。」帕凜插嘴道。

丹司愣了一下，望向維溫娜。

「嘿，我或許對這城裡不是很熟，」帕凜說，「但是帶個簡單的口信總還辦得到。我又不是傻子。」

「讓他去吧，」維溫娜說，「我信任他。」

於是丹司聳肩說：「好吧。你從這條巷子直走出去有座廣場，廣場上有一尊損毀的騎兵雕像，之後往東，沿著一條彎路就可以走出這個貧民窟。我們下一個約見面的地點叫作阿畝曼威餐廳，就在那條路面西的市場裡。」

帕凜點頭後隨即動身，丹司則招手叫其他人進屋。自稱泰姆的義卓司農夫先走，維溫娜跟在後面。進屋後，她發現屋裡看起來不像外表那樣破爛。童克法找來一張凳子，放在房間正中央。

「朋友，請坐。」丹司比了個手勢說道。

泰姆緊張地走過去坐下。

「好啦，」丹司說，「說說你是怎麼知道公主行蹤的吧？那家餐館可不是等閒所在呢。」

泰姆的眼神游移：「我剛好在那一帶閒逛，而且我——」

聽見童克法把指關節弄得喀啦作響，維溫娜不由得向他一瞥，驀地發覺他比平時散發出更多殺氣——不再是那個只知道發呆和打瞌睡的蠢大個兒，而是捲著袖子、鼓起了肌肉作勢揍人的惡漢。

泰姆則是滿頭大汗。不遠處，死魂僕土塊走進屋內，眼窩像是蒙在陰影中，臉龐僵如覆蠟——一個似人而非人的物體。

「我……在城裡替我的老闆之一跑腿辦事。」泰姆說，「幾件不重要的小事，像我們這種可憐人，只求別人賞口飯，沒得選擇。」

「我們？」丹司一手按在劍上問道。

「義卓司人。」

「我看城裡的義卓司人都混得不錯啊，朋友。」丹司說，「要不做生意，或是放帳。」

「那些是走運的人，先生。」泰姆嚥了一口口水，「他們有錢，人們只肯跟有錢人往來。如果你只是個普通人，那就可憐了。人們看你穿的衣服，聽你的口音，然後找別人替他們幹活兒，偏偏不找你，要不就說我們不值得信任，或者罵我們枯燥無趣、愛偷東西。」

「你會偷東西嗎？」維溫娜聽見自己這麼問道。

泰姆看著她，然後低下頭去看著地板。「偶爾。但我本來不偷的，現在只有老闆叫我偷時才偷。」

「你還沒回答我的問題呢，朋友。」丹司心平氣和地這麼說。每當他故意加重「朋友」一詞的語氣時，對照著童克法和死魂僕站在一左一右，總令維溫娜心裡發寒。

「我的老闆是個大嘴巴，」泰姆說，「他知道那餐館裡發生什麼事——然後他把這消息賣給幾個人。我是無意間聽到的。」

丹司朝童克法瞥了一眼。

「大家都知道她在城裡了，」泰姆快嘴快舌起來，「我們都聽到謠傳，覺得不是巧合。情勢對我們越來越不利，所以公主就來救我們了，對吧？」

「朋友，我勸你，」丹司接口道，「把今天的事給忘了。我知道你會想拿這消息去賣錢，但我向你保證，如果你走漏風聲，我們一定會知道，而且有本事把你——」

「夠了，丹司。」維溫娜打斷他，「別嚇唬這個人。」

那傭兵瞟了她一眼，嚇得泰姆跳起來。

「噢，看在老天的份上。」她邊說邊走向前，在泰姆的椅子旁蹲下：「泰姆，你不會有事的。你能夠這樣找到我，這是你盡心盡力，我相信你不會走漏今天的消息。但是你告訴我，既然在特提勒的日子過得這麼差，爲什麼不回義卓司去？」

「旅費啊，殿下。」泰姆說，「我負擔不起——大部分的人都負擔不起。」

「這兒有很多跟你一樣的同胞嗎？」維溫娜問。

「是的，殿下。」

維溫娜點點頭：「我想跟他們見見面。」

「公主——」丹司想插嘴，但她瞥了他一眼，令他打住。

「我可以集合到一些人，」泰姆熱切地說，「我保證。我認識很多義卓司人。」

「很好。」維溫娜說，「因爲我就是來幫助你們的，我們要如何聯絡你？」

「打聽利拉這個人就好，」他說，「他是我老闆。」

於是維溫娜站起身，朝大門口示意，泰姆立刻逃也似地奔了出去，連一聲道別也沒說。守在門口的珠兒不情不願地放他走。

屋裡沉默片刻之後，丹司出聲了。

「珠兒，跟著他。」

她點點頭，馬上走了出去。

維溫娜回頭看那兩個傭兵，以爲他們會是一臉怒容。

「唉，妳非要讓他這麼快就走掉嗎？」童克法就地坐下，顯得很鬱悶，剛才那股凶惡勁兒已經煙消雲散。

「看妳做的好事。」丹司說道，「這下子他會鬧一整天的彆扭。」

「我再也不要扮黑臉了啦。」童克法往地板上一躺，盯著天花板，不再說話。他的小猴子跑來跑去，最後坐在主人的肚子上。

「你會克服的啦。」維溫娜忍不住翻了個白眼。「話說回來，你們剛才爲何要對他那麼凶？」

丹司聳聳肩：「我樂於當傭兵有個最基本的原因，妳知道是什麼嗎？」

「不知道你肯不肯告訴我呢。」維溫娜將雙臂叉在胸前說道。

「就是人們一天到晚想愚弄你，」他邊說邊在童克法身旁坐下，「他們都覺得你四肢發達，所以頭腦就簡單。」

說到這裡，他停下下來，彷彿等著童克法像往常那樣幫腔，沒想到大個兒搭檔仍舊瞪著天花板，自顧自在那兒說：「以前都是阿斯提爾負責耍狠使壞。」

丹司見狀嘆息，對著維溫娜擺了個「這是妳害的」表情，一面接著說：「總之，我不能確定剛才那人是不是葛拉寶安排的。他大可以假裝效忠，混進我們之中再找機會在妳背後捅上一刀。一切還是要小心。」

維溫娜在凳子上坐下，很想說他是過度反應，但又想起他剛剛才爲了護衛她而在一眨眼間殺掉兩人，於是思忖起自己既然花錢雇請他們，也許就該放手讓他們做好分內的工作。「童克法，」她說，「下次你就使壞吧。」

他轉頭看著她：「眞的嗎？」

「眞的。」她說。

「那我可以在審問的時候罵粗話嗎？」

「當然。」

「我可以大吼大叫？」他問。

「應該可以。」她說。

「可以打斷他的手指頭嗎？」

她皺眉：「不行！」

「小一點的指頭也不行嗎？」童克法問，「我是說，一隻手有五根指頭嘛，小的那幾根反正也沒啥用處。」

維溫娜一時接不上話，童克法和丹司卻在這時大笑出聲。

「噢，眞是夠了。」她轉過身去說道，「我永遠也搞不清楚你們到底何時正經、何時瘋癲。」

「所以才好玩啊。」童克法說時仍吃吃笑個不停。

「那我們現在要走了嗎？」維溫娜起身說道。

「幹嘛走？」丹司說，「再等一會兒吧，搞不好葛拉寶還在找我們呢。最好靜靜躲個幾小時再行動。」

她皺著眉頭看了看丹司。令人驚訝的是，他身旁的童克法竟然發出鼾聲了。

「你剛才不是說葛拉寶會放我們走嗎？」維溫娜說，「你說他只是試探我們，順便看看你的身手。」

「我是說『可能』。」丹司說，「不過我也曾經判斷錯誤。他剛才放我們走，也許只是怕我的劍隨時會取他性命，不代表他腦子裡沒打歪主意。我們就等他個幾小時，之後先回頭去問我的眼線們，看看是否有人在我們的住處附近打探什麼。」

「眼線？」維溫娜問道，「你派人監視我們的房子？」

「當然了，」丹司說，「這城裡的童工特別便宜。就算你家裡沒有個公主或王子要保護，花這一枚銅板也很值得。」

她沒搭腔，仍舊扠著手臂站著。她不想坐下，於是開始來回踱步。

「我倒不怎麼擔心葛拉寶，」丹司退後，挨到牆邊坐著，同時閉上眼睛。「只是小心起見。」

她搖頭說：「他想報復也算合理啊，丹司。你殺了他兩個人。」

「人命在這城裡不值錢的，公主。」

「你說他在試你的身手，」維溫娜又說，「那麼動機跟目的呢？看你殺幾個人，然後就放你走？」

「他想知道我這個人的威脅性如何，」丹司聳了聳肩，眼睛卻仍然閉著。「或者我提出的要求是不是認眞、值不值得，這一點更有可能。不過同樣的，這些我也不擔心。」

她嘆了一口氣，走到窗邊往外看。

「我勸妳離窗子遠一點。」丹司說，「安全起見。」

維溫娜感到一絲沮喪，心想：**先是叫我不要擔心，這會兒又叫我別讓外人看見。**她於是轉向，走到屋子後側的樓梯口，想到地下室去看看。

「那裡也是，」丹司提醒她：「有好幾階樓梯壞囉。反正也沒什麼看頭，上下四壁都是髒的。」

她又嘆一口氣，從樓梯口轉回來。

「妳今天是怎麼了？」他問這話時仍沒有睜開眼睛，「妳平常不會這樣緊張。」

「我不知道。」她答，「困在這兒讓我心煩意亂。」

「我還以爲公主被教導要有耐心呢。」丹司說。

維溫娜心中一驚：**他說得對，我這話簡直就像是希麗才會說的。我這陣子是怎麼回事？**於是她逼自己坐回凳子上去，將雙手疊在膝上，重新控制髮色——她竟沒注意到髮絲早已變成了棕色。

「那麼，」她努力使自己的口氣聽來有耐性，「請說說這個地方吧，你們怎麼會找到這棟房子？」

丹司這才睜開一隻眼睛：「是我們租下的。多幾個安全的藏身處是好事。反正這種地方不會常用到，所以我們都租最便宜的。」

維溫娜已料想如此，但她沒應聲。她沒想到丹司竟然能聽出她眞正想問的；或者說，原來她在無意間流露出的意圖竟然如此明顯。默默地坐在那兒，她低頭看著雙手，思索起自己失常的原因。

她在內心交戰，一方面是擔憂，不知道在特提勒進行的這一連串事情要拖上多久。父親應該在二週前就收到她的信了。她只能期望信中的理念和威脅能發揮作用，別讓父王做出傻事來。

現在回想起來，幸好丹司逼她離開樂米克斯的住處，否則父王很可能派特務來逮她。然而，在心底的另一角，她那懦弱的一面又希望丹司沒有這等先見之明，那麼她說不定已在返回義卓司的路上了。

她的行動是如此堅定；的確，每當她想到希麗，想到祖國的需求時，她就覺得自己好堅定，可是這些時候越來越少了。在別的時候，她只覺得迷惘。

她在做什麼？她不懂戰爭，不懂檯面下的花招。在她所謂「幫助義卓司」的行爲背後，其實都是丹司在主導。她在踏進特提勒的第一天就懷疑自己所學的一切全派不上用場，後來證明確實如此，這下子她也不知道如何去救希麗了。再說自己，好比體內的這些駐氣，她也不知道該拿它們怎麼辦才好；她甚至不確定自己是否還想待在這座瘋狂又擁擠的彩色城市裡。

說穿了，她是個無用的廢物。單單要承認這一點，就是她從來不曾面對的窘境了。

「妳眞的要和義卓司人碰面嗎？」聽見丹司這麼問，維溫娜抬起頭來。這時的窗外已是暮色。

我眞的要嗎？她想。**假如那之中有父王安插的探員，此舉或許會曝露我的行蹤，但如果我能爲那些人做點什麼……**

「我想見見他們。」她說。

丹司沉默。

「你不同意？」她問。

他搖頭。「場面會不好控制，也很難不讓消息走漏，這都會讓我們更難保護妳。我們之前安排的會面是特地選在能掌控的地區，妳跟平民老百姓不可能在那裡見面。」

她點頭道：「我還是想這麼做。丹司，我得做些有用的事。在你的聯絡人面前露臉是有用，可是不夠。萬一戰爭來臨，我們得讓這些百姓做好準備，總得幫他們一把。」

她抬頭望向窗外，瞥見死魂僕土塊仍舊站在那個角落，不禁又打了個哆嗦，於是移開視線，同時說：「我想救我妹妹，也想為我的人民盡一份心。但我總覺得自己待在這裡根本就幫不了什麼大忙。」

「至少比離開好。」丹司說。

「為什麼？」

「妳要是走了就沒人付我薪水。」

她翻了個白眼。

「我可不是在開玩笑。」丹司說，「我確實喜歡領到酬勞，而妳也有留下的好理由啊。」

「像是什麼？」她問。

他聳了聳肩：「看妳怎麼想囉。喏，公主，我不是智囊型的人才，不懂得深思熟慮。我只是個傭兵，妳付錢雇用我，指使我，我就跑腿刺探。但我勸妳想想，要是妳跑回義卓司，那才真的是一事無成了。妳回去能幹嘛呢？坐著織小杯墊罷了。妳父親另有繼承人，不是嗎？在這裡，妳或許派不上大用場——但是回國去，那才是毫無用處了。」

說到這裡，他伸了個懶腰，重新往後靠，沒再講下去。*哎，跟男人聊天就是這樣*。維溫娜邊想邊搖頭，卻發現他的這番話帶來了安慰。她微微笑，轉過頭。

竟發現土塊就站在她身邊。

她嚇得尖叫起來，差點兒沒往後跌在地上。丹司已在剎那間跳起來拔劍，童克法也差不多。

維溫娜的腳步踉蹌，絆踩著自己的裙角，一手按在胸前，彷彿深怕心跳太猛烈。死魂僕就這麼站定在那兒，看著她。

「它偶爾會這樣，」丹司輕鬆地笑了幾聲，維溫娜覺得他是故意笑給她聽的。「就只是走到人的身旁。」

「好像對人感到好奇似的。」童克法說。

「才不可能，」丹司說，「它們又沒有情感。土塊，回你的角落去。」

死魂僕轉過身去，開始往前走。

「不，」維溫娜說時仍在瑟瑟發抖。「叫它去地下室。」

「可是樓梯——」丹司說。

「馬上去！」維溫娜扯著嗓子大叫，髮尾滲染了一抹火紅。

丹司嘆息。「土塊，去地窖。」

便見死魂僕再轉身，往屋後的門走去。當它走下台階時，維溫娜聽見一個小小的破裂聲，不過從它的腳步聲判斷，它是平安下樓了。她這才坐下來，舒口氣。

「抱歉嚇著妳。」丹司說。

「我感覺不到它，」維溫娜說，「這樣讓我很不安。我會忘記它的存在，也注意不到它接近。」

丹司點點頭：「我知道。」

「還有珠兒也是。」她說時看了他一眼，「她是個褪息人。」

「對啊，」丹司說著，又坐了回去。「她從小就是了，她爸媽把她的駐氣賣給一個復歸神。」

「那些神每個星期都要一道駐氣才能活命。」童克法添上一句。

「眞可怕。」維溫娜說道，心裡一面想：**我眞要對她好一點。**

「其實沒那麼糟，」丹司說，「我以前也曾經沒有駐氣。」

「眞的嗎？」

他點了點頭：「誰都有缺錢的時候。駐氣的好處就在於可以拿它換錢，又總是可以買回來。」

「反正總會有人賣。」童克法說。

維溫娜大搖其頭，忍不住發抖：「但你就得過一陣子沒有靈魂的日子啊。」

丹司大笑——這次的笑聲聽起來眞誠些。「噢，那只是迷信，公主。沒有駐氣其實沒什麼差別。」

「那會讓你比較不友善，」維溫娜說，「比較暴躁，就像……」

「像珠兒？」丹司似乎覺得好笑：「算了吧，她就算有駐氣也照樣是那副臭脾氣的。總而言之，我把駐氣賣掉時並不覺得有何不同，要不是特別注意，還未必會發現自己少了它呢。」

維溫娜移開了視線，她沒指望他能明白。要把她的信仰講成是迷信當然簡單，她其實也可以輕易地反駁丹司。人們只看見他們想看見的事物。丹司認定自己少了駐氣也感覺不出差異，只是合理化出賣駐氣的行爲罷了——包括之後再花錢騙別人出售駐氣；況且，如果眞的沒什麼差別，事後又何必買回呢？

在這之後，他們沒再交談。不久珠兒回來，而維溫娜又一次沒發覺她進屋，不由得在心中浮現另一層懊惱，覺得自己開始變得太依賴生命感應力了。

「他的確沒撒謊。」珠兒對著丹司說：「我跟幾個還算可信的人打聽過，有三個人證實了他的身分。」

「好吧，那麼，」丹司伸展手腳，站了起來，順便把童克法踢醒。「我們就小心地回家吧。」

23

ightsong found Blushweaver in the grassy portion of the courtyard behind her palace.

萊聲在薄曦帷紡的宮殿後頭找到她。她站在草地上，正在欣賞某個園藝大師的作品。

萊聲踏上草地，一大群僕從跟隨著，並替他撐起加大的遮陽傘。一如往常，這副景象令他看來格外地矜貴。他走過數以百計的園木、盆栽和各式瓶花，看見它們全都被精心排列過。

這是個臨時花壇。諸神的神格太崇高，不能離開宮廷去觀賞城市裡的花園，所以人們就把花園搬進宮廷來。這當然是一樁大工程，要耗費幾十個人力，搬運幾大車的植物。爲了使諸神稱心足意，最極致的奢華也不過是恰如其分。

只是這稱心足意，並不包括自由。

午後的陽光下，薄曦帷紡站著賞花。萊聲走近時，他的生體色度也跟著移動，使得花葉依次變得更加鮮艷後又恢復原樣，所以她馬上就注意到了。她今天的服裝意外地樸素，像是由整匹的綠色綢緞簡單剪裁、纏織而成，無袖且無紋飾，該裹的地方都裹得好好的。

「親愛的萊聲，」她笑意盈盈地說：「居然直接到淑女的家登門拜訪？瞧你這迷人的魯莽鬼。好吧，我看我們進臥室裡去聊，別在這兒講話吧。」

他微微一笑，拿出一張紙走近她。

她愣了一下，接過紙張，看見正面布滿彩色的點——以藝匠書法寫成。「這是什麼？」她問。

「我大概知道我們待會兒會怎麼開始聊，」萊聲答，「所以我把不必要的對話先寫好，這樣可節省彼此的時間。」

薄曦帷紡揚了揚一邊眉毛，接著把紙上的內容讀了出來：「『一開始，薄曦帷紡說出一些略具暗示性的話。』」她停下來看了他一眼。「略具暗示性？我邀你進臥房，那可是公然明示呢。」

「我低估了妳。」萊聲說，「請繼續。」

「『然後萊聲說東說西以模糊焦點，』」薄曦帷紡唸道：「『那難以置信的魅力和聰穎，令她為之震懾以致於久久無法言語……』噢，拜託，萊聲。我真的得唸這玩意兒不可嗎？」

「這可是曠世鉅作，」他說，「是我最得意的手筆。請吧，接下來的部分很重要。」

她嘆了一口氣，繼續唸：「『薄曦帷紡抖動著她的雙峰並談起枯燥已極的政治，於是萊聲道歉，坦承自己最近表現得太疏遠，然後解釋說他其實有些事情必須先想清楚。』」她停了下來，瞟了他一眼，「這表示你終於準備要參與我的計畫了嗎？」

他點點頭。在他們身旁，一組園丁正在搬花。大批人馬來來去去，搬走了花草，送來很多開花的小樹盆栽，圍繞在薄曦帷紡和萊聲的身旁，看起來就像是活動的萬花筒圖案。

「我不認爲王妃跟顚覆王權的陰謀有關，」萊聲說，「雖然我只是簡短地與她談話，但我非常相信這點。」

「那你爲什麼願意加入？」

他沒有立刻回答，而是賞起花來。「因爲，」過了一會兒，他才開口。「我想確保妳不會傷害她，或者這計畫中的別人不會傷害她。」

「我親愛的萊聲，」薄曦帷紡嘟起她的紅唇，「我向你保證，我是無害的。」

他挑了挑眉毛：「我懷疑。」

「好了好了，」她說，「怎麼可以用嚴格的眞理來質疑一個淑女的初衷呢？不論如何，我很高興你來。我們可有得忙呢。」

「忙？」他說，「聽起來好像……要工作。」

「當然，親愛的。」她邊說邊走開。眾園丁立刻跑上前，搬開盆栽以清出通道。園藝大師本人就站在一旁指揮，看起來像在指揮一個交響樂團似的。

萊聲加快腳步追上去：「妳知道我對『工作』這個詞的看法是什麼嗎？」

「不知怎麼搞的，我覺得你不喜歡它。」薄曦帷紡說。

「哦，我不會那麼說。親愛的薄曦帷紡，我認爲工作就像肥料。」

「聞起來像嗎？」

他淺淺一笑。「不，我的意思是，我很高興有它的存在，只是我並不想自己陷進去攪和。」

「那可就不幸囉，」薄曦帷紡說，「因爲你剛剛同意要陷進去攪和了。」

萊聲嘆道：「我想我已經聞到那氣味了。」

「別這樣難過嘛，」她說道，同時向搬花的幾個工人微笑致意。「會很好玩的，」她回過頭，眨了眨眼睛。「默慈星昨晚遇上襲擊了。」

□

「噢，我親愛的薄曦帷紡，這眞是悲劇呀。」

萊聲站在旁邊，眉毛抬得高高的。默慈星是個妖嬈美艷的女神，與薄曦帷紡恰成對比；當然，她們兩人都是女性美的完美典範。薄曦帷紡骨感苗條——但上圍豐滿，而默慈星則豐腴婀娜——也一樣上圍豐滿。這時默慈星躺臥在一張絨毛長椅上，身旁幾個男僕用棕櫚葉在爲她搧風。

她不像薄曦帷紡那樣懂得掌握服裝造型。要不使鮮艷色系的衣裳變得俗氣，造型上需要一番技巧，萊聲自己不懂，但他的僕人之中有人懂。默慈星就吃虧了，她和她的僕人顯然都不懂。

*雖然，無可否認地，*他暗想，*只用橘色與金色要穿出高尚氣質，本來就不是件簡單的事。*

「默慈星呀，親愛的。」薄曦帷紡慇懃地喚道，一面挨近去，準備坐在默慈星身旁。一個僕人及時拿來墊枕，滑進薄曦帷紡的腰後。「我能體會妳現在的感受。」

「真的嗎？」默慈星問道。「妳有辦法體會嗎？這真是可怕啊。竟有……竟有惡棍悄悄溜進我的宮殿來，還和我的僕人們搭訕！這兒可是女神的家啊！是什麼人會做這種事呢？」

「就是說啊，那人一定是瘋子。」薄曦帷紡好聲安慰。萊聲站在她旁邊，帶著同情的微笑，雙手在背後交握。午後的涼風習習，從庭院和門廊的方向吹來。薄曦帷紡帶來的園丁搬來鮮花和盆栽，擺放在門廊的頂篷四周，令空氣中充滿各種芳香。

「我無法理解，」默慈星說，「門口的警衛應該要防範這種事情才對！要是人們能夠自由來去還入侵我們的居所，那還要這些牆做什麼？我再也沒法安心待著了。」

「我相信警衛以後一定會更勤奮的。」薄曦帷紡說。

萊聲皺起了眉頭，朝默慈星的宮殿望去，只見僕人們匆匆地走進走出，低聲議論紛紛，像一群不安的蜜蜂。「妳們覺得入侵者的目的會是什麼？」他喃喃道，幾乎是在問自己。「也許是藝術品？當然，去搶民間的商人會容易得多就是了。」

「我們也許不知道他們想要什麼，」薄曦帷紡的語調平穩，「但我們至少知道他們的一點底細。」

「真的嗎？」默慈星驚跳起來。

「對，親愛的，」薄曦帷紡說，「只有不尊重傳統、禮教或宗教的人才會斗膽侵犯神的居所。有些卑鄙邪惡的人，不敬神、不信神……」

「義卓司人？」默慈星問。

「親愛的，妳沒想過嗎？」薄曦帷紡說，「他們爲什麼送最年幼的小公主來給神君，卻不是年長的大公主？」

默慈星皺起眉頭：「他們眞的這麼做？」

「是啊，親愛的。」薄曦帷紡說。

「現在看來，這事相當可疑了，是吧？」

「諸神的宮廷裡有些不對勁了，默慈星。」薄曦帷紡向她挨得更近：「說不定會不利於我們的君王。」

「薄曦帷紡，」萊聲說，「借一步說話，可以嗎？」

她瞟來的眼光帶著不悅，但他堅定地與她對望，終究令她嘆了一口氣。她拍拍默慈星的手，然後起身隨萊聲走出門廊。兩人的僕從和祭司們也都跟著走。

「妳在做什麼？」估算距離夠遠，默慈星聽不到，萊聲馬上質問薄曦帷紡。

「招兵買馬。」薄曦帷紡的眼中靈光閃動。「我們以後會用到她的死魂令。」

「我個人認爲這個理由還不夠充分，」萊聲說，「戰爭未必是必然的。」

「就像我說的，」薄曦帷紡答道，「我們必須小心，我只是在做準備。」

「好吧，」他決定不在這一點上爭辯。「但我們又不知道入侵宮殿的是義卓司人，妳爲什麼要做那種暗示？」

「那你認為這只是巧合囉？選這種時機潛入我們的宮殿？戰爭氣氛正迫近呢。」

「就是巧合。」

「巧到剛好選中掌管死魂令的四個復歸神之一？如果要和哈蘭隼打仗的人是我，做的第一件事必定是想辦法把死魂令給搜出來，把它抄寫下來，或者乾脆殺了掌管它的神。」

萊聲回頭朝宮殿瞥了一眼。薄曦帷紡的論點頗有道理，但還不夠。此刻他有股莫名的衝動，想要深入探究此事。但此舉聽起來像是工作，有違他的懶散習性，除非讓他好好發一頓牢騷，否則他絕不肯破例，不過眼下也不可能允許他這麼做，所以他只是點點頭，隨薄曦帷紡走回門廊。

「親愛的，」薄曦帷紡急切地坐回默慈星的身旁，靠近去說道：「我們剛才討論了一下，決定信任妳。」

默慈星坐直起身子：「信任我什麼？」

「妳的見識。」薄曦帷紡壓低了聲音道：「老實告訴妳，我們之中有某些人擔心義卓司不安分，想回來低地稱王。」

「他們不是來融合血統的嗎？」默慈星說，「以後我們的哈蘭隼神君就有王室血緣。」

「哦？」薄曦帷紡說，「那不也可以解釋成義卓司血緣嗎？」

默慈星動搖了。她轉而望向萊聲：「你相信嗎？」

怪了，為什麼問我？萊聲心中納悶。他盡了一切努力想阻止人們向他尋求協助，人們好像卻還是把他視為某種權威。「我是認為……先做點兒準備也不失明智。」他回答，「噢，雖然，準備晚飯也是這個道理。」

薄曦帷紡沒好氣地瞪他一眼，然後很快換回關懷的神情，又對默慈星說：「大家都知道妳經歷了難過的一天，但我想請妳考慮考慮。我們有個預防計畫，希望妳能參與。」

「什麼樣的預防計畫？」默慈星問。

「都是些簡單的小事情。」薄曦帷紡說得有些快，「做些思考、聊一聊、規劃規劃。最後，要是能掌握足夠的證據，我們就向神君稟報。」

這番話似乎讓默慈星的情緒舒緩下來。她點了點頭：「好，我懂了。有備無患，明智之舉。」

「好了，妳就歇會兒吧。」薄曦帷紡說完起身，帶著萊聲離開。他們走出門廊，悠閒地從草坪走向薄曦帷紡自己的宮殿。但萊聲不太想去，心中不由得反思剛才的訪問和談話，隱隱感到不對勁。

「她真是個可人兒。」薄曦帷紡面帶笑意地說。

「妳只是因為她容易受人操縱才這麼說的。」

「當然了。」薄曦帷紡說，「我可是真心喜愛那些守本分的人啊。至於所謂『本分』的定義——凡我認為是最好的事，就叫本分。」

「好吧，至少妳態度坦率。」萊聲語帶譏諷。

「親愛的，在你面前，我就如同一本書那樣開誠布公。」

他哼了一聲。「可能還沒翻譯成哈蘭隼文罷了。」

「你只是因爲從來沒眞正試著閱讀我才這麼說的。」她故意笑了笑，「不過，我得承認，默慈星有件事確實讓我不高興。」

「什麼事？」

「她的軍權。」薄曦帷紡扠起了手臂，「她是仁慈女神，爲什麼可以掌管一萬大軍的死魂令？這顯然是個可怕的錯誤判斷，特別是我竟然沒掌管任何軍令。」

「薄曦帷紡，」萊聲覺得好笑。「妳是象徵誠實、溝通和人際關係的女神，爲什麼應該要掌理軍事號令呢？」

「軍事會牽涉到許多人際關係呀，」她說，「你想想，兩個人拿劍互打叫什麼？不就是人際嗎？」

「話是沒錯。」萊聲說時，回頭朝默慈星的宮殿打量。

「算了，」薄曦帷紡說：「姑且當你認同我的論點吧，反正人與人的關係實質上跟戰爭沒兩樣。至於你與我的人際關係嘛，親愛的萊聲，我們……」她停頓下來，在他的肩膀上戳了戳。「萊聲？你有沒有在聽呀！」

「有？」

薄曦帷紡流露出任性的神態：「我得說，你今天的玩笑開得實在過分了點，我看我還是找別人玩算了。」

「嗯，好。」萊聲應道，繼續觀察默慈星的宮殿。「眞是悲劇。言歸正傳吧，默慈星的宮殿被人闖入，歹徒只有一個人嗎？」

「應該是。」薄曦帷紡答，「那不重要。」

「有人受傷嗎？」

「幾個僕役而已，」薄曦帷紡搖著手說道：「其中一個被發現時已經死了，我想。你應該多注意我，而不是那——」

萊聲面色驚愕：「有人死掉？」

她聳了聳肩。「他們是這麼說的。」

他轉過身去：「我要回去再找她談談。」

「隨你便。」薄曦帷紡氣沖沖地說，「但我可不跟你去，我要去欣賞我的花園。」

「好吧，」說這話時，萊聲已經邁步往回走。「我晚點跟妳聊。」

薄曦帷紡忿忿然地哼了一聲，雙手扠腰看著他走掉。萊聲竟然一再無視她的挑逗，把注意力放在……

搞什麼？幾個僕人被一個罪犯所傷，關他什麼事？他就這麼頭也不回地大步走回默慈星的宮殿，僕人和祭司們照樣跟在後頭。

默慈星仍然斜倚在她的躺椅上。見他走來，她半皺了眉頭問：「萊聲？」

「我回來，是因爲我剛剛聽說妳有個僕人在歹徒的夜襲中喪生。」

「啊，是的，」她說，「可憐的人，多可怕的遭遇，相信他在天堂必定會找到祝福。」

「祝福這東西總是在最後才出現。」萊聲說，「告訴我，這殺人事件是怎麼發生的？」

「其實非常詭異，」默慈星說，「門口的兩個警衛被打昏。四個僕人走在廊道上時發現了入侵者，而那入侵者也見到他們，打暈其中一個，殺死一個，另外兩人逃走。」

「那人是怎麼死的？」

默慈星嘆了一口氣，揮揮手道：「我眞的不知道。我讓祭司們告訴你吧，要講述細節，我怕我承受不了呢。」

「若我跟他們交談，妥當嗎？」

「如果你非談不可的話。」她說，「我剛才有提到此刻的我有多麼心神不寧嗎？我還以爲你是留下來安慰我的呢。」

「親愛的默慈星，」萊聲說，「妳若是了解我，就會明白讓妳獨處才是我能給妳的最大安慰。」

她仰起頭來，一臉不解。

「我說笑的，親愛的。」他說，「不幸地，我一點兒也不擅長安慰人。包打聽，你在嗎？」

拉瑞瑪一如往常地站在祭司群之中，聽見叫喚時才望向萊聲。「閣下？」

「叫其他人都回去吧，不必勞師動眾。」萊聲說，「辦這點兒小事，我認爲你和我兩人就夠了。」

「遵命，閣下。」拉瑞瑪應道。

於是，萊聲的僕從們發現他們再次被自己的主人扔下了。他們像一群被父母遺棄的孩童，在草地上茫然地站在一塊兒。

「您打算做什麼，閣下？」拉瑞瑪小聲地問。他們正走進默慈星的宮殿中。

「老實說，我沒頭緒。」萊聲道，「我只是覺得這裡面有蹊蹺。外人的入侵、那人的死，就是不對勁。」

拉瑞瑪看著他，臉上有種怪異的表情。

「怎麼了？」萊聲問。

「沒什麼，閣下。」拉瑞瑪說，「只是此舉極不符合您的性格。」

「我知道，」莫名地，萊聲對自己的決定懷抱自信。「其實我也說不上動機是啥。好奇心使然吧，我想。」

「好奇心大到勝過您……呃，您規避一切的念頭嗎？」

萊聲聳了聳肩，不置可否。此刻他感覺充滿活力，平日的嗜睡不再，取而代之的是一股興奮，而這興奮感竟一點兒也不陌生。走進宮中，他發現幾個祭司擠在走廊上聊天，便直接走過去，把他們嚇了一大跳，全都轉過來向他行禮。

「啊，很好。」萊聲說，「我想，你們能把昨晚的事件講得更詳細點給我聽嗎？」

「閣下，」三個祭司中的一人說道，「我向您保證，局面完全在我們的掌握之下，絕不會令您或您的隨從遭遇任何危險。」

「好，好。」萊聲邊說邊打量著走廊：「那麼，被殺的那人就是死在這裡？」

三人面面相覷。「在那邊。」其中一人不情願地開口，伸手指向轉角處。

「太好了，勞煩你們陪我過去。」萊聲說完，就朝那個轉角走去。有一班工人正在那兒換地板。無論清潔得多麼乾淨，染血的木板都不可以安置在女神的居所裡。

「嗯，」萊聲沉吟道，「看來很混亂，事情是怎麼發生的？」

「閣下，我們也不確定。」其中一個祭司說，「入侵者打量了門口的人，卻沒有傷害他們。」

「對，默慈星也提到這一點。」萊聲說，「但在那之後，他就跟四個僕人打鬥？」

「呃，其實『打鬥』一詞不算貼切。」那祭司說時嘆了一聲。萊聲雖然不是他們侍奉的主人，卻仍然是個神，而祭司們都受誓言約束，因此必須回答他的問題。

「歹徒用一條識喚過的繩子先束縛其中一人的行動，」祭司繼續解釋：「之後，另一人留在原地拖延入侵者，剩下的兩人去求救。入侵者很快地就把拖延他的人打昏，當時被綁的那個人還活著。」祭司朝他的同事們看了一眼。「救兵們被一隻動物變成的死魂僕給絆住，等他們趕到時，發現被打昏的人還沒有甦醒，但被綁住的人卻死了。是被長劍刺穿心臟而死的。」

萊聲點了點頭，單膝跪在破裂的木板旁，原本在那兒做事情的僕人們趕緊鞠躬退開。萊聲也不確定自己要找什麼，只看見那附近的地板已經被擦洗乾淨，揭了開來，但在不遠處有一小塊異樣。他走近去細看，發現那是一處被汲乾了色彩的地面。「你說歹徒是個識喚術士？」他抬起頭望向那幾個祭司。

「毫無疑問，閣下。」

萊聲心想，這件事絕非義卓司人所爲，因爲歹徒用了識喚術。「你說有動物變成的死魂僕，那是什麼動物？」

「是隻松鼠，閣下。」一人回答，「入侵者用牠來引開注意力。」

「做得精細嗎？」

三人都點頭，其中一人又進一步解釋：「從行爲來判斷，歹徒用的是近代的命令語。不光如此，牠體內甚至用靈醇取代了血液。我們花了大半夜才逮到那東西！」

「我明白了。」萊聲起身，「但那歹徒還是逃了？」

「是的，閣下。」

「你們認爲他是來做什麼的？」

祭司們面色惶然。「我們不十分確定啊，閣下。」其中一人說，「他還沒達到目的，我們就嚇跑了他——有人看見他從來時路逃跑，也許他覺得寡不敵眾。」

「我們認爲他也許只是個普通的小偷，閣下。」一人又說，「他想來畫廊偷取藝術品。」

「聽起來可眞有道理啊。」萊聲站在原地說道：「搞這搞那、大費周章，就爲了偷東西而已。」他掉轉過頭，繼續往門口的方向走，心中生起一股古怪的非現實感。

祭司們在騙他。

他不知道自己如何能聽得出，但心底就是有個直覺也似的念頭。話說回來，不知怎地，這些謊言沒有令他不安，反而帶來幾分振奮。

「閣下，」拉瑞瑪追上來問，「您發現了什麼嗎？」

「入侵者絕對不是義卓司人。」萊聲悄聲說，一面走到戶外的陽光下。

拉瑞瑪挑了挑眉。「但是閣下，義卓司人到哈蘭隼來買駐氣的例子，一向都有。」

「那你可曾聽說過用死魂僕的？」

拉瑞瑪沉默了。「沒聽過，閣下。」他遲了一會兒才答。

「義卓司人討厭死魂僕，認為那是不正常且愚蠢的東西，要說義卓司人會採取那種手段，我認為說不通。就算有人離經叛道好了，理由呢？來暗殺一個復歸神？死掉的神也只會被新的神取代罷了，死魂軍令根本就不會受影響，這兒的制度也不可能只因為一個神的死去就被動搖。相反地，此舉遭受報復的可能性會遠遠大於好處。」

「那麼，您相信那人是小偷嗎？」

「當然不信。」萊聲說，「一個『普通的小偷』會有錢到可以弄一個死魂僕，有足夠駐氣可浪費在那上頭？就為了分散敵人的注意力？這個入侵者富有得很，他才不是為錢而來。況且，他到僕人專用的走廊來做什麼？那裡又沒有值錢的東西。要說值錢，宮殿內部的裝潢不都是上等貨嗎？」

拉瑞瑪又沉默了。他細細端詳萊聲，臉上則又浮現之前的那種好奇表情。「閣下，您的推論非常合情合理呢。」

「我知道。」萊聲說，「我明顯地感覺我不像自己了，也許我該把自己灌醉去。」

「您不可能喝醉的。」

「好啦，但我非常樂於嘗試。」

萊聲走回他的宮殿，並把那些僕從們領回來。拉瑞瑪看起來有點慌亂，萊聲卻是滿心激動。他想：這是一樁發生在諸神宮廷裡的凶殺案，死的雖然只是個僕人，但我是全人民的神，當然應該關心；更何況——宮廷中有多久沒死人了？至少在我這輩子都還沒有。

默慈星的祭司們在隱瞞實情。入侵者既然可以逃，又何必要擾敵、甚至是用那麼昂貴的工具來擾敵呢？復歸者的僕從們並不是威武的戰士或武者，歹徒爲何輕易地打退堂鼓？

這麼多的好問題，好到所有人都應該比他更早起疑才對。可是，偏偏就只有他發覺。

他不只發覺，還陷入了沉思。從走回宮殿的一路上，甚至到用完一頓大餐之後的深夜。

24

iri's servants clustered around her uncertainly as she went into the chaotic room.

希麗走進那吵雜的房間時，簇擁在周圍的僕人們都有些慌張。一見希麗走進，文書官和祭司們全嚇傻了，有人立刻停下手上的工作，倉皇向她鞠躬，有的則只是瞠目結舌地看她走過。而她的侍女們努力牽好她那將近十呎長的藍白相間長禮服裙襬，使她保持端莊。

打定主意，希麗繼續往房間的另一頭走——其實這兒倒更像是一條走廊，而非房間。只見長方桌沿著牆邊排擺，桌面上淨是成疊的紙堆，男性文書官在其間忙碌。希麗注意到，凡是龐卡的文書官都穿著褐衣，哈蘭隼的則穿著當日的制服色。至於牆面，當然是黑色的。宮殿中心區才有彩色的房間，那兒是神君和希麗消磨大半時日的地方；當然，是各過各的。

白天各自過，夜晚就有一點兒不同了。希麗心想，忍不住微笑。教導神君識字，讓她心生偷偷摸摸的刺激感，尤其是這祕密整個王國中無人知曉，與她分享祕密的另一人又是當今世上最有權力的男人。這樣的戰慄令她覺得自己應該要擔憂。她也的確有所擔憂，特別是在想到藍指頭的警告之時。她今天造訪文書官的辦公區，就是爲了這個原因。

*奇怪，爲什麼寢室會在這一區呢？*她暗自狐疑。*位在宮殿的主體之外，也就是黑色的區域。*

總之，撇開神君的寢室不算，這兒是宮殿裡的僕從區，大概也是文書士自以爲最不會被神君妃打擾的地方，因此當希麗領著侍女們進屋時，幾名僕從對著某些文書士致以歉意。希麗很快就走到長廊盡頭，一名僕人爲她打開那兒的門，讓她長驅直入。

門後面是一個中等大小的房間，幾名祭司隨意地站著翻閱書籍。見到有人進來，他們都抬起頭看，其中一人驚訝得書本掉在了地上。

「我，」希麗昂首挺胸地說，「想要幾本書！」

祭司們盯著她。「書？」其中一人遲遲才問。

「對。」希麗把雙手扠在腰上。「這是宮殿的圖書室，對嗎？」

「呃，是的，神君妃。」那祭司說道，朝他的同事一瞥。他們穿著辦公時的長袍，今天的主題色是紫色與銀色。

「那麼，」希麗說，「我要借個幾本去看。我厭倦了餘興節目，想在空閒時看書來充實自己。」

「您一定不會想看這些書的，神君妃。」另一名祭司說，「這些書的主題都沒意思，不外乎宗教或城市財政。我想，富故事性的書籍或許更適合閒暇閱讀。」

希麗揚了揚眉毛：「那麼我能在哪兒找到這種『更適合』的讀物呢？」

「我們可以請一個愛書人從城市書庫中帶書來，」那祭司邊說邊往前走了一步，身段優雅。

「他很快就會抵達。」

希麗想了一下：「不。我不喜歡那樣。我要看這裡的書。」

「不，您不能。」另一個聲音在她身後如此說道。

希麗轉過身去。神君的大祭司崔樂第就站在她後面，戴著高尖帽，十指交疊，眉頭深鎖。

「你不可以拒絕我的要求。」希麗說，「我是王妃。」

「我可以，神君妃。」崔樂第說，「您要知道，這裡的書都極有價值，若是有個萬一，王國將承擔莫大的損失。縱使是祭司都不可以將這些書帶出圖書室之外。」

「這兒可是神君大殿。就在這宮殿裡，書本能受到什麼損傷呢？」她仍不死心。

「原則問題，神君妃。這些都是神的財產，修茲波朗曾明確表示他希望書本都保管在這兒。」

哼，他最好這麼「表示」過。希麗在心中狠狠地譏諷。對這幫祭司來說，有一個沒舌頭的神君主子可真是方便。他們可以隨時隨意地代替主人發言，但主人卻永遠無法糾正他們。

「要是您執意閱讀這些卷籍，」崔樂第又說，「您可以待在這兒讀。」

希麗向四周一瞥。想到這麼多死板板的祭司會站成一圈，看著她讀書，聽到她唸字，拿她當笑話看；萬一其中有些書本內容敏感，他們搞不好還會想辦法不讓她碰到那些書。

「不了，」希麗說完，轉身準備離去。「下次吧。」

□

我就說他們不會讓妳拿書。神君寫道。

希麗翻了個白眼，失望地倒回床上。睡前換上的那件笨重禮服，此刻還穿在她的身上。不知怎地，自從能和神君溝通以後，她反而害羞了起來，所以這陣子她只在入睡前才脫外衣。話說回來，她眞正入睡的時刻也越來越晚了。

修茲波朗坐在他的老位置——每天晚上，他把他的椅子拉到床邊，坐在那兒向希麗學習。儘管他還是那般高大又散發神聖味兒，看著她時的那副表情卻是極其坦率外加眞誠。這時的他向希麗招招手，要她坐回床邊，看他握一小截木炭在木板上寫下的另一行字。

妳不要那麼氣祭司。他寫道。想當然爾，他的筆跡是歪七扭八。

說到祭司，希麗曾經偷藏起一個杯子，趁夜放在牆上聽，結果眞的能聽見牆後面隱約的交談聲。每天晚上，呻吟和蹦蹦跳跳的假床戲演完之後，隔壁會有椅子移動和關門的聲音，然後就是一片沉默。

憑著直覺，希麗相信祭司們每晚監聽完就離開。當然，那些人都猜疑心重，也有可能用這種假動作欺騙她。爲了小心起見，希麗對神君說話時總是盡可能輕聲細語。

妳在想什麼？他又寫道。

「你的祭司們，」她輕聲說，「他們故意刁難我！」

他們是好人。他寫著。他們很努力工作，幫我治理王國。

「他們割掉你的舌頭呀。」她說。

靜默了好一會兒，神君才又寫道，沒辦法，我的力量太強。

希麗朝他坐得更近些。老樣子，她一靠近，他就後退，還把手臂往身後縮，但這舉動其實並沒有任何傲慢之意。經過一陣子的觀察，希麗猜想，很可能是因為他幾乎沒有被人觸碰過。

「修茲波朗，」她低聲說，「這些人沒有為你最大的好處著想。除了割掉你的舌頭，他們還用你的名義發言，做他們自己想要做的事情。」

他們不是我的敵人。他堅持己見地寫著。他們是好人。

「哦？」她說，「那你為什麼不讓他們知道你在學識字呢？」

他又靜默了，眼神也低垂。

一個君臨哈蘭隼五十年的人竟這麼卑微，她想。從很多方面來看，他就像個小孩。

因為我不想惹他們不高興。他終於又寫道。

「當然，我想也是。」希麗沒好氣地說。

他愣了一下，又寫：妳覺得當然？妳相信我說的？

「不，」希麗說，「我是在諷刺你，修茲波朗。」

他皺起了眉頭。我不知道那是什麼。風刺？

「諷刺，挖苦。」她仔細地唸給他聽。「就是……」她想了想，「你講某一件事，但你真正表達的其實是相反的意思。」

修茲波朗聽完大皺眉頭，急躁地擦去板上的字，寫道：這樣沒有意義。妳為何不直接說？

「因爲，就像……哎，我也不知道。就是一種小聰明，可以用來捉弄別人。」

捉弄別人？他問。

天啊！希麗暗暗大嘆，一面思索著如何解釋給他聽。想到他做了一輩子的君王，竟然連這個都不懂，希麗覺得好荒謬。「這種話有時候是爲了逗趣、好玩兒才說的。」她解釋道，「假使你帶著憤怒講話，那些話說出來可能會傷人，但要是換成親暱或開玩笑的口氣去講，對方聽起來就不那麼難受了。當然，有些時候，說話諷刺確實是爲了想要傷害人。諷刺是取笑別人的方式之一，就是故意說反話，而且說得特別誇張。」

妳怎麼知道別人是親暱、開玩笑還是要傷害妳？

「我不知道。」希麗說，「也許要從他們說話時的口氣來判斷吧。」

神君顯得一頭霧水，看得出他正在認眞思考。不久，他寫道：妳很正常。

希麗皺起了眉頭：「嗯。謝謝？」

那句話諷刺得好不好？他寫著。因為妳其實是個怪人。

她笑了。「我盡量囉。」

他抬起頭來，不解。

「這又是諷刺。」她對他說，「我不是『盡量』讓自己怪，而是天生就這樣怪。我沒有刻意要當怪人。」

他看著她。希麗回想從前聽過的傳聞，在那些傳聞中，這男人是多麼地可怕，但那卻是多麼離譜的誤解。看看他此刻流露出的眼神，那不是驕傲也不是漠然，而是一個百般努力要去理解周遭世界的人，純眞而無知，急切而眞摯。

但他確實不是泛泛之輩，這一點從他很快就學會寫字可以判知。當然，早在遇見希麗之前，他已聽得懂口語的各種腔調，也記得那本兒童故事書裡的每一個字。希麗所做的只是把字詞規則講給他聽，唸給他聽，算是進入讀和寫的臨門一腳而已。

儘管如此，他的理解力和學習力仍然令她驚異。她對他微微一笑，便見他也遲疑地回以一笑。

「你爲什麼說我奇怪？」她問。

妳不像別人。他寫道。別人一天到晚向我鞠躬。沒人跟我談天，祭司也是。他們只有偶爾交待我事情，但也好幾年沒交待了。

「我不向你鞠躬，又像朋友一樣跟你講話，你覺得受冒犯嗎？」

他很快地抹板子。受冒犯？為何那樣就是冒犯我？妳在諷刺？

「不是，」她馬上澄清，「我眞的很喜歡和你談天。」

那我就不懂了。

「別人都怕你，」希麗說，「因爲你太有力量。」

可是他們把我的舌頭拿掉就是為了安全。

「他們不是怕你的駐氣，」希麗說，「是怕你的軍權和統治權。你是神君，你能命令王國中的任何人去殺別人。」

但我為何要那樣做？他寫道。我不會殺好人。他們一定知道。

希麗往後坐，靠在絨墊上。身後的壁爐傳來劈啪聲響。「我是現在才知道這點，」她對他說，「但別人還不知道。他們不了解你，只曉得你多麼有權力和神力，所以畏懼你，對你表示尊敬。」

修茲波朗一愣。所以妳不尊敬我？

「我當然尊敬你啊，」她嘆了一口氣，「只不過，我從來就不擅長守規則。說實話吧，要是有人叫我做事情，我通常都會想要做相反的事。」

那樣好奇怪。他寫道。我以為大家都是別人說了就照做。

「我想，以後你就會知道，其實大多數人不是那樣。」她笑了起來。

那樣子就惹麻煩。

「這道理是祭司教你的嗎？」

他搖了搖頭，伸出手去拿他的童話故事書。修茲波朗總是隨身帶著那本書，希麗看得出他有多麼寶貝它，因爲他拿書時總是小心翼翼。

那恐怕是他唯一眞正擁有的私人物品了，希麗心想。別的東西是每天都會被拿走，第二天換新的，從不會長留在他身邊。

這本書，他寫道，小時候，我母親讀給我聽。在她被帶走之前，我就全部記住。故事裡說到很多不聽話的小孩，後來多半被怪物吃掉。

「噢，眞的嗎？」希麗笑著反問。

不要怕。他又寫。我母親教我，怪物都是假的。但我記得故事裡的教訓。服從是好事。做人應該要對人好。不要獨自一人到叢林裡去。不可以說謊。不要傷害別人。

希麗笑得更開了。這個人在生活中所學到的一切，要不是來自於充滿道德說理的民間故事，就是來自於把他當成傀儡的祭司。想到他竟是這樣變成單純又誠實的人，她就覺得他其實還滿容易了解的。

不過，究竟是什麼契機，促使他違背這些人生道理，要求希麗教他識字呢？既然他這一生都被教導要服從、要信任，爲什麼他還要對祭司有所隱瞞呢？可見他並不是完全單純而無知。

「我第一次進來這個房間時，」希麗說，「你沒有……臨幸我。是不是因爲這些故事？因爲你想對別人好？」

臨幸妳？我不懂。

希麗面紅耳赤，連帶髮色也一樣。「我是說，那時候你爲什麼只是坐在那兒不動？」

因為我不知道要做什麼。他寫道。我只知道我們要有一個小孩，所以我就坐著等小孩出來。我們一定做錯了什麼，因為小孩沒出現。

希麗讀完怔住，眨了眨眼睛。不會吧？他不可能……「你不知道要如何才會有小孩嗎？」

故事裡說，他寫道，一個男人跟一個女人一起過夜，然後他們就有小孩。我們在一起過了很多夜，結果沒有小孩。

「沒人跟你說明那個過程嗎？祭司都沒說？」

沒有，什麼過程？

她靜靜坐了一會兒，感覺著雙頰發熱，一面心想：**不，我可不要和他聊那件事**。「我想我們改天再談那個吧。」她說。

妳到這個房間來的第一天晚上，感覺確實很奇怪。他寫道。我必須承認，我當時怕妳。

希麗笑了，因爲她想起自己當時的恐懼，她想都沒想過他竟然反過來怕她。他爲什麼要怕？他可是神君。

「那麼，」她邊說邊用指尖輕輕點著床鋪，「你從來沒親近別的女人？」

沒有。他寫道，不過，我覺得看妳光身體不穿衣服很有意思。

她的臉上又是一熱。「那不是我們現在要討論的東西啦，」她說，「我想知道有沒有別的女人。沒有情人？沒有納妾？」

沒有。

「他們眞的很怕你有孩子。」

為何這麼說？他寫道，他們都把妳送來給我了。

「在你當了五十年的君王，」她說，「而且只在嚴密控制的情況下，用特定的血統來製造一個特定血緣的孩子？藍指頭覺得這孩子可能會不利於我們兩個。」

我不懂為什麼。他寫道。這是人人都想要的結果，一定要有子嗣。

「爲什麼現在才急著要呢？」希麗說，「你看起來頂多只有二十歲啊，你的生體色度減緩了老化速度。」

沒有繼承人，王國會陷於危險。萬一我被殺掉，以後沒有人能統治。

「那麼這五十年來就不危險嗎？」

他先是一愣，皺著眉頭，然後慢慢擦去板子上的字。

「他們認定你現在處於危險中，」她邊思考邊說，「但卻不是疾病——就連我都知道復歸者不會生病。我說眞的，復歸者根本就不會老吧？」

我不這麼想。神君寫道。

「以前的神君是怎麼死的？」

在我之前只有四位。他寫道。我不知道他們是怎麼死的。

「好幾百年，卻只有四任神君，全都死得神祕……」

我父親在我很小時就死了，所以我不記得。修茲波朗寫道：我聽說他把自己的生命獻給王國。有人說，他釋放出生體彩息，治好某種可怕的傳染病。每個復歸者都能做到，但別的復歸者一次只能治好一個人，神君是一次能治好很多人。這就是我聽說的。

「這件事一定有留下紀錄才對，」希麗說，「搞不好在祭司們死守的那間書庫裡。」

抱歉，他們一定不會讓妳看那些東西。他寫道。

希麗滿不在乎地揮揮手：「反正那些書派上用場的機會不大，我得想別的辦法來了解那段歷史。」

她接著心想：藍指頭說生孩子就有危險。那麼，無論那危險爲何，只會在我順利生下孩子之後才發生。不過，藍指頭提到神君自己也面臨威脅，那聽起來實在很像是來自於祭司。眞奇怪，是什麼原因會讓他們想要傷害自己信奉的神呢？

她朝修茲波朗看了一眼，見他正專心地翻閱他的童話故事書，那聚精會神的表情令她莞薾。

好吧，她想。考慮到這個人對性事的所知，至少我們暫時還不必擔心孩子的事。

當然，這麼一來，對她而言，沒有孩子也會是個危險。

25

ivenna went among the people of T'Telir and couldn't help but feel that every one of them recognized her.

走在特提勒人之中，維溫娜老是覺得每個人都認得她。

她努力壓抑那種感覺。說起來，來自義卓司的老鄉泰姆竟能在人海中認出她來，眞該說是奇蹟了。看看現在，尤其是那身衣服，走在維溫娜身旁的人肯定不會把她和謠傳中的公主聯想在一起。她穿的連身裙層疊著奔放的紅色與黃色，直筒式的剪裁屬於異國風格，由內海對岸的泰得瑞多進口。帕凛與童克法遵照她嚴格的保守要求去選購衣服，結果只能找到這一件：長袖加上小立領，還有長及足踝的裙襬，雖然太緊身以致突顯了上圍，至少不暴露。

說來可恥，她發現自己不經意地偷瞄那些穿著寬鬆短裙或無袖上衣的女子。露出那麼多肌膚眞是放蕩，可她也明白原因何在——全因爲這灼熱烈日和可恨的濱海濕氣。

在特提勒待了一個月，她漸漸適應了城中的交通和人潮。她還是不喜歡外出，但丹司的說法更有說服力。

「妳知道保鑣最慘的下場是什麼嗎？」他說：「就是雇主死在他看不見的地方。公主，我們就這麼三個人，當我們得外出跑腿時，要不是留下一人來保護妳，就是妳得跟著我們往外跑。我個人是寧可妳待在我看得見的地方就是了。」

所以她就跟出來了。穿著她的新衣服，頭髮弄成怪里怪氣的黃色，而且完全披散下來任風吹拂，一點兒也不像個義卓司人。她在花園廣場旁走著，假裝是在散步，免得看起來緊張。特提勒人喜歡花園，所以全城有各式各樣的花園。事實上，就維溫娜看來，這座城市根本就是座大花園，因爲每條街邊都種著棕櫚樹和蕨草，充滿異國風情的花朵更是終年盛開，而且隨處可見。

這座廣場連接著四條街道，相互隔出四塊方格的園圃，每塊都長著十幾種不同的棕櫚樹。和街道盡頭的市集一帶相比，這些廣場花園周圍的房屋蓋得更豪華一些；戶外人來人往，卻必然集中在石板鋪設的人行道，因爲馬路上都是絡繹不絕的車輛——此處是上流購物區，沒有帳篷，也少有街頭藝人，只有貴氣的高級商店。

維溫娜沿著花園的西北緣慢慢走，右手邊是一片蕨草坪，左側的街道對面則是整片精緻而豪奢的店舖。當然，店家必定把門面弄得五顏六色。童克法跟帕凜懶洋洋地走在街邊，後者還讓小猴子蹲在自己的肩膀上。今天的帕凜加穿了一件雜紅色的背心來配他的綠帽子，令維溫娜忍不住心想：這樵夫簡直比她更不合襯這城市，可他自己似乎完全沒注意到。

維溋娜繼續散步，珠兒則遠遠地在人群中跟著，偶爾可以瞥見她；不過，若非事前知會，維溋娜根本不知要往哪個方向才看得到她。至於丹司，維溋娜一直沒見到他，只知道他在很遠的地方，超出了她的感應範圍。走到街道盡頭時，她轉身往回走，倒是瞥見了土塊。那個死魂僕站定在那兒，看起來和花園旁成排的德尼爾雕像一樣。他面無表情地看著行人穿梭，而大部分的人也沒怎麼理睬他。

丹司說得沒錯，特提勒城裡的死魂僕並不少見，市集中總可見到兩、三個死魂僕替主人提運物品。維溋娜還沒見過比土塊更高或更壯的死魂僕，他們其實跟人類一樣體格互異，通常做些商店警備、綑工和搬運的工作，或者清掃走道。

她繼續走，又在擦身而過的人群中匆匆瞥見珠兒。*她如何能表現得那樣放鬆？*傭兵們總是那般神色自若，好像正悠閒享受野餐時光似的。

維溋娜提醒自己別想著危險，拳頭卻不由得握緊。她把注意力放在花園上，心底竟對特提勒的居民湧起小小的嫉妒。人們或坐或臥躺在樹蔭下，孩童在草地上歡笑嬉戲，一旁的德尼爾雕像莊嚴地站成排，手中高舉武器，宛如正在執行保護人民的勤務；樹木高聳入天，枝葉叢叢，恣意聚散。園中開著許多闊瓣花，其中好些就是埃橘里之淚。奧斯太神令花朵綻放在祂屬意的地方，人類本不該為了虛榮自私而將它摘回家裝飾房屋，可是話說回來，將它種植在城市正中央，人人得而免費欣賞，算不算是虛榮呢？

她掉轉頭去，不再看花。她的生體色度持續地感應到周遭的美景，此間的生命密度令她的胸口嗡嗡作響。

難怪他們喜歡住得這麼擠，她想，並注意到群花繽紛，隨風搖曳。而住在一個如此擁擠狹礙的地方，要想看見大自然，就只能把大自然弄到身邊來了。

「救命啊！失火了！」

維溫娜聞聲驚跳起來，卻見街上其他人的反應也和她差不多，原來是童克法和帕凜剛剛逛過的一家店燒了起來。她沒有繼續望向火場，而是轉頭觀察花園裡的人們，見他們大多驚訝地看著對街的濃煙。

擾敵之一。

人們紛紛跑過街道去幫忙，逼得幾輛馬車不得不突然停下。就在這時，土塊混在人群中走向前，用木棍擊向一匹馬兒的腳。維溫娜聽見那可憐的馱獸哀嚎著倒下，連帶也弄翻了後方車廂，裡面的東西全部傾出。

那輛馬車屬於復歸神靜締符的大祭司所有，丹司事前得知車上載有值錢的物品，消息果然屬實，碎裂的車體中掉出金幣來。話說回來，就算不是如此，宮廷大祭司的遇險也十足引人注目。

擾敵之二。

維溫娜瞥見珠兒站在那輛馬車的另一側。珠兒看著她，點頭示意她該走了。趁著人們跑去撿錢或救火時，維溫娜走開。這時丹司應該和一群盜賊在別的店家趁火打劫，之後，搶來的錢財會歸盜賊所有。

珠兒和帕凜很快就追上來跟她會合，而她仍猶驚訝自己的心臟跳得異常之快。剛才發生的那一切都只是「意外」，不是真正的危險，也沒有威脅到她的安全。

不過，在這之後，才是他們的聲東擊西之計。

□

數小時之後，丹司與童克法仍沒回來。維溫娜默默地坐在屋裡的綠色新家具上，雙手疊放在膝頭。褐色顯然不在特提勒的選色之列。

「現在幾點鐘了？」維溫娜輕聲問。

「不知道。」珠兒暴躁地回答。她站在窗邊，正朝對街看。

要有耐心，維溫娜如此對自己說。這女子是被人偷了駐氣才會這樣。

「他們是不是該回來了？」維溫娜平靜問道。

珠兒聳了聳肩：「也許吧。但他們也可能決定先到祕密屋去避風頭，等騷動平息後再露臉。」

「原來如此。依妳看，我們要等多久？」

「該等多久就等多久。」珠兒扭過頭來說：「喂，依妳看，妳能不能別跟我講話？謝謝噢。」

說完，她又回去繼續盯著窗外。

這樣的羞辱令維溫娜一僵，但她仍在心裡想道：忍住！要體諒她。那是五大願景的宗旨。

維溫娜站了起來，靜靜地走到珠兒身旁，猶豫地伸出一隻手，放在珠兒的肩膀上，結果把這女子嚇了好大一跳。顯然地，少了駐氣，珠兒比常人更不易察覺他人的接近。

「沒關係，」維溫娜說，「我了解。」

「了解？」珠兒問道，「了解什麼？」

「他們拿走了妳的駐氣，」維溫娜說，「他們無權做出那樣可怕的事。」

說完她微微笑，收回手，走向樓梯，卻聽得珠兒大笑起來。

「妳以爲妳了解我啊？」珠兒說，「怎麼？就因爲我是個褪息人，妳就可憐我嗎？」

「妳父母不該那麼做的。」

「我父母侍奉的是神君，」珠兒說，「我的駐氣可是直接獻給祂的。我想妳打死也不懂那是多麼崇高的榮譽。」

維溫娜呆立了一會兒，思索那些話的意味。「妳信虹譜？」

「廢話，」珠兒嗤之以鼻，「我是哈蘭隼人啊，不然呢？」

「可是他們兩個——」

「童克法是從龐卡來的，」珠兒說，「至於丹司，我不知道他來自哪個鬼地方。不過我可是土生土長的特提勒人。」

「但妳總不會還在信奉那些復歸神吧？」維溫娜說，「在經歷那麼慘的遭遇後，妳還相信祂們？」

「那麼慘的遭遇？我可要說清楚，我是心甘情願獻出駐氣的。」

「妳當時還小呀！」

「我那時已十一歲，而且父母問過我的意思，是我自己做出了選擇。我父親本來經營染料事業，後來摔傷了背無法再工作，而我下面還有五個弟妹。看著弟妹捱餓，妳可知道那是什麼感受？在我之前，我父母已經把他們自己的駐氣賣掉換錢去做小生意了，加上我的，我們全家人就可以將近一年不愁生活！」

「靈魂是無價的，」維溫娜說，「妳——」

「妳少自以爲是地評斷我！」珠兒惡狠狠地罵道：「臭女人，最好卡拉德讓妳中邪去！我以賣掉了我的駐氣爲傲，至今都還是這麼想！我的一部分活在神君體內，也因爲有我才能讓他繼續活下去。我和其他獻出駐氣的人，現在都成爲這王國的一部分。」

說到這裡，她搖搖頭，轉向別處，然後又說：「所以我們才會看不慣你們義卓司人，你們就是這麼高姿態，自以爲所做的一切都是對的。如果你們的神要求你們放棄自己的駐氣——或甚至是子女的駐氣，難道你們不會照辦嗎？你們教孩子放棄常人的身分去做修道士，逼他們過苦役生活，不也一樣嗎？我們對自己的神明做同樣的奉獻，你們不以爲然就算了，還把我們說成褻瀆神明。」

維溫娜張嘴卻說不出半個字。把子女送去做修道士是兩碼子事。

「我們爲我們的神犧牲，」珠兒說著，依舊看著窗外。「那並不代表我們受到剝削或壓搾。由於我們的作爲，我的家庭就受到了祝福，不光是有足夠的錢可以買食物，我父親的傷也好了，而且幾年之後，他重新做起染料事業，現在還由我弟弟們經營。」

「發生在我身上的奇蹟，愛信不信都隨妳，妳也可以說那只是意外或巧合。但妳別拿我的信仰來同情我，也別因爲妳的信仰跟我不同就自以爲比我優越。」

維溫娜知道辯下去沒有意義，也知道這女子無意接受她的同情，所以她閉上了嘴，默默地走上樓，回到自己的房間。

□

數小時之後，天色漸暗。維溫娜站在二樓陽台上，向外俯瞰城市。這條高坡街道上的房子大多有陽台，因此可以完整地欣賞特提勒城的市容。

華燈初上，條條大街亮起雙排的點點火光。燃燈工人每晚沿街點亮那些掛在柱頂的油燈，許多房舍的外壁也有裝飾燈，把整座城點綴得更加奢華。當然，想到要消耗那麼多燈油和蠟燭，維溫娜依然感到驚訝。話又說回來，有內海帶來的貿易和運輸之便，這兒的燃料可比高原便宜太多了。

她不懂珠兒的怒氣從何而來，怎麼會有人以自己的駐氣被盜取去餵食一個貪婪的復歸者而自豪呢？珠兒的口氣聽起來十足眞摯，她顯然早就把這些道理想過一遍，似乎也想通了。也對，這是她已經註定的命運，她總要把它合理化。

維溫娜陷入了迷惘。五大願景說，一個人必須盡力去體諒他人，不可使自己尊高於他人；但在另一方面，像珠兒那樣的行爲，奧斯太教義卻予以譴責和仇視。這兩者似乎互相矛盾。若她認定珠兒是錯的，無疑是將自己置於珠兒之上，可是接納珠兒的說法卻等同於否定了奧斯太教義。別人或許對她此刻的內心糾結嗤之以鼻，但維溫娜一向努力地保持虔誠。她知道，要在這個異教的國度生存，信心一定要夠堅定。

異教徒——這個詞彙是否也將哈蘭隼人貶低於她之下呢？可是他們確實是異教徒。維溫娜就是無法將復歸者視爲神明，也許信仰本身就是種傲慢。

也許珠兒罵得沒有錯。

察覺有人走近，維溫娜遂轉過身去，正好看見丹司推開木門，走到陽台外面來。「我們回來了。」他說。

「我知道，」她繼續看著眼下的城市和那片光點。「我感應到你進屋。」

他呵呵一笑，走過去跟她一起向外望：「我都忘了妳有那麼多駐氣，公主。妳從來都不用。」

只會在感應旁人的動靜時才用到，她想。但那也不是我可以控制的。我能不用嗎？

「妳又擺出那副無奈樣了。」丹司又道，「妳還擔心計畫進展得不夠快嗎？」

她搖搖頭：「丹司，我的無奈完全不是爲那個原因。」

「也許不該讓妳跟珠兒獨處那麼久，希望她沒給妳太多排頭吃。」

維溫娜沒應聲。過了好一會兒，她嘆口氣，然後轉頭面向丹司：「事情辦得如何？」

「很完美。」丹司答道，「我們闖進店裡時根本沒人在看。店家每晚都雇了警衛去看守，結果卻在大白天被搶，他們一定覺得自己很蠢。」

「我還是不懂這麼做會有什麼好處，」她說，「搶一間香料舖？」

「不光是那間舖子，」丹司說，「而是他的商行，我們把地窖裡的每一桶鹽都搗毀或運走了。那個老闆是本城的三大鹽商之一，也做香料中盤買賣，許多香料舖都向他進貨。」

「好，可是搶鹽巴？」維溫娜又問，「意義何在？」

「妳說今天有多熱？」丹司反問。

維溫娜聳了聳肩：「熱得要命。」

「天氣一熱，肉類會怎麼樣？」

「會腐壞。」維溫娜說，「但不一定要用鹽來保存肉類啊。可以改用……」

「冰？」丹司問完，吃吃笑了起來。「不，公主，這兒可不是高原。要保存肉類，就只能用鹽巴。同樣的道理，假如有支遠征軍帶著內海的魚肉開拔，想要去攻打像義卓司那樣遠的國家……」

維溫娜微微笑了。

「和我們合作的搶匪會把鹽偷渡出境，」丹司說，「找可以公開販賣的偏遠國家去銷貨。等戰爭發生時，官方就要為軍糧的保存問題大傷腦筋了。這只是另一個小小阻撓，反正聚沙成塔囉。」

「謝謝。」維溫娜說。

「不用謝，」丹司說，「付錢就好。」

維溫娜點點頭，沒再說話。兩人就這麼沉默了一會兒，不發一語地俯望城市。

「珠兒眞的相信虹譜？」好一會兒之後，維溫娜才又開口。

「信得很呢，跟童克法愛打瞌睡的程度差不多。」丹司說時瞟來一眼。「妳該不會跟她辯論這個吧？」

「有一點。」

丹司吹了一聲口哨。「結果妳還好好地站在這裡？那我得去謝謝她的自制了。」

「她怎麼有辦法相信呢？」維溫娜說。

丹司聳肩道：「我倒覺得那是個不錯的宗教啊。我的意思是，妳至少能親眼看到神明，能跟他們交談，看到他們發亮，滿淺顯易懂的。」

「可她卻爲一個義卓司人工作，」維溫娜說，「好讓她信仰的神不能發動戰爭，我們今天弄壞的可是一位祭司的馬車呢。」

「而且還是位非常有地位的大祭司。」丹司笑了兩聲：「唉，公主，傭兵的心態確實有點兒難以理解。我們受雇來做事情，但我們並不是主使者。眞正下手的人是妳，我們只是妳的工具。」

「而且是被用來對付哈蘭隼諸神。」

「那也不會使人不再信仰。」丹司說，「我們抽離得很清楚，公私分明，或許這就是人們那樣討厭我們的原因。我們在戰場上殺一個朋友，並不代表我們冷血或不值得信任，但一般人不懂。雇主花錢叫我們做什麼，我們就做什麼，和別人沒兩樣。」

「不一樣吧。」維溫娜說。

丹司又聳聳肩：「妳覺得冶鐵師傅可曾想過他煉出來的鐵最後會做成劍去殺死他的朋友？」

維溫娜睜大了眼睛，依舊看著城市的燈火，以及那些燈火所代表的人們，包括他們互異的信仰、思考方式，以及矛盾。在看似對立的事物之中掙扎，也許並不只有她一人。

「你呢，丹司？」她問道，「你是哈蘭隼人嗎？」

「信神？我沒有。」他說。

「那你信什麼？」

「我沒什麼信仰。」他說，「很久沒有了。」

「你的家人呢？」維溫娜問，「他們信什麼？」

「我家人全死了。他們信的東西早被現代人遺忘了。我從沒信過他們那一套。」

維溫娜皺了皺眉頭：「你總得要相信什麼，不是宗教就是某個人，或是生活方式。」

「我以前信過。」

「你回答問題非得要這樣模稜兩可嗎？」

他瞥了她一眼。「對。噢，妳這個問題除外。」

她忍不住翻了一個白眼。

但見他往欄杆上一靠，又說：「我信的東西啊——我不知道有沒有意義，就算解釋給妳聽，我也不知道妳聽不聽得下去。」

「你嚷嚷著愛錢，」她說，「但你卻不是。我看過樂米克斯的帳本，他付給你的酬勞不算多，起碼比我預期的少。假使你眞的愛錢，大可以把那個祭司馬車裡的錢拿走，或者像你處理鹽貨那樣偷個兩倍錢財也不是件難事。」

丹司沒應聲。

「就我目前所知，你也沒爲任何國家或君王服務。」她繼續說，「你的劍術比一般保鑣還好，甚至可能是此間數一數二，因爲你可以輕而易舉地制伏一個犯罪頭子。憑這樣的身手，你本來可以享有名望、招收學徒，也可以在競技運動場上贏取獎賞。你嘴上說服從雇主，但你發號施令的次數比聽令行事還多。所以，既然你不在乎錢，那麼受雇當傭兵可能只是個幌子。」

說到這裡，她停頓了一下。「事實上，」她接著說，「我幾乎沒看過你流露眞正的私人情感，只有一次除外，就是聽聞法樹——那個劍客的消息時。」

說出這個名字之後，她感覺丹司的神經變得更緊繃。

「你是誰？」她問道。

他轉過頭來時目光嚴峻，讓維溫娜瞥見那形於外的快活性格只是一層面具——一個謎中謎，好用柔軟來掩飾裡頭的剛石。

「我是個傭兵。」他說。

「好吧，」她說，「那麼你以前是誰？」

「妳不會想知道答案的。」說完，他踏著重重的腳步離開，留下她一人在夜色中的木陽台上。

26

ightsong awoke and immediately climbed from bed. He stood up, stretched, and smiled. "Beautiful day," he said.

萊聲一醒來就爬下床。他站在床邊伸了個懶腰，然後微笑道：「美麗的一天。」

僕人們都站在房間角落，不解地看著他。

「幹嘛？」萊聲說著，自動把手臂伸出去，「來吧，把衣服穿好。」

眾人趕緊上前去服務。不一會兒，拉瑞瑪進房間來。萊聲時常納悶他究竟多早起床，因爲不論萊聲何時醒來，他總是已經候在一旁。

挑起了半邊眉毛，拉瑞瑪盯著萊聲看：「您今早的精神特別好哇，閣下。」

萊聲聳了聳肩：「只是覺得該起床了而已。」

「比往常整整早了一個鐘頭。」

萊聲伸長脖子，讓僕人爲他繫袍子，一面說：「眞的嗎？」

「是的，閣下。」

「我想也是。」萊聲說著，一面向退下的僕人們頷首致意。

「那麼，我們現在開始回憶您的夢？」拉瑞瑪。

萊聲一怔，腦中閃過一幅景象。雨、暴雨、狂風大作，還有頭鮮紅色的獵豹。

「不要。」萊聲說道，即往房門走去。

「閣下……」

「夢境改天再討論，包打聽。」萊聲道，「現在有更重要的工作。」

「更重要的工作？」

萊聲笑了笑，在門口回過身來：「我要再去默慈星的宮殿一趟。」

「爲什麼呢？」

「我不知道。」萊聲高興地說。

拉瑞瑪嘆道：「很好，閣下。但我們至少先看幾件藝術品，可以嗎？百姓花了大把銀子期待您的指教，有些人恐怕迫不及待。」

「好吧，」萊聲說，「不要花我太多時間哦。」

□

萊聲盯著那幅畫看。

紅。色調層層微妙，畫家本身必定達到第三級以上的彩息增化。狂暴而駭人的各種紅色相互碰撞，像海浪一樣，其中依稀有人的形貌，乍看之下，竟有千軍萬馬殺伐對戰時的氣勢。混沌中，鮮血淋漓的傷口、染血的軍服、淌血的皮膚。紅色裡有如此狂烈的暴力，萊聲幾乎誤以爲自己就身在畫中，被紛亂的力量搖撼、迷惑、撕扯。

畫裡的浪峰推向中央的一個人影。那是個女人，只用了幾筆曲線描繪，卻十分醒目：她站在高處，仰著頭，雙臂高舉，腳下的士兵們正在推擠。

女子拿著一把黑色的劍，黑得連周圍的紅色天空都變暗了。

「暮瀧之戰。」拉瑞瑪站在他身旁，語調淡然。「眾國大戰的最後一役。」

萊聲默默點頭。莫名地，他隱約曉得這幅畫的主題是那場會戰。畫中許多士兵的臉刻意被點上灰色，那些是死魂兵。眾國大戰時，死魂兵第一次被大量使用在戰場上。

「我知道您不喜歡戰爭主題，」拉瑞瑪說，「不過——」

「我喜歡這幅作品，」萊聲打斷他說，「很喜歡。」

拉瑞瑪不作聲。

萊聲凝視著畫中的紅色，見它們生動得足以象徵戰爭，而不只是表達意念而已。「這恐怕是我的藝廊中收過最好的一幅。」他說。

聽得此話，角落的祭司們立刻振筆疾書。拉瑞瑪看著萊聲，面露困惑。

「幹嘛？」萊聲問。

「沒什麼。」拉瑞瑪說。

「包打聽……」萊聲向他一瞥，語調拖長。

大祭司嘆息：「閣下，我不會發表言論的，我不能玷污您對畫作的觀感。」

「最近有很多神對戰爭作品特別有好評，是嗎？」萊聲說著，又將目光落回畫作。

拉瑞瑪沒有回答。

「也許不算什麼，」萊聲說，「我猜，只是我們對宮廷政爭的回應吧。」

「是。」拉瑞瑪說。

萊聲沒再出聲。他知道拉瑞瑪並不認爲事情有這麼單純。對拉瑞瑪而言，萊聲發表的不只是對藝術的評語，更是對未來的預言。當萊聲表示喜歡這類狂野、殘暴且具戰爭意象的色彩時，這象徵什麼？這感想是否反映著他的夢境？可是，萊聲昨晚夢見的並不是戰爭，而是一場暴風雨，兩者不能混爲一談。

早知道就不說出來了。他想。然而，在他的能力所及之內，對藝術創作發表感想似乎是唯一重要的事。

風格強烈的油彩，一個個由稜角構成的形體，萊聲覺得有美感。戰爭會有美感嗎？在那些泛灰的臉孔和搏殺的血肉，在沒有生命的死魂殺手身上，他竟然能找出美感？這場戰役原就不代表什麼，因為它並沒有就此定奪出大戰的結果；龐卡邦聯的領袖死在這場戰役中，為終戰有所貢獻的卻是外交策略，而不是流血犧牲。

我們是否又想要重啓這局面？我的所作所為會導致戰爭嗎？萊聲仍猶沉浸在對美的感動之中，內心一面想著。

不，不會的。我只是在做預防。只是幫薄曦帷紡穩固一個政治派系，不使我的袖手旁觀讓事態演變成眞正的戰亂；眾國大戰的肇始完全是因為王室自己的粗心。

「那把劍是什麼？」萊聲問道。他的眼光竟離不開那幅畫。

「劍？」

「黑色那把。」萊聲說，「在女人手裡。」

「閣下，我……我沒有看到那把劍。」拉瑞瑪說，「不瞞您說，我也沒看見什麼女人。在我看來，那只是整片的線條畫來畫去。」

「你剛才說它畫的是暮瀧之戰。」

「因為標題這麼寫啊，閣下。」拉瑞瑪說，「我以為您也像我一樣看不懂它在畫什麼，所以才把畫家為它取的名字告訴您。」

兩人沉默了一會兒。最後，萊聲轉身走開。「我今天就看到這裡為止。」他停頓了一下，又說：「那幅畫不要燒掉，我要收藏起來。」

拉瑞瑪點頭表示遵命。

走出宮殿時，萊聲試著回復到早上的興奮情緒。他成功了——卻伴隨著畫中可怖又美麗的情景，以及昨夜夢境裡的狂風暴雨。

不消說，此舉令他略感消沉。和以往不同的是，這消沉中多了一絲興奮。

因爲諸神宮廷中發生了命案。

萊聲不知道那種事情爲何會如此激昂地牽動自己的神經。按理，他應該要感到悲傷或沮喪，但他彷彿失去了那些情緒。活在這樣的環境裡，一切供應都令人心滿意足，凡有問題，必定得到回答，消遣或娛樂也都適心稱意，而且他也不貪吃，只是偶爾嘴饞。說起來，此間只有兩件事不能順萊聲的意：一是探察自己的過去，二是離開宮廷。

這兩件事都不是說改變就能改變，姑且不談。只是，單就宮廷內過度安全舒適的環境而言，有件事情不對勁——一件小事，卻是大多數復歸者都忽略的事。如今沒有人在意它，也沒有人想去在意；那麼，大概也就沒有人會反對萊聲的質疑了。

「您今天的舉止非常怪異，閣下。」拉瑞瑪從後面追上來說時，萊聲已經走到了草地上。僕人們慌亂地跟上來，七手八腳地爲主人撐起一把紅色的大陽傘。

「我知道。」萊聲說，「不過，我想你也同意，就一個神而言，我一直都很怪異啊。」

「我得承認您所言屬實。」

「所以現在的怪異就非常符合我的作風啦。」萊聲說，「反正無傷大雅。」

「我們眞的要再回去默慈星的宮殿嗎？」

「正是。你覺得她會不會生氣啊？惹惱她說不定很有趣。」

拉瑞瑪嘆道：「那您打算幾時才要談您的夢境呢？」

萊聲沒有馬上回答，而是遲了好一會兒。「我夢到暴風雨，」他說，「我站在雨中，沒有任何防備。風雨打在我身上，逼得我向後退。事實上，風勢強得幾乎連我腳下的地面都吹動了。」

拉瑞瑪面色不安。

又一個戰爭的跡象，萊聲心想。或者，至少拉瑞瑪會這麼認為。

「還有別的嗎？」

「有，」萊聲答道，「一頭紅色的豹，看起來像在發亮、反光，可能是玻璃或類似材質製成的。牠潛伏在暴風雨中。」

拉瑞瑪斜眼看他：「您又在編故事了嗎，閣下？」

「什麼？我才沒有！那真的是我夢見的。」

拉瑞瑪又嘆了一口氣，頷首向一名助理祭司示意，後者隨即上前來抄錄。就在這時，他們已經走到默慈星的宮殿前，而萊聲停下腳步，看著這一棟黃色與金色相間的建築，這才想起自己還沒有派使者前來通知。到別人的宮殿不告而訪，這是頭一次。

「要我派人去通知說您來了嗎，閣下？」

萊聲猶豫，然後說：「不用。」

宮殿的門口站著兩個肌肉隆隆的警衛，看起來比以往的還壯，而且都佩戴著長劍。萊聲猜那是雙刃劍，雖然他從來沒親眼見過雙刃劍的樣子。他走向其中一名警衛，問道：「你們的女主人在嗎？」

「抱歉，閣下，」那人回答：「她下午去拜訪奧母了。」

奧母，另一個掌管死魂令的復歸神。是薄曦帷紡叫她去的嗎？好吧，或許我晚點也去找她。萊聲心想。和奧母聊天挺有趣，可惜她極度討厭他。「啊，」萊聲對警衛說，「好吧，無所謂。我要到走廊區去查一些事情，就是前天晚上發生攻擊案的那個地方。」

那警衛與他的同伴互看一眼。「我……我不知道是否能讓您進宮，閣下。」

「包打聽！」萊聲喊道，「他們可以禁止我的行動嗎？」

「除非他們的主人直接下達此命令。」

然後萊聲回頭看著警衛，見他們不情願地向旁邊退開。「放心，沒事的。」他對警衛們說，「她要求我來關照一些細節。你來不來，包打聽？」

拉瑞瑪跟了上來，他倆一起走進長廊。這一次，萊聲又感覺到一股詭異的滿足，因爲他在無以名狀的直覺驅策下找到那個僕人喪命的地點。

那兒的木磚地已經換新。彩息增化後的視力，讓他輕易地看出新舊木質的差異。他往前走了幾步，發現原本泛灰的舊木磚已經不見，同樣已換新。

萊聲心中暗想：這倒有意思，但在意料之中。不知還有沒有別處是這樣的？

他又在附近走動，果然又發現一處更新過的地板。那是正方形的。

「閣下？」一個陌生的聲音問道。

萊聲抬頭，見是一個年輕的祭司，他日前曾經找這人問過話。萊聲向他微笑：「啊，太好了，我正希望你能來。」

「萬分不妥啊，閣下。」男子說。

「聽說多吃些無花果可以治好你這困擾。」萊聲說，「好。我要找事發當晚的警衛來問話。」

「呃，為什麼？閣下。」祭司說。

「因為我有毛病。」萊聲說，「叫他們來見我，每個見過歹徒的僕人或警衛都要。」

「閣下，」祭司顯得很不自在，「有關當局已經介入處理這件事了，他們認為這是竊賊覬覦女神的收藏品所引起的，並且也承諾——」

「包打聽，」萊聲沒讓他說完，逕自轉身問道：「這個人可以無視我的要求嗎？」

「除非他願意賠上他的靈魂，閣下。」拉瑞瑪答。

那個祭司忿忿然地看了他們兩人一眼，然後吩咐一個僕人去執行萊聲的要求。這時，萊聲單膝蹲下去查看地面，引得幾個僕人低聲發出了警告。他們顯然認為神不應該做出這等卑屈之舉。

萊聲沒理會旁人，只顧著檢視那個正方形，只見它的面積比另外兩處換新的區域要大，顏色也更為一致。若不是擁有極龐大的駐氣量，絕不可能發現它和鄰接處有何不同。

驀地，他心中一驚：*這是暗門，而且這個區域的地板並非最近才更新的。*

知道那個祭司在旁邊監視，萊聲佯裝若無其事，繼續觀察別處地面，心中隱約覺得自己不該把這暗門的發現張揚出去。話說回來，他也不知自己爲何突然變得如此警戒？因爲那些凶暴的夢和剛才那幅畫嗎？或者是別的原因？他覺得自己彷彿在探索自我，挖掘出以往從未派上用場的心思。

他盯著地板看，僥倖地找到一根勾在木磚邊緣的線，肯定是從某個僕人衣服上脫落的。當他拾起那根線時，那個祭司似乎鬆了一口氣。

所以他知道暗門的事，萊聲心想。那麼……也許入侵者也知道？

萊聲繼續趴在地上作查找狀，依舊令僕人們在一旁惶恐，直到他指定的那些人來到現場，他才站起來走向那些人；他的僕人們趕緊上前爲他拍掉衣服上的灰塵。人一多，走廊就顯得擁擠，他便叫他們一起到屋外去。

來到陽光下，萊聲看了看，見他們一共有六人，都是男性。「你們自報身分吧。從左邊，就你開始。你是誰？」

「我名叫嘉格蕊。」那男子說。

「眞遺憾。」萊聲說。

男子臉色一紅。「我是以我父親命名的，閣下。」

「以他的啥？上酒家鶯鶯燕燕的難忘回憶嗎？無所謂啦。你跟這起事件有什麼關連？」

「歹徒入侵時，我負責守門。」

「你一個人嗎？」萊聲問。

「不，」旁邊另一人說，「我跟他一塊的。」

「好。」萊聲說，「你們兩個先到那邊去，走遠一點。」他邊說邊揮手，示意那兩個警衛走開。那兩人互看一眼，依言走到草地上。

「要遠到聽不見我們講話！」萊聲對著他們喊道。

兩人點了點頭，繼續走。

「好了。」萊聲回過頭看著其他人：「你們四個是？」

「我們在走廊上被那個歹徒攻擊。」其中一人說完，指著身旁的兩人又說：「我們三個，加上……另外一個喪生了。」

「可怕的不幸啊，眞是。」萊聲嘆道，又伸手指著草地的另一邊：「你們三個往前走，一直走到聽不見我說話爲止，等我叫你們再來。」

三人便拖著腳步走開了。

「該你了，」萊聲雙手扠腰，看著僅存的一人說道。那人是祭司，個子稍矮。

「我見到入侵者逃走，閣下。」祭司說，「我當時看著窗外。」

「你眞會抓時間。」萊聲道，同時又指著草坪的別處，使那祭司和其他人隔得遠遠的。待這個祭司走遠後，萊聲轉身面向將這六人帶來的主管祭司。

「你說那個歹徒放出一個動物的死魂僕？」萊聲問他。

「是一隻松鼠，閣下。」主管祭司說，「我們逮到牠了。」

「去拿來給我。」

「閣下，那隻松鼠很凶很野，而且——」祭司停了下來，看了看萊聲的眼色，然後揮手召僕人來。

「不，」萊聲說，「不要叫僕人。你自己去拿來。」

祭司不解地看著他。

「好啊，好啊，」萊聲不耐煩地打發他走：「我知道，這樣冒犯了你的自尊。那你要不要考慮改信奧斯群教義啊？快去吧，眞是的。」

祭司走開，嘴裡嘟囔個不停。

「而你們，」萊聲向自己帶來的僕人和祭司們說，「在這兒等。」

眾人都顯得順從。他們大概越來越習慣被主人閒置了。

「來吧，包打聽。」萊聲說道，邁步朝著最先被趕開的那兩名警衛走去。拉瑞瑪急忙跟上。

「現在，」萊聲用略低的音量對那兩人說道，確保外人完全聽不見。「把你們見到的講給我聽。」

「是。那人出現在我們面前時，假裝成一個瘋子。」左邊的警衛說，「他從暗處裡走出來，腳步不穩，自言自語，當時我們不疑有他。等到離我們夠近時，他就把我們打暈。」

「怎麼個打法？」萊聲問。

「他的外衣被識喚過，上頭的流蘇纏住我的頸子。」這人說道，轉頭看他的同伴，又說：「用一把劍的劍柄打他的肚子。」

便見另一人撩起自己的上衣，露出腹部一大片瘀青，接著又將頭偏向一旁，露出脖子上的傷痕。

「那人封住我們兩個的咽喉，」第一個警衛繼續說，「用流蘇掐我，用靴子踩住法蘭的脖子，這就是我們在昏過去之前所知的了。等我們醒來時，他已經不見了。」

「他勒昏你，」萊聲說，「但沒有殺死你，只是讓你昏過去？」

「是的，閣下。」警衛說。

「請你描述這個歹徒的模樣。」萊聲說。

「他的身材高大，」警衛說，「鬍子蓬亂，不算太長，但看得出來沒有修剪。」

「他身上不髒，也沒有臭味，」另一人說，「只是顯得不修邊幅。他的頭髮長到衣領這兒，像是很久沒梳頭似的。」

「穿的衣服也破破爛爛，」第一個警衛說，「到處都有補丁，顏色暗沉，但也不全是深色的。有一點……暗澹吧。我現在才想起來，那人看起來不太像哈蘭隼人。」

「他帶著武器？」萊聲問。

「他用一把劍打我，」第二個警衛說，「很大一把劍，非常長，劍刃比決鬥用的細劍還寬。要不是歹徒將它藏在斗篷下，又故意用奇怪的姿勢走路，我們早就發現了。」

萊聲聽罷點頭：「謝謝你們，待在這兒別走。」

他轉過身，往第二組人走去。

「閣下，這麼做非常有意思，」拉瑞瑪說，「但我實在想不出重點。」

「我只是好奇。」萊聲說。

「抱歉，閣下，」拉瑞瑪說，「但你並不是個性好奇的人啊。」

萊聲繼續走。其實他做的這些事都未經思考，純粹是出於本能。

走近第二組人，他直接對這三個僕人問道：「你們是在走廊上遇見入侵者的，是嗎？」

男人們點頭，其中一人朝默慈星的宮殿瞥了一眼。這時，宮殿前的草坪上擠滿了不同顏色的祭司和僕人，分別屬於默慈星和萊聲。

「把事情的經過講給我聽。」萊聲說。

「我們當時正在僕人專用的走廊裡，」一人便說，「我們當晚都不用當差，所以本想出宮，到城中去找間小酒館坐坐。」

「走一走就發現走廊上有人，」另一個說，「一看就知道不是僕人。」

「形容他的模樣。」萊聲說。

「是個壯漢，」第一人邊點頭邊說，「衣服破爛，鬍子也亂，看起來髒兮兮。」

「不對，」第三個人從旁插嘴，「只是衣服舊而已，那人其實並不髒。儀容邋遢倒是眞的。」

萊聲點頭：「繼續說。」

「呃，後來也沒什麼好說的，」第一個人說道，「他就攻擊我們了。可憐的塔夫，馬上被他扔了一條識喚過的繩子給綁住。雷瑞夫跟我跑去求救，洛蘭留在原地。」

萊聲看著第三個僕人。「你留在原地？爲什麼？」

「當然是爲了救塔夫。」男子說。

他在說謊，萊聲心想。這人的口氣太緊張。「眞的嗎？」萊聲問道，一面往前走了兩步。

男子隨即垂眼看著地：「好吧，我說實話，其實是那把劍，太……」

「噢，對，」第二個人說，「歹徒對著我們扔出一把劍來，好奇怪。」

「不是對著你們拔劍？」萊聲問，「而是扔出來？」

三人一致搖頭。「他把劍連著鞘一起丟過來，洛蘭去撿了那把劍。」

「我本想跟歹徒對打。」洛蘭說。

「有意思。」萊聲接著問：「所以你們兩個就離開了？」

「對啊，」第一個人應道，「等我們跟著別人一起回去——半路上還被那隻他彩的的松鼠咬。總之，回到現場時就發現洛蘭昏倒在地上，可憐的塔夫則……哎，他還是被繩子綁著，但繩子已經失去識喚了。塔夫整個人被刺穿。」

「你看著他死嗎？」

「沒有。」洛蘭緊張地舉起雙手猛搖。萊聲這才發覺，他的手掌包著繃帶。「入侵者一拳打在我頭上，就把我打昏了。」洛蘭說。

「可是劍在你手上。」萊聲說。

「那把劍太大了，沒法兒用。」洛蘭又低下頭去。

「那就是說，他把劍扔給你，然後跑過來給你一拳？」萊聲說。

那人點頭。

「你的手又是怎麼回事？」萊聲又問。

男子怔了一下，不自覺地縮回那隻手。「只是扭到，沒什麼。」

「扭到需要整隻手掌都包著繃帶嗎？」萊聲揚起一邊的眉毛。「拆下來給我看。」

那人遲疑。

「我的子民，把手給我看，否則就失去靈魂。」說這話時，萊聲刻意改變語調，希望自己聽起來具足神聖感。

於是那人慢慢伸出手來。拉瑞瑪上前去拆掉繃帶。

手掌竟是灰色的。灰得徹底，沒有任何顏色。

震驚之餘，萊聲心想：**不可能。識喚術不會讓活體的血肉變成這樣，它只會汲取非生物的色彩才對，像是地板、衣服、家具。**

男子把手抽了回去。

「那是怎麼回事？」萊聲問。

「我不知道。」男子說，「我醒來時就變成這樣了。」

「眞是如此嗎？」萊聲冷冷地問，「所以我該相信你跟這起事件毫無關連？說，你是不是暗中替那個入侵者做事的？」

那人突然跪倒在地，哭叫起來：「求求您，我的主！不要奪走我的靈魂！我知道自己不是好人！我上妓院，賭博時會出千。」

聽到這些話，另兩人顯得吃驚。

「但我對這個入侵者一無所知啊。」洛蘭繼續喊道，「請您一定要相信我。我當時只是想要那把劍，那把美麗的黑劍！我想拔出劍來、揮舞它，攻擊那個歹徒。那時我伸手去拿劍，分了神，那人就打我，可是我眞的沒看到他殺死塔夫！我保證，我之前也完全沒見過那個入侵者！您一定要相信我！」

萊聲沒應聲，也沒做任何反應，故意等了一會兒才開口：「好。那麼，就讓這件事作爲警告。要守分際，不可再欺瞞。」

「是，我的主。」

萊聲向他們點了點頭，然後和拉瑞瑪一起走開。

「我眞覺得自己像個神了，」萊聲對拉瑞瑪說，「你有沒有看到我讓那個人懺悔？」

「不得了啊，閣下。」拉瑞瑪說。

「這些人的證詞，你怎麼看？」萊聲的話鋒一轉，「都是些不對勁的怪事，不是嗎？」

「我還是想知道您爲什麼想要介入調查，閣下。」

「不然我也沒別的事可做。」

「當個神就是您的工作。」

「大家都把這工作想得太好了。」萊聲說時，已往最後一名證人的方向走。「待遇跟津貼不錯，卻是無聊到死。」

拉瑞瑪悶哼，看著萊聲走向那個祭司。那人不只個頭不高，年紀似乎也特別輕。

他會不會騙我，好使我相信他與這起事件無關呢？又或者我只是在胡亂假設？萊聲暗想，心中有些茫然。

「說說你的情況吧？」萊聲向這個身穿金色與橘色長袍的年輕人問道。

年輕的祭司先向他一鞠躬，然後才說：「我當時在執勤，準備把我們抄錄的女神預言送到聖殿去保存。我聽見遠處有怪聲音，就往窗外看，卻沒見到東西。」

「你當時在什麼地方？」萊聲問。

年輕人指向宮殿的某個窗口：「就在那邊，閣下。」

萊聲皺眉。在整座宮區中，祭司所指的位置和命案現場恰恰相反，卻是歹徒入侵行動的起始位置點。「你當時能看見宮門嗎？就是入侵者打昏警衛的地方。」

「可以，閣下。」男子說，「雖然我不是一開始就看見他們的。我離開窗邊想去找怪聲音的來源，就在那時，從門口的燈光，我確實見到不尋常的人影在移動，接著我才發現警衛倒在地上。我以爲他們死了，又看到影子在他們之間走動，嚇得要命，就大叫著跑去求救。等到有人注意我時，那個人影已經不見了。」

「你們後來有去找那人嗎？」萊聲問。

男子點頭。

「花了多少時間去找？」

「大約三、五分鐘，閣下。」

萊聲緩慢地點了點頭。「很好，謝謝。」

便見年輕的祭司轉身邁步，準備走向他的同事。

「噢，等等，」萊聲叫住他，「你可曾正面看見入侵者的模樣？」

「我看得不太清楚，閣下。」祭司說，「他穿著深色服裝，說不上是哪種款式。距離太遠，我沒法兒看仔細。」

萊聲擺擺手，讓那人離開，自己撫著下巴沉思一會兒，最後望向拉瑞瑪：「如何？」

大祭司抬高半邊眉毛反問：「什麼如何，閣下？」

「你覺得呢？」

拉瑞瑪搖頭：「我……閣下，老實說，我不知道。但這顯然有重要性。」

萊聲愣住。「眞的嗎？」

拉瑞瑪點頭：「是的，閣下。手掌受傷的那人提到一把黑色的劍，而您也在預言中提到，還記得嗎？就是今天上午看畫時。」

「那不是預言，」萊聲說，「我是眞的在畫裡看到。」

「預言就是這樣運作的，閣下。」拉瑞瑪說，「您想想，看著一幅畫，那情景就出現在您的眼中。在我看來，那幅畫只是隨意塗抹的幾筆紅色，但您卻能講出畫面，那就是唯有您才能看見的預兆。您眞眞切切是個神啊。」

「因爲那幅畫就是在描繪那個主題啊！」萊聲有些激動：「你還沒說出畫的標題，我就看到了嘛！」

拉瑞瑪堅定地又點一點頭。萊聲的辯白反而像是在肯定他的說法。

「噢，算了。你們這些祭司，個個都是狂熱份子！總之，你也同意事有蹊蹺，對吧？」

「肯定有，閣下。」

「很好。」萊聲說，「那麼當我在調查時，你就行行好，別發牢騷。」

「事實上，閣下，」拉瑞瑪說，「既然是您所預見，您就更不能涉入其中。這是您的預言，但您只能做傳聲者，不可與事件產生關聯。假使您涉入其中，可能會令許許多多的狀況失衡。」

「我就喜歡失衡。」萊聲說，「況且這實在太有趣了。」

一如往常，拉瑞瑪知道自己的意見不被理會，便沒再做任何反應，只是跟著萊聲準備往圍觀的人群走去。然而走了幾步，這位大祭司開口了：「閣下。我只是出於個人的好奇，想問問您對於這件命案有什麼看法？」

「很明顯，」萊聲漫不經心地應道，「入侵者有兩個，一個是帶劍的壯漢，打昏了警衛和僕人，放出死魂僕，然後消失；另一個比壯漢晚一步到，被剛才那年輕祭司目擊。第二個入侵者才是殺人凶手。」

拉瑞瑪皺了皺眉：「您爲什麼如此猜測？」

「因爲第一個入侵者下手有分寸，不奪人性命。」萊聲說，「歹徒甘冒風險，寧可留那兩個警衛活口，要是警衛及時清醒過來，他不可能逃得了。此外，他沒有拔劍去殺僕人，反而只是限制僕人的行動；死者當時仍然受縛，歹徒沒理由將一個無法動彈的人殺死——況且目擊證人早就不只一個。可是，如果歹徒不只一人，那就說得通了。當第二個歹徒入侵時，只有被綁的那僕人是清醒的，也就是說，死者是當時唯一的目擊者。」

「那麼，您認爲有人在帶劍的歹徒之後入侵，殺死目擊他的證人，然後……」

「雙雙消失無蹤。」萊聲說，「我發現一個暗門，猜想宮殿地下一定有通道。在我想來，這一切都是顯而易見，只有一點我想不透。」說時，他朝拉瑞瑪瞄了一眼，並且放慢了腳步。圍觀的祭司和僕人們就聚集在面前不遠處。

「是什麼，閣下？」拉瑞瑪問。

「我他顏色究竟是如何想通這一切的！」

「我自己也正竭力思考中，閣下。」

萊聲搖搖頭：「這來自於我經歷過的事啊，包打聽。我現在所做的每一件事，都令我感覺非常自然。我生前到底是誰？」

「我不懂您的意思，閣下。」拉瑞瑪說完，背過身去不看他。

「噢，少來了，包打聽。我從復歸之後根本是閒晃度日，可是這命案卻引得我立即振奮起精神，想要探聽消息的衝動怎麼也按捺不下。你不覺得我這樣的轉變很有問題嗎？」

拉瑞瑪沒理他。

「去你顏色的！」萊聲咒罵道，「我以前是個有用的人嗎？我本來還逼我相信自己死得合情合理！比方像是喝醉了爬樹摔死。」

「閣下，您知道，您死得非常英勇。」

「也許那棵樹非常非常高。」

拉瑞瑪無奈地搖頭：「不論如何，閣下，您曉得我不可以透露您的前生。」

「好，反正直覺一定其來有自。」萊聲邊說邊大步走向人群。站在人群最前面的就是被派去拿小松鼠的那名祭司，早已等候在那兒，手上捧著一個小木盒，而盒內有刮抓聲。

「謝謝你。」萊聲冷冷地道，抓了盒子就走，腳步完全沒有停下。「告訴你，包打聽，我現在心情很差。」

「您今天上午似乎比較高興，閣下。」拉瑞瑪說道，跟著萊聲離開默慈星的宮殿。默慈星的祭司就這麼被丟在後頭，似乎還在那兒滿口抱怨。萊聲自己帶來的隨行人員也跟著主人一塊兒走。

「對，那是因爲我當時還不知道發生了什麼事。」萊聲說，「我要是繼續這樣搞調查，那要怎麼保持好逸惡勞的名聲呢？說眞的，這樁命案已經完全毀掉我辛苦建立的美好形象。」

「我深感同情，閣下。您就壞在被一個沒什麼說服力的動機所干擾。」

「正是如此。」萊聲大嘆。他把手中的木盒遞出去，盒中那暴怒的小生物還在亂竄。「拿去。

你想，我的識喚術士能不能破解它的安全密語？」

「遲早可以的。」拉瑞瑪說，「但是閣下，這死魂僕是動物，牠沒辦法向我們供述什麼。」

「反正總有辦法的。」萊聲說，「趁這段時間，我要多思考一下這個案子。」

他們走回萊聲的宮殿。萊聲沒再講話，卻在心中暗暗震驚——他剛才用的「案子」一詞，是他在宮廷中從來沒聽別人講過的詞彙，但他直覺地知道這個詞可以這麼用，而且是不自覺地脫口而出。他在腦中思忖起來。

復歸時，我不必重新學講話，也不用再學走路，或者閱讀之類的事情。復歸時，我失去的只有私人的記憶。

不過，顯然不是全部的記憶。

這念頭令他忍不住好奇，如果他真要多管閒事，究竟還能做到什麼地步。

27

omething happened to those previous God Kings, Siri thought, striding through the endless rooms of the God King's palace, her servants scurrying behind.

之前的神君一定出過什麼事。希麗身後帶著一群僕人，在神君宮殿的無數廳室裡踱步，一面心想。藍指頭擔心修茲波朗會有不測，而那危險也會同樣波及到我。

她穿過一間又一間房，身後的裙襬拖著數不清的晶綠色流蘇。這一天，她穿的是極薄的絹紗禮服，因爲太透明了，她叫僕人多拿件不透光的襯衣穿在裡面。說來有趣，才不過這些時日，她早已沒把「搞排場」這回事放在心上了。

眼前有更重要的問題值得她擔心。

可以肯定的是，祭司們的確害怕修茲波朗會出事，希麗如此想道。他們急著要我生下子嗣，說是基於王權繼承的考量，那爲什麼這五十多年來都一字不提呢？他們都願意等二十年來迎娶義卓司的新娘了。無論這危險會是什麼，都不是十分迫切才對。

只不過，從祭司們的行爲看來，好像很迫切。

也許他們太想要一個來自王室的新娘，以致於寧可承擔這風險。當然，其實他們本來不必等二十年。好幾年前，維溫娜就可以生育了。

又或許，他們的考量不是年齡，而是爲了那紙協議。協議上表明義卓司國王有二十年的時間可以培養一個新娘子送給神君，這倒也能解釋父王爲什麼不送維溫娜卻把希麗送來了。想起協議的內容，希麗忍不住氣自己以前老是不專心又愛蹺課，害她現在是一知半解。要是她知道得更清楚些，說不定可以從中找出有關危機的蛛絲馬跡。

她需要更多消息。不幸的是，祭司都不肯配合，僕人們又三緘其口；至於藍指頭……

兜了這麼久，她總算逮到他從一個房間走出來，仍是邊走邊抄寫的忙碌樣。希麗加快腳步，衣裙沙沙作響，引得他轉頭來看。便見他睜大了眼睛，腳步也加快，猛地往另一個開著門的房間衝去。希麗在後面喊他，拖著笨重的禮服努力跑，但還是來不及追上去。等她抵達那個房間時，裡面已經空無一人。

「可惡！」她氣得大罵，感覺髮色因惱怒而變成了深紅色。「妳還說他沒有躲著我？」她對著侍女中最年長的那一人吼。

那女子垂下眼去：「神君妃，在宮殿裡服侍的僕從不應該迴避主人。他一定沒有看見您。」

最好是這樣，希麗心想。這可發生過不只一回了。每當她派人傳他來，他總是故意讓她等到不耐煩而離去後才抵達；寫信給他，他又回覆得不清不楚，害她更沮喪。

她沒法從宮中的圖書室取得書本，若是待在裡面看書，祭司們就愛跑來使她分心。她改口要求從城裡借書來看，他們又堅持派一名祭司去朗讀給她聽，以「避免勞累閣下的眼睛」。不消說，假使書本裡有些不能讓她知道的事，唸書的祭司一定會省略不讀。

在這裡的一切，她都不得不仰賴祭司和文書官，就連取得訊息也不例外。

不對，還有一種管道。站在大紅色的房間裡，她靈機一動，轉過身向侍女長問道：「宮廷今天有什麼活動？」

「活動很多，神君妃。」侍女說，「有畫家會來這兒寫生、素描，也有來自南方的馴獸師來表演異國特技——我記得他們帶了大象和斑馬來。此外，好幾個染料商人正在展示他們的最新產品。當然，還有樂師和詩人。」

「我們上次去的那個圓形大場地叫什麼？」

「您是說舉行合議會的競技場嗎？今天下午那兒將舉行競賽，我記得是體能競技的較量。」

希麗頷首：「準備一個包廂，我想去看。」

□

在故鄉，希麗偶爾會去看人賽跑。賽事通常都是跑者自己發起，因為修道士們並不贊同男性炫耀自己的體能。奧斯太人讓男人的體能出眾，但他們不該藉此自抬身價。

年輕男孩可不會這麼容易被限制住。希麗不光是看他們賽跑，還會為他們加油。然而，與眼前這些哈蘭隼男子們投入的競賽相比，那些賽跑實在不算什麼。

環形的競技場中同時進行著五、六種不同的項目。有幾個人在扔石塊，比較誰丟得遠；另有一群人在外圍的地上跑步，揚起沙塵，揮汗如雨，因為今天的天氣悶熱。又有幾個人在投擲標槍、射箭，還有跳遠或跳高。

希麗的臉漲得通紅，一頭長髮也是紅透透的，因為在場中競賽的男子全都只圍著一條腰布。她來到這座首府大城已有好幾個星期，還沒見過如此……有趣的事。

淑女不該盯著年輕男人看，她的母親曾如此教導她。**那樣不端莊**。

盯著看或不盯著看，那又如何呢？希麗克制不了自己的視線注視場中，卻不是為了男子們裸露的身體，而是因為他們展現飽經訓練之後的精湛成果。就希麗所見，在各項競賽中，勝利者並不會得到特別盛大的讚賞，因為參賽者們追求的不是得勝，而是該項競技是否能完美地達成。

就這一個層面來說，這樣的競賽合乎義卓司的精神，但是諷刺的是，競技本身卻是一種違背。

競賽之美令她出神忘我，以致於好久都沒發現自己的髮色仍停留在栗紅色上，可她早就不再為裸露而感到難為情了。看了好一會兒，她才強迫自己起身離座，因為她這一趟來是另有目的。

僕從們活動起來。他們帶著各種奢侈品，包括全套的躺椅和軟墊、水果和美酒，甚至有男僕帶著扇子來為她搧涼。進宮數週，面對這些享受，如今她也見怪不怪了。

「上次我來時，有一個男神來跟我說話，」希麗向僕人問道，同時遠望著包廂區和那一片五顏六色的大篷傘。「那是誰？」

「那是魯莽王萊聲，神君妃，」一名侍女回答，「勇者之神。」

希麗點頭，又問：「那他的顏色是？」

「金色和紅色，神君妃。」

希麗微微笑。他的篷傘出現在包廂區，表示他就在場中。在宮裡的這段期間，來向她致意的復歸神有好幾個，萊聲卻是唯一花時間與她交談的人。他說起話來有點兒莫名其妙，不過至少還願意開口。希麗走出包廂，任華麗的長裙拖在石地上磨擦，心中仍忍不住浮現罪惡感，但她只能努力按捺，因爲她穿過的每一件衣服都會在第二天被拿去燒掉。

一見主人要走，僕從們瘋狂地收拾物品，隨即跟上希麗的腳步。跟上回一樣，看台下的長椅區坐著宮外的民眾，他們發現希麗從附近走過，紛紛轉身或抬起頭來看，一面交頭接耳。

希麗明白，這些百姓只能藉這種方式看到自己國家的王妃。

在這一點上，她覺得義卓司就處理得比哈蘭隼好。義卓司的領導者平易近人，人民可以隨意親近國王和政府官員，而哈蘭隼就刻意製造出距離感，搞得神祕兮兮。

她走向金色與紅色相間的篷傘，看見那個男神正閒適地躺在包廂裡的長椅上，捧著一只雕刻精美的玻璃杯，啜飲著杯中冰涼的紅色液體。他看起來跟上次差不多：依舊健美的身形、梳理整齊的黑髮、發亮的小麥膚色，還有那滿臉厭倦而無神的表情。說到健美，希麗已漸漸認定，那就是男性復歸神的共通點。

義卓司還有一點做得對，她又想。我的同胞也許太刻板，但做人若是弄到像這些復歸者一樣自我放縱，也不是件好事。

男神萊聲斜眼望見她來，有禮地向她點頭致意：「王妃殿下。」

「魯莽王萊聲，」她說時，僕人們正將她的椅子搬進包廂安放。「我相信你今天過得還愉快？」

「到目前為止，我在我的靈魂中發現幾個令人不安且有待重新定義的因子，它們漸漸地使我的存在本質重新架構，」說著，他又喝了一口飲料。「除此之外，一切如常。您呢？」

「不像你那麼有啓發性，」希麗邊說邊坐下：「卻比你更困惑。我還在熟悉這裡的處事方式。我來是希望你能解答我一些問題，給我一點訊息，也許……」

「恐怕不能。」萊聲說。

希麗一愣，臉紅起來，覺得尷尬。「對不起。我是不是做錯了什麼？我——」

「不，孩子，妳沒做錯。」萊聲說道，笑得更開。「我幫不了您，是因為我一無所知。不幸地，我是個沒用的人。您沒聽說嗎？」

「呃……我想是沒有。」

「您應該多注意點才是，」他說時舉高杯子，向她敬飲。「您眞不該啊。」帶著微笑，他又添上這一句。

希麗皺眉，越發覺得窘迫，又見萊聲那戴著特大號冠飾的大祭司臉上堆滿不以為然的神情，令她更感手足無措。她不由得懊惱地想：**這有什麼該不該的？這個人是不是話中有話？明著像是在自我解嘲，實際上卻隱藏著羞辱我的意味！**

「其實，」希麗抬高下巴，使自己的視線高過他。「我是聽過你的傳聞，魯莽王萊聲，但我聽聞的並不是『沒用』二字。」

「哦？」

「聽說你為人無害，但我現在發現這說法不是真的，因為我明確地感覺到，跟你說話使我的理性受損。更不要說我的頭了，現在正在發疼。」

「恐怕那就是跟我打交道的常見症狀。」他故意大大地嘆一口氣。

「這倒好解決，試試以下的辦法。」希麗說，「當有旁人在場時，你就忍著不說話。在那樣的情況下，我大概會覺得你相當和藹可親。」

萊聲笑出了聲音。那不是捧腹大笑，而是有所收斂的笑。雖然不像她父親或義卓司男士那般地豪邁，但聽起來同樣真誠。

「小女孩，我就知道我會喜歡妳。」他說。

「我不確定你這話是褒還是貶。」

「就看妳怎麼想囉。」萊聲說，「來吧，別坐那硬邦邦的椅子了，到這邊的躺椅來躺著，好好享受今晚的節目。」

「我不確定那樣是否得體。」希麗說。

「我是神，」萊聲揮著手說，「我來決定得不得體。」

「我想我還是坐著的好。」希麗禮貌地笑一笑，但還是站起來，叫僕人把椅子搬近些，好讓她不必提高嗓門說話。同時，她還要努力不過分關注場中的競賽，以免自己又不小心看得出神。

萊聲微微笑著，他似乎很喜歡讓別人不自在。從這一點推想，他大概也不介意自己在別人的心目中是什麼德行。

「我的來意沒變，萊聲。」希麗說，「我想知道一些事情。」

「我也沒騙您，親愛的王妃殿下，我真的一無是處。不過，我會盡可能回答您的問題。當然，若有必要，您也要提供一些答案給我。」

「要是我不知道答案呢？」

「那就隨便捏造好了，」他說，「反正我分不出來。跟明知而裝笨相比，未覺察的無知要好一些。」

「我會努力記住這一點。」

「一定要記住，這樣您就抓到訣竅了。那麼，您的問題是？」

「前任的神君怎麼了？」

「死掉了。」萊聲說，「噢，別那麼驚訝。人會死，神也不例外。不知您是否注意到，我們這兒會做可笑的事，就是把人搞到長生不死，卻老是忘記『不死』的那個部分，結果一個不預期又把自己搞死。這下子可就是死兩次了。人們說『好死不如賴活』，像我們這樣活著，可以說是加倍『賴活』。」

「神君怎麼死的？」

「放掉駐氣就死了，」萊聲說，「是不是啊，包打聽？」

萊聲的大祭司點了點頭：「是的，閣下。五十年前，特提勒城遭到腸瘟疫的侵襲，神聖的修茲波朗四世陛下爲了救治那一場傳染病的患者而駕崩。」

「等等，」萊聲說，「那不是一種大腸疾病嗎？」

「正是。」大祭司答。

萊聲皺了皺眉頭：「你的意思是說，我們供奉在神壇裡那個最神聖崇高的神君，是爲了治好百姓的肚子痛而犧牲生命？」

「我不會用那種說法來形容，閣下。」

萊聲湊近希麗說道：「妳知道，他們就是等著要我做同樣的事。哪天有個老太太在大庭廣眾下拉肚子，我就要自殺好讓她止瀉。啊，怪不得我這個神做得丟臉，我想我的潛意識一定有些自我價值的認知障礙。」

胖胖的大祭司看著希麗，臉上有歉意。希麗這才明白，他之前那不以爲然的表情並不是針對她，而是針對自己侍奉的神。在這滿懷歉意的一眼之後，大祭司還對她微笑。

也許他們並不是都像崔樂第那樣。希麗暗想，便也還以一笑。

「神君妃，神君的犧牲絕不是空洞的表象。」祭司說，「當然，腹瀉或許不是最危險的疾病，但對老年人和幼童而言，卻足以致命。再加上當時還有別的傳染病威脅著人民的健康，整個王國的經濟與貿易都因此而嚴重停滯，偏遠鄉村甚至斷絕物資長達數月之久。」

「不知道那些被救治的人感想如何，」萊聲若有所思地說，「清醒，康復了，卻發現他們的神君死掉了。」

「他們會覺得自己受到榮寵，閣下。」

「我倒覺得他們會生氣，因爲國王大老遠跑來，他們卻病得沒注意到。不論如何，王妃殿下，這下您知道了，這些訊息的確有用，但我現在卻擔心自己食言，因爲我剛才再三強調自己是多麼地沒用。」

「希望我這說法可以緩解你的擔心，」希麗說，「你確實沒那麼有用，倒是你的大祭司還挺有用的。」

「沒錯，我知道。這些年我一直想帶壞他，卻好像一點效果也沒有。就像我要引誘他使壞，卻連讓他了解敬我爲神根本就是一種矛盾都做不到。」

希麗暗愣，卻發現自己笑開了。

「怎麼了？」萊聲問道，然後喝完杯中的飲料。立刻有人送上另一杯，這次是藍色的飲料。

「和你說話就像是在河裡游泳，」希麗笑道，「一直被水流帶著走，不知道什麼時候可以換氣。」

「您要小心河裡的石頭啊，神君妃。」大祭司補充道，「看起來不起眼，邊緣卻鋒利。」

「呸，」萊聲說，「要提防的應該是鱷魚才對，會咬人，又……欸，我們的主題到底是什麼啊？」

「是神君。」希麗說，「上一任神君駕崩時，已經有子嗣了嗎？」

「是的，」大祭司回答道，「事實上，那時他才新婚一年，孩子出生不過數週而已。」

希麗往後坐，思索了一會兒。「那麼再前一任的神君呢？」

「爲了救一整村被土匪殺傷的小孩而死。」萊聲說，「百姓們愛死這個故事了。國王看見基層小老百姓受苦，大發惻隱之心，於是獻出自己的生命。」

「當時他也是新婚一年嗎？」

「不是，神君妃。」大祭司說，「他當時已結婚幾年了，但駕崩時，他的第二個孩子才剛滿月。」

希麗抬起頭，問道：「第一胎是個女兒？」

「是的，」祭司說，「那個長女沒有神聖之力。您怎麼知道？」

該死！希麗暗罵。**兩次都是在繼承人剛剛出生不久之後。**難道有了孩子就會讓神君想要放棄生命？或者其中有更險惡的陰謀？一場亟待治癒的疫情，一座需要拯救的村莊，再加上小小的宣傳手法，都能掩蓋眞正的死因。

「神君妃，在這方面，我並不是眞正的專家。」大祭司又說，「恐怕我的主人萊聲也不是。倘若您逼迫他，他很可能就要編故事胡謅一番了。」

「包打聽！」萊聲氣憤地說。「那是誹謗！哦，順便告訴你，你的帽子著火了。」

「謝謝你們。」希麗說，「這些訊息的確很有幫助。」

「若我可以建議您……」大祭司客氣地說。

「請說。」她道。

「您可以找一個專業的說書人，神君妃。」祭司說，「從城裡召一個來就行了。說書人可以講歷史，也會講神話傳奇故事，他們提供的訊息必定更加詳實。」

希麗點點頭，一方面暗嘆：*為什麼我們宮殿裡的祭司就不像人家這麼有用呢？*當然，那些祭司可能就是想掩蓋神君駕崩的眞正原因，所以不會主動幫她。說眞的，要是她回宮殿裡去嚷嚷著要找說書人，她最後聽到的八成仍是已被祭司們過濾過的消息。

因此她皺了皺眉頭。「那麼……你能替我找嗎，萊聲？」

「什麼？」

「找一個說書人來。」她說，「到時我希望你也能在場，以防我有別的問題想問。」

萊聲聳聳肩說：「應該可以，我也有一陣子沒聽人說書了。時間由妳定吧。」

這樣的安排並不理想，因爲她的僕從們屆時也會在場，或許會向祭司打小報告。可是，假如這場說書是在萊聲的宮殿裡進行，希麗至少還有機會聽到一點點眞相。

「謝謝。」她說完就起身。

「啊啊！別急著走。」萊聲說道，豎起一根手指晃呀晃。

她停下腳步，卻見他慢條斯理地拿起杯子喝飲料。

「怎樣？」等了一會兒，她忍不住問。

萊聲再次豎起手指，品飲的動作卻沒停，一直到他仰頭喝下杯中的最後一點冰沙，他才放下杯子，嘴也不抹地就說：「眞是清涼舒暢！義卓司，多美妙的地方，有那麼多冰。聽說那玩意兒要花不少錢才能運到這裡來，幸好我一毛錢也不必付，哦？」

希麗揚了揚眉毛：「你到底想說什麼？」

「您答應要回答我的問題。」

「哦，」她想了起來，坐回椅子上去。「當然。」

「好，那麼，」他開始問：「在您的故鄉，您有熟識的城衛警嗎？」

她歪了歪頭：「城衛警？」

「您知道的，就是執行法律的人；警官、治安官，專逮壞蛋和看守監牢等諸如此類的人。」

「算是有吧，認識幾個。」她說，「我生長在首都，那個城市不大，但對某些生活拮据的人來說，還是有些誘因。」

「啊，很好。」萊聲說，「麻煩您說說那些人，我是指城衛警，不是那些生活拮据的罪犯。」

希麗聳了聳肩：「我也不太會講，他們做事都很小心，每當有陌生人來到村子，他們就會去盤問，也會在街道上巡邏，看看有沒有人做壞事之類的。」

「您會覺得他們好奇、愛打聽嗎？」

「會。」希麗說，「應該會吧。我的意思是，就跟那種生性好奇的人差不多。」

「您的城市裡發生過謀殺案嗎？」

「有過幾件。」希麗說時，不由自主地垂下眼神：「我父親總是說，我們義卓司不該發生那種事，他說謀殺都是……呃，哈蘭隼才有的事。」

萊聲吃吃地笑。「對，我們常常搞謀殺，就像派對搞雜耍一樣。好啦，那麼這些警察會不會去調查謀殺案呢？」

「當然會。」

「沒人命令他們也會去調查？」

希麗點頭。

「他們都怎麼進行？」

「我不知道。」希麗說，「問一些問題，跟目擊者講話，尋找線索。我沒參與過。」

「不，不，」萊聲說，「您當然沒參與。喏，要是您參與過謀殺案，他們一定會對您嚴刑逼供，是吧？像是把您放逐到別的國家去。」

希麗覺得自己臉色發白，髮色也變淺。

卻見萊聲大笑：「殿下，聽我講話別這麼認眞。坦白說，幾天前我才不再懷疑您是否有殺手身分。這樣吧，如果您的僕人跟我的僕人都願意留在原地不動個幾秒鐘，我有件重要的事要告訴您。」

見萊聲站起來，希麗心中一驚。他邁步走出篷傘之外，僕人們果眞留在原地沒動。希麗心中困惑但卻覺得興奮，跟著起身並快步跟上去，一直來到包廂區最前方的石板道上才停下。就在下方，運動員們還在進行競賽。

萊聲低頭看著她，面帶微笑。

復歸神眞的好高，她一面想，一面下意識地縮頭。希麗本身已不算是高個子，站在一個足足比她還高一呎的男人身旁，令她更覺得自己渺小。她這時又想：**也許他會說出我一直在尋找的祕密！**

「王妃殿下，您這是在玩一場危險的遊戲。」萊聲說著，靠在石欄杆上。欄杆是專爲復歸者而設的，對希麗來說太高，沒法兒舒適地靠著休息。

「遊戲？」她問。

「政治遊戲。」他應道，雙眼看著場中的運動員。

「我不想搞政治。」

「您要是不搞它，恐怕它就會搞您。像我，不管做什麼都會無端被牽扯進去，就算抱怨得再多也沒用——抱怨只會惹別人心煩，這倒是符合了政治的目的。」

希麗皺起眉頭：「所以你把我拉到旁邊來，就是要給我這個警告？」

「拜託，不是。」他輕聲笑，「假如您還沒想通，不覺得這很危險，那麼您也不夠資格接受這樣的警告了。我只是要給您一些忠告，首先是您的人格形象。」

「人格形象？」

「對，」他說，「需要琢磨。扮一個天眞的新面孔算是滿好的本能之選，也適合您，但您需要加強這樣的形象，用點心去琢磨。」

「那不是塑造出來的形象，」她由衷地說，「我眞的對這一切都感到困惑又不熟悉。」

萊聲豎起一根手指：「孩子，那就是政治的竅門。有些時候，儘管妳無法掩飾自己的個性和感受，卻可以反過來利用它；人們對於自己不懂或不能預測的事物往往不信任。在這宮廷裡，只要人家認爲妳像是個無法預測的人，妳在他們的眼中就會是威脅。如果妳能有技巧地——卻誠實地把妳自己表現成他們都能理解的人，妳就會慢慢打進這個圈子。」

希麗皺起了眉頭。

「以我自己爲例，」萊聲說，「我一直都是個沒用的傻瓜。但我知道別人如何看待我，我就加強他們的印象，拿這個來玩弄。」

「騙他們嗎？」

「當然不是。我還是我，但我確保人們絕不忘記我的本性。妳不可能控制一切，但妳若能控制自己在別人心目中的形象，妳就能在這亂七八糟的世界裡找到立足之地了。同時，一旦妳擁有了立足地，就可以開始發揮影響力；當然，前提是妳也有這個意願。我自己就很少做這種事，因爲太麻煩。」

希麗歪了歪頭，笑了起來。「你是個好人呢，萊聲。」她說，「即使你剛才罵我，我仍知道你心地好。你罵歸罵，卻沒有惡意。那是你塑造出來的形象嗎？」

「當然，」他面帶微笑地說，「不過，我不確定人們為什麼還要相信我。我一直用這方式擺脫他們的信任，只收到反效果。照我說的去揣摩就是了。困在這美麗的監牢裡，最棒的莫過於可以行善，可以謀求改變，而我曾親眼看見別人那麼做，都是些我尊敬的人，只可惜那樣的人在這宮廷裡越來越少。」

「好吧，」她說，「我會的。」

「我有感覺——妳在挖掘某件與祭司們有關的事。除非妳已經準備好要出招，否則別太過打草驚蛇；出招時要突然、要使人意外，那才會是妳想要的。也別讓自己表現得太過人畜無害，因為這兒的人總認為清清白白的人最可疑。訣竅在於表現得平庸，像大家一樣耍點心機，這會讓別人以為自己比妳占得一點點優勢，以為可以抓到妳的痛腳。」

希麗點頭道：「和義卓司人的觀念有點像。」

「你們是我們的分家嘛，」萊聲說，「噢，也許我們才是從你們分出來的。不論如何，其實我們兩邊的內在很相像，差別只在於舉止、派頭而已吧。義卓司追求極端的質樸，除了要跟哈蘭隼分庭抗禮以外還有什麼意義？你們的顏色不是黑就是白，從國與國的格局來看，徒然令你們更顯眼更出眾罷了。你們學我們，我們學你們，雙方都做同樣的事，只是手段相反。」

她沉緩地點頭。

萊聲又微笑道：「哦，還有一件事。拜託，請妳千萬不要太依靠我。我是說真的，我不會提供多大的幫助。要是妳的計謀浮上檯面，或甚至是詭計敗露到危急關頭，搞到妳身陷危險或壓力太大——別想到我。我會辜負妳的。就這一點，我以絕對真誠的心向您保證。」

「你眞是奇怪極了。」

「環境使然啊，」他說，「不過，這所謂的環境裡通常也只有我自己一個人，我看只能怪罪我是個神吧。祝您有美好的一天，王妃殿下。」

說完，他步伐閒散地走回包廂，並且向希麗的僕從們揮揮手——他們早在那兒滿懷關切地候著——眾人這才上前來迎接她。

28

he meeting is set, my lady," Thame said. "The men are eager. Your work in T'Telir is gaining more and more notoriety."

「會面的事情已安排好了，殿下。」泰姆說，「大伙兒都迫不及待，越來越多人曉得您在特提勒城從事破壞工作。」

維溫娜不知道自己該怎麼看待這件事。她啜飲著果汁，杯中的液體微溫，有著誘人的美味，只是她仍希望能加一點義卓司的冰。

泰姆熱切地看著她。根據丹司的調查，這位矮個兒義卓司人還算可信。他原先宣稱自己「被迫」過著偷雞摸狗的日子，其實是有一點點誇大——他只是在哈蘭隼的社會夾縫中找油水，在義卓司勞工和各種犯罪份子之間扮演穿針引線的角色。

顯然，他也是堅定的愛國份子。儘管他習於剝削自己的同胞，尤其是利用那些初到大城的人。

「有多少人會來？」維溫娜一面問，一面看著餐館外熙來攘往的繁忙街景。

「超過一百人，殿下。」泰姆說，「保證都對國王忠心耿耿。還有，他們個個都很有分量，我的意思是，對特提勒城裡的義卓司人很有影響力。」

依照丹司的解釋，這表示那些人專門在城裡提供廉價的義卓司勞工，能夠左右弱勢群眾的意見，所以有點兒權力；就像泰姆，他是靠著外移的義卓司人口發跡。這是一種奇異的兩面性，他們在受壓迫的少數份子之中擁有略高的地位，倘若沒有了這壓迫，他們也就沒了那地位。

樂米克斯也是吧，她想。**這人侍奉我的父親，表面上敬愛君王，背底裡卻從經手的每一分錢中揩油圖利。**

她向後靠，白色的長裙同時隨風微揚。她輕拍杯側，機伶的侍者就過來替她添果汁。泰姆微微笑，也要求侍者替他斟滿果汁，儘管他和這間雅緻的餐館並不相襯。

「你覺得總共有多少人？」她問，「我是說，這座城裡的義卓司人。」

「也許有十萬。」

「有那麼多？」

「都是些生活困苦的低收入農民。」泰姆說時聳了聳肩，「在山裡頭討生活，有時很辛苦。莊稼歉收，又能怎麼辦？土地都是國王的，也不能拿去賣，但稅還是得繳……」

「是，但若是遇上天災，可以去請願。」維溫娜。

「啊，殿下，可是這些人都住得遠，去求見國王得花上好幾個星期。您說，他們敢不敢丟下親人在家裡等？等到請願成功，從國王的倉庫裡帶回了食物，只怕親人都餓死了。反過來說，下山到特提勒城就近得多。在大城市找工作，去碼頭上搬搬貨，或去叢林農場採收花卉，雖然辛苦，收入卻穩定。」

然後，在這麼做的同時，也背叛自己的同胞。

但是維溫娜有什麼資格評斷他們？五大願景會說這是傲慢。此刻，她坐在這涼爽的遮篷下，享受著舒適的和風與昂貴的果汁，其他人則爲了養家活口而受人奴役。她無權譏諷他們的動機。

義卓司人不該被迫到哈蘭隼找工作。她不想承認父王的過失，但他的王國確實施政效率不高：國境內有好幾十座零散的偏遠村莊處於交通不便的狀態，道路動輒被大雪或落石阻塞；除此之外，父王還不得不耗費大量資源治軍，以防哈蘭隼突然進犯。

父王的責任與處境都艱鉅，但那可以用來當作人民生活貧困的藉口嗎？這些日子以來，她聽聞了許多，也越發明白自己以往鍾愛的山谷生活，其實並不是眾多同胞的共同感受。

「會面就在三天後舉行，殿下。」泰姆說，「瓦爾失敗後，有些人態度遲疑，但他們會聽您的。」

「我會到場。」

「謝謝您。」泰姆說完起身，在向她鞠躬後才離去。儘管她已要求他別做出尊崇她的舉動，但他還是做了。

維溫娜坐著繼續喝果汁，不久就感應到丹司的到來。丹司出現後，在泰姆剛才的位子坐下，然後說：「妳知道我對什麼東西感興趣嗎？」

「什麼東西？」

「人。」說時，他拿了一只空杯子拍了兩下，引侍者過來爲他服務，同時繼續說：「人讓我覺得有趣，尤其是舉止不符他人預期的人，最讓我驚訝。」

「希望你不是在說泰姆。」維溫娜說道，揚高了一邊眉毛。

丹司搖頭：「我是說妳啊，公主。才不久前，妳不管走到哪兒都帶著不高興的眼神，現在不會了。妳開始適應了。」

「那麼問題就大了，丹司。」維溫娜說，「我不想適應，我討厭哈蘭隼。」

「妳看起來倒還挺喜歡那果汁嘛。」

維溫娜立刻放下杯子：「你說的很對，我不應該喝這個。」

「妳想怎樣就怎樣吧。」丹司不置可否地說：「現在，假使妳要問傭兵的意見——當然，沒人想問我們這種人的意見——那傭兵或許會建議妳的舉止應該要像個哈蘭隼人才好，因爲妳在人群中越不顯眼，別人就越不會把妳跟義卓司的公主聯想在一起。妳朋友帕凜就是個好例子。」

「他把那麼多鮮艷顏色堆在身上就像個傻子。」她邊說邊瞥向對街。就在那兒，負責戒守逃脫路線的帕凜跟珠兒正在聊天。

「會嗎？」丹司說，「或者他看起來就像個哈蘭隼人呢？假使妳在叢林裡看見他披著獸皮，或者穿戴著顏色彷似落葉的斗篷，妳還能一眼就認出他來嗎？」

她又看了看。帕凜歪著身子斜靠在牆邊，頗像個街頭混混。

「你們兩個都適應得比之前好，」丹司又說，「你們都在學習。」

維溫娜低下頭去。的確，這段新生活之中的某些事物已經逐漸變得自然，好比打劫，她竟然已不再排斥。此外，她也開始習慣跟著人群移動，甚至做地下組織的一員了。兩個月前，要她跟一個像丹司這種職業的人打交道，她會憤慨地拒絕。

對於這些改變，她發現自己很難釋懷。她越來越搞不懂自己，也不確定自己究竟相信什麼了。

「不過，」丹司瞄了她的服裝一眼，「妳也許該考慮換穿褲裝。」

維溫娜抬起頭來，皺了皺眉頭。

「只是建議囉。」丹司說完，將杯中剩下的果汁一飲而盡。「妳不喜歡哈蘭隼的短裙，結果我們能買到的『端莊』服裝就只剩下外國進口的舶來品，那就貴啦；而妳穿這種衣服出門，逼得我們只能選高級餐館安排活動，否則就會顯得格格不入，於是妳又得面對這可怕的奢侈。從這角度想，褲裝豈不是端莊又便宜嗎？」

「褲裝並不端莊。」

「別把膝蓋露出來就好。」他說。

「那不是重點。」

丹司只好聳聳肩：「我只是提供我的看法。」

維溫娜轉而望向別處，輕輕嘆了一口氣：「謝謝你的建議，丹司。真的。我只是……我被這陣子的生活弄得很困惑。」

「世界本來就是個令人困惑的地方，」丹司說，「所以才有趣啊。」

「我們現在要合作的這群人，」維溫娜說，「一方面在這個城市裡領導義卓司人，同時卻也壓搾他們。樂米克斯的手腳不乾淨，卻仍然爲我的國家謀福利。我在這裡穿著華服喝果汁的同時，我妹妹正被一個可怕的獨裁者凌虐，而這座奇妙卻駭人的城市準備和我的故鄉開戰。」

丹司往後靠在椅背上，隔著低矮的扶欄，看著維溫娜口中「奇妙卻駭人」的城市街景，若有所思地開口：「人們的動機從來就沒有意義，但卻永遠有道理。」

「你這話說得莫名其妙。」

丹司笑了起來：「我的意思是，你要了解一個人，除非先去明白他的行爲背後的理由。公主，每個人都在自己的人生中扮演主角。殺人犯都相信自己的所作所爲不該被責怪，小偷覺得竊財是理所當然，獨裁者也認爲自己有權爲人民和國家作主。」

說到這裡，他定住了眼神，幽幽地搖頭。「我想，就連法樹都有這種心態。事實是，妳心目中定義的『錯』，絕大多數人在做的時候都有自己的理由，而他們認爲那理由是『對』的。說來說去，還是只有傭兵最講理，拿什麼錢就做什麼事，簡單得很。也許這就是別人看不起我們的原因，因爲只有我們從不假裝自己幹壞事還頂個高尚的動機。」

他停下來，迎向她的雙眼：「就某方面來說，我們會是妳這輩子所見過最誠實的人。」

兩人就此靜了下來，任由人群在身旁來來往往，像一條閃爍著色彩的河流。這時，另一個身影走近他們的桌位。「說得對，」童克法說，「但你忘了講，除了誠實以外，我們也很聰明，外加英俊。」

「這是廢話，不用說啦。」丹司說。

維溫娜望向別處。童克法一直在附近守著，為支援而待命。這陣子，他們開始讓她主導一些會面。「誠實，也許吧，」維溫娜說，「但我可不希望這輩子所見過最英俊的男人就是你們了。要走了嗎？」

「就等妳喝完果汁囉。」丹司說時咧嘴一笑。

維溫娜朝果汁杯看了一眼——那眞的非常好喝。於是，她懷著罪惡感把果汁喝光，心裡一面想：**浪費也是罪過**。接著，她俐落地起身，快步離開那棟建築，讓丹司去付錢。她如今大多讓丹司去管帳。走上街道後，土塊加入了他們。土塊已獲得指令，當她大聲求救時，他就要去幫助她。

回過頭，維溫娜看著身後的童克法和丹司，突然問道：「老童，你的猴子去哪兒了？」

只見童克法嘆氣：「猴子沒什麼好玩的。」

她翻了翻白眼：「你把猴子也弄丟了？」

丹司咯咯笑道：「快習慣吧，公主。在這世上所有的快樂奇蹟裡，其中最棒的一個就是老童從來沒生過孩子。萬一他有孩子，搞不好養不到一個禮拜，他就把孩子給弄丟了。」

她搖搖頭。「也許眞是如此。」她說，「下一場會面在德尼爾花園，對嗎？」

丹司點頭。

「走吧。」她邊說邊邁步向前走。其他人跟在後面，帕凜和珠兒不一會兒也加入行列。維溫娜沒等土塊爲他們開路，因爲她想盡量少依賴死魂僕，反正在大街上移動也沒那麼困難，訣竅就是找一群方向相同的人跟著一起走，而不是獨自在人潮中逆流前進。在她的領軍下，一行人很快就抵達德尼爾花園。

一如十字路的廣場，這裡是一大片開放的綠地，四周也有各式各樣的建築和繽紛色彩，但沒有任何花卉或樹木，也沒有人群喧鬧，只有沉靜而虔誠的氣氛。

不過，這兒有上百尊雕像，看起來和城中其他的軍人雕像差不多，都有特別強壯的身材和英勇的姿勢，也纏著五顏六色的布和裝飾品。在維溫娜看到的德尼爾雕像中，這些大概是最古老的，上頭都有風化的痕跡。傳說這是天祐和平王遺下的最後一份贈禮，用來紀念在眾國大戰中陣亡的兵將，同時也爲人民提供殷鑑。但維溫娜忍不住認爲，假使人們眞的以尊崇之心悼亡，就不該拿這些可笑的東西去裝飾他們的遺像。

話又說回來，這兒的氣氛遠比特提勒城中的任何一處都要來得莊嚴肅穆。她走下通往草地的階梯，在無語的雕像之間慢慢移動。

丹司快步走到她的身旁說：「還記得我們要跟誰見面嗎？」

她點點頭：「僞造文書的人。」

丹司朝她看了看。「妳能接受嗎？」

「丹司，這幾個月以來，我已經見過了盜賊頭子、殺人犯，連最恐怖的傭兵都不怕了，幾個弱不禁風的抄寫員應該不成問題。」

丹司搖了搖頭：「這批人只負責賣文件，不負責抄寫，但他們才是眞正危險的傢伙。在哈蘭隼的官僚體制中，他們靠文件搞障眼法的本事最大。」

維溫娜不慌不忙地點頭。

「妳記得要叫他們做什麼嗎？」丹司又問。

「當然記得，」她說，「這個計畫可是我的主意啊，你忘了？」

「只是提醒妳。」他說。

「你怕我會搞砸，是不是？」

他聳了聳肩：「妳是這場小舞會的主辦人，公主。我只是個在舞會後拖地板的傢伙，」說時，他瞟她一眼，「但我討厭拖血跡啊。」

「噢，拜託。」她沒好氣地翻了個白眼，加快腳步，把他丟在後頭。丹司倒沒有再追上來，但她卻聽見他跟童克法竊竊私語說：「這比喻不好嗎？」

「好得很啊，」童克法說，「有提到血就是個好比喻。」

「好像少了點詩意。」

「不然找個能跟『血』押韻的東西好了。」童克法如此建議後，停頓了一下。「鞋？蟹？呃……楔？」

以打手而言，他們倒還挺懂得咬文嚼字。她想。

沒走太遠，她就在約定的地點——一尊高大、手持風化巨斧的德尼爾雕像旁，見到了這場會面的對象。那些人早已等候在那兒，席地而坐，並一面談笑，看來就像其他散落在花園裡的野餐客一樣無辜又無害。

維溫娜放慢了步伐。

「就是他們。」丹司走過來低聲說：「我們也到雕像的另一側去坐下。」

在此同時，童克法轉了個方向，閒步繞到外側去張望，而珠兒、土塊和帕凜則停下腳步，留在稍遠的後方保持警戒。維溫娜和丹司一起走向雕像，丹司拿出一張毯子鋪在地上，讓她坐下，自己則站立在旁，裝成男僕的模樣。

那群人之中的一個朝維溫娜看了幾眼，然後點點頭，其他人則繼續吃點心。哈蘭隼的地下份子偏偏喜歡在大白天從事他們的祕密工作，這點始終令維溫娜感到不安，但她猜想，也許白天有白天的好處。

「妳要找人辦點事情？」最靠近她的一名男子輕聲問，音量只剛剛好讓維溫娜聽得見。若有外人瞧見，會以爲他是在跟面前的朋友們說話。

「是的。」她說。

「要花錢。」

「我有錢。」

「妳就是大家在討論的那個公主？」

她遲疑了一下，注意到丹司的手正悠然地移到劍柄上。

「對。」她回答。

「很好。」僞造員說，「王室階級總是知道分寸。妳想要什麼？」

「信件。」維溫娜說，「我要幾封看起來像是哈蘭隼祭司跟義卓司國王之間往來的信件，上頭要有正式的官印和簽名筆跡。」

「很難。」那人說。

維溫娜從衣袋中取出一樣東西，亮給那人看：「我有一封戴德林王的親筆信，蠟封跟簽名都有。」

那人立刻顯得大感興趣的樣子，雖然她只能看到他的側臉。「那就有辦法，但還是不算容易。妳希望這些信件證明什麼？」

「證明這幾個祭司行爲腐敗，」維溫娜說，「名單都在這裡。我要你們讓這些信看起來像是這些人長年勒索義卓司，迫使國王爲了防止戰爭而支付龐大的款項或許下極不合理的承諾。還有，表現出義卓司不樂見戰爭的樣子，而祭司們都是僞君子。」

那人點點頭。「就這樣？」

「是的。」

「可以。那麼，我們再聯絡。所有的指示跟說明都寫清楚了嗎？」

「都照你的要求寫明了。」維溫娜說。

便見那群人紛紛起立，一個僕人遂上前來收拾東西。他在收拾時，故意讓一條餐巾被風吹走，於是他跑出去撿，順便把維溫娜的文件也抓了起來。不一會兒，那些人全走掉了。

「如何？」維溫娜抬起頭來問道。

「很好，」丹司點頭說：「妳已經是個高手了。」

維溫娜笑了起來，坐回地毯去等待。下一場會面仍將在這兒進行，要見的是一群小偷，曾應維溫娜和丹司的要求到哈蘭隼的官廳和戰爭事務處去偷各種文件。這些文件相對而言不太重要，但搞丟它們可以讓人沮喪並造成混亂。

距下一場約定的時間還有數小時，她打算在草地上好好休息一會兒，遠離城中的非自然色彩。丹司似乎察覺到她的心思，便也坐了下來，靠在雕像基座的另一側。這時，維溫娜看到帕凜又在找珠兒聊天。丹司說得對。帕凜的服裝在她看來是荒謬無比，那是因爲她認定他是個義卓司人；現在她用更客觀的眼光去看，竟然覺得他不折不扣就只是個特提勒城的尋常年輕人罷了。

那也罷，對他也好。維溫娜帶著惱怒這麼想，同時別開了視線。**他愛怎麼打扮自己都行，反正他不用擔心領口太低或衣服太短。**

珠兒的笑聲傳來。那笑聲跟嘲弄差不多，卻有幾分歡喜在其中。維溫娜立刻把視線轉回去，正好看見珠兒瞅著帕凜，而帕凜的臉上有種尷尬的傻笑；那是他知道自己說錯話，卻不知道是說錯了什麼的表情。維溫娜太了解他了，光從他的表情就能知道他的心思。

珠兒看著他的臉，又笑了起來。

維溫娜暗暗咬牙。「我應該把他送回義卓司。」她說。

丹司轉過頭來：「嗯？」

「我說帕凜。」她說，「我把別的嚮導都送回去了，只留下他。他沒什麼用，我該把他也送回去才對。」

「他非常懂得隨機應變啊，」丹司說，「而且他很可信賴，留他下來很好啊。」

「他是個呆瓜，」維溫娜說，「連自己身邊發生了什麼事都搞不太清楚。」

「的確，他沒有學者的聰明才智，但他卻本能地知道如何融入大環境。此外，我們總不可能像妳這樣有天賦。」

她瞥了一眼丹司。「你這話是什麼意思？」

「意思是，」丹司說，「妳不該在公開場合讓頭髮變色，公主。」

維溫娜大吃一驚，這才發現自己的髮絲已不再是冷靜沉著的黑，卻是挫折與沮喪的紅色了。**我的天啊！**她緊張地想。**我以前都控制得好好的，我是怎麼了？**

「別擔心，」丹司又說，「我保證，珠兒對妳朋友沒那個意思。」

維溫娜冷哼一聲。「帕凜？我幹嘛在乎他？」

「哦，我不知道。」丹司懶懶地說，「也許因為妳跟他從小就訂有婚約？」

「完全不是那樣。」維溫娜說，「我是被許配給神君，而且是我出生前就訂的！」

「可是妳父親總希望能跟他最好的朋友結為親家，不是嗎？」丹司說時，邪邪地向她一笑。

「至少帕凜是這麼說的。」

「那小子太多嘴了。」

「其實他平常話不多，」丹司說，「要讓他談論自己，恐怕還得撬開他的嘴才行。不論如何，珠兒有別的牽絆，所以妳別擔心了。」

「我才不擔心。」維溫娜說，「而且我對帕凜並不感興趣。」

「那敢情好。」

維溫娜很想繼續反駁下去，卻注意到童克法正要走過來。她不希望他也參與這個話題，只好硬是閉上自己的嘴。

「雪。」那高頭大馬的傭兵沒來由地蹦出這個字。

「啥？」丹司問。

「和『血』押韻的字啊。」童克法說，「這下就有詩意多了。雪與血，這意境多美妙啊，比脫鞋什麼的好很多。」

「啊，我明白了。」丹司的語調呆板。「童克法？」

「幹嘛？」

「你是白痴。」

「謝啦。」

維溫娜站起來，開始往雕像群之間走，一面觀察它們——想讓自己不要盯著帕凜和珠兒看。童克法跟丹司似乎是識趣地遠遠跟在後面，持續警戒著四周。

這些石像有一種美感，與特提勒城的其他藝術風格不同。躋身在炫艷的繪畫、彩色繽紛的建築物和浮誇衣飾之間，德尼爾雕像只一味地展現出風霜和堅實。當然，哈蘭隼人極盡所能地用圍巾、帽子或五顏六色的小東西綁在上頭搞破壞，幸虧這兒的雕像太多，他們沒能完全加工。

石像群都是站著的，像在戒備，流露出堅定而踏實的氣息，甚至比這座城市還可靠。每一尊雕像的姿勢或臉龐都不一樣，有些望向天空，有的則直視前方。維溫娜心想，**這些作品一定花費了數十年才完成，也許哈蘭隼人就是從這件事開始愛上藝術的。**

哈蘭隼就是這麼一個矛盾的地方，用戰士來代表和平；義卓司人互相利用，卻也互相保護；而她在這兒遇見的人之中，傭兵竟可能是最上品的人；鮮艷的色彩，也能創造出某種統一性。

最矛盾的就是生體彩息，它是可受人剝削的，但像珠兒那樣的人們卻認爲放棄駐氣是種特權。無盡的矛盾。問題是，維溫娜能否忍受自己成爲另一個矛盾？一個必須在信仰上妥協才能認清信仰全貌的人？

駐氣的確美妙。不僅在於它們所帶來的聽覺和視覺享受，也不只是對生命體的感應力，而是一種更高層次的共融感——那是一種連結，就像同時聆聽著風聲和人們說話的迴響，或者在雜沓人群中輕易地察覺人們的動向，讓她覺得身邊的一切都變更加貼近。她覺得沒有生命的落葉、枯枝或甚至身上的衣服都很親近，都彷彿有對生命的渴望。

而她確實可以將生命賜與它們，喚起它們對生命的回憶。

可是，倘若她迷失自我，那麼這一切對於拯救祖國人民又有任何好處呢？

丹司看起來就不像有所迷失，她想。他們這幾個傭兵似乎都能把信仰和工作區隔開來。

在她認爲，這就是人們不把傭兵視爲規矩人的原因。如果你的行爲與信仰背離，你所處的立場必如危地。

不，我不能行識喚之事。她想。

駐氣就這麼維持原樣吧。假使以後駐氣對她的誘惑力太大，她就找個完全沒有駐氣的人通通送出去。

她寧願自己變成褪息人。

29

ell me about the mountains,
Susebron wrote.

和我說說山脈。修茲波朗寫道。

希麗笑了起來。「山脈？」

拜託妳。他坐在床邊的椅子上，又寫道。

希麗側躺在床上。今晚比較暖，她原本穿的大禮服又厚重，於是她索性脫掉，只留下襯衣，然後拉條薄被單蓋在身上，同時用手撐著臉，以便看見他寫的字。爐火劈啪作響。

「我不知道要怎麼講給你聽，」她說，「我的意思是，山脈沒什麼特別的，比不上你們特提勒城裡的奇妙景象。你們有這麼多色彩，繽紛又有變化。」

我覺得石頭從平地矗立成萬丈高，又能高聳入雲霄，才配稱是奇妙景象。他寫道。

「我猜想，」她說道，「我自己是喜歡義卓司的風景，而我也不想了解別的，但對於像你這樣的人來說，可能會嫌它無聊。」

會比每天坐在同樣的宮殿裡，不准講話也不准離開，養尊處優且有人服侍還要無聊嗎？

「好啦，你贏了。」

求求妳講給我聽。他的字已經寫得極好。不僅如此，他寫得越多，理解力似乎也越廣泛。她眞希望能找些別的書來給他讀，搞不好他會進步神速，一下子就吸收大量知識，不遜於從前教過她的那些學者。

可嘆的是，他僅有的只是希麗。希麗能教的不多，但他似乎很滿意；可能只是因爲他還不知道她有多無知吧。希麗想起自己以前輕忽課業就後悔，要是老師們知道她此刻的心情，恐怕會傻笑。

「山脈非常廣大，」她開始講：「在這種地方、在低地，你沒法兒想像它有多大。看著山，你會知道人有多麼渺小。我們建高樓或大房子，但不管建造得多高明，都不可能堆疊出像山一樣高的東西來。」

「就像你說的，山就是石頭堆成，可是山脈不是沒有生命的東西。山都是綠色的，像你們的叢林一樣綠，卻是不同的綠。行商人總是嫌高山阻礙視野，可是我覺得山可以讓我們看得更多。山讓你看見大地的表面一路延伸，銜接到奧斯太神主宰的天空。」

聽到這裡，他怔了一下，寫道：奧斯太神？

希麗一窘，頭髮也變紅了。「抱歉，恐怕我不該在你面前提起別的神明。」

別的神明？他寫道。像宮廷裡的那些？

「不是，」希麗說，「奧斯太是義卓司的神。」

我懂了。修茲波朗寫下。他很英俊嗎？

希麗笑出了聲音。「不，你沒弄懂。奧斯太不是復歸者，跟你或萊聲不同。祂是……呃，我不會講。祭司們沒跟你提過別的宗教嗎？」

別的宗教？他問道。

「對啊，」她說，「我是說，這世上並不是人人都敬拜復歸者。像我是義卓司人，我敬拜奧斯太神；至於龐卡人——藍指頭就是龐卡人，他們……呃，其實我不知道他們敬拜什麼，反正不是你。」

這一點非常奇怪。他寫道。你們的眾神不是復歸者，會是什麼呢？

「不是眾神，」希麗說，「祂只有一個，我們就稱之爲奧斯太。哈蘭隼人從前也敬拜祂的，只是後來……」她差點要接著說「變成異教徒」，便趕緊改口：「後來天祐和平王降臨，人民就決定改爲信仰復歸者了。」

那這個奧斯太又是誰呢？他寫道。

「祂不是人，」希麗說，「應該說祂是一種力量比較貼切。你知道，有一種力量照看著這世間的每個人，人若不做好事就降罪懲罰，做了好事就賜福獎賞。」

妳見過這個東西嗎？

希麗笑道：「當然沒有，人是看不見奧斯太神的。」

修茲波朗皺著眉頭看她。

「我知道，」她說道：「你聽來或許覺得可笑，不過，哎，我們知道祂就在這天地之間。當我看見大自然裡的美——比方像是看見群山，或看見隨意生長的野花比人爲栽種的還要巧妙時，我知道那是奧斯太神的安排。美是眞實的，這代表著祂的存在。而且我們的教義裡也有復歸者——包括這世上的第一個復歸者禹，他在辭世前領悟到五大願景，我想這五大願景絕不是憑空冒出來的。」

但妳不信仰復歸者？

希麗不置可否地說：「我還沒確定，但我的同胞都堅決反對，他們不喜歡哈蘭隼人認知宗教的方式。」

他靜靜地坐了好一會兒。

所以說……妳不喜歡像我這種神？

「什麼？我當然喜歡你！你很可愛！」

他皺起眉頭，寫道，我覺得做神君的人不應該被看成「可愛」。

「噢，好啦，」她翻了個白眼說道：「你令人畏懼又萬能，強大又神聖，然後又可愛。」

好多了。他邊笑邊寫。我真該會一會這個奧斯太神。

「以後我再介紹修道士給你認識，」希麗說，「他們應該能幫到你。」

這回妳是取笑我了。

他抬起頭來看希麗時，希麗笑了。他的眼神中沒有受傷的感覺，看起來不像是在意自己被取笑；相反地，他似乎覺得很好玩。修茲波朗特別喜歡分辨她何時是說正經話，何時在胡鬧。

他又低下頭去寫道，不過，比起會見這個神，我倒更想親眼看看山脈，妳好像非常鍾愛它們。

「我的確是。」希麗說。她已經很久沒有想到義卓司，被他這麼一提起，她才憶起奔跑在涼爽大草原上的感覺，想想也只是不久前的事。高原特有的沁寒空氣，大概是她在哈蘭隼永遠也盼不到的。諸神宮廷中的植栽都經過精心修剪、保養和布置，看著雖然賞心悅目，卻沒有原野山林那種獨特的調調。

修茲波朗又寫，如妳所說，我未必能想像山脈之美，但我相信群山中最美麗的東西已經來到了我身邊。

希麗驚訝，臉色一紅。沒想到他就這麼大剌剌地讚美起她來，態度如此坦然，完全沒有一絲羞澀或忸怩。「修茲波朗！」她說，「你現在會灌迷湯了。」

灌迷湯？他寫道。我看見什麼就說什麼，沒有別的。我沒見過比妳更美妙的東西，即使在我的宮廷裡也完全沒有。我確信山脈有它的特別之處，才能孕育出這樣的美麗來。

「瞧，你這樣說就太過了。」她說，「我在你的宮廷裡見過女神，她們可比我美麗幾百倍。」

美麗不是指人的外表。修茲波朗寫道。這是我母親教我的。故事書裡的旅人見到一個老婦，絕不以為她醜，因為她內心可能是個美麗的女神。

「這可不是故事，修茲波朗。」

這是故事。他寫道。故事，就是比我們早活在這世上的人說出來的事情。所有的故事都是如此。故事裡描述的人性屬實，因為我親眼觀察過，見證過人們的行為舉止。

板子寫滿了，他擦去字跡，又繼續寫：對我而言，描述這些事物其實也有點怪，因為我看東西的方式跟普通人不一樣。我是神君，看在我的眼中，每個人、事、物都有同樣美感。

她皺了皺眉頭：「我不懂。」

我有幾千道駐氣。他寫著。很難像別人那樣看待事情。唯有從我母親講的這些故事，我才了解別人過日子的方式。在我眼中，所有的顏色都是美麗的，但在別人眼中，他可能覺得某一個顏色比其他顏色更美。他們看人或許也會這樣。

我就不是如此了。我只看色彩，豐富、奇妙的色彩妝點世間萬物，令它們栩栩如生。當我看到某個人，無法只注意那個人的臉，而很多人都只注意臉。我會看見眼睛裡的光彩、臉頰的紅暈、皮膚的色澤——就連小小的疤痕瑕疵都是獨特的記號。所有的人都是如此奇妙。

他再抹掉字跡，因此，當我說到美，我指的必定是這些色相以外的美。而妳與眾不同，我不知道如何形容。

這時，他抬起頭來，希麗才突然發現他們兩人靠得很近。她，只穿著襯衣，蓋著一層薄被；而他，高大魁梧，散發著足以使白床單折射出七彩的靈性之光，又在溫暖火焰的映照下微微笑著。

哦，不妙……她想。這樣危險。

她清了清喉嚨，坐直起身子，卻禁不住又臉紅：「呃，嗯，好。很好，謝謝。」

他又低頭寫板子，我希望能讓妳回家，妳就能再見到山脈。也許我可以去跟祭司說說看。

她的臉色一白：「讓他們知道你識字，恐怕不妥。」

我可以用藝匠書法。那是另一種字，很難寫，但他們教過我，好讓我在必要時能跟他們溝通。

「還是不妥，」她說，「你若是對他們說想要送我回家，他們可能會猜到你跟我說話了。」

他停下筆來，想了幾分鐘。

也許那樣反而好。他寫道。

「修茲波朗，他們正在預謀殺你呀。」

妳又沒有證據。

「好吧，至少有這個嫌疑。」她說，「最後兩任神君都在生下繼承人之後不久就死了。」

妳太不信任別人了。修茲波朗寫道。我一直跟妳說，我的祭司們都是好人。

她沒好氣地看著他，直到他的眼神對上來。

除了割掉我的舌頭以外。他承認。

「還有把你關起來，什麼都不告訴你。聽著，就算他們沒打算殺死你，一定也有好些事情瞞著不讓你知道。搞不好是關於生體彩息——或是等你有了繼承人就會害你死掉的事情。」

她蹙著眉頭往後靠，突然聯想到：「修茲波朗，你們是如何傳承駐氣的？」

他愣了一下。我不知道，我了解的不多。

「我也是。」她輕嘆，「祭司能從你身上拿走嗎？把駐氣交給你的兒子？搞不好那樣就會讓你死掉。」

他們不會那麼做的。

「但也不是不可能呀。」她道，「也許事情的經過就是那樣。怪不得你有孩子會是一件危險的事！他們得要殺了你才能創造出新的神君。」

他看著她，搖搖頭，寫道：我是神，我的駐氣不是被給予的，是生來就擁有。

「不，」希麗說，「藍指頭告訴我，你們幾百年來一直在收集駐氣，歷任神君每個星期都要攝取兩道，而不只是一道，以儲備在你們體內。」

其實，他承認，有時甚至是三或四道。

「但你實際上每週只需要一道就能延命。」

對。

「所以他們不能讓那麼多駐氣因爲你死而消失！他們太怕這一點，所以也不讓你動用它，等到新生兒誕生，他們就把父親的駐氣弄到小孩身上，再殺了父親。」

可是復歸者不能用自己的駐氣去行使識喚術，他寫道，所以我儲藏的這些駐氣是沒有用處的。

這話引得她一怔，她也聽說過這點。「這是單指你與生俱來的駐氣，還是包括你後來另外攝取的駐氣？」

我不知道。他寫。

「我敢打賭，你可以使用後來攝取的那些駐氣。」她說，「要不然何必割去你的舌頭？你可能無法動用令你復歸的原始駐氣，但你現在擁有的可比那些還多上千萬道了。」

修茲波朗呆坐了一會兒，然後起身走到房間另一側的窗邊去，站在那兒凝視著窗外的夜色。希麗不明就裡，拿起他的板子，爬下床也走了過去。只穿著襯衣，她小心地走到他身後。

「修茲波朗？」她喚道。

他沒回頭，一逕望著窗外。希麗大著膽子走過去一起站在窗邊，小心不碰觸到他。諸神宮廷的圍牆之外，城裡的七彩微光隱約閃爍，更遠處則是一片漆黑。平靜的湖海。

「別這樣嘛，」她說著，將板子推過去，塞進他的手裡。「怎麼了？」

他頓一頓，拿起板子和筆來寫，對不起，我不想在妳面前發脾氣。

「是不是因爲我老是質疑你的祭司？」

不是，他答寫，妳提出的論點很有趣，但我倒認為那只是猜測。妳並不知道祭司們是否在策劃妳所說的那些事情，我覺得都無妨。

「那你在不高興什麼呢？」

他遲疑一下，然後直接用袖子擦淨板子。妳不相信復歸者的神聖。

「我以爲我們已經討論過了。」

是。然而我現在才想通，原來這正是妳如此對待我的原因。妳與眾不同，因為妳不像別人那樣相信我的神性。我是否只因為這一點才覺得妳有趣呢？

還有，妳的不信令我傷心。因為我的的確確是個神，這是事實。要是妳不信，我會覺得妳不了解我。

他停下筆來。

對。聽起來確實像在發脾氣，對不起。

希麗笑了，然後試探地碰了碰他的手臂。他僵住，垂下眼去，卻不像以往那樣把手臂縮起來。於是她便直接移到他的身旁，靠在他的手臂上。

「我不必信仰你也一樣能了解你。」她說，「我反而覺得那些敬拜你的人才不了解你呢。他們無法接近你、認識你眞正的爲人，他們太關注你的光氛和神聖威嚴。」

他沒有回話。

「還有，」她說，「我並不只是因爲不信仰你才與眾不同的。這座宮殿裡有很多人也不信仰復歸者——藍指頭、穿褐色制服的那些侍女，還有某些文書官都是如此，但他們侍奉你一樣恭敬虔誠，和祭司們沒有兩樣。我只是……哎，我的個性就是愛胡鬧、不聽話，就連對我自己的父親或家鄉的修道士們也未必順從。也許你就需要這樣，希望有個人願意看穿你的神性，單純地來了解你。」

他緩緩點了點頭，妳這麼說，我感覺好些。不過，身為一個神，妻子卻不信仰自己，還是很奇怪。

妻子啊。她想。她偶爾會忘記這回事。「這個嘛，」她說，「這樣的妻子不會像別人那樣活在對丈夫的敬畏中，我倒覺得這對男人是件好事，總要有個人來使你謙卑。」

我認為謙卑好像有一點違背神性。

「就像『可愛』那樣嗎？」她打趣地問。

他輕快地笑出了聲音，寫道：對，差不多。

放下板子，修茲波朗怯怯地舉起手臂，繞過希麗的肩膀將她摟近些，讓她和自己一起凝視窗外，欣賞這夜色中依然多彩的城市光芒。

□

屍體。四具屍體。躺在地上一動也不動，血液在草地上映成了奇怪的暗色。

就在昨天，維溫娜在德尼爾花園與偽造文書的人們密會，她今天又來到了這裡。陽光熱烘烘地曬在她的頭頂和頸子上，而她的身旁擠滿了看熱鬧的人。沉默的德尼爾石兵們一逕在她的後方排成陣列，不動如山，這四個男人的死，雕像群是唯一的目擊者。

圍觀人群壓低了聲音交頭接耳，等待城衛警做完調查。丹司趕在屍體被移走之前把維溫娜帶來，雖是應她親口要求，但她現在眞希望自己沒那麼做。

在她如今感官靈敏的眼中，綠草地上的血紅色顯得異常分明，近似斑駁的紫青色，翻攪著她的情緒。她瞪著屍體，看著蒼白的皮膚，心中有股不眞實的詭異感。顏色。看見皮膚蒼白的顏色，感覺很詭異，她能區分有生命的皮膚與了無生氣的皮膚本質上的差異。

死人的膚色比活人淺了十階，這是因為血液都從靜脈滲出去。原來鮮血的色彩是這麼關鍵，少了血色，人的生命畫布就成了一片空白。

她別過頭去。

「看到了嗎？」丹司在她的身邊問道。

她默默地點頭。

「是妳說要看的。喏，這就是他幹的，所以我們才這麼提防他，看看那些傷口。」

她又回頭去看。陽光已更加明亮，因此她能看見剛才沒注意到的小細節——屍體上的每一處劍傷都發黑，不是血漬造成，倒像是得了什麼傳染病，傷口邊緣的肌肉組織完全地褪色。

她又望向丹司。這時，圍觀的人終於多到讓城衛警不耐，後者開始驅散民眾。

「我們走吧。」丹司說完就帶著她離開。

「那些人是誰？」她悄聲問道。

丹司看著前方回答：「一幫盜賊，我們曾經合作過。」

「你想他是不是衝著我們來？」

「很難說。」丹司說，「只要他想，他大概找得到我們。我不知道。」

他們穿過德尼爾雕像群時，童克法大步走來。「珠兒跟土塊已經提高警戒，」童克法說，「但我們完全沒發現他。」

「那些人的傷口是怎麼回事？」維溫娜問。

「就是他那把劍搞的。」丹司低吼道，「老童，我們得想個辦法解決那玩意兒。我們遲早要跟他交手的，我有這種感覺。」

「那是什麼劍？」維溫娜又問，「它怎麼能從人的皮膚吸走顏色？」

「非得先把那玩意兒偷走不可，丹司。」童克法撫著下巴說道。這時，珠兒跟土塊過來與他們會合，並且排出保護維溫娜的隊形，一行人隨即混入大街上的人潮中。

「偷走那把劍？」丹司應道，「我才不碰那玩意兒！不，我們要逼他拔劍，動用它，他不可能讓那把劍出鞘太久。這麼一來，我們就可以輕鬆地擊倒他。我要親手殺了他。」

「他打敗了阿斯提爾。」珠兒平靜地說。

便見丹司僵了一下。「他沒有打敗阿斯提爾！至少不是在比劍時打敗他！」

「法榭沒用那把劍，」珠兒又說，「阿斯提爾的傷口沒有發黑。」

「那麼就是法榭使詐！」丹司說，「偷襲、找幫手，諸如此類的。法榭根本就不是劍客。」

維溫娜隨著人潮移動，想著那幾具屍體。原本是聽丹司等人說他們是被法榭所殺害，所以她才想來看一看，現在她看到了，卻開始覺得惴惴不安。她覺得心神不寧，還有……

她皺了皺眉頭，突然有個怪感覺。

某個擁有大量駐氣的人正在盯著她看。

□

嘿！宵血說，是瓦拉崔樂第！我們應該去找他聊聊，他看到我一定很高興。

法樹大剌剌地站在屋頂，他一向不太在乎被誰瞧見。五顏六色的大街上，人潮川流不息，如今已改名爲丹司的瓦拉崔樂第，正和他的伙伴們走在人群中：女的是珠兒，男的是童克法，跟以前一樣。再來是那個莫名其妙的公主，以及一個令人憎惡的東西。

夏莎拉在嗎？宵血問話的口氣很是興奮，我們非得看看她不可！她最關心我了。

「宵血，夏莎拉老早就被我們殺了，」法樹說道，「就像我們殺了阿斯提爾那樣。」

然後，遲早也要殺了丹司。他想。

一如往常，宵血始終不肯承認夏莎拉的死。

你知道，她創造了我。宵血說。讓我去毀滅邪惡。我表現得很好，我想她會以我爲傲。我們應該去找她聊聊天，讓她看看我有多厲害。

「你是很厲害啊，」法樹輕聲說，「太厲害了。」

聽到這番讚美，宵血樂得低哼起來。法樹沒再搭理它，轉而把注意力集中在公主身上，見她穿著一身異國風格的衣裳，在這熱帶的暑氣中醒目得就像一片白雪——他得想個辦法處理這個女人，不能任她繼續胡搞瞎搞。因爲她，許多計畫生變，一個連累另一個，就像胡亂堆疊的箱子，崩塌時還會砸毀別的箱子。法樹不知道丹司在哪兒找到這個傻丫頭，也不知道他是怎麼控制她的，總之事情已到了不能不管的地步。他決定親自找上門去，讓宵血收拾她。

昨晚的凶殺案已經引起太多注意。宵血說得對，法樹不擅長潛行。關於法樹的謠言已經在城中傳開，這是好事，卻也有壞處。

等著吧，法樹心想，接著轉身離開。**我晚點就去收拾你們。**

《破戰者》上冊・完

譯名對照

Allmother　奧母
Arsteel　阿斯提爾
Austre　奧斯太神
Bebid　白彼德
Bluefingers　藍指頭
Blushweaver　薄曦帷紡
Brighthue　白亮栩
Brightvision the True　眞實之神白亮偉視
Calmseer　寧視兒
Clod　土塊
Dedelin　戴德林
Denth　丹司
Fafen　伐芬
Fob　佛布
Havarseth　哈瓦瑟斯
Hoid　霍德
Hopefinder the Just　正義之神厚望尋哲
Inhanna　尹漢娜
Jewels　珠兒
Kalad the Usurper　篡亂王卡拉德
Kindwinds the Honest　誠實之神懇德文風
Lemex　樂米克斯
Lifeblesser　籟福樂赦
Lightsong the Brave　英勇之神萊聲
Llarimar　拉瑞瑪
Mercystar　默慈星
Mirthgiver　莫嗔吉法
Nanrovah　南若瓦
Nightblood　宵血
Parlin　帕凜
Paxen　派克森
Ridger　里哲
Raymar　瑞麻爾
Rira　利拉
Siri (Sisirinah)　希麗（希希麗娜）
Stennimar　史丹尼瑪
Stillmark the Noble 尊貴之神靜締符
Strifelover　敕亂樂福
Susebron　修茲波朗
Talaxin　塔拉辛
Tonk Fah　童克法
Treledees　崔樂第
Truthcall　楚實闊
Tax　塔克斯
Thame　泰姆
Vahr　瓦爾
Vasher　法榭
Vivenna　維溫娜
VaraTreledees　瓦拉崔樂第
Weatherlove　偉風爾樂
Yarda　雅爾達
Yesteel　耶斯提爾

國家圖書館出版品預行編目資料

破戰者 上／布蘭登・山德森（Brandon Sanderson）著；章澤儀譯
.——二版.——台北市：蓋亞文化，2022.08
冊；公分.——（Fever）
譯自：*Warbreaker*
ISBN 978-986-319-674-7（上冊：平裝）.——

874.57　　111007619

Fever 079

破戰者 WARBREAKER 上

作　　者　布蘭登・山德森（Brandon Sanderson）
譯　　者　章澤儀
裝幀設計　莊謹銘
編　　輯　章芳群
總 編 輯　沈育如
發 行 人　陳常智
出 版 社　蓋亞文化有限公司
地址：台北市 103 承德路二段 75 巷 35 號 1 樓
電話：02-2558-5438　傳眞：02-2558-5439
電子信箱：gaea@gaeabooks.com.tw
投稿信箱：editor@gaeabooks.com.tw
郵撥帳號 19769541　戶名：蓋亞文化有限公司
法律顧問　宇達經貿法律事務所
總 經 銷　聯合發行股份有限公司
地址：新北市新店區寶橋路二三五巷六弄六號二樓
電話：02-2917-8022　傳眞：02-2915-6275
港澳地區　一代匯集
地址：九龍旺角塘尾道 64 號龍駒企業大廈 10 樓 B&D 室
電話：+852-2783-8102　傳眞：+852-2396-0050
二版一刷　2022年08月
定　　價　新台幣 450 元
Published and Printed in Taiwan

GAEA ISBN／978-986-319-674-7